Lauren Fox · Mehr als Freunde

LAUREN FOX

Mehr als Freunde

ROMAN

Aus dem Amerikanischen von
Verena Kilchling

KEIN & ABER

Die Originalausgabe erschien 2012 unter dem Titel
Friends Like Us bei Alfred A. Knopf, New York und bei
Random House of Canada Limited, Toronto

Deutsche Erstausgabe

Coverbild: Diego Gravinese
Satz: Fotosatz Amann, Aichstetten
Druck und Bindung: CPI – Ebner & Spiegel, Ulm
ISBN 978-3-0369-5669-5
auch als eBook erhältlich

www.keinundaber.ch

Für Andrew

Prolog

Daran denke ich, als ich sie wiedersehe: an einen Samstagvormittag vor sechs Jahren, an dem Jane und ich beschlossen, Omelettes zu machen.

In der kleinen Küche unserer Wohnung zog Jane eine Pfanne aus dem Küchenschrank, während ich fünf Eier aus der Schachtel nahm. Wir waren beide noch im Schlafanzug; keine von uns hatte Pläne, der ganze Tag lag vor uns.

»Bei meiner Mutter durfte ich als Kind nie die Eier aufschlagen«, sagte ich und öffnete ein Ei am Schüsselrand, bevor ich den Inhalt hineingleiten ließ. »Ich war früher wahnsinnig tollpatschig«, erklärte ich und machte eine wegwerfende Handbewegung – *Kann man sich heute gar nicht mehr vorstellen, oder?* –, mit der ich die restlichen vier Eier von der Arbeitsplatte fegte. Mit vier kurzen, direkt aufeinanderfolgenden Klatschlauten landeten sie auf dem Linoleumboden, und es hörte sich an, als spendeten mir die Götter des komischen Timings begeistert Applaus. Auch meine Hand klatschte, als ich sie erschrocken vor den Mund schlug. Jane starrte mich ungläubig an.

Dann blickte sie zu Boden, wo das Eigelb und das zähflüssige Eiweiß aus den Schalen quollen und sich langsam verteilten. Als sie wieder zu mir hochsah, legte sie mit verschmitztem Grinsen den Kopf schief und sagte nach kurzem Schweigen: »Es fällt mir wirklich schwer, das zu glauben.«

Jetzt, sechs Jahre später, stehe ich im Schalterraum meiner Bank in der Warteschlange, rücke den Schulterriemen meiner Handtasche gerade und erinnere mich, wie wir damals in Gelächter ausbrachen, wie wir uns gegenseitig aufschaukelten, bis Jane auf einen Stuhl plumpste und sich japsend den Bauch hielt. Ich erinnere mich, wie Ben, nachdem wir uns endlich halbwegs eingekriegt hatten und die Heiterkeit allmählich abebbte, aus dem Nebenzimmer herüberrief: »Was ist denn so lustig?«, womit er natürlich einen neuen Lachkrampf auslöste und uns zurück in jenen Zustand des einhelligen Übermuts versetzte, den man nur mit der besten Freundin erreicht und aus dem Insiderwitze hervorgehen, über die man sich – zum Verdruss Nichteingeweihter – noch Jahre später schlapplacht. Anfangs fiel der Satz *Ich war früher wahnsinnig tollpatschig* nur in Situationen, in denen sich eine von uns tatsächlich ungeschickt anstellte, aber nach einer Weile streuten wir ihn immer dann ein, wenn wir uns gegenseitig zum Lachen bringen wollten. Das konnte im Supermarkt sein, beim Spazierengehen oder im Kino. Der Satz verfehlte seine Wirkung nie.

An all dies denke ich in der Bank, weil es manchmal eben so läuft im Leben, weil einem das Schicksal manchmal genau das vor die Nase setzt, was man sich insgeheim wünscht. Ich stehe also an einem Freitagnachmittag in einer nicht enden wollenden Warteschlange, denke an jenen rasend komischen Moment vor sechs Jahren zurück und nehme mir vor, ihn in einen Comicstrip zu verwandeln, wenn ich nach Hause komme. Auf einem der Bilder will ich Jane in ihrem übergroßen karierten Pyjama zeichnen, wie sie auf die zerbrochenen Eier auf dem Boden starrt und sagt: *Es fällt mir wirklich schwer, das zu glauben.* Ich grinse in mich hinein, und genau in diesem Moment begegne ich dem Blick eines Babys im dicken Schneeanzug, das mich aus braunen Augen über die linke Schulter seiner Mutter hinweg neugierig anguckt.

Die beiden stehen ein Stückchen weiter vorne in der Schlange. Das Baby hat offenbar mein Grinsen bemerkt und beschlossen, dass es ihm gilt. Mit breitem, nassem, zahnlosem Mund grinst es zurück. Ich bin völlig hin und weg und winke.

»Guuuiiieee!«, kiekst es begeistert. Ich wackle mit den Augenbrauen. »Ah-du-dah!«, ruft es, und sein Stimmchen klingt heiser vor Entzücken. Die ältere Dame, die vor mir steht, dreht sich nach mir um und lächelt, als wäre ich allein für diese anbetungswürdige Freudenbekundung verantwortlich. Der ziegenbärtige Mittzwanziger hinter mir lacht leise in sich hinein. Wir sind plötzlich keine einzelnen Bankkunden mehr, die gelangweilt darauf warten, dass sie endlich so banale Dinge wie Überweisungen erledigen können, sondern eine Gemeinschaft wohlwollender Kinderliebhaber, die von diesem goldigen Kerlchen vollkommen verzaubert ist.

Ich winke dem Baby noch einmal zu. »Hallo!«, rufe ich. »Na, du?«

In diesem Moment schiebt die Mutter ihr Baby auf den anderen Arm und reckt den Hals nach dem Grund für die Heiterkeit ihres Nachwuchses. Obwohl sie einen teuren grauen Mantel und einen weinroten Kaschmirschal statt der alten blauen Daunenjacke, dem selbstgestrickten gelben Schal und der Green-Bay-Packers-Baseballkappe ihres Vaters trägt (ein Ensemble, das die modische Botschaft *emotional instabiler Baseballfan* vermittelte), obwohl ich sie seit fünf Jahren nicht mehr gesehen habe und neben ihrem neuen menschlichen Accessoire noch weitere Veränderungen feststelle, erkenne ich sie sofort: Es ist Jane.

Das Baby grinst wieder fröhlich, mit offenem Mund. Janes Gesichtsausdruck ist schwieriger zu deuten.

Zwanzig Minuten später sitzen wir an einem Fenstertisch in unserem alten Lieblingscafé, und ich muss beide Hände um meinen Becher schließen, damit sie nicht zittern.

»Darf ich vorstellen? Das ist Gus«, sagt Jane, und ihr Mutterstolz überlagert die anderen Gefühle, die möglicherweise in ihr brodeln. Sie hat sich Gus auf den Schoß gesetzt und ihm den Schneeanzug halb ausgezogen, damit er nicht vor Hitze vergeht, während er an einem Kürbis-Scone mümmelt. »Er ist neun Monate alt«, fügt sie hinzu, und für einen Moment sieht sie mich genauso offen an wie früher.

Die industrielle Kaffeemaschine des Cafés setzt sich in Bewegung und mahlt mit metallischem Rattern Kaffeebohnen zu Pulver. Gus zuckt erschrocken zusammen, und ich greife über den Tisch hinweg nach seiner Hand. Sie ist klebrig von Spucke. Ich ziehe die Finger wieder zurück und gebe lächelnd vor, mich nicht zu ekeln. Wenn man selbst Kinder hat, gewöhnt man sich vermutlich an einen Zustand ständiger Feuchtigkeit. »Guuuus«, sage ich. »Hallo, kleiner Gus.«

Gus gluckst und wirft vor Freude den Kopf in den Nacken, so lustig findet er mich. Sein molliger kleiner Körper bebt vor Lachen.

»Gott, ist der süß«, stelle ich völlig verzückt fest, woraufhin Gus noch lauter lacht.

Jane lächelt und senkt dann den Blick auf den Kopf ihres Sohnes. »Er mag dich«, sagt sie schüchtern. Gus greift nach oben und schnappt sich eine Haarsträhne seiner Mutter, die sie ihm sanft aus der Faust windet. Ich spüre wieder unsere alte Vertrautheit, die unwiderstehliche Anziehung, die immer schon zwischen uns bestanden hat. Was macht es schon, dass wir jetzt ein Baby brauchen, um diesen Zustand herbeizuführen? Gus sieht mich an und fängt wieder an zu kichern.

»Das ist jetzt also dein Leben?«, frage ich und meine damit, dass sie nun ihre Tage in Gesellschaft dieses kleinen Prince Charming verbringen darf, dieses strahlenden Wonneproppens. Aber ich merke sofort, dass sie es in den falschen Hals bekommt, erkenne es an der Art, wie sie die Schultern hochzieht und sich schützend über das Baby beugt. Sie scheint sich erniedrigt zu fühlen von meiner Frage, auf ein Klischee, eine unbedeutende Nebenrolle reduziert. *So war es doch gar nicht gemeint*, will ich sagen, aber wenn man seine ehemals beste Freundin fünf Jahre nicht mehr gesehen hat, lässt schon das kleinste Missverständnis eine riesige Kluft entstehen, und dann kann nichts, was man sagt, diese Kluft wieder schließen. Wozu es also überhaupt versuchen?

»Ja«, antwortet sie und streicht sich die Haare aus dem Gesicht. »Das ist jetzt mein Leben. Gus und meine Ehe« – ihre *Ehe!* Ich verspüre einen Stich – »und mein Job und eine Million andere Dinge.« *Dinge, die dich nichts mehr angehen.* Sie bricht ein Stück Scone ab und kaut langsam darauf herum, bevor sie ihr Kinn leicht auf Gus' Kopf stützt und seine Wange streichelt. Ich senke den Blick auf meinen Caffè Latte. Es ist eindeutig zu spät für Koffein. Ich nehme einen Schluck, obwohl ich weiß, dass mich der Kaffee die halbe Nacht wach halten wird.

»Willa«, beginnt Jane, und als ich zu ihr aufsehe, bin ich erneut überrascht darüber, wie weit Erwartung und Realität auseinanderklaffen. Janes Haare, die früher genauso störrisch waren wie meine, sind jetzt glatter, glänzender. Ihre Locken bilden perfekte Kringel, und ihre Haarfarbe ist ein satteres Braun. Sie scheint inzwischen genug Geld zu haben, um es in teure Friseurbesuche zu investieren. Außerdem trägt sie neuerdings eine Brille, und ihre Augen blicken groß und klar und ruhig hinter dem extravaganten schwarz-grünen Gestell hervor. Sie sieht wunderschön aus.

Ich habe keine Ahnung, wie *ich* aussehe. Wahrscheinlich wie vor fünf Jahren. Vielleicht ein bisschen zerzaust, weil ich immer noch die Angewohnheit habe, genauso, wie ich morgens aufwache, aus dem Haus zu gehen; vielleicht ein bisschen müde, weil ich häufiger Kaffee am späten Nachmittag trinke und dann bis zwei oder drei Uhr morgens wach bleibe und zeichne – wie früher, nur dass ich inzwischen tatsächlich dafür bezahlt werde; vielleicht sehe ich aber auch ganz okay aus. Seit ich dreißig bin, habe ich nämlich auch ein paar Merkmale an mir schätzen gelernt: meine hohen Wangenknochen, meine üppigen Haare, meine vollen Lippen. Janes Gesicht ist auch jetzt wieder wie ein Spiegel für mich, ist es immer schon gewesen.

Gus krümmt sich nach hinten, schmiegt sich an den Körper seiner Mutter und hält sein Stück Scone nach oben, wedelt damit herum. »Willa«, sagt Jane noch einmal. »Ich habe mir oft überlegt, was ich dir sage, wenn ich dir je über den Weg laufe.« Sie hält inne, während mir die Hitze ins Gesicht steigt. Ich nicke. Wir haben so viel zu bereden, und dann auch wieder nicht. »Vor fünf Jahren hast du … Ich …« Sie macht eine Geste, als würde sie ein Insekt wegschnipsen. »Ich war am Boden zerstört.«

Gus fängt an, ein wenig zu quengeln und zu zappeln, und Jane hebt ihn mit einem gekonnten Griff hoch und dreht ihn um. Zufrieden sinkt er auf ihre Schulter.

Gus. Ich kann mir den Gedanken nicht verkneifen, dass ich in puncto Namensfindung ein Wörtchen mitgeredet hätte, wenn wir zum Zeitpunkt seiner Geburt noch befreundet gewesen wären. Für einen flüchtigen Moment stelle ich mir vor, wir würden hier mit demselben Baby zusammensitzen, dessen Name allerdings nicht Gus wäre, sondern Asher oder Joe oder Elvis oder Milo oder Hank. Ich stelle mir vor, dass wir jeden Tag hierherkommen, dass ich Gus seit seiner Geburt kenne, dass ich *sie* noch kenne.

»Ich war völlig am Ende«, betont sie noch einmal, diesmal mit festerer Stimme und gestrecktem Rücken. Sie sieht mir in die Augen. »Ich habe dich gehasst.«

»Jo!«, sagt Gus, als wäre seine erste Sprache Finnisch. »Jo, jo, jo, jo!«

Ich blase auf meinen Kaffee, obwohl er schon lange nicht mehr heiß ist. Nur, um irgendetwas zu tun. Mein Herz schlägt wie ein Presslufthammer, und meine Kehle zieht sich zusammen. Natürlich hat sie mich gehasst. Obwohl mich Janes Geständnis kein bisschen überrascht, zählt es zu den drei Sätzen, die man als Letztes hören möchte: *Sie haben nur noch ein halbes Jahr zu leben. Schatz, ich habe Herpes. Ich hasse dich.*

»Ich weiß«, stammle ich, weil ich schon vor fünf Jahren gesagt habe, dass es mir leidtut, und es schon damals wie eine hohle Phrase klang.

Sie wischt mit einer Handbewegung meine Worte beiseite. »Was ich dir sagen wollte …« Sie bricht ab, seufzt und fängt noch einmal von vorne an: »Damals habe ich dein Verhalten nicht verstanden, jetzt schon. Du dachtest, du hättest keine andere Wahl.« Sie nickt entschieden, lässt keinen Widerspruch zu. »Aber das stimmt nicht. Dir standen so viele Möglichkeiten offen.« Das ist es also, was ihr klar geworden ist über mich. Ich lasse es zu, nehme es begierig in mich auf. »Du wusstest es damals zwar nicht, aber dir lag die ganze Welt zu Füßen. Du bist … du warst … einfach unglaublich, Willa.« Gus reißt auf ihrem Arm den Kopf hoch und lässt ihn wieder fallen. Sie zuckt mit den Schultern, atmet aus, als hätte sie fünf Jahre lang die Luft angehalten, und klopft ihm beruhigend auf den Rücken. »Okay?«, fragt sie. Ich bin mir nicht ganz sicher, zu wem sie es sagt. Sie setzt Gus wieder auf ihren Schoß, zieht den Reißverschluss seines Schneeanzugs nach oben, sucht ihre Siebensachen zusammen und schiebt die Sconekrümel vom Tisch in ihren leeren Becher. Ihre Großmut erstaunt mich. Schweigend sehe ich zu, wie sie sich zum Gehen bereit macht. Gus schiebt sich die Hand in den Mund. Das Mädchen hinterm Tresen ruft ihrer Kollegin laut die Bestellung zu. Ein Löffel klimpert in einer Tasse. »Okay«, sagt sie noch einmal. »Ich muss los.« Und ich denke: *Bleib hier, bleib doch hier, bitte bleib*, aber Jane erhebt sich bereits und schiebt ihren Stuhl nach hinten, bevor sie sich in ihren Mantel schlängelt und Gus auf ihre Schultern hebt. Dann wendet sie sich ab, geht davon und ist verschwunden.

1

Jane fegt die überall verstreuten Krümel zu einem ordentlichen kleinen Haufen zusammen. »Unglaublich, was du für ein Schmutzfink bist«, sagt sie, während sie den Besen rhythmisch hin- und herschwingt. »Und ein Glückspilz noch dazu, weil *ich* hinter dir herputze!«

»Ich weiß«, antworte ich und beobachte eine Ameise, die übers Fensterbrett krabbelt. »Aber wenn ich nicht so schmutzig wäre, könntest du dir nicht durch Putzen Befriedigung verschaffen. Ich tue es also für dich und deinen Reinlichkeitsfimmel.«

»Wie überaus selbstlos von dir.« Sie lehnt den Besen gegen die Wand und lässt sich auf alle viere nieder, um mit dem Schwamm unsichtbare Flecken zu entfernen und unseren schäbigen Linoleumboden auf Hochglanz zu schrubben.

»Versteh mich nicht falsch«, fahre ich fort und hebe die Füße an, damit Jane darunter wischen kann. »Ich weiß deine Arbeit durchaus zu schätzen, aber wenn man sowieso nicht anders kann, ist es kein richtiges Opfer.«

»Ich kann jederzeit aufhören, wenn ich will!«

»Du hast da noch was übersehen«, sage ich und zeige mit meinem linken großen Zeh auf einen nicht vorhandenen Fleck auf dem Küchenboden. Sie drückt den nassen Schwamm über meinem nackten Fuß aus.

»Was würde ich nur ohne dich tun?«, fragt sie und betupft meinen Fuß mit dem Schwamm.

»Du kannst dich gerne revanchieren«, antworte ich, während Jane einen zähflüssigen Klecks Flüssigreiniger auf einen anderen Schwamm spritzt. »Und zwar, indem du heute Abend mitkommst.«

»Das ist völlig ausgeschlossen, meine Süße, das weißt du genau.«

»Und wieso? Erstens musst du mit niemandem reden, wenn du keine Lust hast, und zweitens finden dich die Leute sowieso charmant und interessant.« Ich unterhalte mich gern in Aufzählungsform.

»Willa«, sagt Jane und nimmt die Tischplatte in Angriff. »Ich gehe ganz sicher nicht mit zu deinem Highschooltreffen. Erstens bin ich nicht dein Partner, und zweitens bin ich nicht mit dir zur Schule gegangen.«

Vorfreude und Angst liegen manchmal eng beieinander. Vor drei Wochen habe ich mich zum achtjährigen Highschooltreffen meiner Abschlussklasse angemeldet. Dazu gekommen ist es durch eine an zweihundertachtundzwanzig irgendwie bekannt klingende Namen verschickte Sammel-E-Mail von einer irgendwie bekannt klingenden Shelby Stigmeyer. Sie habe, so stand es in der Einladung, an besagtem Datum eigentlich heiraten wollen, aber ihr Verlobter habe die Hochzeit abgeblasen, und da sie die Vorauszahlung für den Festsaal nicht mehr zurückerhalte, sei ihr spontan die Idee gekommen, ein Jahrgangstreffen zu organisieren. *Die Arme,* habe ich gedacht und in diesem flüchtigen, unbedachten Moment des Mitgefühls meinen Namen auf die Teilnehmerliste gesetzt, was ich die letzten drei Wochen zutiefst bereut habe.

Das einzig Gute an der Highschool war für mich der Tag, an dem ich sie verlassen durfte – das, und mein bester Freund

Ben Kern, Spitzname »Pop«. Allerdings ist Ben auch einer der Gründe, warum ich die Einladung nicht hätte annehmen dürfen. Alles in mir sträubt sich dagegen, heute Abend zu dem Treffen zu gehen, noch dazu allein. Jane ist der Mensch, der in meinem Leben einem Partner am nächsten kommt, und mit ihr an meiner Seite könnte aus einem qualvollen Wiederaufleben von vier Jahren Schüchternheit ein richtig lustiger Abend werden. Aber ich kenne sie gut genug, um zu wissen, dass sie sich zwar schnell für etwas begeistert, aber nicht umzustimmen ist, wenn die Begeisterung ausbleibt. »Also gut«, gebe ich mich geschlagen und lasse absichtlich ein paar Krümel von meinem Müsliriegel auf den Tisch regnen.

Jane wischt mit dem Schwamm ungerührt um mich herum und gibt mir dann einen Kuss auf den Kopf. »Das wird schon. Sind doch nur ein paar Stunden. Du kannst ja früher gehen.« Sie tupft die letzten Krümel auf, und ihr dünner Arm ist ganz nah an meinem Gesicht, warm und weiß. »Mach dir Notizen, ich will hinterher alles wissen! Ich bleibe wach und warte auf dich.«

Für die Fahrt, die eigentlich in zwanzig Minuten zu schaffen wäre, brauche ich fast doppelt so lang, weil ich absichtlich Umwege fahre und konstant das Tempolimit unterschreite, was mir den Zorn eines alten Mannes im silberfarbenen, segelbootgroßen Chrysler einbringt. Ich halte sogar an einer Tankstelle, obwohl mein Tank noch dreiviertelvoll ist. Irgendwann habe ich keine andere Wahl mehr, als auf den Parkplatz des Restaurants Hampton House einzubiegen und mich dem großen Wiedersehen zu stellen.

Im Festsaal wummern mir die Bässe einer acht Jahre alten Rockballade von Aerosmith entgegen. Ich blinzle gegen die Weihnachtsbeleuchtung an und nehme das Durcheinander aus verschwommenen Gesichtern in mich auf, wobei ich möglichst flach durch den Mund atme, um der Duftwolke zu entgehen, die all die stark parfümierten Körper verbreiten. Mitschülerinnen, die sich seit Ewigkeiten nicht mehr gesehen haben, fallen sich kreischend vor Freude in die Arme, während die Männer sich wie freundliche Affen gegenseitig auf den Rücken hauen. Ich drücke mich an die hinterste Wand und recke den Hals.

Schließlich erkenne ich ihn an seinem Gang, an der Art, wie er durchs Leben geht, als wüsste er tief in seinem Inneren, dass Menschen wie ihm niemals die Welt gehören wird – mit leicht hängenden Schultern, gesenktem Kopf und langen Schritten, die ihn möglichst schnell und unauffällig ans Ziel bringen sollen. Ich bin mir ganz sicher, dass er es ist. An der Highschool habe ich vier Jahre damit verbracht, in einem Meer aus Mitschülern nach Bens Gang Ausschau zu halten.

Alles andere an ihm ist zunächst ein Schock, allerdings ein positiver, der mir wie ein Stromschlag in die Glieder fährt. Der Mann, der da auf mich zustürmt, der schließlich vor mir steht und lächelt, ist nicht mehr der kauzige kleine Wombat von früher. Er ist groß geworden – na ja, so groß wie ich jedenfalls – und dünn, irgendwie in die Länge gezogen. Seine durchdringenden braunen Augen liegen nicht mehr tief über runden Kinderbacken, sondern blicken mir aus einem Männergesicht entgegen, einem Männergesicht mit Wangenknochen und einer markanten Kieferpartie. Er ist immer noch Ben Kern, keine Frage, aber eine neue, verbesserte Version. *Jetzt auch mit männlichen Gesichtszügen!* Er mustert mich von Kopf bis Fuß und umarmt mich dann herzlich. Überrascht stelle ich fest, dass mir die Luft wegbleibt, und das liegt nicht nur daran, dass er jetzt Muskeln hat und sie auch einsetzt.

»Hallo Knallkopf«, sagt er leise in meine Haare.

»Hallo Pop«, antworte ich. Er riecht gut, nach Lakritz. Eine weitere hochwillkommene Neuerung.

»Pop nennt mich eigentlich niemand mehr«, lacht er und hält mich immer noch umschlungen.

»Na ja, mich nennen auch nicht mehr allzu viele Leute Knallkopf.«

Er legt mir die Hände auf die Schultern und macht einen halben Schritt nach hinten. »Mensch, guck dich an!«

»Guck *du* dich an«, gebe ich zurück.

»Du siehst genauso aus wie früher«, sagt er und fügt dann murmelnd noch etwas hinzu, wobei er nervös den Blick abwendet. Das ist wieder der Ben, den ich in Erinnerung habe: unbeholfen und schwer zu durchschauen, aber liebenswert.

»Also *du* siehst komplett anders aus«, sage ich lachend. Er sieht mir wieder in die Augen und stimmt in mein Lachen ein.

»Tja, ich hab da das eine oder andere machen lassen.«

Ich betrachte ihn prüfend. »Wusste ich's doch! Du hast dir die Lippen aufspritzen lassen, oder?«

»Und ein klein wenig Botox.« Er starrt mit weit aufgerissenen Augen ins Leere. »Siehst du? Ich runzle die Stirn, aber man merkt es nicht.«

Ich will ihm sagen, dass ich ihn vermisst habe, dass ich wütend war und verwirrt, bevor ich mich irgendwann damit abgefunden habe, dass er nicht mehr Teil meines Lebens ist, aber das sind zu viele Informationen auf einmal, und ich bin nicht in der Lage, aus diesem Gefühlsknäuel eine einigermaßen vernünftig klingende Aussage zu isolieren. »Ich hätte nicht gedacht, dass du kommst«, sage ich schließlich.

»Warum nicht?«

Der Saal füllt sich zunehmend mit unseren ehemaligen Mitschülern. Ich beobachte, wie sich auf ihren Gesichtern immer dieselbe Abfolge von Empfindungen abzeichnet: erst Anspannung, dann freudiges Wiedererkennen, erst Unsicherheit, dann Selbstvertrauen. Wie Amöben bewegen sie sich durch den Saal und formieren sich zu immer neuen Gruppierungen, die jedoch alle bereits 1999 existierten.

»Weil wir die Highschool gehasst haben.«

»Allerdings«, stimmt Ben mir zu und folgt meinem Blick.

In diesem Moment wird mir klar, dass ich nur gekommen bin, um ihn zu sehen, und dass es ihm genauso geht, eine plötzliche, intuitive Erkenntnis. Ich bin schockiert darüber, dass ich das erst jetzt realisiere, obwohl es so offensichtlich ist. Ich hole tief Luft und atme die stickige Wärme ein. »Warum haben wir uns … was ist eigentlich passiert?«, frage ich, aber es herrscht ein solches Stimmengewirr um uns herum, dass ich nicht weiß, ob er mich verstanden hat, zumal in diesem Moment Alexis Moody herbeigeschwebt kommt und mir überraschend um den Hals fällt. Alexis, neben der ich in Gemeinschaftskunde saß, war von der selbstbewussten Sorte, die Art von Mädchen, die das Innere ihres Schließfachs mit aus Zeitschriften ausgeschnittenen Wörtern bekleben, um sich selbst zu charakterisieren: BESONDERS! UNERHÖRT! EINZIGARTIG! WOW! Vier Jahre lang weihte sie mich jeden Tag für ein paar Minuten in die kleinen und großen Dramen ein, die sich an der Schule ereigneten und bei denen ich nicht einmal eine Nebenrolle spielte. Ihre Selbstsicherheit war wie ein großer Regenschirm, unter dem ich mühelos Platz fand.

»Wendy?«, fragt sie. Ich brauche einen Moment, bis ich kapiere, dass sie mich meint.

»Willa«, korrigiere ich.

»Nein, ich bins, Alexis!«, ruft sie und zeigt lachend auf ihr Namensschild. »Die arme Shelby, oder? Autsch, gar nicht gut.« Dann fällt ihr Blick mit unverhohlener Bewunderung auf Ben, den sie offensichtlich nicht erkennt. »Ist das etwa dein Frooooind?« Sie spricht das Wort mit lang gezogenem O aus.

»Ja!« Ben lächelt sie strahlend an und streckt ihr die Hand entgegen.

»Wahnsinn!«, sagt sie, und ihr Lächeln wirkt jetzt ein wenig gekünstelt. »Meiner ist dort drüben. Eigentlich ist er sogar mein Verloooobter!« Sie zeigt auf eine Gruppe junger Männer in Freizeitkleidung, die alle gleich aussehen. »Trooooi!«, sagt sie stolz, und mir ist nicht ganz klar, ob er Troy *heißt* oder treu *ist.*

Es folgt peinliches Schweigen, weil niemand mehr etwas zu sagen weiß. Ich überlege gerade fieberhaft, mit welcher Entschuldigung ich mich verdrücken könnte *(Was? Schon fünf nach acht? Ich muss los!),* als ein Haufen ehemaliger Mitschülerinnen mit fuchtelnden Armen und flatternden schwarzen Kleidchen in unsere Richtung stürmt – eine Fledermauskolonie! Ich rieche fruchtige Parfüms, die bestimmt Namen wie *Delicious* oder *Happy* oder *Enchantée* tragen (wenn ich einen Duft aufgelegt hätte, würde er *Unhappy* oder *Énervée* heißen). Die Fledermausfrauen ignorieren Ben und mich, aber weil Alexis meinen Arm packt, werde ich von der Menge mitgerissen.

Eine junge Frau, die ich nicht erkenne, hält sich eine Kamera vors Gesicht und fängt an, Fotos zu schießen. Sie löst den Blitz so oft aus, dass man den Eindruck hat, neben einem Rettungswagen mit eingeschaltetem Blaulicht zu stehen. »He Leute, alle mal herhören!«, ruft sie, und mir fällt plötzlich wieder ein, wer sie ist – Leah Reilly, ehemalige Vorsitzende des Schülerrats und jedermanns beste Freundin. »Mir ist gerade eine super Idee gekommen! Ich fotografiere euch alle mit eurem damaligen Schwarm!« Sie bricht in überreiztes

Gelächter aus. »Also, auf wen standet ihr früher? Na los, sagt schon!«

Ein paar Umstehende kichern verlegen. Plötzlich finden wir alle unsere Schuhspitzen äußerst interessant.

»Jetzt seid nicht so schüchtern, Leute!«, rügt uns Leah und stemmt wie eine überambitionierte Animateurin die linke Hand in die Hüfte. »Wir sind doch jetzt alle erwachsen! Die Highschool ist acht Jahre her! Raus mit der Sprache! Wen fandet ihr damals gut? Na?«

Alexis dreht sich zu mir um, und ihre Lippen streifen mein Ohr, als sie flüstert: »Ich hatte ganz vergessen, wie sehr ich die Highschool gehasst habe!« Wieder einmal bin ich überrascht, wer alles eine geheime, unbekannte Seite hat. Eine kleine Frau mit Grübchen kichert und zeigt auf jemanden am Rand des Saals. Leah zieht sie sofort mit sich, ruft uns aber über die Schulter hinweg zu, dass wir nicht weglaufen sollen, sie sei gleich wieder zurück.

Einige Mädchen fangen aufgeregt an zu tuscheln und werfen die Haare zurück. Ihnen scheint der Gedanke, den einen oder anderen Flirt wiederzubeleben, nicht unangenehm zu sein. Auch ich fühle mich endgültig in die Highschool zurückversetzt, sogar das flaue Gefühl in der Magengrube stellt sich wieder ein. Ich denke an den heimlichen Helden meiner romantischen Fantasien *(O Willa, wenn ich gewusst hätte, was für eine Schönheit sich hinter deiner Brille verbirgt!):* Ryan Cox, Leichtathletik-Ass, Mathegenie und gelegentlicher Mitarbeiter der Literaturzeitschrift, die Ben und ich damals herausgaben. Mir wird wieder bewusst, wie schnell sich Einsamkeit in einem einnisten kann, Einsamkeit, die alles verschlingt wie Unkraut.

In diesem Moment taucht Ben wieder auf und tippt mir auf die Schulter. Als ich mich zu ihm umdrehe, suche ich sein

Gesicht aus alter Gewohnheit zu weit unten und sehe nur seinen Oberkörper, bis ich das Kinn hebe. »Lass uns die Flatter machen«, schlägt er vor, und ich weiß plötzlich wieder, wie es vor zehn Jahren war, wenn er mich vor mir selbst rettete. Ich beeile mich, Alexis Moodys Finger von meinem Oberarm zu lösen, und folge Ben durch die Tür in die Winternacht hinaus.

2

Während des ersten Highschooljahres war ich permanent mit den Nerven am Ende. In jenem Herbst trieben meine Eltern ihren Ehekrieg auf die Spitze der Eskalation und ließen keine Gelegenheit aus, sich gegenseitig mit Vorwürfen zu bombardieren. Erschwerend kam hinzu, dass mein Bruder Seth sich von meinem geliebten großen Beschützer in einen sadistischen Tyrannen verwandelt hatte. Ich war plötzlich mit zehn Zentimetern Abstand das größte Mädchen der Schule, und mir war über Nacht ein Paar so beängstigend riesige Brüste gewachsen, dass ich ständig Angst hatte, sie könnten mich erschlagen. Ich fühlte mich wie ein Ausrutscher der Evolution, wie eine dreibeinige Gazelle oder ein x-beiniges Känguru – so ungelenk und hässlich, dass ein Aussterben unvermeidlich war. Ich lief rot an und stotterte, wenn ich im Unterricht aufgerufen wurde, und zitterte schon, wenn ein männliches Wesen auch nur in meine Richtung blickte – selbst wenn es sich dabei um einen mir völlig unbekannten Jungen in der Schulkantine handelte oder meinen betagten, zu jeder Tageszeit nach Kaffee riechenden Mathelehrer oder um den Hausmeister. Wenn ich überhaupt einmal etwas sagte, dann nur im Flüsterton. Meine Schüchternheit nahm derart krankhafte Ausmaße an, dass ich mich schon wie

Laura in Tennessee Williams *Glasmenagerie* meine zerbrechlichen Glastiere streicheln sah, während ich mich nach einem gleichgültigen männlichen Besucher verzehrte.

Und dann begegnete ich Ben. Im zweiten Halbjahr unseres Englisch-Leistungskurses wurden wir als Zweierteam zusammengesteckt und bekamen die Aufgabe zugeteilt, eine literarische Zeitschrift zu gründen.

»Ich möchte nicht, dass ihr euch bei euren Streifzügen durch die Highschool-Literatur mit Durchschnittstexten zufriedengebt«, dozierte Miss Barnum mit leidenschaftlich geröteten Wangen und hielt sich die Hände ans Gesicht, um den eigenen Feuereifer ein wenig herunterzukühlen. »Als Herausgeber«, fuhr sie fort, »ist es eure Aufgabe, eure Mitschüler zu literarischen Höchstleistungen anzustacheln.« Es war Miss Barnums erstes Berufsjahr, und sie ließ sich noch allzu oft zu freudiger Erregung und glühendem Optimismus hinreißen. Natürlich forderte sie uns damit regelrecht dazu heraus, ihrer Naivität Dämpfer zu versetzen. »Ich möchte, dass diese Zeitschrift etwas *ganz Besonderes* wird«, unterstrich sie noch einmal ihr Anliegen und wippte dabei auf den Fersen. »Die Texte, die ihr produziert, sollen *ansteckend* wirken.«

»Wie Herpes?«, flüsterte mir Ben zu, der sich ebenfalls unwohl fühlte in seinem Körper und noch nicht die Notwendigkeit erkannt hatte, täglich zu duschen. Zu allem Überfluss teilte er sein Wissen über die ungewöhnlichen Essgewohnheiten fremder Kulturen mit jedem, der gerade in der Nähe war *(Jedes Land hat seine eigene Version des Knödels!)*, und besaß die Angewohnheit, seine Gesprächspartner aus dem Konzept zu bringen, indem er einzelne Wörter durch ausgefallene Synonyme ersetzte (*Fandest du den Film eigentlich auch larmoyant? Oh, meinst du wirklich, du hast den Physiktest vermurkst?)*. Er bildete sich oft ein, andere Leute würden über ihn lästern, auch wenn es gar nicht stimmte, aber wenigstens würzte er seine Paranoia mit beißendem Witz. Und er rettete mich.

Wir nannten unsere Zeitschrift *The Prose Shop* und gratulierten uns selbst zu diesem Einfall. Entgegen allen Erwartungen wurde sie ein Erfolg, vielleicht weil sie unter den mittelmäßigen Schülerzeitungen, die es sonst an unserer Schule gab, positiv herausstach. Miss Barnum war außer sich vor Begeisterung. Wir bekamen von allen Seiten Texte zugeschickt, hatten jede Menge Abonnenten und somit ein Budget. Ben übernahm das Redigieren der Texte, und ich steuerte freche Tuschezeichnungen bei, um die Leerräume und Seitenränder zu füllen. (Für eine Kurzgeschichte über einen Durchschnittsteenager, der eines Morgens als Genie aufwacht, zeichnete ich beispielsweise eine Kakerlake mit Geodreieck und Brille; ein ernstes Gedicht über Mädchenfreundschaften versah ich mit einem Auto, das über den Rand einer Klippe schlitterte und in dessen Windschutzscheibe zwei ineinander verschränkte Mädchenhände zu sehen waren.) Allein war ich eine stotternde Streberin, mit Ben war ich selbstsicher und mutig.

Mit seinen knapp ein Meter siebzig (gut zehn Zentimeter kleiner als ich) und seinem runden Bäuchlein war Ben eigentlich nicht als vollwertiger Junge zu bezeichnen, genauso wie ich mich nicht als vollwertiges Mädchen empfand. Zusammen bildeten wir ein drittes Geschlecht, eine geschlechtslose Kreuzung zwischen Mensch und Lemur. Wir waren wie Geschwister, wie Zwillinge, zwischen denen es weder komische Gefühle noch Hemmungen gab. Unsere große gegenseitige Sympathie gab uns genauso Auftrieb wie der winzige Funke Überlegenheit, den wir gegenüber unseren Mitschülern empfanden. Wir dachten uns anzügliche Filmtitel für Dickens-Verfilmungen aus – *David Popperfield, Die Pickficker, Nicholas Nippelby* – und lachten uns schlapp darüber, als wären wir weltgewandt und kultiviert statt ungeküsst und ahnungslos. Wir wetteiferten darin, Shakespeare-Passagen auswendig zu lernen, nur so zum Spaß. An den Wochenenden arbeiteten wir an einem Comic namens *Die Superstreber*, in dem es um eine Gruppe missverstandener Highschool-Superhelden mit herausragenden Schulnoten ging. Die Story schrieben wir gemeinsam, und ich steuerte die Illustrationen bei. Wir waren die uncoolsten Teenager, die man sich vorstellen konnte. Ein komischer Kauz allein ist bedauernswert, aber zwei zusammen bilden eine uneinnehmbare Festung.

So nah wir uns in der Highschool standen, nach unserem ersten Collegejahr brach der Kontakt allmählich ab, aus Gründen, die mir bis heute unklar sind. Nicht etwa, weil ich das Ende unserer Freundschaft nicht ausgiebig analysiert hätte. Es war kein plötzlicher, eindeutiger Bruch, sondern eher ein natürliches Sterben, ein langsames Dahinsiechen. Obwohl ich danach noch oft an Ben gedacht habe, habe ich nie herausgefunden, warum es dazu kam. Manchmal rede ich mir ein, dass es gar keine bewusste Trennung war, sondern dass wir nur beide sehr schlecht darin sind, Kontakt zu halten. Dann wiederum liege ich nachts wach und lasse jede einzelne Szene der letzten Monate unserer Freundschaft Revue passieren, auch unsere allerletzte Begegnung. Sicher bin ich mir nur in einem: dass Ben derjenige war, der den Kontakt abgebrochen hat. Ich rief ihn noch monatelang an und schrieb ihm, bis mir endlich aufging, dass er sich nicht mehr zurückmeldete. Seither lastet das Ende unserer Freundschaft wie die Nachwirkungen eines Albtraums auf mir, und ich trage das ständige Wissen mit mir herum, dass wir uns einmal sehr nahestanden und diese Nähe verloren haben, dass wir etwas Begonnenes nicht zu Ende gebracht haben.

Die schweren Türen des Restaurants fallen hinter uns zu, und der Parkplatz liegt flimmernd und surreal vor uns, während sich über uns die Schneewolken türmen. Der Wind hat aufgefrischt, er peitscht mir die Haare in heftigen kleinen Böen ins Gesicht. Ich taste meinen Rock nach nicht existierenden Taschen ab.

»Genau wie damals«, sagt Ben und zieht den Reißverschluss seiner Jacke zu.

»Stimmt.« Ich werfe ihm einen Seitenblick zu. Er stemmt sich mit gekrümmten Schultern gegen den Wind und stößt den Atem in kleinen Wolken hervor. Die Person, die einen mit siebzehn Jahren am besten kannte, übt immer eine besondere Anziehungskraft auf einen aus, egal, wie sehr man sich seither verändert hat. Dieses Gefühl, vollkommen durchschaut und verstanden zu werden, hat etwas Verführerisches an sich, etwas Unwiderstehliches. Ich frage mich, ob Ben genauso empfindet.

Er stampft mit den Füßen auf und bläst in seine Hände. »Hast du keine Jacke?«

»Du kennst mich doch«, antworte ich, aber mein beiläufiges Schulterzucken geht in ein Frösteln über. »Immer am Rande des Abgrunds.« Der Wind treibt mir die Tränen in die Augen, mein Gesicht wird langsam taub. Es fängt an zu schneien. Fiese kleine Eisklumpen prasseln auf uns nieder, als würde Gott uns mit Schneebällen bewerfen.

»Ach, *Willa!*« Ben spricht meinen Namen mit plötzlicher Verärgerung aus, was mich an den letzten Sommer unserer Freundschaft erinnert. »Komm mit.« Er packt meine Hand und zieht mich zu seinem Auto. Nachdem wir eingestiegen sind, warten wir, bis sich das Innere des Wagens aufwärmt. Es fühlt sich an, als wäre es erst fünf Minuten her, dass wir das letzte Mal zusammen in Bens Auto saßen.

Der Wind rüttelt an den Fenstern. Ich könnte Ben fragen, wo er die letzten sieben Jahre gesteckt hat, warum er unsere Freundschaft beendet und mir das Herz gebrochen hat. Oder ich könnte ihm sagen, dass er ein Arschloch ist, und die Autotür hinter mir zuschlagen. Aber er sitzt hier neben mir und scheint ein vollkommen neuer Mensch zu sein, und auch ich habe mich verändert, wenngleich man es vielleicht nicht auf den ersten Blick sieht. Der Schnee bleibt inzwischen auf dem Asphalt und den Autodächern liegen und verwandelt den dunklen Parkplatz in eine Mondlandschaft.

»Tja«, sage ich, als ich mein Gesicht wieder spüre. Heiße Luft strömt aus den Lüftungsschlitzen, die Fenster beschlagen. Ich sehe zu, wie Ben am Autoradio herumfummelt und einen Sender einstellt. Wir schaffen uns mühelos unseren eigenen kleinen Mikrokosmos, genau wie zu Highschoolzeiten. Ich werde zurückkatapultiert in eine Zeit, in der ich tiefe Dankbarkeit und Zuneigung für meinen besten Freund empfand. Gleichzeitig will ich ihn bei den Schultern packen und schütteln, bis seine Knochen klappern. Steckt irgendwo in ihm eine Erklärung?

»Tolle Party«, sagt Ben irgendwann. Er lächelt, ohne den Mund zu öffnen, und legt seine Hände aufs Lenkrad, als wollte er losfahren.

»Also, auf wen standest *du?*«, frage ich.

Unser letztes Treffen fand am Ende der Sommerferien zwischen erstem und zweitem Collegejahr statt. Es herrschte schon seit drei Monaten angespannte Stimmung zwischen uns, und ich hatte das ungute Gefühl, dass Ben sauer auf mich war. Immer wieder untergrub er die Ungezwungenheit, die bisher unsere Freundschaft ausgezeichnet hatte, mit unerklärlicher Schweigsamkeit und häufigen Seufzern. Wenn ich ihn wegen irgendetwas aufzog, herrschte er mich wütend an, oder er klinkte sich ganz aus unseren Gesprächen aus. Aus Starrsinn oder alter Gewohnheit verbrachten wir trotzdem die meisten Abende miteinander, trafen uns im Café oder in der Eisdiele oder auf ein Bierchen im High Road, einer Kellerbar, in der auch ohne Vorlage des Ausweises Alkohol ausgeschenkt wurde – für uns unerlässlich, da Ben immer noch wie dreizehn aussah. An besagtem Abend wollten wir das Ende der Sommerferien ausläuten und hatten uns zum Essen im Cottage verabredet, einem Bistro in der Innenstadt. Bens Flieger ging am nächsten Morgen.

Er wartete am Eingang auf mich, murmelte eine Begrüßung und wirkte noch nervöser als sonst. Seine Haare waren ungewöhnlich ordentlich frisiert, und er sah aus, als hätte er sein Outfit an diesem Tag tatsächlich aus dem Schrank gezogen, statt sich wie sonst einfach ein zerknittertes T-Shirt und Shorts zu schnappen, die neben dem Bett herumlagen. Er war zappelig und schnallte erst das Armband seiner Uhr abwechselnd fester und lockerer und zeichnete dann den Aufdruck der Tischdecke mit den Fingern nach. Ich weiß noch, dass mir dabei die Haare auf seinen Armen auffielen. Ich tat mich oft schwer damit, Ben als Mann zu betrachten, bis mir wieder irgendeine Kleinigkeit – ein Bartschatten auf seinem Gesicht, der veränderte Tonfall seiner Stimme – seine Männlichkeit vor Augen führte. An diesem Abend war nicht zu übersehen, dass Ben etwas auf dem Herzen hatte, aber der Sommer mit ihm war lang und schwierig gewesen, und ich hoffte insgeheim, dass er mich nicht damit belästigte. Wir saßen im Innenhof des Bistros und hatten gerade unser Essen bestellt, als Matt, eine flüchtige Bekanntschaft aus der Uni, an unserem Tisch vorbeiging. Ohne darüber nachzudenken, winkte ich ihn heran und fragte ihn, ob er sich zu uns setzen wollte.

Bens offenkundiger Ärger über die Störung unserer Zweisamkeit war mir egal. Ich war erleichtert, dass der ermüdende Sommer zu Ende ging, und hatte das Gefühl, in der Hitze dieses Augustabends endlich wieder frei durchatmen zu können. Irgendetwas hatte sich verändert zwischen mir und Ben, und ich war der Ansicht, dass ihm ein kleiner Denkzettel guttun würde. Nach dem Motto, dass ich mir eben neue Freunde suchen würde, wenn er weiterhin so schlecht gelaunt war. Also schenkte ich Matt meine ganze Aufmerksamkeit, lachte über seine Witze und starrte ihn hingerissen an, während er über Baseball dozierte. Ich testete meine unbeholfenen Flirtkünste an ihm, die dringend einer Perfektionierung bedurften. Als Ben nach dem Essen abrupt aufstand und sich verabschiedete, umarmte ich ihn kurz und fragte Matt dann, ob er noch ein Dessert mit mir essen wollte. Er wollte.

Wir könnten die ganze Nacht hier im Auto sitzen, ohne etwas zu sagen, aber ein Klassentreffen – und sei es eins, das bereits nach acht Jahren stattfindet – ist die beste Erinnerung daran, dass die Zeit vergeht.

Ich versuche es mit: »Ich bin froh, dass du gekommen bist.«

Ben antwortet nicht.

»Ich bin auch froh, dass du gekommen bist, liebe Willa«, sage ich mit tiefer Stimme.

Er starrt krampfhaft geradeaus, mit angespannten Kiefermuskeln. Dann atmet er laut aus, als hätte er es zuvor vergessen. Ohne Vorwarnung schlägt er sich mit der Handfläche gegen die Stirn. »Mann!«

Die Heftigkeit seines Ausbruchs trifft mich völlig unerwartet. Meine Augen brennen, und ich rutsche zur Autotür und lege die Hand auf den Türgriff. Wenn mich das Leben vor die Wahl stellt, zu kämpfen oder zu fliehen, entscheide ich mich jederzeit für die Flucht. Aber sieben Jahre Funkstille und unterdrückte Gefühle haben auch bei mir Spuren hinterlassen, und ich will endlich wissen, was der Grund für das Ende unserer Freundschaft ist. »Was?«, frage ich mit lauter, bebender Stimme und drücke mich noch enger an die Tür. »*Was* ist los?«

»Auf wen ich stand?!« Selbst im trüben Licht der Parkplatzbeleuchtung erkenne ich, dass Ben rot angelaufen ist. »Bist du so dumm, oder tust du nur so?«

Neben mir sitzt nicht mehr mein Schulfreund, sondern ein Fremder – Bens niederträchtiger, aber verwirrend männlicher Cousin. »Offenbar bin ich so dumm, tut mir aufrichtig leid.«

Noch während ich es sage, fällt es mir wie Schuppen von den Augen. Vier Jahre Freundschaft verpuffen, lösen sich in Luft auf. Ich senke den Blick auf meine Hände, die mir lang und fremd vorkommen und die im Licht, das vom Schnee reflektiert wird, rosa leuchten. »Oh. Scheiße.«

»Nicht gerade die Reaktion, die ich mir erhofft hatte.« Seine Stimme klingt jetzt ruhiger und etwas heiser, als hätte die Gehässigkeit, die gerade noch darin gebrannt hat, Löcher hinterlassen.

Mein Blick schweift übers Armaturenbrett, und ich versuche, die Neuigkeit zu verarbeiten, aber das Einzige, was zu mir durchdringt, ist die Tatsache, dass das Auto 127 106 Kilometer auf dem Tacho hat. Ich streiche mir eine Haarsträhne hinters Ohr. Auch ohne Spiegel weiß ich, dass meine Haare sich in der feuchten Hitze gekräuselt haben. Wenn ich Ben an diesem Abend zum ersten Mal begegnet wäre, hätte er bestimmt mein Interesse geweckt, und ich hätte mich an einen Tisch in seiner Nähe gesetzt, irgendeinen klugen Kommentar von mir gegeben und mich wieder weggedreht, um mit vorgetäuschter Ruhe und Selbstsicherheit seine Reaktion abzuwarten. Aber dieser neue Ben ist nur eine andere Erscheinungsform meines kleinen, pummeligen, ungewaschenen Kumpels aus Schultagen, meines guten Freundes, meines *besten* Freundes.

»Ich … also … ich hatte keine Ahnung«, stammle ich. »Tut mir leid.«

»Steht auch nicht auf meiner Liste mit erhofften Reaktionen«, antwortet Ben, der jetzt mehr wie der alte Ben klingt, als wäre ihm endlich wieder eingefallen, dass jede Äußerung die Möglichkeit zur Selbstironie birgt.

Plötzlich muss ich an Jane denken, an unsere Freundschaft, die direkt an die mit Ben anschloss. Jane, die beim Putzen Glitzerlidschatten trägt, auf Karaoke steht und sich letztes Jahr an Halloween als Truthahnsandwich verkleidet hat, Jane, die mit ihrem *Au ja, gerne!* den Gegenpol zu meinem *Auf gar keinen Fall!* bildet. Was würde Jane an meiner Stelle tun? Diese Frage stelle ich mir häufig. An ihrem letzten Geburtstag hat sie mir ein Armband mit dem Aufdruck *Was würde Jesus tun?* geschenkt. Ich rutsche wieder näher an Ben heran, verlegen, aber sicher, die Antwort auf die Frage, was Jane jetzt tun würde, zu kennen. Er sitzt immer noch stocksteif auf seinem Platz und starrt auf die beschlagene Windschutzscheibe, als enthielte das Schneewasser, das daran herunterläuft, eine wichtige verschlüsselte Botschaft. »Na ja«, sage ich. »Wie Fräulein Dingsbums vorhin richtig festgestellt hat, ist die Highschool lange her.« Ich strecke die Hände aus und lege sie rechts und links an sein Gesicht. Später werden wir unseren Enkeln erzählen, dass wir jahrelang beste Freunde waren, bevor wir unsere Liebe füreinander entdeckten, dass Ben es schon lange vor mir wusste, dass unser erster Kuss in einem beschlagenen Auto in einer eiskalten Nacht alles veränderte.

Seine Jacke raschelt, als er sich zu mir beugt. Er legt mir die Hand in den Nacken, hält mich sanft wie ein Baby. Unsere Münder treffen sich, und für eine Sekunde ist alles perfekt, bin ich die Erfüllung, die Krönung von Bens jahrelanger Sehnsucht. Ich schließe die Augen.

Dann stoßen unsere Zähne gegeneinander. Ben lacht, eine feuchte, nervöse Ausdünstung direkt in meinen Mund hinein. Ich beuge mich über einen Schaltknüppel und küsse meinen alten Schulfreund, und es fühlt sich an, als würde ich meine Großmutter küssen, auch wenn ich das ehrlich gesagt noch nie getan habe. Aber ich stelle es mir so ähnlich vor, innig und bodenständig und vertraut. Aber ich küsse nicht meine Großmutter, sondern Ben! Also mache ich tapfer weiter und bete, dass sich bald eine Veränderung einstellt, während ich meinen plötzlich unendlich schweren Körper anspanne, damit ich nicht auf Ben und den Schaltknüppel stürze. Noch nie habe ich so deutlich alle Einzelheiten eines Kusses gespürt. Auf einen Schlag wird mir bewusst, dass ein Kuss eigentlich nichts anderes ist als zwei Menschen, die versuchen, sich gegenseitig aufzuessen, zwei heiße Münder, die sich aufeinanderstülpen. Andererseits sind seine Lippen schön weich, und mit seiner Hand im Nacken fühle ich mich warm und geborgen.

»Darf ich dich was fragen?«, murmelt Ben, als wir fertig sind.

»Nur zu.« Sein Gesicht ist immer noch ganz dicht vor meinem. Auf seiner Wange klebt eine einzelne Wimper.

»Hast du heute Brezeln gegessen?«

»Was ist denn das für eine Frage?«, will ich wissen.

»Du schmeckst irgendwie … brezelig.« Meine widerspenstige Strähne ist mir wieder in die Stirn gefallen. Ben streicht sie mir sanft zurück hinters Ohr.

»Fragt man das ein Mädchen, nach dem man sich zwölf Jahre lang verzehrt hat?«

»Ich habe mich nicht nach dir verzehrt.« Er lacht. Sein Atem ist warm und ganz nah. »Na gut, vielleicht habe ich ab und zu an dich gedacht, aber verzehrt würde ich das nicht nennen.«

»Oh doch, du hast dich verzehrt!«

»Sag mir einfach, ob du Brezeln gegessen hast, dann können wir weitermachen.« Er verlagert sein Gewicht, und seine Jacke knistert wieder leise, wie ein Flügelschlag.

»Nein«, antworte ich. »Aber ich hatte eine rohe Zwiebel zu Mittag.«

»Ah, dann ist es das.«

»Und Knoblauchbrot. Und Muschelsuppe.«

»Wendy, Wendy«, sagt Ben und schüttelt grinsend den Kopf. Er streckt die Hand aus und dreht die auf uns gerichteten Lüftungsschlitze in eine andere Richtung. Wir wissen beide nicht, was wir sagen sollen, und unser Schweigen wird vom Pfeifen der Autoheizung begleitet, vom Wind, vom blechernen Klirren der Eiskristalle. Der Kuss, den ich noch vor wenigen Sekunden eindeutig als fehlgeleiteten Ausdruck unserer gegenseitigen Sympathie und als törichten Fehler erkannt habe, verwandelt sich immer mehr in ein konfuses Verlangen. Ich werfe Ben einen unsicheren Blick zu, weil ich mir von ihm eine Deutung der Situation erhoffe, aber er sitzt mit leicht gerunzelter Stirn da, und ich werde nicht schlau aus seinem Gesichtsausdruck. Er fährt sich mit der Hand durch die Haare. »Äh, das, was wir gerade getan haben«, setzt er an.

»War irgendwie …«

»… komisch.«

»Ja!«, gebe ich ihm recht. »Ich meine, ich bin total froh, *dass* es passiert ist, aber …«

Er streckt mir beide Handflächen entgegen, wie ein Schülerlotse, der den Verkehr stoppen will. »Können wir vielleicht … Meinst du, wir könnten versuchen, nicht darüber zu reden?«

Ich starre auf sein fremdes Gesicht, das mir früher so vertraut war. »Okay.«

»Nie wieder«, fügt er hinzu.

Ich hänge immer noch quer über dem Schaltknüppel und beeile mich jetzt, mich wieder gerade hinzusetzen. »Ich habe nicht wirklich eine rohe Zwiebel und Muschelsuppe zu Mittag gegessen«, sage ich.

Ben nickt. »Obwohl eine heiße Suppe jetzt nicht schlecht wäre.«

Ich stelle ihn mir an unserem kleinen runden Küchentisch vor, stelle mir vor, wie Ben, ich und Jane aus großen Schüsseln Matzebällchensuppe löffeln, die Jane und ich manchmal bei Nate's Deli holen. »Komm doch mal zu Besuch«, schlage ich vor. »Dann lernst du meine Mitbewohnerin kennen.«

Ben senkt verlegen lächelnd den Blick und murmelt noch etwas von Suppe. Vielleicht sagt er aber auch, dass ihm der Abend gefallen hat. »Gerne«, antwortet er schließlich. »Sehr gerne.« Anscheinend ist die Hitze im Auto endlich zu mir durchgedrungen, denn mir ist zum ersten Mal an diesem Abend warm.

3

Am nächsten Morgen schlage ich schon um halb acht die Augen auf, starre eine Dreiviertelstunde an die Decke und denke mit einer Mischung aus Erleichterung und Reue über alles nach. Es hätte mich nicht überrascht, wenn Ben um diese Zeit schon angerufen hätte, wie er es zu Highschoolzeiten oft getan hat, um mich über die Tagesplanung aufzuklären *(Die Reptilienausstellung! Das Senfmuseum!)*. Ich weiß, dass ich den gestrigen Abend nicht geträumt habe – schließlich habe ich Jane alles erzählt, als ich nach Hause kam –, aber die Ereignisse haben über Nacht eine traumähnliche Symbolik angenommen, und ich grüble, ob sie vielleicht endgültig der Schlusspunkt unserer gemeinsamen Freundschaft waren, statt der Anfang eines neuen Kapitels. Wie lange werde ich wohl noch an Ben denken?

Jane hat schon früh das Haus verlassen, weil sie einen Putzjob hat. Ich bin also allein und sitze vor einem halb gegessenen Bagel, einem Glas Orangensaft und meinem Laptop am Küchentisch. Bevor ich zurück nach Milwaukee gezogen bin, habe ich ein halbjähriges Praktikum bei Crowley & Donovan gemacht, einer Werbeagentur in Evanston, die von zwei etwas gammeligen Exil-Iren geführt wird. Die beiden fluchen am laufenden Band, als könnte ihr häufiger Gebrauch des Wortes

»Scheiße« als Substantiv oder Adjektiv darüber hinwegtäuschen, dass sie zwar vierzehn Stunden am Tag arbeiten, aber immer noch alte Saabs fahren. Sie schustern mir ab und zu kleinere Projekte zu, die unter ihrer »Scheißwürde« sind, und bezahlen mir etwas mehr, als ich mit Kellnern verdienen würde, aber weniger, als fast jeder andere Job einbringt. Mein derzeitiger Auftrag besteht darin, mir einen wohlklingenden Namen für einen neuen Eyeliner von Vérité auszudenken, einer winzigen Kosmetikfirma, die ständig kurz vor dem Bankrott steht. »Wenn Sie sich schön fühlen, dann ist es Vérité« lautet der Firmenslogan, was Michael und Declan scherzhaft in »Wenn Sie sich schön mühen, dann ist es Vérité« umgewandelt haben.

Ich notiere ein paar Ideen auf meiner Brainstorming-Liste. Der Eyeliner soll Teil einer Produktlinie sein, die sich an die junge Frau von Mitte bis Ende zwanzig richtet. *Sie ist Single, ein bisschen hilflos, fühlt sich noch nicht so recht wohl in ihrer Haut. Sie geht abends tanzen oder in Bars, auf der Suche nach Spaß und Nervenkitzel, aber in Wirklichkeit sehnt sie sich nach einem Ort, an dem sie sich geborgen fühlt.*

Wir fanden, dass dieses Projekt perfekt auf dich zugeschnitten ist, Darling, schrieb Declan mir letzte Woche in seiner E-Mail. *Verscheißern kann ich mich selbst!*, antwortete ich, was so viel heißt wie: *Danke, ich übernehme den Auftrag.*

Luminatio, Luminessence lauten zwei meiner ersten mutigen Vorstöße. In der Welt der Kosmetik kommen erfundene Variationen des Wortes »lumineux/se« immer gut an, wie alles, was auch nur im Entferntesten französisch klingt. Man muss einfach nur die Endung *–ique* an ein beliebiges Wort hängen, und schon hat man ein Produkt. *Luminique?* Andererseits läuft man auf die Weise Gefahr, dass sich der Lippenstift, den man herausbringen will, wie ein weiblicher Pornostar anhört. Als Plan B eignen sich Lebensmittel, da Frauen ihre Gelüste angeblich gerne sublimieren und auf Pflegeprodukte übertragen. Alles mit »Apricot« oder »Peach« verkauft sich wie von selbst. (Aber nicht »Banana«. Wir Frauen sublimieren deutlich subtiler.) Sparsam eingesetzt, können auch Wortspiele die Kauflust anregen. *Eye-dentity*, schreibe ich, aber das klingt mir zu sehr nach Zahnarzt. *Eye-dealism. Surpr-eyes! Eye-nfach unglaublich! Eye, was schreibe ich da für einen Mist?!*

Es klingelt an der Tür. Offenbar ist Jane schon wieder zurück, eine willkommene Unterbrechung. Mit ihrer lyrischen Ader ist sie oft der Funke, der meine Brainstorming-Sitzungen entfacht. Ein Wort von ihr, ein beiläufiger Vorschlag kann schon genügen, um stundenlangem erfolglosem Grübeln ein Ende zu bereiten. Vor ein paar Wochen arbeitete ich beispielsweise an einem Slogan für Arrow, einen koffeinfreien Pulverkaffee, den vor allem Senioren gerne trinken. Alles, was mir einfiel, waren diffuse Anspielungen auf den nahenden Tod. (»Arrow Instant. Weil Sie keine Zeit zu verlieren haben!«) Dann kam Jane hereingestürmt, spähte über meine Schulter und sagte: »Meine Oma hat das immer getrunken. Morgens eine Tasse Kaffee, und alles wird gut, hat sie immer gesagt.« Plötzlich ging mir auf, dass ich meinen Hinweisen auf ein baldiges Ableben zumindest einen nostalgischen Anstrich geben musste. Morbidität plus Sentimentalität gleich Hoffnung! Michael und Declan fanden, dass »Arrow. Gestern, heute und morgen« der beste »Scheißslogan« war, den ich bisher abgeliefert hatte.

Jane klingelt ein zweites Mal. Ich trotte zur Tür und drücke auf den Türsummer. »Du kannst von Glück sagen, dass du so hübsch bist und ich dir alles verzeihe!«, rufe ich in den hallenden Hausflur hinaus. Für jemanden, der zu zwanghaftem Verhalten neigt, vergisst meine Mitbewohnerin ihren Schlüssel ganz schön oft.

»Oh, vielen Dank!«, antwortet eine Stimme, die eindeutig nicht Jane gehört. Dann kommt Ben um die Ecke und schlendert durch den langen Flur auf mich zu, in der Hand eine weiße Papiertüte, auf dem Gesicht ein breites, dümmliches Grinsen.

Bei seinem Anblick versagt meine sonst so reibungslos funktionierende Atmung kurzzeitig den Dienst, und ich schnappe nach Luft. Ein Sonnenstrahl scheint in meinen Tag, hell und unerwartet. »Ben!«, japse ich.

»Willa!« Er bleibt in der Tür stehen und knufft mich in die Schulter. »Schickes Outfit«, fügt er dann hinzu. Das Grinsen auf seinem Gesicht ist noch breiter geworden.

Ich blicke an mir hinunter und stelle fest, dass ich immer noch meinen Äffchen-Schlafanzug trage, der noch dazu voller Bagelkrümel und Orangensaftflecken ist. »Genau deswegen gibt es Telefone«, sage ich vorwurfsvoll.

»Um Orangensaftflecken von Affenpyjamas zu entfernen?«

»Um vorher anzurufen, damit man einigermaßen vorzeigbar ist, wenn Freunde zu Besuch kommen.«

Ben zuckt mit den Schultern und überreicht mir die Papiertüte, die voll mit Gebäck ist – Muffins, Donuts, Scones. Ich ziehe einen langen, mit Zucker bestäubten Keks hervor. »Weißt du noch?«, fragt er, und mir fällt ein Morgen vor vielen Jahren wieder ein, als wir in der Baywood Bakery Schlange standen und die Verkäuferin einem Mann, der kein Englisch sprach, das Wort »Ladyfingers« begreiflich machen wollte, indem sie es immer wieder in zunehmender Lautstärke wiederholte und dazu sinnlos mit den Fingern wackelte, bis sie irgendwann sogar nach dem Finger einer unbeteiligten Kundin griff und ihn hochhielt. Ben und ich standen direkt hinter dem Mann und krümmten uns vor Lachen. Als wir an der Reihe waren, täuschte Ben einen russischen Akzent vor und zeigte mit Unschuldsmiene fragend auf die Schweinsöhrchen in der Auslage. Ich fühle mich, als hätte ich am ersten kalten Tag des Jahres einen Zwanzigdollarschein in meinem Wintermantel entdeckt oder meine verloren geglaubte Lieblingskette hinter der Kommode wiedergefunden. Wenn man lange genug befreundet ist, reicht eben schon eine kleine Anspielung, um zu wissen, was gemeint ist. Ich beiße in den Ladyfinger, der bei aller Süße ganz schön pappig ist, doch ich lasse mir nichts anmerken, weil ich ein Friedensangebot erkenne, wenn es mir unterbreitet wird.

Als sich meine Eltern gegen Ende meiner Highschoolzeit endlich trennten, fühlte ich in erster Linie Erleichterung. Ihre Scheidung war wie eine wohltuende Waffenruhe nach drei langen Jahren schwelender Feindseligkeit. So dachte ich zumindest tagsüber. Nach Sonnenuntergang hingegen fühlte ich mich verwirrt und deprimiert. Monatelang lag ich jede Nacht wach, zählte meine eigenen flachen Atemzüge und versuchte, mich in den Schlaf zu wiegen, indem ich mir Situationen ausmalte, die meine Eltern zu gegenseitigen Liebesbekundungen zwingen würden. (Meistens lag ich schwach und bleich auf dem Sterbebett, während meine weinenden Eltern endlich in gemeinsamer Reue zueinanderfanden. *Zu spät … zu spät!*) Ich errichtete eine Mauer um mich herum, die am Ende nicht meine Eltern durchbrachen, und schon gar nicht Seth, sondern Ben. Nur Ben ließ sich nicht von meinen Heulkrämpfen abschrecken, wenn ich eine kitschige Werbung für Grußkarten im Fernsehen gesehen hatte, nur Ben flippte nicht aus, als ich mich vorübergehend in eine aggressive Schnappschildkröte verwandelte. Ben war es auch, der mir Schokoladeneis mitbrachte, wenn er zum Lernen vorbeikam, der mit mir telefonierte, bis ich einschlief, der mich drei Mal zur Fahrprüfung fuhr, bis ich endlich bestand.

Mag sein, dass er all diese Dinge – zumindest teilweise – tat, weil er in mich verknallt war, aber das ändert nichts an unserer gemeinsamen Geschichte.

Ich biete ihm die Hälfte des Ladyfingers an, und wir stehen eine Weile kauend in der Tür, bevor mir endlich einfällt, ihn hereinzubitten.

»Also«, sagt er, während er sich auf dem Sofa niederlässt und sich in unserem aufgeräumten Wohnzimmer umsieht. »Wie war der Mathetest?«

»Hä?« Ich stehe in der Küche und hole Teller und Servietten aus dem Schrank. Die Kaffeemaschine gluckst. Verwirrt und ein wenig entgeistert drehe ich mich zu Ben um. Er ist so sprunghaft und undurchschaubar wie eh und je. *Mathetest? Welcher Mathetest?*

»Na ja, ich dachte, wir machen einfach da weiter, wo wir damals aufgehört haben.« Er blickt den Donut in seiner Hand an, als wäre er ihm plötzlich wie ein winziger, seltsamer Hundewelpe auf den Arm gesprungen. Es ist offensichtlich, dass er sich vorher Gedanken gemacht hat, wie er mit diesem Moment umgehen soll. Er hat verschiedene Eröffnungssätze ausprobiert, die er hier in meiner Wohnung zu mir sagen will, hat überlegt, wie er möglichst lässig, natürlich und charmant rüberkommt. Und jetzt, wo sein Witz ins Leere gelaufen ist und peinliche Stille herrscht, jetzt, wo uns bewusst wird, dass unserer Freundschaft das Gewicht mehrerer Jahre fehlt, verlieren wir Tiefgang und kommen ins Trudeln.

Ich gehe zum Sofa, lasse mich neben ihn plumpsen und nehme ihm den Donut aus der Hand. »Ich hab den Test geschwänzt und mich stattdessen auf dem Parkplatz bekifft«, sage ich und nehme einen riesigen Bissen. »Hast du einen Job?«, frage ich, während ich mir die Finger ablecke. »Eine Wohnung? Eine Freundin?« Die letzte Frage stelle ich nur aus

Höflichkeit. Irgendetwas verrät mir, dass die Antwort Nein lautet.

»Hab ich etwa noch nicht erwähnt, dass ich schon drei Mal verheiratet war?«

»Nein«, antworte ich.

»Doch, klar. Und ich habe, äh, Zwillinge. Sie sind vier Jahre alt. Zwei ... Jungs.«

»Nein wirklich?«

»Ja. Von zwei verschiedenen Müttern!«

»Interessant. Wie heißen die beiden denn?«

Ben grinst und sieht sich suchend im Zimmer um. »Wie die Zwillinge heißen?« Sein Blick bleibt an einem Bücherregal hängen. »Äh ... Billy.« Er zuckt wieder mit den Schultern, ein Tick, den er sich in den letzten sieben Jahren angewöhnt haben muss, die kleinlaute, unaufdringliche Geste eines jungen Mannes, der keine Ahnung hat, wie gut er aussieht. Er grinst immer noch. »Billy und, na ja ... Happy. Wir nennen ihn Hap.«

Ich stehe auf und gehe in die Küche zurück, die eigentlich ein Teil des Wohnzimmers ist, das wiederum gleichzeitig als Esszimmer fungiert. Ich halte einen Becher hoch, Ben nickt. »Billy und Hap! Hm, da habt ihr bestimmt alle Hände voll zu tun«, sage ich, während ich Ben Kaffee eingieße und den Becher zum Sofa bringe. »Ich wette, da ist ständig *Achtung geboten.*«

»Ja, sie sind kleine Menschen, also gebührt ihnen Achtung«, antwortet er und zwinkert mir zu, ein übertriebenes Zusammenziehen der einen Gesichtshälfte, um deutlich zu machen, dass es eigentlich gar kein Zwinkern ist. In der Highschool haben wir viel Zeit damit verbracht, denkwürdige Sätze aus den Romanen auswendig zu lernen, die wir für den Englisch-Leistungskurs lesen mussten, und uns in Alltagssituationen gegenseitig mit Zitaten zu bombardieren. Ich bin überrascht, wie viel Sicherheit mir dieses Spielchen immer noch gibt, wie mühelos ich in meine alte Rolle schlüpfe.

»Ich gehe mir was anziehen. Wenn ich zurückkomme, möchte ich gerne mehr über deine drei Exfrauen erfahren.«

Ben salutiert mit der freien Hand.

Ich frage mich, wie lange wir ihn noch aufrechterhalten können, diesen oberflächlichen Tanz, den wir aufführen. In meinem Zimmer durchwühle ich den Schrank nach meiner besten Jeans und finde sie schließlich auf dem Boden. Ich ziehe sie an und wähle dazu den blauen Pullover, den Jane neulich an mir bewundert hat.

Um das Ganze abzurunden, trage ich Labello auf und fahre mir mit den Fingern durchs Haar, in dem vergeblichen Versuch, aus einem Stahlschwamm eine geschmeidige Löwenmähne zu zaubern. Dann versuche ich, im Fenster neben dem Bett einen Blick auf mein Spiegelbild zu erhaschen, mache aber nur die kahlen Äste eines Silberahorns aus, der sich an unser Gebäude schmiegt. Zwei Eichhörnchen flitzen die Zweige entlang und liefern sich eine wilde Verfolgungsjagd. Eichhörnchen stehen ganz oben auf der Liste mit Dingen, vor denen ich Angst habe, sogar noch vor tollwütigen Fledermäusen. Das liegt daran, dass Eichhörnchen die Städte bevölkern und mitten unter uns leben. Man weiß nie, ob sie sich das mit der friedlichen Koexistenz nicht irgendwann einmal anders überlegen. Manchmal zeichne ich sie und stelle mir vor, sie würden ein heimliches Doppelleben führen und eine Verschwörung gegen uns Menschen anzetteln, bevor sie sich im letzten Moment von ein paar leckeren Eicheln ablenken lassen.

Ich spähe am Baum vorbei in das einzige Stück Himmel, das wir von der Wohnung aus sehen. Der Mond ist bereits aufgegangen, obwohl es erst Mittag ist, ein verschwommener Klecks am hellblauen Himmel, blass, aber klar erkennbar. Ich überlege, ob ich zurück ins Wohnzimmer gehen und Ben sanft nach Hause schicken soll. Vielleicht ist es an der Zeit, ihm zu erklären, dass es – verschmähte Liebe hin oder her – der Todesstoß für eine Freundschaft ist, sie ins Koma zu versetzen und sieben Jahre lang nicht zu wecken.

Als ich aus meinem Zimmer zurückkomme, starrt Ben mit ernstem Gesicht in seinen Becher.

»Ben?«

»Du weißt, dass ich kein Freund von klaren Worten bin«, sagt er. Knapp unterhalb des linken Knies ist ein kleiner Riss in seiner Jeans, an dem er herumspielt. »Also mache ich es kurz.«

Ich muss daran denken, wie die Eichhörnchen bei ihrer Verfolgungsjagd mehrmals nach genau einstudiertem Muster die Plätze getauscht haben, sodass der Jäger plötzlich zum Gejagten wurde. *Wir* sind die Eichhörnchen!

»Du musst gar nichts sagen«, wehre ich ab, und meine Stimme klingt unerwartet piepsig.

»Doch, natürlich muss ich etwas sagen.«

»Geht es um die Zwillinge? Raus damit, was stimmt nicht mit ihnen? Es sind doch nicht etwa *siamesische* Zwillinge, oder?« Noch vor zwei Minuten habe ich mir gewünscht, wir würden endlich etwas Greifbares zwischen uns schaffen, etwas Ruhiges und Wahrhaftiges, und jetzt fange ich selbst wieder von den Zwillingen an. Ich wickle mir nervös eine Strähne um den Finger.

Er seufzt. »Doch, sind sie. Aber jetzt lass mich bitte ausreden. Ich hätte dich nicht aus meinem Leben ausschließen dürfen. Du kennst mich … oder kanntest mich zumindest damals und weißt, dass ich nicht so gut … na ja, dass ich nicht wusste, wie … wie man sich als Erwachsener verhält.«

»Wir waren doch noch gar nicht richtig erwachsen.« Ich will mich hinsetzen, aber plötzlich wirkt jede zur Verfügung stehende Sitzgelegenheit unpassend. Der Sessel? Zu nah an Ben. Ein Küchenstuhl? Zu weit weg. Ich verschränke die Hände hinter dem Rücken und merke, dass ich ein wenig Schlagseite habe, wie ein Segelboot.

»Willa, es tut mir leid. Verzeihst du mir?«

»Ja«, antworte ich mit strahlendem Lächeln, aber in Wirklichkeit wird mir alles ein bisschen zu viel: Ben, wie er voller Reue in meinem Wohnzimmer sitzt, wir beide, wie wir zu retten versuchen, was wir verloren haben. Sieben Jahre sind eine lange Zeit. Der Versuch, unsere Freundschaft zu kitten, wird scheitern. Schlimmer noch, ich weiß mit der angespannten Gewissheit eines Patienten, der die Nadel näher kommen sieht, dass das Scheitern schmerzhaft sein wird. »Ja«, wiederhole ich noch einmal. Meine Hände sind immer noch fest hinter meinem Rücken verschränkt.

Wir hören plötzlich ein rasselndes Geräusch, das uns beide zusammenzucken lässt, ein Schlüssel im Schloss, gefolgt vom Schleifen der aufgehenden Tür. Dann erscheint Jane auf der Bildfläche. Sie hat den Blick auf den Garderobenständer gerichtet und bemerkt uns zunächst nicht. Nachdem sie ihre Winterjacke abgestreift hat, kommen ein enges lila T-Shirt und eine graue Jogginghose zum Vorschein. Ihre Haare sind zu einem losen Knoten gebunden, und einzelne Strähnen locken sich um ihr Gesicht herum. Ein dreckstarrender Engel. Ihren Eimer mit Putzutensilien hat sie auf den Boden gestellt. Jetzt kickt sie ihre Schuhe weg, seufzt und sagt: »Scheiße.« Ich höre ihr an, dass sie erschöpft ist.

Ich stehe wie angewurzelt in der Mitte des Wohnzimmers zwischen Ben auf dem Sofa und Jane im Flur und halte die Luft an. Wie eine Magierin oder Hellseherin bin ich mir plötzlich sicher, dass ich diejenige sein werde, die alles wieder in Ordnung bringt.

Jane wirft einen flüchtigen Blick ins Wohnzimmer und sieht Ben und mich.

»Hallo Süße, du bist ja schon wieder da!«, begrüße ich sie.

Sie richtet sich auf und lächelt, bevor sie sich mit dem Handrücken über die Stirn wischt und noch einmal »Ach du Scheiße!« sagt. Aber diesmal hört es sich kehlig und fröhlich an.

»Pst, nicht vor unserem Gast!«, flüstere ich übertrieben laut.

Ben steht auf, und wir gehen gemeinsam zu Jane hinüber. Während sie die Hand ergreift, die er ihr entgegenstreckt, sieht sie mich fragend an.

»Ben! Jane!« Ich rufe die Namen der beiden, als würde ich Umzugshelfer herumdirigieren. *Den Stuhl bitte dorthin, neben das Klavier.* Mir fällt die unangemessene Strenge meiner Stimme zwar auf, aber ich kann sie nicht kontrollieren.

»Sorry«, entschuldigt sich Jane.

»Für was denn?«, fragt Ben.

»Na, für meinen Aufzug: verschwitzt vom Putzen und nach Raumspray stinkend.«

»Dachte ich mir doch, dass ich etwas Zitronig-Frisches rieche.«

Gelbe Gummihandschuhe ragen aus der Tasche ihrer Jogginghose. »Willa hat mir schon viel von dir erzählt«, sagt sie.

Ich zucke innerlich zusammen, weil sie mit diesem harmlosen Satz mein Bemühen unterläuft, Ben gegenüber möglichst cool und unbeteiligt zu wirken. *Nein, nein, ich habe die letzten Jahre fast nie an dich gedacht …* Ben senkt den Blick, ob aus Verlegenheit oder Freude, lässt sich nicht sagen.

»Na ja, eigentlich ging es hauptsächlich um gestern Abend«, fügt Jane nach einer kurzen Pause hinzu, und wir stehen alle drei schweigend da, bis Ben ein Prusten von sich gibt, das wie das Lachen eines Nashorns klingt. Dann fängt Jane an zu kichern, und ich schnappe mir einen gelben Latexhandschuh aus ihrer Tasche und gebe ihr damit einen Klaps, bevor sie ihn mir wieder aus der Hand reißt.

Es gibt Momente – vermutlich geht es jedem so –, in denen ich außerhalb meines Körpers zu stehen scheine, in denen ich von außen auf mein Leben blicke und mich ermahne: Pass gut auf. Ich sage nicht: Willa, genieße diesen wertvollen Moment, denn er kommt nie wieder. Und ich sage auch nicht: Willa, hör auf, so viel Kuchen zu essen. Ich sage nur: Sieh hin. Siehst du, dass die toten Insekten auf der Motorhaube dieses Autos aussehen wie ein abstraktes Gemälde? Oder: Guck dir diesen kleinen Jungen an, der sich die Nase an der Bluse seiner Mutter abwischt, ohne dass sie irgendetwas davon mitbekommt. Oder: Hör dir das Bellen des Nachbarhundes an. Wenn du die Augen schließt, klingt er wie ein Wolf.

Auch jetzt ist so ein Moment. Ich beobachte aufmerksam, wie sich Janes Gesichtsausdruck verändert, wie Müdigkeit und Reserviertheit erwartungsvoller Freude weichen, wie Ben sich zu ihr beugt und ein wenig auf den Fußballen wippt, ohne es zu merken. Zwischen den beiden spielt sich etwas ab, und ich bin mittendrin, ein Teil davon.

Jane lässt ihre gelben Handschuhe in den Putzeimer fallen. Es sieht aus, als wären einer Flasche Fensterreiniger plötzlich Hände gewachsen, die uns zuwinken.

»Wenn Jane putzt, kommen ihr die besten Ideen für ihre Gedichte«, sage ich zu Ben. Ich will, dass er Janes verschrobenen Witz erkennt, ihre sprachliche Brillanz.

»Na ja …« Jane nickt zögernd. Zu spät fällt mir ein, dass es ihr oft ein wenig peinlich ist, wie sie ihr Geld verdient. Mal verteidigt sie sich, indem sie vom grundehrlichen Wert dieser

Arbeit spricht, mal besteht sie darauf, dass jede Bewegung mit dem Wischmopp im Dienste ihrer Lyrik erfolgt. Außerdem riecht sie wirklich ein bisschen streng. Ich flehe sie in Gedanken an, nicht die Arme zu heben. »Man erfährt eine Menge darüber, wie die Menschen leben«, erklärt sie Ben. »Man sieht, welche Sachen sie offen herumliegen lassen. Was sie verstecken und was nicht, verrät viel über … dadurch hat man … Ich meine …« Das passiert ihr manchmal, wenn sie nervös ist. Dann kommt sie vom Weg ab und schlittert einen rutschigen Abhang aus unvollendeten Sätzen und zusammenhanglosen Gedanken hinunter.

»Apropos deine besten Ideen«, sage ich an Jane gewandt. »Weißt du noch, als du damals diesen Dildo gestohlen hast?«

Jane gibt mir mit einem durchdringenden Blick zu verstehen, dass ich zu weit gegangen bin. *Ich wollte etwas Lustiges sagen, um die Stimmung ein wenig aufzulockern*, werde ich ihr später erklären. *Damit wir zu einer Einheit zusammenwachsen. Ich wollte dich nicht bloßstellen, tut mir leid.*

»Das war …« Jane gestattet sich ein halbes Lächeln. »Ich habe ihn nicht gestohlen, ich habe ihn befreit. Damals sollte ich nämlich das Haus des Eigentümers von Mr Horny's Sex Emporium putzen.«

Ben reagiert auf die Erwähnung dieses bekannten örtlichen Sex-Shops genauso wie jeder andere Mann: mit unverhohlener Begeisterung.

»Der Dildo war riesig. *So* ein Gerät.« Sie deutet einen Abstand von ungefähr fünfzehn Zentimetern an, bevor sie die Hände auseinandernimmt und noch einmal fünfzehn Zentimeter drauflegt.

»Und orange!«, rufe ich. Ich will auch meinen Beitrag zu ihrer Geschichte leisten.

»Knallorange«, bestätigt Jane. »Mit einem breiten runden

Sockel. So etwas hatte ich vorher noch nie gesehen. Ehrlich gesagt, hatte ich überhaupt noch nicht viele Dildos gesehen. Na ja, jedenfalls gehörte zur Familie auch ein acht Monate altes Baby.«

»Zur Familie Horny«, sagt Ben.

»Und da dachte ich: Ihr könnt doch keinen dreißig Zentimeter langen, knallorangenen Dildo offen im Wohnzimmer herumstehen lassen, wenn ihr ein Baby habt! Das gehört sich einfach nicht!« Jane berührt Bens Arm. »Für mich war es sozusagen ein Service, den Dildo zu entfernen.«

»Ein Service im weiteren Sinne«, füge ich hinzu, und sie guckt mich an und verdreht die Augen. Ich beuge mich vor, weil ich will, dass sie mich mit der anderen Hand berührt, aber sie tut es nicht.

»Genau, im weiteren Sinne. Also habe ich ihn ganz unten in meinem Putzeimer versteckt. Unter dem Bleichmittel.«

»Aber es war gar kein Dildo!«, platze ich heraus und blicke zwischen Jane und Ben hin und her.

»Sondern ein Babyspielzeug«, ergänzt Jane. »Einer von diesen Stäben, auf die man Ringe steckt, du weißt schon.«

»Ein Steckspielzeug!« Ich klatsche vergnügt in die Hände und komme mir sofort danach wie eine Idiotin vor.

»Worauf mich Willa liebenswürdigerweise hingewiesen hat, als ich ihr den vermeintlichen Dildo später zu Hause präsentiert habe.«

»Na ja, ein Steckspielzeug bleibt ein Steckspielzeug«, merkt Ben anzüglich an.

»Genau!« Mir fällt auf, dass Jane Bens Arm immer noch nicht losgelassen hat. Es scheint ihm ganz und gar nichts auszumachen.

»Horny junior fragt sich wahrscheinlich heute noch, wohin sein Lieblingsspielzeug verschwunden ist«, sage ich.

»Jedenfalls verwundert es nicht, dass ich nie wieder den Auftrag bekam, dieses Haus zu putzen.«

»Das Haus von Mr und Mrs Horny«, fügt Ben hinzu.

»Und dem armen Horny junior.«

»Aber Jane hat ein fantastisches Gedicht darüber geschrieben«, lobe ich.

»Es war nicht schlecht«, räumt Jane ein. Jetzt berührt sie mich doch und zupft einen Fussel von meinem Ärmel.

»Über Spielzeuge«, sage ich.

»Über verschiedene Betrachtungsweisen«, stellt sie klar.

Ben nickt langsam, ohne den Blick von Jane abzuwenden. Erst jetzt fällt mir auf, dass das verliebte Grinsen auf seinem Gesicht eine genaue Kopie des Ausdrucks ist, mit dem er mich früher immer angesehen hat. Mit einem kleinen eifersüchtigen Stich denke ich: *Sehr gut, so muss es sein.* Ben ist sozusagen ein von mir ausgestellter Scheck. *Zahlbar an Jane Weston.*

»Ich gehe jetzt duschen«, verkündet Jane. »Und dann sollten wir alle zusammen bowlen gehen, finde ich.«

Und weil wir keine anderen Termine haben, weil unsere einzige Verpflichtung darin besteht, den vor uns liegenden Tag sinnvoll zu nutzen, klingt Bowling nach einem wunderbaren Plan. Also machen wir genau das: Wir gehen bowlen.

4

Baxter's Basement Lanes riecht nach Doritos und Leihschuhen, nach Bier und dem leichten Schweißfilm, der bei minimaler körperlicher Betätigung entsteht. Ich atme genüsslich ein. Dieser dunkle Kellerraum ist einer meiner absoluten Lieblingsorte. In meiner Kindheit war Baxter's Basement Lanes noch eine typische altmodische Bowlingbahn, verraucht und klamm und voller Menschen, die ihren Sport sehr ernst nahmen. Es gab Sonderaktionen wie *Bowling für jedermann* und jeden Mittwoch *Ladies' Night!* Unser Vater nahm uns manchmal samstagnachmittags mit hierhin, wenn unsere Mutter ein bisschen Ruhe brauchte, und Seth hat sogar seinen zehnten Geburtstag hier gefeiert. Im Laufe der letzten Jahre wurde die Bowlingbahn dann von den vorwiegend studentischen Bewohnern des östlich angrenzenden Viertels in Beschlag genommen, allerdings nie vollständig, sodass man heute neben Turnierabenden auch ironische Hipster in schwarzen Lederjacken halbherzige Spares werfen sieht, oder Mädchen in kurzen Röcken, die kichern, wenn sie nur die Rinne treffen, und dicht gedrängt auf den Plastiksitzen Bier trinken, das blinde belgische Mönche gebraut haben.

»Bowling ist mein absoluter Lieblingssport!«, verkünde ich und genieße noch einen tiefen, nostalgischen Atemzug, während Jane Bowlingkugeln durchprobiert und sich für eine grün gesprenkelte entscheidet.

»Du warst schon immer eine sehr athletische Spielerin«, bestätigt Ben und schnürt einen seiner abgewetzten rotblauen Schuhe zu.

Ich nicke. »Belastbarkeit ist das Allerwichtigste.«

»Und eine optimale körperliche Fitness natürlich.«

Jane hält einen Fuß hoch. »Ich verstehe nicht, warum wir diese Schuhe tragen müssen, die schon so viele andere Menschen anhatten. Warum können wir nicht einfach auf Socken spielen?« Über dem Eingang hängt ein Schild: WÄHREND DER GESAMTEN SPIELZEIT MÜSSEN BOWLINGSCHUHE GETRAGEN WERDEN. Jemand hat das GE von GETRAGEN durchgestrichen und durch ER ersetzt.

»Durch die Leihschuhe haben alle dieselbe Ausgangsposition«, erklärt Ben. »Mit Socken wäre es vielleicht so, dass sich manche Spieler teure Bowlingsocken leisten könnten und andere nicht. Dann hätten die mit den Hochleistungssocken einen ungerechten Vorteil.«

»Aber bei Leihschuhen gilt: Vor Gott sind alle Menschen gleich«, füge ich hinzu.

»Es gibt gar keine Bowlingsocken«, argwöhnt Jane und blickt zwischen Ben und mir hin und her. »Oder etwa doch?«

»Will«, sagt Ben zu mir. »Erinnerst du dich noch an unseren Sportunterricht im letzten Highschooljahr?«

»*Golf ist nichts für zarte Gemüter!*«, zitiere ich.

»*In dieser ›Tee-Stunde‹ wird kein verdammtes Gebäck serviert, das verspreche ich euch!*«, fügt Ben hinzu.

Ben und ich hatten zunächst versucht, uns für Bowling anzumelden, das beliebteste Wahlfach für all jene, die nicht gerne schwitzten, aber der Kurs war bereits voll gewesen. Also entschieden wir uns für Golf, weil wir fälschlicherweise glaubten, es sei genauso wenig anstrengend wie Bowling, aber technisch nicht so anspruchsvoll wie Bogenschießen. Leider stellte sich Mr Karlinsky, der Golflehrer, als richtiger Sklaventreiber heraus, bei dem Krafttraining und Fünfkilometerläufe feste Bestandteile des Unterrichts bildeten. Es waren die härtesten zwölf Wochen meines Lebens.

»Weißt du noch, wie wir mit einem Aufsatz über schottische Golfplätze unsere Noten aufbessern wollten?«, frage ich. »Und wie Mr Karlinsky uns gesagt hat, dass wir ihn dem Monster von Loch Ness zu fressen geben könnten?« Ben schlägt die Hände vors Gesicht, und ich tue so, als wollte ich sie wegreißen. »Wie kommt es eigentlich, dass wir noch vor wenigen Jahren dermaßen peinliche Nerds waren und jetzt die Obercoolsten sind?« Ben schüttelt den Kopf, nimmt aber immer noch nicht die Hände vom Gesicht. Ich halte meine Bowlingkugel hoch. »Vom Highschoolstreber zum phänomenalen Bowlingass!«

Zwei Bahnen weiter wirft eine weißhaarige ältere Dame im lindgrünen Teamtrikot ihre Kugel. Fasziniert beobachte ich, wie sie im Schneckentempo auf die Pins zurollt, vorübergehend allen physikalischen Gesetzen zum Trotz beinahe stehen zu bleiben, ja sogar ein paar Zentimeter rückwärtszurollen scheint, bevor sie wie durch ein Wunder ihren schlingernden Weg zum Ende der Bahn fortsetzt und sämtliche Pins abräumt. Ich werfe Jane einen Blick zu, weil ich wissen will, ob sie es auch gesehen hat, aber sie sitzt leicht nach vorne gebeugt auf einem der niedrigen Plastiksitze, starrt geistesabwesend auf einen Punkt hinter Ben und mir und hat eine freundliche, aber undurchdringliche Maske aufgesetzt, ein schwer zu deutendes leichtes Lächeln. Ben merkt davon nichts, sondern zieht auch noch die Schnürsenkel seines anderen Schuhs straff und grinst mich an, ist wieder ganz dem

Zauber unserer alten Freundschaft verfallen. Ich reibe mir die Augen, in denen der Rauch brennt, der in der Luft hängt. Das Rumpeln getroffener Pins übertönt immer wieder das Stimmengewirr.

Auf der Bahn neben uns spielen zwei Mädchen und ein Junge, die etwa in unserem Alter sind, vielleicht ein paar Jahre jünger. Eins der Mädchen hat sehr weiße Zähne und eine lange, spitze Nase und sieht aus wie ein hübsches Nagetier. Das andere hat Löcher in der Strumpfhose, und seine rotbraunen Haare reichen ihm bis zur Taille. Es lacht wie ein Automatikgewehr, ein nerviges und gleichzeitig charmantes Knattern. Der Junge ist dünn und blass und versucht, dem Mädchen mit den langen Haaren das Bowlen beizubringen, obwohl er selbst keine Ahnung davon hat. Sie erheben ihre Plastikbecher und feuern sich gegenseitig an.

Was unterscheidet uns von ihnen? Wir alle glauben, dass wir frei wie Schneeflocken dahintreiben, dabei sind wir in Wirklichkeit wie Legosteine, die von austauschbaren Teilen zusammengehalten werden.

Ich sehe mich plötzlich in zehn Jahren, wenn der heutige Tag nur noch eine verschwommene Erinnerung sein wird, ein kurzes Aufflackern: Ben und Jane, zwei Menschen, die ich einst gekannt hatte, bevor die Zeit den Sieg über unsere gemeinsame Geschichte davongetragen hat. Oder wird das Getränk, das wir gerade brauen, unser Zaubertrank sein und unsere Freundschaft alles überdauern? Ein paar Bahnen weiter wirft jemand einen Strike, woraufhin gedämpftes Jubeln zu uns herüberschallt. *Der war gut, Betty!* »He Leute!«, sage ich, mache einen halben Schritt von Ben weg und zeige zur Bar. »Soll ich uns was zu trinken holen? Wie siehts mit euch beiden aus?«

Ohne auf eine Antwort zu warten, sprinte ich zu der

schmierigen Bar hinüber, an der ein gelangweilt aussehender junger Mann Softdrinks und Bier ausschenkt. Zwischen seinen Zähnen steckt ein Zahnstocher, und sein Blick ist auf einen kleinen Fernseher neben der Kasse geheftet. Ich lasse mir Zeit mit dem Studieren der Getränkekarte, die sich als Ansammlung tierischer Rechtschreibfehler entpuppt. *Coala Light, Ginger Aal, Limomade.* Als ich ein paar Minuten später mit den Getränken zurück zu unserer Bahn komme, sitzen Ben und Jane nebeneinander an dem beleuchteten Tisch, an dem die Punkte notiert werden. Ben erklärt Jane gerade, dass man bei einem Spare einen Querstrich durch das zweite Kästchen zieht und die Punkte, die man in der nächsten Runde erzielt, addiert. »Ist mir fast schon peinlich, dass ich das weiß«, sagt er, und Jane lacht und erwidert: »Beim Tennis verstehe ich das Punktesystem auch nie.« Daraufhin fragt Ben: »Und was ist mit Tischtennis?« Jane lacht schon wieder, und das schmutzig gelbe Licht, das unter der Glasplatte des Tisches leuchtet, verleiht ihrem Gesicht einen weichen Glanz. Den Pappbecherhalter mit den wässrigen Colas in der Hand, beobachte ich die beiden.

Später werde ich mich daran erinnern, wie Ben nach jedem Fehlversuch zu Jane sagte: »Versuch einfach, ein *bisschen* mehr in die Mitte zu zielen«, und wie er sie einmal sogar umarmte, als sie vier Pins abräumte. Ich werde mich entsinnen, wie Jane jedes Mal, wenn sie an der Reihe war, nervös ihr T-Shirt glatt strich, und wie sie sich die Lippen leckte, nachdem sie von ihrer Cola getrunken hatte. Ich werde daran denken, wie Ben sie anstarrte, und wie Jane so tat, als würde sie es nicht merken. An den genauen Wortlaut unserer Gespräche werde ich mich nicht mehr erinnern, aber daran, wie ich zurückhaltend, aber aufmerksam dasaß und den beiden bereitwillig die Bühne überließ, um mich an der Wärme, die sie ausstrahlten, zu erfreuen.

5

Der Arm von Seth steckt bis zum Ellbogen in einer fast leeren Tüte Kartoffelchips mit Barbecue-Geschmack. Durch das offene Fenster weht eine leichte Brise herein, und auf dem Gehweg unter unserer Wohnung ruft eine Frau etwas auf Russisch. Ich kann nicht heraushören, ob sie verärgert ist oder sich freut.

»Es ist, als würden endlich alle Puzzleteile zusammenpassen«, sage ich zu meinem Bruder. »Als wäre ich endlich angekommen!« Seth, der mir gegenüber am Küchentisch sitzt, nickt zerstreut, bevor er sich eine riesige Menge Chips in den Mund stopft und losknuspert. »Ich dachte, Ben wäre für immer aus meinem Leben verschwunden«, erkläre ich weiter. »Damals habe ich wirklich getrauert, weil ich dachte, dass ich meinen besten Freund verloren hatte, du weißt schon. Und als ich Jane kennengelernt habe, hat sie diese Lücke in meinem Leben ausgefüllt, aber traurig war ich natürlich immer noch.« Das Knistern der Chipstüte verrät, dass sich Seth momentan mehr für die Befriedigung seiner Gelüste interessiert als für meine Geschichte.

Seit unserem Bowlingausflug kommt uns Ben jeden Tag in der WG besuchen, verlegen und mit glänzender Stirn und kleinen Geschenken für uns beide. Beim ersten Besuch stand er mit zwei Riegeln teurer Schokolade vor der Tür. *Ich dachte, ich gucke mal, was ihr beide so treibt,* verkündete er mit einer Lässigkeit, die so offensichtlich einstudiert war, dass ich einen Hustenanfall vortäuschte, weil ich so lachen musste. Und gestern hat er am frühen Abend an unserer Tür geklingelt, als die kühle Dämmerung in eine eisige, finstere Nacht überging, und schon durch die Sprechanlage gerufen: *Hey, ich habe Suppe mitgebracht!* Und dann haben wir uns zu dritt um unseren kleinen Küchentisch gedrängt, genau wie in meiner Fantasievorstellung, nur dass es Hühnersuppe mit Nudeln gab.

Ich will Seth meine Gefühle beschreiben, will ihm erklären, wie es sich anfühlt, Teil dieser glücklichen neuen Freundschaftskonstellation zu sein. »Und dann taucht er plötzlich wieder in meinem Leben auf! Jetzt verbringen wir zu dritt unsere Zeit, und Seth, ich sage dir, es ist einfach *perfekt!*« Kaum haben die Worte meinen Mund verlassen, steigt mir das Blut ins Gesicht, aber Seth lehnt sich auf seinem Stuhl zurück und starrt an mir vorbei ins Leere. Ich bin ausnahmsweise heilfroh, dass er mir nicht einmal ansatzweise zuhört. Für meinen Bruder haben aufrichtige Gefühle den gleichen Stellenwert wie gesundes Essen – vollkommen überflüssig.

»Ich mache Fran und Stan keine Vorwürfe, weißt du«, sagt er und kippt sich die letzten Chipskrümel in den Mund. Wir nennen unsere Eltern Fran und Stan, obwohl unser Vater eigentlich Roger heißt.

»Hä?«, frage ich, überrascht von seinem plötzlichen Themenwechsel. Pulvrige orangefarbene Brösel rieseln wie radioaktiver Schnee auf Seths Gesicht. Jane wird die Krümel später auf dem Boden entdecken und verschwinden lassen. Ich puste auf meine Fingernägel, die ich gerade in einem hellen, glitzernden Rot aus Vérités etwas gewagt benannter Nagellackserie *Nail me, Baby!* lackiert habe. Jane schleift mich heute

Abend nämlich zu einer Party. Partys sind eigentlich nicht so mein Ding, aber ich genieße es, mich ab und zu ein bisschen herauszuputzen. Ich habe mir vorhin schon die Beine rasiert und denke sogar darüber nach, Lippenstift aufzulegen.

»Ich mache den beiden keine Vorwürfe, dass es so gelaufen ist.«

»Seth, als du nach deinem ersten Unisemester von Madison nach Hause gekommen bist, hast du mit deiner *Einführung in die Psychologie* vor Mom herumgewedelt und gebrüllt: ›Du und Dad, ihr habt mich für alle Zeiten versaut! Ich habe es schwarz auf weiß!‹«

»Alles passé. Inzwischen bin ich unseren Eltern nicht mehr böse.«

»Du bist also nicht mehr sauer auf Stan, weil er damals einfach aus dem Haus gestürmt und zwei Tage lang nicht mehr zurückgekommen ist? Du findest es voll okay, dass er vor der Scheidung monatelang wütend herumgestapft ist und mit niemandem ein Wort geredet hat? Dass er schon sechs Monate nach der Scheidung zu Lesley gezogen ist?«

»Hast du noch Chips da?«, fragt Seth. Ich schüttle den Kopf. »Oder vielleicht … Pop-Tarts? Habe ich da vorhin nicht Blaubeer-Pop-Tarts in eurem Vorratsschrank gesehen?«

»Du wirfst es Mom also nicht vor, dass sie jahrelang Gift versprüht hat, bis sie dann irgendwann Jerry in Arizona geheiratet hat, ohne uns einzuladen, und von Tucson aus angerufen hat, um uns davon in Kenntnis zu setzen?«

»Nein«, antwortet Seth und leckt sich die Finger ab. Schon als Jugendlicher hat sich mein Bruder standhaft geweigert, den Mindestanforderungen unserer Mutter an gute Tischmanieren zu entsprechen. Seine Sturheit ist nach hinten losgegangen, inzwischen kann er gar nicht mehr anders, als unappetitlich zu sein. »Aber du.«

»Na und?«, frage ich. »Trotzdem bist *du* derjenige, der gerade von seiner Freundin vor die Tür gesetzt wurde.« Ich nehme meinen rosa Lieblingspullover von der Lehne eines Küchenstuhls, über der er seit letzter Woche hängt, und ziehe ihn mir über.

»Genau das ist doch der Punkt«, fährt Seth fort, der inzwischen aufgestanden ist, um unsere Küchenschränke zu durchwühlen. Vor fünf Tagen hat ihn Nina aus der gemeinsamen Wohnung in der East Side geworfen. Ich habe diese Wohnung geliebt, das große Wohnzimmer mit den meerblauen Wänden und den tiefen, einladenden Sofas, die antiken Lampen, die jedes Zimmer in ihr gelbliches Licht tauchten. Und ich habe Nina geliebt, fand es großartig, wie sie Seth im Griff hatte, wie er bei ihr ganz weich geworden ist. Von Beruf ist sie Herpetologin, mit Mutationen als Spezialgebiet. Ich habe mir immer gewünscht, dass die beiden heiraten, dass ich an der Pflege und Fütterung von Ninas dreibeinigen Fröschen und später ihren hoffentlich zweibeinigen Babys teilhaben darf. Ich wollte, dass Seth und sie unsere verkorkste Jugend mit einer glücklichen, funktionierenden Ehe und Familie ausmerzen. Sie sollten meine Vorbilder werden.

Seth weigert sich, mir den Grund für die Trennung zu verraten, aber ich habe da so einen Verdacht. Seine vorherige Beziehung mit einer Arbeitskollegin namens Shelly endete mit einem spektakulären Streit, nachdem er sie mit ihrer Halbschwester Kelly betrogen hatte. Mit seiner Collegefreundin Libby verscherzte er es sich, indem er mit seiner alten Highschoolfreundin Nora schlief, deren Herz er einige Jahre zuvor gebrochen hatte, indem er mit Merry herumgeknutscht hatte, einem melancholisch wirkenden Mädchen aus dem Mathe-Camp. Auch wenn ich nicht wie Seth einen Uniabschluss in Statistik habe, ist es nicht besonders schwer, in seinem Verhalten ein Muster zu erkennen. Seit der Trennung von Nina schläft er bei seinem Kumpel Pete auf dem Sofa und verbringt seine Tage bei mir in der Wohnung, wo er entweder unsere Lebensmittel durchpflügt oder Selbsthilfefloskeln vom Stapel lässt, sobald er einmal nicht den Mund voll hat. »Man muss die eigenen Fehler anerkennen, statt sie anderen in die Schuhe zu schieben.«

Ich werfe meinem Bruder einen ungläubigen Blick zu. Ist das derselbe Junge, der mich mit vierzehn dabei erwischt hat, wie ich an einem Spiegel knutschen geübt habe, woraufhin er ein ganzes Jahr lang schmatzende Geräusche machte, wenn er mich sah, häufig begleitet von einer leidenschaftlichen Knutschorgie mit seiner eigenen Hand? Vor meinen Freunden? In der Schule? Schlimmer noch als seine groben Scherze war jedoch die Gleichgültigkeit, mit der er mich strafte, nachdem er seinen Highschoolabschluss gemacht hatte. Er ignorierte mich, lehnte seine ganze Familie ab, weigerte sich, in den Ferien nach Hause zu kommen, meldete sich nie von sich aus oder rief jemals zurück. Als Kinder waren wir ganz vernarrt ineinander gewesen, und so war die Gehässigkeit, die seine Seele zu durchdringen schien, ein furchtbarer Schock für mich. Mir blieb nichts anderes übrig, als ihn ebenfalls aus meinen Gedanken zu verbannen und meine eigene frostige Distanziertheit zu kultivieren. Während meiner Zeit auf dem College und danach waren selbst meine engsten Freunde überrascht, wenn sie hörten, dass ich einen Bruder hatte.

Bis Seth vor drei Jahren Nina kennenlernte und sich von ihr überzeugen ließ, dass es sich lohnte, seine Schwester wiederzuentdecken. Er lud mich zurück in sein Leben ein, und ich antwortete, ohne zu zögern, mit Ja und schlüpfte voller Begeisterung wieder in die Rolle der kleinen Schwester. Ich verdrängte die Ressentiments, die über ein Jahrzehnt in mir gegärt hatten, verbannte jeden lästigen Rest Verbitterung und klingelte mit leeren Händen bei Seth und Nina, um mich von ihnen bekochen zu lassen oder an kalten Abenden auf ihrem Sofa zu liegen und Filme zu gucken, kuschelig warm dank Ninas Hausschuhen und – *Oh ja, danke!* – Seths und Ninas Kaschmirdecke. Sonntags lud ich mich selbst zu ihnen zum Brunchen ein und nahm anschließend die Reste mit nach Hause. Kurzum: Ich forderte ein, was mir zustand.

Aber wie viel Seth gehört noch mir, wenn es Nina nicht mehr gibt? Wird er sich wieder aus dem Staub machen, wenn sie ihn nicht mehr bändigt und mit ihrer Freundlichkeit ansteckt? Von mir aus darf er gerne weiter Fett und Geschmacksverstärker in sich hineinstopfen, wenn das bedeutet, dass er bei mir bleibt.

»Und? Was gefunden?«, frage ich ihn. Er stöbert immer noch durch die Schränke, raschelt mit Tüten herum und studiert Etiketten.

Dann hält er triumphierend eine in Silberfolie verpackte Schachtel hoch. Es ist ihm tatsächlich gelungen, ganz hinten in einem Wandschrank eine uralte Packung Pop-Tarts ausfindig zu machen. Gut möglich, dass sie schon da war, bevor Jane und ich eingezogen sind. Er reißt die Packung auf und nagt an der steinharten Kante einer Pop-Tart herum, als wäre er gerade völlig ausgehungert aus der Wildnis aufgetaucht. Ein leises, genussvolles Brummen entfährt ihm, während er kaut.

»Ich mache dir einen Salat, Kaspar Hauser«, sage ich und nehme mir vor, morgen Nina anzurufen. *Deine Stimme klingt so rau*, werde ich zu ihr sagen. *Hast du einen Frosch im Hals?* Und sie wird lachen und antworten: *Mensch, Willa, deine Witze waren auch schon mal besser!* Ich werde so lange sanft auf sie einreden, bis sich ihre Wut auf Seth auflöst, bis sie wieder frei durchatmen kann und ihr klar wird, dass sie nicht ohne uns leben kann.

»He, wie wärs denn, wenn … wenn du heute Abend mit zu der Party kommst?«, schlage ich halbherzig vor, und Seth verdreht als Antwort die Augen.

»Klingt super«, sagt er, was so viel heißt wie: Ganz sicher *nicht!*

»Oder du bleibst hier und spielst noch ein bisschen Müllschlucker«, witzele ich.

»Nee, lieber nicht«, sagt er. »Ich hau ab. Alles, was ihr noch habt, ist Hüttenkäse, Joghurt und Sonnenblumenkerne. Und *so* verzweifelt bin ich nun auch wieder nicht!« Wir müssen beide lachen, und ich sehne mich eine verwirrende Sekunde lang nach etwas zurück, was wir nie hatten: eine richtige, erwachsene Geschwisterbeziehung, eine Freundschaft, die frei von dem schweren Gepäck ist, das wir seit unserer Jugend mit uns herumschleppen. Er schnappt sich seine Jacke und tätschelt mir den Kopf, bevor er geht. Näher sind Seth und ich einer gegenseitigen Liebesbezeugung noch nie gekommen.

In Als Wohnung ist es heiß und voll. Bei unserer Ankunft war die Party schon in vollem Gange, und Jane und ich suchten Zuflucht auf einem winzigen Sofa, auf dem wir seither zusammengequetscht sitzen. »Manchmal habe ich die Befürchtung, dass …« Sie unterbricht sich, hebt einen Finger und nimmt einen langen, tiefen Schluck von ihrem Drink, der aussieht wie Kühlflüssigkeit. »Ekelhaft!«, lautet ihr begeistertes Urteil, bevor sie mir das Glas in die Hand drückt. Der Inhalt schmeckt nach Hustenbonbons und bringt sofort mein Gesicht zum Glühen. Ich nehme noch einen Schluck und gebe ihr das Glas zurück. In Als kleiner Wohnung drängen sich Freunde von Jane, die wie sie den Aufbaustudiengang Kreatives Schreiben besuchen, der von allen nur »das Programm« genannt wird, als wäre er eine Entziehungskur für Abhängige, die nach hintersinniger Symbolik süchtig sind. Jane nennt ihr Aufbaustudium »die Straße nach Nirgendwo«.

In einer Ecke führen zwei Lyrikerinnen, die Jane mir vorgestellt hat, Bridget McCarragher und Penelope Tan, eine leidenschaftliche Diskussion. Ich mutmaße, dass sie die Feinheiten einer Sestine erörtern oder die Verdienste von Ezra Pound, bis sich Penelopes schrilles Organ über das Stimmengewirr erhebt: »Kylie hätte auf keinen Fall vor G-Lance rausfliegen dürfen! Sein Tango war eine verdammte Travestieshow, sonst gar nichts!« Bridget McCarragher schüttelt energisch den Kopf und schlägt sich mit der Hand an die Stirn. Auch sie scheint empört zu sein über die neueste Juryentscheidung bei »Promis im Tanzfieber«.

Jane und ich haben uns nicht mehr vom Sofa bewegt, seit wir vor einer Stunde gekommen sind. Laute Flamencomusik erfüllt die Wohnung und bewirkt, dass alle Anwesenden in meinen Augen irgendwie begehrenswerter aussehen, als sie eigentlich sind.

»Leute!«, brüllt plötzlich jemand. »Ich wechsle in die Wirtschaft! Ich habe gerade herausgefunden, dass die Lyrik tot ist!«

Jane und ich haben uns während unseres letzten Collegejahrs in Madison kennengelernt. Mein Hauptfach war Zeichnen und Malerei, und ich arbeitete gerade an einer Graphic Novel namens *Uns bleiben ja noch die Papageien* über zwei Vogelliebhaber, deren Liebe unter keinem guten Stern steht, und fand, dass sich durch ein Schreibseminar meine literarischen Fähigkeiten und damit auch meine Berufsaussichten erweitern ließen. Auf die Weise konnte ich nach meinem Abschluss in einem Restaurant *oder* in einer Bar arbeiten. Unter uns Kunststudenten war es gang und gäbe, dass wir unser späteres Schicksal mit resignierter Entschlossenheit akzeptierten, was nicht hieß, dass wir nicht von neurotischen Zukunftsängsten geplagt worden wären. Wir tranken Bier in rauen Mengen und redeten uns die Tatsache schön, dass wir im Einkaufszentrum jobben mussten, um unsere schäbigen Studentenbuden bezahlen zu können. Außerdem gab es eine Blutspendenzentrale in der Nähe der State Street, die dreißig Dollar pro Spende zahlte und zusätzlich Gebäck anbot. Dort tummelten sich oft genauso viele Kunststudenten wie bei den Wein-und-Käse-Empfängen der Fakultät am Freitagnachmittag.

Zu Beginn des letzten Studienjahres war ich mir ziemlich sicher, dass ich mit alldem abgeschlossen hatte. Aber ich hatte keine Ahnung, was ich danach tun sollte. Neben meinem Buch über die Vogelliebhaber verwendete ich einen Großteil meiner freien Stunden auf das Zeichnen erfundener Tierkreuzungen (Flederlaus, Zebraffe, Flaminguin) und hatte gleichzeitig das Gefühl, meinen Traum zu leben und meine Zeit zu vergeuden. Es gab nicht viele Arbeitsplätze für Leute, die einen furchterregenden Krokofant zeichnen konnten. Ich wusste einfach nicht, was ich mit meinem Leben anfangen sollte, und hatte das dumpfe Gefühl, dass mir die Zeit davonrannte.

Ich war gerade dabei, die Nase eines Tiguans zu zeichnen, als Jane am ersten Tag des Schreibseminars in den Kursraum kam. Ihre silbernen Ringe und Ohrringe funkelten, und ihre Locken ragten wie Sprungfedern aus ihrem Haargummi heraus. Wir saßen zu zwölft um einen einzigen großen Tisch, eine Anordnung, die – wie ich bald merken sollte – perfekt dazu geeignet war, sich gegenseitig für seine Texte zu kritisieren. Jane kam zu spät und schlüpfte auf den letzten freien Stuhl.

Owen Schiff machte den Anfang. Er trug von oben bis unten Tarnkleidung, sogar seine Socken waren militärgrün. Mit kerzengeradem Rücken und glänzenden Augen teilte er uns mit, dass er an Shakespeare angelehnte Sonette schreibe, um seiner Leidenschaft für die Militärgeschichte Ausdruck zu verleihen. Dann trug er sein Gedicht *Irak: mein Verstand* vor und interpretierte das darauffolgende fassungslose Schweigen kurzerhand als Anerkennung. Als Nächstes las Jane ihr Gedicht vor, es hieß *Das Universum ist ein Staubsauger*. Ihre Stimme war klar und tief und ungekünstelt, und nachdem ihre Zunge das letzte unsittliche t von »saugt« artikuliert hatte, blickte sie quer über den Tisch und lächelte mich an, ein breites, fröhliches Grinsen. Ich starrte überrascht und verzaubert zu ihr zurück. Es war Liebe auf den ersten Blick und fühlte sich ein bisschen so an, als würde man an einem richtig guten Tag in den Spiegel gucken. Ich fand, dass Jane wie ich war, nur besser, eine Beobachtung, die sie später lachend, aber mit Nachdruck bestritt.

Jane war es gelungen, sich dem Zynismus zu verwehren, den wir anderen uns unrechtmäßig angeeignet hatten. In ihren Gedichten ging es um Sinnsuche in einer feucht glitzernden Küchenspüle, um die Hartnäckigkeit von Schimmel und Wollmäusen, um trotzige Liebe. Sie putzte damals schon Vorstadtvillen, um ihre Miete zahlen zu können, und hatte weder Angst vor Gummihandschuhen noch davor, »Unrat« auf »Verrat« und »verstopftes Rohr« auf »die Lust verlor« zu reimen. Sie schien die richtige Balance zwischen Alltag und Kunst gefunden zu haben. Vielleicht war es nur Fassade, aber sie strahlte eine Zielstrebigkeit und Klarheit aus, zu der ich mich so unwiderstehlich hingezogen fühlte wie zu dem Geruch nach Zitronenreiniger, den sie mit sich herumtrug. Außerdem war sie hübsch und genauso groß wie ich. Nach dem

Seminar gingen wir zusammen einen Kaffee trinken, und von diesem Moment an waren wir unzertrennlich, wie Frischverliebte.

Jane blinzelt in Als schummriger Wohnzimmerbeleuchtung zu mir herüber und streicht sich unsicher die Haare zurück. »Manchmal habe ich die Befürchtung«, wiederholt sie, »dass wir die Männer einschüchtern.« An ihren Ohren baumeln meine türkisfarbenen Ohrhänger. »Weil wir immer zusammenstecken. Als gäbe es uns nur im Doppelpack, verstehst du?«

»Kann schon sein«, antworte ich und sehe mich nach den anderen Partygästen um, ins Gespräch vertiefte Pärchen, ein paar tanzende Mädchen, befreundete Grüppchen, die lachen und gestikulieren. Die hochprozentige Fruchtbowle hebt bei allen die Stimmung.

»Ich meinte gar niemanden Bestimmten«, sagt Jane und kichert. »Wirklich nicht, Willa.«

In der Nähe sehen wir Rafael, einen angehenden Dichter aus Janes Fachbereich, neben Amy stehen, einer dreißigjährigen blonden Schriftstellerin, die ständig auf der Suche nach der großen Liebe ist und in deren Kurzgeschichten es ausnahmslos um neunundzwanzigjährige blonde Schriftstellerinnen geht, die auf der Suche nach der großen Liebe sind. Von Jane weiß ich, dass Amy schon mit jedem Doktoranden aus ihrem Fachbereich etwas hatte, und dass jede Beziehung genau so lange gedauert hat, bis sie ankündigte, bald auf Empfängnisverhütung verzichten zu wollen. Aber davon weiß Rafael noch nichts. Er lehnt an der Wand und unterhält sich angeregt mit ihr, und die Sehnsucht, die aus ihren großen Augen spricht, ist leicht mit Bewunderung zu verwechseln. Selbst aus meiner Entfernung erkenne ich, dass dieser Blick in Kombination mit der hochprozentigen Bowle eine durchaus berauschende Wirkung auf einen nach Aufmerksamkeit heischenden Künstler entfaltet.

»Erinnerst du dich noch an Ed?«, frage ich. Gelächter dringt aus Als Küche zu uns herüber.

»Ed!« Jane schnaubt verächtlich. Der gute Ed ist erst drei Wochen lang mit ihr ausgegangen und hat sich dann, nachdem der Flirt im Sande verlief, einige Male mit mir auf ein paar Drinks getroffen, worauf bierselige Küsse auf seiner Veranda folgten, umgeben von Glühwürmchen.

»Ed«, wiederhole ich. »Der Mann, der ein Gedicht über uns geschrieben hat.«

»Große Mädchen!«

»Bevor er dann leider aus deinem Studiengang geflogen ist.« Aus dem Augenwinkel sehe ich, wie sich Rafael beim Reden näher zu Amy hinunterbeugt, die erwartungsvoll die Augen schließt.

»Große Mädchen, Amazonenherzen«, deklamiert Jane voller Pathos.

»Kriegerinnen«, sage ich und balle die Hände zu Fäusten.

»Auf dem zärtlichen Schlachtfeld der Liebe!«

Es ist nicht das erste Mal, dass Jane und ich Eds Ode an uns rezitieren. Wir fügen jedes Mal neue pathetische Handbewegungen und übertrieben emotionale Betonungen hinzu, bis wir am Ende unweigerlich vor Lachen brüllen – obwohl ich in letzter Zeit das Gefühl habe, dass selbst dieser Witz ein Verfallsdatum hat und nach und nach den Geist aufgeben wird wie ein stotterndes Auto, dem das Benzin ausgeht. Nicht heute, und auch noch nicht morgen, aber bald.

Jane holt tief Luft und nimmt noch einen Schluck von ihrem widerlichen Getränk. Ich streiche mir mit der Hand die Haare glatt. Ein Pärchen, das ich nicht kenne, nimmt uns gegenüber auf dem durchgesessenen karierten Siebzigerjahresofa Platz und verschwindet beinahe, weil es so tief in die Polster einsinkt.

»Ich glaube, die Männer nehmen uns zwar wahr, kapieren aber sofort, dass sie keine Chance gegen unsere Freundschaft haben«, erklärt Jane.

»So wie Josh.« Ich streiche gedankenverloren über den abgewetzten Knopf auf der Polsterung des Sofas. Josh, von Beruf Städteplaner, hat im letzten Jahr mit Jane Schluss gemacht, weil er sich »wie das fünfte Rad am Wagen« vorkam. Sein Spezialgebiet war die Planung von Busspuren und Fahrradwegen, weshalb er oft Metaphern aus der Welt des Verkehrs benutzte.

»Ich habe ihn viel zu wenig beachtet«, sagt Jane. »Der Arme!«

»Ich weiß. Er war wirklich das fünfte Rad am Wagen!«

Einmal sind wir mit Josh ins Kino gegangen und haben uns, während er vor der Vorstellung auf der Toilette war, für einen anderen Film entschieden. Erst beim Abspann fiel uns auf, dass wir vergessen hatten, ihm Bescheid zu geben.

Al kommt aus der Küche und trägt einen riesigen, dampfenden Topf Chili con Carne vor sich her. Hinter Jane beugt sich Rafael unbeholfen zu Amy hinunter. Sie stellt sich auf die Zehenspitzen und legt den blonden Kopf in den Nacken. Es sieht aus, als könnte Rafael jeden Moment umkippen und sie unter sich begraben. Endlich küssen sich die beiden, und Jane, der aufgefallen ist, dass mein Blick abgeschweift ist, reckt den Hals, um zu sehen, was mich so fesselt. Sie lacht. Die Musik ist lauter geworden, die Gitarrenklänge schwellen zu einem pulsierenden Crescendo an, zu einem Schmerz, der in mich hineinkriecht und mich hinterrücks überrascht.

»Ich gebe den beiden genau eine Woche«, sagt Jane leise und ist bei dem Lärm im Raum kaum zu verstehen. »Wir hingegen werden auch noch in fünfzig Jahren im Altersheim befreundet sein.«

»Dann musst du mir aber die Kinnhaare auszupfen«, scherze ich.

»Mache ich«, antwortet sie. »Versprochen.« Sie sieht mich aus halb zusammengekniffenen Augen an und flüstert übertrieben laut: »Du hast jetzt schon eins! Da, ich sehs genau!«

Der Flamenco-Song bricht abrupt ab. Die Wohnung ist warm und riecht nach Kidneybohnen. »Kommt und holt euch Chili!«, ruft Al fröhlich und löffelt den Inhalt des Topfes am Esstisch in dunkelblaue Schüsseln.

Jane legt ihren Kopf nach hinten auf die Sofalehne. Ihr langer Hals sieht aus wie der eines Vogels und wirkt plötzlich sehr verletzlich. Ich verspüre den Drang, ihn zu streicheln. »Na los«, sagt sie, aber keine von uns steht auf. Rafael und Amy lösen sich voneinander und gehen hastig auf Abstand. Dutzende Partygäste schieben sich Richtung Chili con Carne, strömen an uns vorbei, und für einen träumerischen Moment kommt es mir so vor, als wären sie – oder ich – unter Wasser.

6

Im Mai meines zweiten Collegejahres kam mein Vater nach Madison, um mich zu besuchen. Es war sein fünfzigster Geburtstag, daher hatte ich mithilfe einer Fertigbackmischung einen Kuchen für ihn gebacken, den ich hinterher mit Zuckerguss aus der Tube beschmierte. Trotz dieser Hilfsmittel war ich stolz auf mich. Es war das erste Jahr, in dem ich nicht mehr im Studentenwohnheim wohnte, und ich tat mich noch schwer damit, einen eigenen Haushalt zu führen. Dass der Backofen unserer WG kaputt war, merkten meine Mitbewohner und ich beispielsweise erst, als unser Vermieter mit der Heizung knauserte und wir Anfang April versuchten, die Wohnung mit dem Backofen zu heizen. Aber jetzt war der Ofen repariert. Und obwohl sich die oberste Schicht meines Kuchens in Krümel aufgelöst hatte, weil ich den Zuckerguss zu früh darüber gegossen hatte, und obwohl die eine Seite des Kuchens ungefähr fünf Zentimeter höher war als die andere, sah er erstaunlich essbar aus und roch auch so.

Wir trafen uns im *A Tale of Two Zitis* auf der State Street, das gleichzeitig Buchladen und italienisches Restaurant war und hauptsächlich von Studenten mit ihren Eltern besucht wurde. An jedem zweiten Tisch saß eine ähnliche Konstellation wie wir. Dad hatte seine Lebensgefährtin mitgebracht, eine sympathische, zierliche Frau mit sonnengebräuntem Gesicht, die Seth und ich Leder-Lesley nannten. Lesleys Anwesenheit löste zwar keine Begeisterung in mir aus, aber auch keine Enttäuschung. Wenige Monate nach der Scheidung meiner Eltern hatte mein Vater sie zum ersten Mal offiziell als seine Freundin präsentiert, und seither gehörte sie irgendwie dazu. Vor Kurzem hatten sie und Stan sich sogar verlobt. Lesley war nicht sehr gesprächig, aber man erkannte immer sofort, ob sie mit dem, was mein Vater gerade sagte, einverstanden war oder nicht. Wenn ja, legte sie ihre gebräunte Hand auf seinen Oberarm, wenn nicht, verdrehte sie die Augen und schnalzte missbilligend mit der Zunge. Jedes Mal, wenn sie das Wort an mich richtete, sagte sie zuerst meinen Namen. *Willa! Wie schön, dich zu sehen! Willa! Wie läuft es dieses Jahr an der Uni?*

»Willa! Weißt du, wo man hier für kleine Mädchen gehen kann?« Nachdem ich ihr den Weg zur Toilette beschrieben hatte, stöckelte sie auf ihren ultrahohen Absätzen davon.

»Stan!«, sagte ich. »Kommt ihr beide nach dem Abendessen noch kurz mit zu mir?« Ich wollte ihn mit meinem Kuchen überraschen.

Mein Vater nickte vergnügt und nahm noch eine Gabel von seinen Fettuccine Alfredo. Als Lesley von der Toilette zurückkam, stopfte er sich gerade erneut eine volle Gabel in den Mund. Lesley sagte: »Dieses Restaurant erinnert mich an das süße kleine Café in Florenz, in dem wir vor ein paar Jahren waren. Das mit den Sesseln.« Sie berührte die Schulter meines Vaters und lächelte, bevor sie sich eine Kirschtomate in den Mund steckte.

Aber mein Vater erwiderte ihr sonniges Lächeln nicht, sondern riss vor Schreck die Augen auf und hielt mitten im Kauen inne. Ich brauchte volle fünf Sekunden, bis ich seinen gequälten Blick endlich verstanden hatte: Lesley, Florenz. Sie sprach von einer Reise, die mein Vater eigentlich mit meiner Mutter und uns geplant hatte, als ich vierzehn gewesen war, ungefähr zwei Jahre vor der Trennung. Wir hatten monatelang von nichts anderem gesprochen. Fran und Stan hatten immer schon vorgehabt, eine Europareise mit uns zu unternehmen – sobald wir alt genug waren, um es wirklich schätzen zu können, aber bevor Seth aufs College ging und wir keine Lust mehr auf Familienurlaube hatten. Und nun war der lang erwartete Moment gekommen, das große Abenteuer! Zuerst wollten wir einen Abstecher nach Österreich machen, wo Stans Großeltern herkamen, und dann nach Italien und Frankreich weiterreisen. Wir hatten uns bereits Reisepässe ausstellen lassen, und ich hatte mein Babysittergeld für Reiseführer und Skizzenblöcke und ein ledergebundenes Reisetagebuch ausgegeben. Aber eines Abends, ein paar Wochen, bevor es losgehen sollte, riefen uns Stan und Fran ins Wohnzimmer und teilten uns mit, dass die Reise abgeblasen sei. Einfach so. Stan verschränkte die Hände hinter dem Rücken und erklärte uns, dass er genau in den zwei Wochen auf eine dringende Geschäftsreise nach Albany müsse, dass es ihm zwar unendlich leidtue, uns enttäuschen zu müssen, aber dass es leider nicht anders gehe. Fran saß unterdessen kreidebleich auf der vorderen Kante des Polsterhockers.

»Willa«, sagte sie. »Seth. Wir machen die Reise ein anderes Mal. Versprochen.« Dann schlug sie die Hände vors Gesicht, und wir stellten lieber keine weiteren Fragen.

Im Restaurant eilte ein Kellner an unserem Tisch vorbei, Gläser und Besteck klirrten. »Dad«, sagte ich und schob meinen Teller weg. Der Appetit war mir vergangen, wurde von der Flutwelle aus Enttäuschung und Abscheu fortgespült, die in mir emporbrandete. »Mein Gott, Dad!«

Lesley sah mich an, und ihr hübsches, faltiges Gesicht bildete ein Relief der Verwirrung. »Was ist denn, Liebes?«

Ich schüttelte den Kopf. Es war nicht ihre Schuld. Und trotzdem hätte ich sie am liebsten mit meiner Gabel attackiert.

»Will«, sagte mein Vater, und ich schaute ihn an. *Wie wird das wohl enden?*, dachte ich. Wenn er sich jetzt, nach all der Zeit, entschuldigte, würde ich vielleicht nie wieder ein Wort mit ihm sprechen. Ich würde in dreißig Jahren auf den heutigen Tag zurückblicken und sagen: *Das war der Tag, an dem ich aufgehört habe, mit meinem Vater zu sprechen.* Er fixierte mich mit seinen kleinen braunen Augen, während er gleichzeitig nach Lesleys Hand griff. »Die Dinge haben sich inzwischen für uns alle zum Guten gewendet, ich glaube, das weißt du.« Er beugte sich zu Lesley hinüber und küsste sie auf die Wange, und sie sah ihn überrascht und erfreut an. »Es ist nicht immer leicht, das Richtige zu tun«, fuhr er fort. »Wir alle machen Fehler.«

Lesley, die immer noch verdutzt vor sich hin lächelte, wandte sich wieder ihrem Gartensalat zu.

»Die Liebe ist manchmal unbarmherzig«, sagte Stan und fuhr sich mit der Hand durch die Haare, die voll und lockig waren und gerade erst anfingen, grau zu werden. »Aber wir tun eben, was wir tun müssen. Wir treffen Entscheidungen.«

»Ich muss jetzt gehen«, sagte ich.

»Willa.«

Ich stand vom Tisch auf, bedankte mich für das Abendessen und erklärte, ich müsse noch lernen. Für einen kurzen Moment verschwamm das Innere des Restaurants vor meinen Augen, und ich musste nach der Stuhllehne greifen.

Stan stand auf, ging um den Tisch herum und legte mir den Arm um die Schultern, die Geste eines Mannes, der es gar nicht einsah, sich für sein Glück zu entschuldigen, nicht einmal bei der eigenen Tochter. Welche Argumente blieben mir da noch? Ich ließ mich von ihm umarmen, aber nur für eine Sekunde. »Okay«, sagte ich. »Wir sehen uns.«

Als ich nach Hause kam und den Geburtstagskuchen sah, den ich gebacken hatte, hätte ich ihn am liebsten in den Ausguss gestopft, und gleichzeitig wünschte ich mir, Stan anrufen zu können und ihn doch noch zu mir einzuladen. Volle fünf Minuten starrte ich auf den schiefen Schokoladenkuchen und schnitt mir dann ein riesiges, krümelndes Stück davon ab, bevor ich meine fleißig lernenden Mitbewohner rief. »Kuchenpause, Leute!« Sie kamen in die Küche, und gemeinsam aßen wir Stück für Stück das ganze Ding auf.

Was einem mit neunzehn Jahren ungerecht und falsch vorkommt, kann im Rückblick ganz anders wirken. Sieben Jahre sind eine lange Zeit, um über etwas nachzudenken und es gründlich von allen Seiten zu betrachten. Mein Vater und Lesley sind glücklich. Meine Mutter und Jerry sind glücklich. Sieben Jahre vergehen, und aus dem schlimmstmöglichen Verhalten wird ein bedauerlicher, aber nicht rückgängig zu machender Fehler. Es ist alles nur eine Frage der Perspektive.

7

Man muss seine inneren Wahrheiten anerkennen«, sagt Seth zu mir. Seit seinem letzten Besuch hat er sich eine Woche nicht blicken lassen, aber jetzt lümmelt er wieder an meinem Küchentisch herum. Er ist unrasiert und trägt dasselbe ausgefranste blaue T-Shirt und dieselbe Jogginghose wie letzte Woche. Für einen kurzen Moment überlege ich, ob er überhaupt weg war. Methodisch taucht er immer wieder seinen Zeigefinger in eine Dose Kakaopulver und leckt ihn ab.

»*Meine* innere Wahrheit ist, dass diese Dose Nesquik jetzt dir gehört«, erkläre ich angewidert. »Du kannst sie mit nach Hause nehmen.« Den Ausdruck »nach Hause« bereue ich sofort, weil Seth immer noch bei seinem Kumpel Pete auf dem Sofa schläft.

»Das ist deine *äußere* Wahrheit.«

»Kann schon sein«, sage ich leichthin. »Aber ich habe wirklich keine Lust, dass deine Parasiten Teil meiner inneren Wahrheit werden.«

»Ach, meine Parasiten?« Seth funkelt mich böse an, und seine Stimme ist plötzlich gezackt wie ein Sägeblatt. Sein Gesicht zuckt vor lauter Verachtung. Ich ziehe mich sofort zurück, rolle mich zusammen wie ein Mistkäfer. So ist es immer mit Seth. Wenn ich mit ihm zusammen bin, dreht sich manchmal schwindelerregend schnell die Zeit zurück, und ich bin ohne Vorwarnung wieder die verhasste vierzehnjährige kleine Schwester, ein peinlicher, halb entwickelter Klumpen Fleisch, ein Mülleimer für seine unangebrachte Wut. Benommen trockne ich einen Becher ab und stelle ihn dann vorsichtig zurück aufs Abtropfgestell. Als ich meinen Fehler bemerke, lasse ich den Becher trotzdem stehen, zu stolz, um ihn in den Schrank zu räumen und Seth zu zeigen, dass er mich durcheinandergebracht hat.

Ich hänge das Geschirrtuch an die Ofentür und will meinen Bruder ebenfalls böse anfunkeln, doch er betrachtet mich natürlich längst nicht mehr. Aber es ist eine Tatsache, dass die Willa von damals noch in der Willa von heute steckt, der vierzehnjährige Teenager in der sechsundzwanzigjährigen Erwachsenen. Seth mag nach wie vor die Macht haben, mich fertigzumachen, aber es hilft, sich in Erinnerung zu rufen, dass nicht *ich* diejenige bin, die aus ihrer eigenen Wohnung geworfen wurde und Binsenweisheiten aus Selbsthilfebüchern von sich gibt, dass nicht *ich* mich einer unstillbaren Zuckersucht ergebe und mir Kakaopulver von den nassen, schrumpeligen Fingern lecke. Und ich bin auch nicht diejenige, die seit Neuestem eine kahle Stelle von der Größe eines Silberdollars auf dem Kopf hat, wie mir gerade zum ersten Mal auffällt.

»Und wie schläft es sich so in Petes Wohnung?«, frage ich und widerstehe der Versuchung, entrüstet die Hände in die Hüften zu stemmen. »Ist das Sofa lieb zu dir?« *Du Glatzkopf.*

Seth hält inne und denkt nach. »Na ja, es ist ein bisschen ungemütlich«, antwortet er. »Und einsam. Die perfekte Kombination.«

»Stimmt«, sage ich und entspanne mich wieder ein bisschen. »Es würde deinem seelischen Zustand ja auch komplett widersprechen, wenn du in irgendeinem hübsch eingerichteten Gästezimmer auf ägyptischer Baumwolle nächtigen müsstest.«

Seth nickt. Es ist wieder alles beim Alten. Wenn es eines gibt, was ich von meinem Bruder gelernt habe – und es ist vermutlich tatsächlich das Einzige –, dann, dass es unendlich viele Chancen zur Versöhnung gibt.

»Ich weiß«, sagt er. »Das ist das Schöne an der Sache: dass alle meine Freunde genauso jämmerliche Loser sind wie ich.«

Seths bester Freund ist Pete Moss, ein dickliches Computergenie, das seine Online-Persönlichkeit – Starfußballer bei einem italienischen Verein – manchmal mit seinem wirklichen Ich verwechselt.

»Pete Moss«, sage ich.

»Pete Moss«, stimmt mir Seth zu. »He, wo ist eigentlich *deine* Loser-Mitbewohnerin?«

Er sieht sich übertrieben gründlich in der Wohnung um und reckt den Hals, als wäre ihm gerade erst aufgefallen, dass Jane nicht da ist. Das ist ganz offensichtlich nicht der Fall, denn er steht auf Jane, seit er ihr zum ersten Mal begegnet ist. Aber diese etwas unbequeme Wahrheit gestehen wir uns nicht ein, einerseits natürlich, weil Seth bisher mit Nina zusammen war, und andererseits, weil mir Jane so ähnlich sieht.

»Sie hat ein Date.«

»Ein Date?«

»Jane und Ben sind zusammen abendessen.« Ich streiche das Geschirrtuch glatt, das plötzlich dringend meine Aufmerksamkeit erfordert. Die Ecken sind total verzogen. LAKE MICHIGAN – UNFASSBAR SCHÖN steht in knallroten Buchstaben auf dem weißen Stoff. Je nachdem, wie man das Tuch faltet, erhält man LAKE MICHIGAN – UNSCHÖN oder ICH ARSCH. Ich zupfe zunächst an der einen Seite herum und dann an der anderen. »Es ist sozusagen ihre erste richtige Verabredung zu zweit. Zu dritt sind wir natürlich schon oft zusammen ausgegangen. Aber heute sind es nur die beiden.«

Von Seth ist bloß ein unschönes, saugendes Schmatzen zu hören. Er sagt lange nichts, während ich das Geschirrtuch zusammenknülle und mich nach einer Fläche umsehe, die ich abwischen könnte. In meiner Brust macht sich unerklärlicherweise Nervosität breit. Obwohl ich gerade in der Küche herumgewerkelt habe, ist sie makellos sauber wie immer.

»Echt jetzt?«, fragt Seth schließlich.

»Wie, echt jetzt?«

»Sie hat eine Verabredung mit Kern?«

»Ja!«, antworte ich und schlage mit der Hand auf die alte gelbe Resopal-Arbeitsplatte unserer Küche. *Die ist noch aus dem Plastilin-Zeitalter*, sagt Jane immer. »Was erstaunt dich so daran?«

»Gar nichts! Ich dachte nur immer … dass der Kerl auf dich steht.«

»Das hast du gewusst?«

»Du etwa nicht?«

»Nein!«, antworte ich und überlege, ob ich meinem Bruder die ganze Geschichte unseres Wiedersehens erzählen soll. »Warum hast du mir nichts davon gesagt?«

»Was, damals in der Highschool?« Unsere komplizierte Geschwisterbeziehung ist eine weitere Tatsache, die wir nicht anerkennen. Zu Highschoolzeiten hätte mich Seth ganz sicher nicht in seine Beobachtung über Bens Verliebtheit eingeweiht, damals war er viel zu beschäftigt mit seiner Kifferei, seiner Leichtathletik und seinem jahrelangen Feldzug gegen mein Selbstbewusstsein.

»Ich habe das Date sogar für die beiden eingefädelt«, erkläre ich. Wie erwartet, war das ganz einfach gewesen. Ich bediente mich der althergebrachten Methode, die schon Achtklässler beherrschen, und zupfte Ben am Ärmel und verriet ihm, dass Jane ihn ziemlich gut fand. Dabei tat ich natürlich so, als wüsste Jane nichts von meiner Indiskretion. Mit der unbefangenen Zuversicht eines Mannes, der weiß, woran er ist, marschierte Ben daraufhin zu Jane und fragte sie, ob sie mit ihm essen gehen wolle.

»Das ist ja ein Ding«, sagt Seth. Dann schweigt er wieder. Draußen heult eine Polizeisirene an unserem Haus vorbei.

»Also, ich finde das toll«, sage ich. »Die zwei geben doch ein hübsches Paar ab.« Ein köstlicher Geruch wabert plötzlich durch die Wohnung: Es ist Freitagabend, und unsere Nachbarn kochen. Wir haben Mr und Mrs J. Smith aus Wohnung 7 noch nie gesehen, wissen aber bereits, dass ihr Zusammenleben von Knoblauch, italienischer Oper und heftigen Auseinandersetzungen geprägt ist. Der gewöhnliche Name, die europäisch anmutenden Gerüche und Geräusche, das alles spricht eine eindeutige Sprache: Zeugenschutzprogramm. »Was denn?«, frage ich und setze mich gegenüber von Seth an den Tisch, wo ich gedankenlos nach dem Kakaopulver greife und ebenfalls den Finger hineintauche.

»Nichts«, antwortet er und grinst gehässig.

»Ist dir schon mal aufgefallen, dass du kahl wirst?«

»Ach, kleine Schwester«, sagt Seth, und sein Grinsen, das sich irgendwo zwischen sanftem Hohn und fieser Grimasse bewegt, wird noch breiter. Er sieht mich aus halb zusammengekniffenen Augen an. »Dir muss doch klar sein, wie das enden wird.«

Ich seufze. Plötzlich empfinde ich den vor mir liegenden Abend mit meinem Bruder als endlos lang. »Nein, klär mich auf.«

»Szenario eins«, sagt er und hält den Zeigefinger seiner rechten Hand hoch. »Jane und Kernie-Boy trennen sich, und du gerätst zwischen die Fronten. Szenario zwei«, fährt er fort, ohne einen zweiten Finger zu heben, »ist weniger wahrscheinlich. Die beiden bleiben zusammen, und du wirst…« Er fährt sich mit dem Finger quer über den Hals.

»Darf ich dir mal eine Frage stellen?«, sage ich. Seth nickt. »Warum gehst du immer vom Schlimmsten aus?«

Er guckt mich an, und ich erkenne kurzzeitig etwas Trauriges und Wahres in seinem Blick, bevor er die Lippen wieder zu einem zynischen Grinsen verzieht. »Sag bloß, du wurdest nicht von denselben Eltern großgezogen wie ich?«

»Wir werden ja sehen«, erkläre ich und schiebe meinen Stuhl vom Tisch weg. Quietschend rutscht er über den Linoleumboden. »Warten wir ab, was wirklich passiert.« Wut steigt in mir auf, und meine Stimme ist lauter als beabsichtigt. Ich zittere plötzlich und verspüre den Drang, wegzulaufen und Seth ein für alle Mal hinter mir zu lassen, dieses zusammengesunkene, vom Leben bestrafte Häufchen Elend, diese Mischung aus niederen Instinkten und schlechten Entscheidungen zu bestehen scheint, diesen Kindskopf, der zwar dieselben Gene hat wie ich, aber offensichtlich ein anderes Herz. *Du hast Nina betrogen!* Ich werde ihn nicht an mich heranlassen, werde nicht akzeptieren, dass er mich mit seinem Pessimismus ansteckt. Also wende ich mich von meinem Bruder ab, gehe zum Fernseher und fange an, die DVD-Sammlung durchzugehen, die er mitgebracht hat, damit er nicht sieht, dass ich bebe. »Im Gegensatz zu dir glaube *ich* nämlich, dass alles gut wird«, sage ich und meine es auch so.

8

Auf dem College haben meine Freunde und ich gerne ein Spiel gespielt, das wir »Eine schrecklich nette Familie« nannten. Es war ein Wettkampf, manchmal abgewandelt in ein Trinkspiel, bei dem wir nacheinander hässliche Erinnerungen an unsere kaputten Familien zum Besten gaben und hinterher entschieden, welche die schlimmste war. Wir waren zu acht und spielten dieses Spiel ohne Unterlass. Uns ging nie das Material aus. Es gab nur eine Regel: nie etwas beschönigen. Wir fanden jedes Mal einen klaren Gewinner. Manchmal war es derjenige, dessen Eltern am narzisstischsten und ignorantesten waren, wie bei meiner Freundin Violet, die einmal hörte, wie ihre Mutter kurz vor der Scheidung zu einer Freundin sagte: »Meine Güte, wenn ich keine Kinder mit Tom gekriegt hätte, hätte ich sie eben mit jemand anderem gekriegt!« An einem anderen Abend war der Gewinner möglicherweise jemand, dessen Eltern die größten psychischen Schäden angerichtet und die breiteste Schneise der Zerstörung durch die Kindheit ihres Sohnes oder ihrer Tochter gezogen hatten, wie bei Ari, den seine Eltern einmal nachts aufweckten, als er sechs Jahre alt war, um im Dunkeln an seinem Bett zu stehen und zu fordern: »Entscheide dich!« Ich fuhr auch meine Siege ein: damit, dass meine Eltern Seth und mir ihre Trennung an Heiligabend in unserem chinesischen Lieblingsrestaurant verkündeten, oder damit, dass ich sie eines Nachts im Schlafzimmer lauthals streiten hörte, bevor unheimliche Stille folgte, sodass ich besorgt nachsehen ging und sie fest umschlungen auf dem Bett herumrollen sah, bleiche Fleischberge im trüben Licht. Die Anekdote brachte mir eine Ehrenmedaille aus Alufolie ein.

An einem einsamen Winterwochenende im ersten Studienjahr machte ich sogar einen Comic aus unseren Erinnerungen, zwölf Seiten mit denkwürdigen Familienmomenten: Evans Mutter mit einem Glas Wein in der Hand, wie sie weinerlich zu ihrem elfjährigen Sohn sagte, dass er zwar aussehe wie sein Vater, sie ihn aber trotzdem lieb habe. Katies Vater, der sämtliche Lampen im ganzen Haus von der Decke schraubte, als er auszog, weil er darauf bestand, dass sie ihm gehörten. Ich dachte, meine Schwarz-Weiß-Zeichnungen wären lustig, ein Witz, den ich mit meinen Freunden bei unserem nächsten Pot-und-Poker-Abend teilen könnte, aber sie hatten eher eine deprimierende Wirkung.

Aus all diesen Gründen sage ich sofort zu, als Jane mich einlädt, übers Wochenende mit zu ihren Eltern zu kommen. *Das wird ein Kinderspiel*, denke ich. Das Schlimmste, was passieren könnte, ist, dass ihre Mutter einmal zu oft »Das ist ja toll!« sagt. Die ganz normale glückliche Familie eben.

»Die beiden sind nicht die Daltons, musst du wissen«, warnt mich Jane, als wir in die Auffahrt ihres Elternhauses einbiegen. Der Kies schlägt von unten gegen das Auto, bevor wir zum Stehen kommen und der Motor tickend erstirbt.

»Du meinst die Waltons. Guck mal! Über der Haustür hängt ein Schild mit der Aufschrift WILLKOMMEN ZU HAUSE, HEXCHEN.« Natürlich ist weit und breit kein Schild zu sehen, aber als wir drei Stunden zuvor Milwaukee verlassen haben, hat mir Jane anvertraut, dass ihr Vater sie früher immer Hexchen genannt hat, eine Information, die ich mir seither zunutze mache. »Komm, Hexchen«, sage ich, schnalle mich ab und klopfe mir auf den Oberschenkel. »Auf gehts!«

»Moment«, bittet Jane, greift an mir vorbei ins Handschuhfach und zieht nach einigem Wühlen ein knallgelbes Haargummi heraus, mit dem sie sich die Haare zum Pferdeschwanz bindet.

»He, dein Handschuhfach ist ja eine Zeitmaschine in die Achtziger!«

»Meine Mutter findet es schön, wenn sie mein Gesicht sieht«, erklärt Jane, ohne auch nur im Geringsten in Verlegenheit zu geraten. Sie wirft einen Blick in den Rückspiegel und steigt dann aus dem Auto. Ich beobachte, wie sie mit langen, schwungvollen Schritten und leicht nach vorne geneigtem Kopf ums Auto herumgeht. Nicht zum ersten Mal an diesem Tag versuche ich, mir meine Freundin als Objekt der Begierde vorzustellen. Ob Ben wohl auffallen wird, wie sie beim Nachdenken die Hände auf ihren Bauch legt? Dass ihre Haare links etwas lockiger sind als rechts? Jane und ich haben die erste Stunde unserer Fahrt damit verbracht, jede Einzelheit ihrer gestrigen Verabredung mit Ben zu analysieren. Er war nervös und hat ein Glas Wasser umgestoßen. Sie haben sich gegenseitig von alten Liebschaften erzählt. *Aber es ging hoffentlich nicht um mich! Haha!* Dann haben sie sich geküsst. »Es muss ja nicht jeder erste Kuss gleich das ganze Leben verändern«, hat sie nüchtern festgestellt und dann – bevor ich etwas erwidern konnte – hinzugefügt: »Ich mag ihn.« Ihr Blick war dabei fest auf die Straße gerichtet. Ich stellte mir ihre Gesichter beim Küssen vor. Etwas nahm da seinen Anfang. Das sah ein Blinder.

»Na los«, sagt sie, nachdem sie meine Autotür aufgerissen hat. »Deine Liste mit Gründen, dich über mich lustig zu machen, wird gleich ins Unermessliche wachsen.«

Und tatsächlich empfängt uns Janes Mutter schon an der Tür mit einem Teller Cookies. »Hallo Mädels!«, begrüßt sie uns und hält den Teller hoch, und ich denke gleichzeitig *Das ist jetzt nicht wahr, oder?* und *Kann ich nicht in Janes altes Zimmer einziehen?*. Aber dann gibt Janes Mutter ihrer Tochter einen Klaps auf die Hand und sagt überraschend energisch: »Die sind nicht für dich!« Mrs Weston trägt einen Pullover mit Zickzack-Streifen in Rosa- und Brauntönen, ein schreckliches, hypnotisierend wirkendes Muster, das man eigentlich verbieten müsste. Überhaupt kann ich Janes Mutter nur schwer einschätzen. Sie ist mindestens fünfzehn Zentimeter kleiner als Jane und ich, und ihre hellbraunen welligen Haare sind knapp schulterlang. Sie erinnert mich an eine Puppe, die ich als kleines Mädchen hatte und deren Aussehen man verändern konnte, indem man verschiedene Frisuren auf ihren Kopf steckte.

»Hallo, meine Liebe.« Sie legt mir eine Hand auf den Oberarm und drückt ihn sanft, wie jemand, der die verschiedenen Nuancen dieser Geste perfekt beherrscht. »Du musst Willa sein. Wir *freuen* uns so, dass du hier bist!« *Drück.* Sie zeigt mit dem Kinn auf den Teller mit Cookies. »Den wollte ich gerade zu den Tylers hinüberbringen. Dougie lässt sich nämlich scheiden!«

»Und deshalb hast du Cookies gebacken?«, fragt Jane. Sie streckt erneut die Hand nach dem Teller aus und nimmt sich zwei Kekse, von denen sie einen mir anbietet. Mit Haferflocken und Rosinen. Die Vernunftwahl unter den Cookies.

»Er ist *jetzt in diesem Moment* drüben bei seinen Eltern«, flüstert Janes Mutter verschwörerisch und stupst Jane mit dem Ellbogen an. »Na los, bring du die Cookies rüber.«

»Oh weh!«, seufzt Jane und hebt theatralisch die Hände. Mrs Weston schürzt die Lippen und legt den Kopf schief, als würde sie irgendwo weit entfernt eine komplizierte Melodie hören. »Dougie und ich sind zusammen aufgewachsen«, erklärt mir Jane. »Meine und seine Mutter versuchen uns jetzt seit – wie lange, Mom? – fünfundzwanzig Jahren zu verkuppeln.« Ihre Mutter nickt. »Seit dem Sandkasten also. Dougie arbeitet im Vertrieb eines Sportartikelherstellers und besäuft sich immer noch jeden Samstagabend mit seinen Brüdern aus der Studentenverbindung. So nennt er sie bis heute: seine Brüder. Das letzte Mal, als ich ihn gesehen habe, hat er sich damit gebrüstet, dass er nie etwas anderes liest als den Sportteil der Zeitung, und zwar auf der Toilette. Allerdings hat er für ›Toilette‹ ein nicht ganz so vornehmes Wort benutzt. Um es kurz zu machen: Wir sind geradezu geschaffen füreinander!« Jane sieht mich über den Kopf ihrer Mutter hinweg an und zieht vielsagend die Augenbrauen hoch. Ich verstehe sofort. Einer Frau wie Mrs Weston erzählt man wohl am besten nichts von der vielversprechenden ersten Verabredung, die man am Vorabend mit einem jungen Mann hatte, der aushilfsweise in einer Bibliothek arbeitet und vorhat, Sozialpädagoge zu werden.

»Ab mit dir nach drüben, Janey!«, drängt Mrs Weston und vermittelt überzeugend den Eindruck, nicht ein Wort von dem gehört zu haben, was ihre Tochter gerade gesagt hat. Sie übergibt Jane den Teller und schließt dann die Hand noch fester um meinen Oberarm, um mich ins Haus zu führen.

Jenseits der Haustür verbirgt sich ein kuschelig warmer Eingangsbereich, der gerade Platz genug für zwei Personen bietet, und jenseits davon ein Wohnzimmer mit einem flauschigen, lachsfarbenen Teppichboden und Möbeln in verschiedenen Weißabstufungen: cremefarbenes Sofa, Polstersessel in

Beige und überall naturweiße Kissen. Ich habe das beunruhigende Gefühl, mich in einem riesigen Mund zu befinden. Mrs Weston sieht sich zufrieden in ihrem Reich um.

»Sie haben wirklich ein hübsches Zuhause«, sage ich, was sich albern anhört, da ich außer dieser Mundhöhle von Wohnzimmer noch gar nichts davon gesehen habe. Der Satz ist außerdem so untypisch für mich, dass ich Mrs Weston insgeheim verdächtige, mich durch Drücken meines Armes einer Gehirnwäsche unterzogen zu haben. Ich beschließe, nichts mehr zu sagen, bis Jane wieder da ist.

»Höre ich da etwa unsere Großstadtpflanzen?«, dröhnt eine Stimme aus einem Zimmer in der Nähe, dann ist lautes Scheppern zu hören. »Hoppla! Nichts passiert, mir gehts gut!«

Mrs Weston räuspert sich und führt mich dann vom Wohnzimmer in die helle, chaotische Küche, in der sich Mr Weston über einen dampfenden Topf beugt. Er trägt eine Schürze, wie es manche Männer tun, die sich für begeisterte Hobbyköche halten, in Wahrheit aber nur selten den Kochlöffel schwingen. Er lüpft den Deckel des Topfes und atmet tief ein. »Ich koche Wasser!«, ruft er, und ich frage mich besorgt, ob er sich immer in dieser Lautstärke unterhält.

Mr Weston ist ein Riese. Er sieht aus, als hätte ihn jemand wie ein Kaugummi in die Länge gezogen, ein schlaksiger, schlaffer Körper. Außerdem ist ihm deutlich anzusehen, dass er sich am Herd ganz und gar nicht in seinem Element fühlt.

»Charlie«, sagt Mrs Weston streng.

»Ich mache unseren beiden Städterinnen etwas Leckeres zum Abendessen. Vorausgesetzt, sie sind sich nicht zu fein für Charlie Westons altmodische Spaghetti mit Fleischbällchen!« Ich senke den Blick und fühle mich so unsicher wie eine Zwölfjährige, die noch mit Puppen spielt.

»Her mit dem Kochlöffel, Charlie!«, befiehlt Mrs Weston

und lässt endlich meinen Arm los, um auf ihren Mann zuzueilen. Ihre Absätze klappern über den Küchenboden. Sie nimmt Mr Weston den Löffel weg, legt ihm die Hand zwischen die Schulterblätter – wofür sie sich auf die Zehenspitzen stellen muss – und schiebt ihn sanft beiseite. »Ab mit dir«, sagt sie zum zweiten Mal innerhalb der letzten eineinhalb Minuten. »Dieser Mann hat in der Küche nichts zu suchen«, erklärt sie fröhlich und wirft eine Packung Spaghetti ins kochende Wasser. Mr Weston nimmt die Zurechtweisung gelassen – *Wer? Ich?* – und lässt sich umständlich auf einem Küchenstuhl nieder.

Unterdessen versuche ich herauszufinden, was mich an dieser Szene so irritiert. Mir dämmert, dass es der fehlende Groll ist, die routinierte Gutmütigkeit, mit der die beiden miteinander umgehen. Sie hat keine Gemeinheit vor sich hin gemurmelt, als sie ihm den Löffel aus der Hand genommen hat, und er schweigt zwar, aber offensichtlich nicht, um sie zu strafen. Jeder macht sein eigenes Ding, ohne dem anderen etwas Böses zu wollen.

Diese Erkenntnis dringt gerade zu meinem Bewusstsein durch, als Mr Weston bemerkt, dass ich immer noch in der Küchentür stehe und nicht weiß, wo ich hingucken soll. Ich zwinge mich zu einem schwachen Lächeln und stelle fest, dass sich meine fest ineinander verkrallten Hände wie rostige Scharniere anfühlen, als ich sie ein wenig lockere. Die schockierende Normalität von Janes Eltern macht mich noch verlegener, und ich suche krampfhaft nach etwas, was ich sagen könnte. *Hallo! Sie haben wirklich ein hübsches Zuhause!*

»Was reimt sich auf ›Spaghetti‹?«, fragt Mr Weston plötzlich. Er ist selbst im Sitzen fast so groß wie ich.

Ich starre ihn erschrocken an und fühle mich wie ein ratloser Gameshow-Kandidat, auf den alle Scheinwerfer gerichtet sind. »Onkel Freddy?«, sage ich schließlich. Er mustert mich ein paar endlose Sekunden lang und zwinkert dann.

Mrs Weston dreht sich mit einem Ausdruck des Entsetzens zu mir um. »Willa!«, ruft sie. »Meine Güte, dich hab ich völlig vergessen! Entschuldige bitte, aber wenn du die Katastrophen erlebt hättest, die mein Mann schon in der Küche angerichtet hat, würdest du meine Unhöflichkeit verstehen!«

Sie stellt die Herdplatte auf eine niedrigere Stufe und geht auf mich zu. Ich mache mich schon darauf gefasst, dass sie wieder meinen Arm drückt, aber in diesem Moment stürmt Jane in die Küche und stellt schwungvoll unser Gepäck ab. Es fällt mir nicht schwer, sie mir als Vierzehnjährige vorzustellen, die ihre Schultasche in die Ecke schleudert. Ihre Mutter dreht sich zu ihr um.

»War Dougie da?«, fragt sie, während Mr Weston aufsteht und Jane stürmisch umarmt.

»Mmmmpf«, macht Jane.

»Als Hirn hat sie nen Walnusskern, mein Töchterlein hab ich sehr gern!«, verkündet Mr Weston und lässt kurz locker, um Jane Sekunden später erneut fast mit seiner kräftigen Umarmung zu zerdrücken. »Als Zehen hat sie Mandeln klein, ihr Erdnussnäschen ist sehr fein!«

»Cashew!«, nuschelt Jane in die Brust ihres Vaters, und Mrs Weston wünscht »Gesundheit« und befreit sie.

»Also, was war mit Dougie?«, wiederholt Mrs Weston ihre Frage.

»Jajaja«, antwortet Jane. »Ich habe ihm die Cookies überreicht, und er hat sich bedankt.« Nachdem ihre Mutter sich wieder zum Herd umgedreht hat und ihr Vater mit unserem Gepäck verschwunden ist, beugt sich Jane zu mir und flüstert mir zu: »Dougie hat mich entjungfert, als wir sechzehn waren!«

»Es fällt mir wirklich schwer, das zu glauben«, entgegne ich leise. Jane kichert lasziv. Erst später, viel später, werde ich verstehen, dass das schwache, undefinierbare Gefühl, das mich in diesem Moment überkommt, der Schock darüber ist, dass ich meine Freundin längst nicht so gut kenne, wie ich glaube.

Bei den Westons wird früh zu Abend gegessen, und die Mahlzeit besteht erstaunlicherweise nicht aus Spaghetti. Alle tun so, als hätte es die Spaghettiepisode in der Küche nie gegeben. Vielleicht ist sie ja wirklich nicht passiert, denke ich. Da ich selbst mit der typischen Kost kaputter Familien großgezogen wurde – Tiefkühlpizza, Fertiggerichten und Dosensuppe –, kommt mir nichts von dem, was bei den Westons serviert wird, bekannt vor. Aber Jane hat mich vorbereitet. Es handelt sich offenbar um Bonnie Westons Spezialität: Thunfischauflauf mit grünen Bohnen und Gelatinesalat als Beilage. Der Auflauf ist mit Cornflakes bestreut, und ich frage mich, ob ich wirklich ein Abendessen vor mir habe oder vielleicht doch eher ein Frühstück. Im roten Gelatinesalat schwabbeln orangefarbene Mandarinenscheiben wie Urzeitfische. Meine Augen wandern über den Tisch und suchen irgendetwas Neutrales, auf dem sie ruhen können. Von Jane habe ich keine Hilfe zu erwarten, sie ist zu sehr damit beschäftigt, den spielerischen Knuffen ihres Vaters auszuweichen. Die Servierplatten sind an den Rändern mit fliegenden Gänsen verziert, und auf dem Tischtuch prangen Schäfchenwolken, ein Traum in Blau. Von der Auflaufform steigt Dampf auf.

»Ein typisches Gericht aus dem Mittleren Westen«, erklärt mir Janes Mom, während sie sich prüfend auf dem Tisch umsieht und eine Serviette auf ihrem Schoß ausbreitet. Ich komme mir vor wie in einem fremden, exotischen Land, dabei bin ich in Milwaukee aufgewachsen. *Echte tibetische Köstlichkeiten für dich, Willa!*

»Absolut typisch!«, wiederholt Mr Weston, und Jane stupst ihren Vater lachend an. Janes Eltern wohnen in Marcy, einem Städtchen in Wisconsin. Glaubt man der Legende, konnte der Milchbauer, der den Ort gegründet hat, entweder nicht richtig schreiben oder hatte einen starken deutschen Akzent, und so gilt der Ausspruch *Lord have marcy* unter den viertausendeinhundertzwei Einwohnern als Insiderwitz. Gott steh mir bei!

»Schönes Gänsemuster«, sage ich. Eine Locke fällt mir in die Augen, und ich wedele sie mir wie eine lästige Fliege aus dem Gesicht.

»Wie süß von dir«, bedankt sich Mrs Weston. »Diese beiden haben leider keinen Sinn für mein Lieblingsmotiv.«

Jane greift nach der Auflaufform und bedient sich selbst. »Doch, klar. Es erleichtert die Suche nach einem Geburtstagsgeschenk für dich ungemein«, erklärt sie mit vollem Mund. Ihr Vater strahlt sie an, als hätte sie gerade ihren ersten vollständigen Satz gesagt.

Mrs Weston greift an ihrer Tochter vorbei und schiebt die Auflaufform zu mir. »Wo bleiben denn deine Manieren, Janey«, tadelt sie milde, und ich bin mir plötzlich sicher, dass sie Jane zwar einerseits noch vom Sterbebett aus ermahnen würde, sich die Bluse in die Hose zu stecken, sie andererseits aber auch in jeder Situation bedingungslos lieben und unterstützen würde. Ich werde von Selbstmitleid überwältigt, bin gefangen in einem Gelatinesalat der Melancholie. Jane hingegen hat beide Ellbogen auf den Tisch gestützt und beugt sich locker und unverkrampft über ihren Teller, wie jemand, der weiß, dass er jedes Recht dazu hat. Ein Mensch, der in so einer Familie aufgewachsen ist, schafft alles, denke ich. Wer oder was sollte Jane jemals aufhalten?

»Schatz?«, sagt Mrs Weston zu ihrem Mann, woraufhin er erst meinen und dann ihren Teller mit grünen Bohnen füllt. Eine verschwommene Sekunde lang sehen die Bohnen unwirklich aus, irgendwie außerirdisch oder wie die Haare von Meerjungfrauen. Dann verwandeln sie sich wieder zurück zu Bohnen.

Ich streiche die Serviette auf meinen Oberschenkeln glatt und spüre meinen eigenen Körper darunter, was seltsam tröstend auf mich wirkt.

»Echt lecker, Mom«, sagt Jane mit vollem Mund, ohne dass es irgendjemanden stört. Sie scheint es wirklich ernst zu meinen.

Mr Weston springt von seinem Stuhl auf. »Oh! Wasser vergessen!« Er geht um den Tisch herum zur Spüle und kehrt mit einem Glaskrug zurück.

Mrs Weston schaufelt sich Auflauf auf den Teller und mustert mich eingehend. »Du und Janey, ihr seht euch wirklich ähnlich«, stellt sie fest. »Das erkenne sogar ich.«

Wie elfjährige Jungen auf Schlittschuhen gleiten die Erinnerungen durch meinen Kopf, schlittern dahin, rudern mit den Armen: Familienausflüge, die in Brüllduellen zwischen meinen Eltern endeten; Tage, an denen sie nur durch Seth und mich miteinander kommunizierten; wie Fran einmal stolz eine selbstgemachte Lasagne auf den Tisch stellte, und wie Stan nach einem Blick darauf die Augen verdrehte und grinsend zu mir und Seth sagte: »Oh toll, mein Lieblingsessen! Kalte, glibberige, versalzene Lasagne!« Er war sehr versiert darin, sie niederzumachen, ein Meister der Überraschungsangriffe.

Ich senke den Blick und merke, dass ich die Cornflakes von meiner Portion Auflauf gepickt habe. Schnell schiebe ich sie wieder an ihren Platz. »Die Reste können wir morgen noch zum Frühstück essen!« Einen flüchtigen Moment lang hoffe ich, dass ich diesen Satz nur gedacht und nicht laut ausgesprochen habe, aber dann hören Mrs Weston, Mr Weston und Jane alle gleichzeitig auf zu essen und starren mich an. Der Kühlschrank summt vor sich hin, und Mrs Westons Gänse schwingen sich von den Servierplatten in die Lüfte, flattern mit den Flügeln und umkreisen meinen Kopf. *Tschüss dann, war schön bei euch! Danke für den Gelatinesalat!*

Nach ein paar Sekunden fängt Jane an zu lachen, ein schwesterliches, leicht abfälliges Prusten. Dann greift sie über den Tisch, um mir die Hand zu tätscheln. »Na klar, Süße, machen wir.«

»Wir sind wirklich froh, dass Jane so eine nette Mitbewohnerin gefunden hat.« Mrs Weston sieht mich immer noch genauso freundlich an wie vorher.

Mr Weston nickt. Auf dem langen Weg von seinem Teller zu seinem Mund fällt ihm eine Bohne von der Gabel.

»Also, ihr zwei: Ich habe mir überlegt, dass wir morgen die Mall unsicher machen könnten. Hast du schon alle deine Weihnachtseinkäufe erledigt, Willa?« Mrs Weston hebt ihr Glas und sieht mich erwartungsvoll lächelnd an. Es ist ihre Art, mich sanft aus dem Fettnäpfchen zu ziehen.

»Noch nicht ganz«, antworte ich.

»Mom, Willa ist Jüdin«, sagt Jane und rollt mit den Augen. Sie will sich von der engstirnigen Kleinstadtwelt ihrer Eltern distanzieren, und was wäre da besser geeignet, als mit einer Jüdin zusammenzuwohnen?

Ich zucke mit den Schultern, und die Worte *So jüdisch bin ich nun auch wieder nicht* liegen mir schon auf der Zunge. Ich bin bereit zu konvertieren, meine Seele zu verkaufen, zu tun, was auch immer ich tun muss, um Einlass in diese Familie zu finden.

»Stimmt ja!«, sagt Mrs Weston zu mir. »Das hatte ich ganz vergessen. Wie interessant!«

»Wusstest du, dass es bei den Juden nur neun Gebote gibt?«, fragt Mr Weston seine Frau, und bevor ich meinen Schreck verdauen und den Mund öffnen kann, um ihm zu widersprechen, entdecke ich das verschmitzte Funkeln in seinen Augen.

»So ist es«, gebe ich ihm recht und sehe aus dem Augenwinkel, wie es um Janes Mund herum zuckt, bevor sie sich eine Serviette davorhält.

Mrs Westons Blick wandert von einem zum anderen, und ihre Augen verengen sich zu misstrauischen Schlitzen. »Oh, ihr veralbert mich doch! Als ob ich das nicht merken würde!«

»Mrs Weston«, sage ich und lege meine Gabel vorsichtig neben meinen Teller. »Es ist zwar weitgehend unbekannt, aber es stimmt. Bei uns fehlt das Gebot ›Du sollst nicht ehebrechen‹.«

»Das ist wirklich so, Mom!«, ruft Jane und ist jetzt endgültig wieder vierzehn. »Ich habe es am Anfang auch nicht glauben wollen.« Mr Weston nickt zustimmend. In mir öffnet sich unterdessen eine neue, weite Herzkammer, bereit, mehrere Personen gleichzeitig aufzunehmen.

»Außerdem heißt es bei uns nicht ›Du sollst nicht töten‹, sondern ›Du sollst nicht töten, höchstens Insekten und Nagetiere‹«, erkläre ich.

Mrs Weston schüttelt den Kopf und schlägt sich mit der Handfläche auf den Oberschenkel.

»Autsch, Willa, das war zu viel«, tadelt mich Mr Weston.

Jane wirft die Hände in die Luft. »Willa, wir hatten sie doch!«

»Ihr drei seid furchtbar!«, sagt Mrs Weston und zeigt nacheinander anklagend mit dem Finger auf uns. »Tja, wirklich schade, ich habe nämlich Tiramisu zum Nachtisch gemacht, von dem jetzt leider keiner von euch etwas abbekommt.«

»Entschuldigung, Mom!«

»Entschuldigung, Mrs Weston.«

»Liebste Bonnie, verzeih uns«, schließt sich Mr Weston mit dem tiefen, unaufrichtigen Bariton eines Nachrichtensprechers an.

Janes Mutter schiebt ihren Stuhl vom Tisch weg, geht zum Kühlschrank und zieht eine große Glasschüssel daraus hervor. Nachdem sie uns den köstlich aussehenden Inhalt gezeigt hat, schmiegt sie die Schüssel theatralisch an die Brust, als wollte sie sie für sich behalten. Dann schüttelt sie noch einmal bedauernd den Kopf und greift nach einem großen Servierlöffel, unfähig, die Rolle der nachtragenden Mutter lange durchzuhalten. Und ich bin mittendrin, sitze mit den Westons am Tisch und bin Teil dieser eigentümlichen Runde, dieser Einheit, dieser Gruppe von Menschen, die sich lieben. Gierig sauge ich die Eindrücke in mich auf, lasse zu, dass ich vollkommen von ihnen eingenommen werde. Mrs Weston fängt an, große Portionen Tiramisu in Dessertschälchen zu löffeln, während Jane über etwas lacht, was ihr Vater sagt. Ich weiß, dass ich nicht wirklich dazugehöre, dass das nicht wirklich meine Familie ist, aber für einen kurzen, vergänglichen Moment erfüllt mich der Gedanke, dass sie es sein könnte, mit unbeschreiblicher Wonne.

9

Ben lehnt mit dem Rücken an der Ziegelmauer unseres Hauses, hält sich zwei Finger an den Mund und zieht an einer imaginären Zigarette. Eine Atemwolke steigt von seinen Lippen auf. »Ich verstehe das nicht«, sagt er.

Jane und ich sind am Vorabend aus Marcy zurückgekommen, und jetzt sitzen wir alle drei auf einer Decke im schmuddeligen Hinterhof unseres Hauses.

»Was verstehst du nicht?«, frage ich und ziehe meinen langen grauen Pullover wie ein Zelt über meine Knie. Wir sind fest entschlossen, die kurze Tauwetterperiode zu genießen, aber es ist immer noch Winter in Wisconsin.

»Erstens: Warum muss ein Teebeutel inspirierend sein?« Er streicht mit der Hand über ein Büschel Unkraut, dem weder Schnee noch Regen etwas anhaben konnten. Unser kleiner Innenhof schafft es, gleichzeitig überwuchert und halb tot auszusehen. Neben einer Reihe Mülltonnen verschimmelt eine dünne Matratze an der Hauswand. Daneben sind vier ausrangierte Autoreifen aufgereiht. Es sieht aus, als habe jemand vor, ein abfallbetriebenes Matratzenauto zu bauen. Auch wenn der Hof ganz und gar kein Ort ist, der zum Verweilen im Freien einlädt, verbringen wir gerne unsere Zeit hier.

»Weil Menschen, die Tee trinken, keinen Kaffee trinken«, erklärt Jane und fröstelt, bevor sie einen Schluck von ihrem Erdbeermargarita nimmt, den sie mit ihren behandschuhten Fingern umklammert. Eigentlich ist es viel zu kalt, um draußen herumzusitzen.

»Genau«, sage ich. »Und das macht sie traurig.«

»Und wehmütig.« Jane ist bereits bei ihrem zweiten Cocktail. »Und schwermütig. Gibts die Wörter eigentlich beide, oder habe ich eins erfunden?« Sie kichert.

»Also, *ich* habe nur während meiner Au-pair-Zeit in England Tee getrunken«, berichtet Ben, und ich werfe ihm einen Blick zu, um herauszufinden, ob er es ernst meint oder ob das wieder einer von seinen seltsamen Scherzen ist, über die man nur lacht, weil er sie selbst so lustig findet.

»War das vor oder nach deinem Jahr als Besatzungsmitglied der Jupiter-Raumstation?«, frage ich. Dann fällt mir ein, dass es in der Geschichte dieser wiederauferstandenen Freundschaft sieben tote Jahre gibt und Ben nicht nur ein Jahr als Au-pair in London, sondern auch drei Jahre als Taxifahrer in Dubai verbracht haben könnte, ohne dass ich irgendetwas davon mitgekriegt hätte. Er hätte England oder Island oder Neuseeland durchwandern können, hätte die kurze, aber seltsam heftige Leidenschaft für Ecuador ausleben können, die ihn im letzten Highschooljahr überkommen hatte – und ich hätte nichts davon gewusst. Er hätte lange, heimwehschwangere Luftpostbriefe und allzu anschauliche und gleichzeitig befangene E-Mails aus exotischen Städten an jemand anderen schicken können, einen ehemaligen Zimmergenossen vom College zum Beispiel, der in einem Büro in New York arbeitet, oder einer hübschen Exfreundin namens Becca, die jetzt Grundschullehrerin in Minneapolis ist.

»Danach«, klärt er mich auf und zieht eine Augenbraue

hoch. Jane, die an ihn gelehnt dasitzt, dreht das Gesicht zu ihm, sieht ihm in die Augen und wirft dann lächelnd das Haar zurück. Ich weiß genau, was sie denkt: *Oh! Schon wieder eine interessante Tatsache, die ich über meinen neuen Freund noch nicht wusste, wieder eine Facette dieses vielversprechenden Gesamtpakets, das ich nach und nach erkunden werde.* Verlegen wende ich mich wieder meinem Notizblock zu und blättere ihn völlig unnötigerweise durch.

»Hm«, mache ich, während die Seiten meines Blocks im eisigen Wind flattern. »Declan sagt, er will ›geistreiche, aufmunternde Sätze für den urbanen Teetrinker‹. Nichts Herablassendes oder Verniedlichendes, aber hintersinnig genug, dass es einen Moment dauert, bis man es versteht. Und kein Satz darf mehr als zehn Wörter enthalten.« Declan hat außerdem gesagt, dass es vorerst der letzte Auftrag sei, eine Hiobsbotschaft, die ich zunächst für mich behalte.

Nachdem ich mich vor ein paar Jahren bei Declan für ein Praktikum in der neu gegründeten Grafikabteilung beworben hatte, rief er mich zwei Tage später zurück, um mir mitzuteilen, dass sich die Agentur nun doch keine eigene Grafikabteilung leisten könne. Stattdessen bot er mir einen Praktikumsplatz als Werbetexterin an, und weil ich ihn ganz süß fand und keine anderen Angebote hatte, sagte ich zu.

Wir flirteten einige Monate miteinander, und an Thanksgiving legte er einen kleinen Schokoladentruthahn auf meinen Schreibtisch. Er eroberte mich mit seinem irischen Akzent, mit seiner schlechten Körperhaltung, mit seiner Angewohnheit, sich beim Nachdenken mit den Fingern durch die Haare zu fahren, bis sie in alle Richtungen abstanden. Manchmal kam er mit zwei verschiedenen Socken ins Büro. Er war wie ein kleiner Junge, der dringend eine Mutter brauchte, die ihm die Sockenschublade sortierte und ihm mit Spucke die Haarwirbel glättete. Da war er bei mir an der falschen Adresse. Ich wollte ihn nicht bemuttern, sondern so sein wie er, ein Mensch, der gleichzeitig sehr intellektuell und sehr körperlich war, ein Mensch, der einen ganzen Tag lang vergessen konnte zu essen, um sich dann mit Begeisterung eine doppelte Portion Cashew-Hühnchen mit Zuckerschoten reinzuziehen. Ich mochte seine schrullige Art. Manchmal hörte er bei der Arbeit Musik über seinen iPod und rief dabei immer wieder: »Ich brauch jetzt wirklich mal meine Ruhe hier drinnen!« Und das, obwohl ihn überhaupt niemand gestört hatte.

Immer wenn mir ein guter Slogan einfiel oder auch nur eine vielversprechende Redewendung, packte Declan anerkennend meine Schulter oder umarmte mich oder gab mir einen Kuss auf die Wange. Manchmal blieben wir bis spätnachts in der Agentur und arbeiteten, nur er und ich. Michael hatte eine Familie, um die er sich nach Feierabend kümmern musste. Ich musste nur den Kopf drehen, und Declans harmloser Kuss auf die Wange verwandelte sich in etwas Besseres. So einfach war das.

Wir knutschten ein paar Mal in meiner Arbeitsnische, verstohlen und heftig wie Teenager. Jedes Mal war er derjenige, der einen Rückzieher machte, ein Mal mit seinen Fingern an meinem BH-Verschluss, ein Mal, als sein eigenes Hemd schon halb ausgezogen war. Sein Oberkörper war lang und blass und überraschend fest. Ich war ganz und gar nicht abgeneigt. »Aber ich bin dein Chef«, sagte er schwer atmend. Oder: »Das geht nicht. Ich bin zu alt für dich.«

Ich nahm ihm seine dramatischen Proteste nicht ab. Gleichzeitig spürte ich, wie ich mich immer mehr zu ihm hingezogen fühlte. Mein Herz klopfte unruhig in seiner Gegenwart, gleich einem eingesperrten Tier, das gerne flüchten würde.

Tagsüber schlenderte er auf Socken im Büro herum, trank Tee aus einer Thermoskanne, die er von zu Hause mitbrachte, obwohl es in der Agentur eine Küche, einen Wasserkocher und einen endlosen Vorrat an irischen Tees gab. Dann dachte ich an seinen Mund auf meinem und hatte das Gefühl, dass sich mein Schwerpunkt nach unten verlagert hatte. Declan verhielt sich genauso wie immer, was ich als gutes Zeichen wertete, da er sich ohnehin immer etwas eigenartig benahm.

Eines Abends trafen wir uns in der Nähe meines Schreibtischs auf dem Gang, nachdem alle anderen schon nach Hause gegangen waren. Er hielt seinen Fahrradhelm in der Hand, und sein rechtes Hosenbein war auf Knöchelhöhe mit einem Gummiband zusammengebunden, sodass sein Schienbein die Form einer Packung Toastbrot annahm. Die Leuchtstoffröhre über unseren Köpfen flackerte. Declan lächelte, und ich streckte die Hand aus, um sein Gesicht zu berühren.

Er hielt meine Hand fest, bevor sie seine Wange berührte, küsste sie und schob sie dann sanft wieder zu mir zurück. »Du machst mich fertig, Willa«, sagte er. Verlegen senkte ich den Kopf und spürte, wie mir ganz kribbelig und heiß wurde. Ich lehnte mich an die Seitenwand meiner Arbeitsnische, die mit malvenfarbenem Teppich bezogen war, was mich immer wieder in Erstaunen versetzte. Warum bezog man Wände mit Teppich? Wen versuchte man damit zu täuschen? Als ob man sich von einem Wolle-Polyester-Mix dazu verleiten ließe, die hauchdünnen Wände und die unpersönliche Atmosphäre eines Großraumbüros zu vergessen. Declan und ich standen immer noch so nah voreinander, dass ich seinen Atem auf meinem Gesicht spürte. Er roch nach starkem Tee und Minzkaugummi, oder vielleicht auch nur nach Minztee.

»Verstehe«, sagte ich. »Fertigmachen will ich dich natürlich nicht.«

»Ich mag dich wirklich, weißt du«, sagte er und nahm wieder meine Hand, um sie sanft zu drücken. »Aber … es ist so, dass ich … na ja, dass ich mich seit ein paar Wochen mit einem anderen Mädchen treffe.«

Aus halb zugekniffenen Augen starrte ich sein Gesicht an, die dunklen Bartstoppeln, die sich gerade zu bilden begannen, seine schönen grauen Augen, seine gerade Nase. Er hatte außergewöhnlich ebenmäßige Gesichtszüge. Ich brauchte eine Sekunde, bis ich die Wunde spürte, die er mir gerade zugefügt hatte, so glatt war der Schnitt. Er hatte eine Freundin.

»Sie ist nicht meine Freundin oder so was«, erklärte er. »Noch ist es nichts Ernstes, aber … allmählich fange ich an, mir zu wünschen, dass es etwas Ernstes wird.«

»Okay«, antwortete ich schnell. »Schon verstanden.« Ich verstand es wirklich: Ihm war eine andere Frau wichtiger als ich. Es wäre einfach gewesen, der Demütigung die Schärfe zu nehmen, indem ich sie in belebenden Hass verwandelte. Seine grauen Augen sind eigentlich viel zu klein, beschloss ich, wie die Augen einer Ratte. Na also, da war er bereits, der Hass! Aber dann entdeckte ich in seinen Rattenaugen etwas Unverstelltes, Echtes, Ehrliches. Er wollte mir nicht wehtun. Ich hatte das Gefühl, ihm direkt ins Herz blicken zu können, und dieses Herz war ein sauberer, spartanischer Ort, ein Raum, der mit preiswerten skandinavischen Möbeln eingerichtet war. Ich brachte ein Lächeln zustande, genau das Lächeln, das ich für solche Gelegenheiten einstudiert hatte. »Also dann, wir sehen uns morgen!« Declan atmete erleichtert auf. »Du bist echt eine tolle Frau, Willa!« Ein typischer Declan-Satz.

Mein Praktikum in der Agentur sollte noch drei Monate dauern, also blieb ich und tat so, als wäre alles in Ordnung, gab mich ungezwungen, obwohl ich mich wie eine menschliche Stimmgabel fühlte, weil mein ganzer Körper in einer grässlich hohen Frequenz zu vibrieren schien. Im Laufe der Wochen stellte ich allerdings erleichtert fest, dass der Schmerz allmählich abebbte. Das falsche unbekümmerte Lächeln, das ich aufgesetzt hatte, verwandelte sich nach und nach in ein echtes Lächeln, das nichts mehr zu verbergen hatte.

Die schwache Wintersonne im Hof weicht immer mehr dem Schatten, den unser Haus wirft. Die Luft wird von Minute zu Minute kälter. Jane hebt einen Finger und verkündet: »Wer A sagt, muss auch Tee sagen!«

»Sehr gut«, lobe ich und schreibe es auf.

Ben kickt gegen meinen Fuß und sagt: »Pass auf, ich kann Karate!« Ich blicke ihn verwirrt an, und er starrt mit einem halben Lächeln zurück, das mich nervös macht. Dann verstehe ich: Kara-tee.

»Auch nicht schlecht«, sage ich und kritzle in meinen Block.

»Assam-Aleikum!«, schlägt Jane vor, bevor sie den Kopf schüttelt. »Nein, doch nicht. Sorry.«

Eine Weile sagt niemand mehr etwas. Auf einem Fleckchen sandiger Erde glitzert der Hals einer zerbrochenen Flasche. Ich zeichne einen Teebeutel mit Gesicht, der ein Spruchband vor sich herträgt, auf das ich *Pro-Teein* schreibe. Dann streiche ich die Zeichnung langsam und gründlich wieder durch und notiere ein paar Wörter, die mit Tee zu tun haben: *Trinken, heiß, verschüttet, Bodensatz, Blätter.*

Ben rückt seine Sonnenbrille zurecht und blickt in den dunkler werdenden blauen Himmel hinauf. »Wie kommt es eigentlich, dass keiner von uns einen richtigen Job hat?«

Ich tue so, als würde ich mitschreiben. »Moment mal, das ist aber nicht besonders inspirierend.«

»Ich *habe* einen richtigen Job.« Jane stupst Ben mit der Schulter an.

»Und ich werde für diesen Schwachsinn hier ebenfalls bezahlt«, füge ich hinzu. *Willa*, hat Declan in seiner E-Mail geschrieben. *Ich fürchte, das war's erst mal für eine Weile. Die Umsätze sind im Keller, Etatkürzung und so weiter. Und alles nur wegen dieser Scheißwirtschaftslage. Aber du weißt, dass ich dir ein erstklassiges Arbeitszeugnis schreiben werde.* Zu dumm nur, dass man mit erstklassigen Arbeitszeugnissen nicht die Miete bezahlen kann.

»Ihr wisst schon, was ich meine«, sagt Ben und legt den Arm um Jane, die sich sofort hineinkuschelt. Ben hat vor knapp einem Jahr ein paar Abendkurse in Gesundheitswissenschaften belegt und paukt seither für den Aufnahmetest zum Graduiertenkolleg. Bis es so weit ist, hält er sich mit einem Teilzeitjob in der Bibliothek über Wasser und träumt davon, als Entwicklungshelfer dem Friedenskorps beizutreten. Zusammen verdienen wir drei vermutlich ein anständiges Gehalt. Unsere kollektive berufliche Unterforderung macht mir Angst.

»Na ja, wenn wir richtige Jobs hätten, würden wir nicht um Viertel vor vier an einem Donnerstagnachmittag hier im Hof sitzen«, gibt Jane zu bedenken.

»Und vor uns hin brüten«, sage ich. »Oder *brühen*, was wieder zum Tee passt.«

Ben verdreht die Augen. Jane bietet ihm einen Schluck von ihrem Margarita an, und er senkt den Kopf, um aus ihrem Glas zu nippen. Die Vertrautheit der beiden ist unbeschwert und kein bisschen zaghaft, obwohl sie erst so kurze Zeit zusammen sind. Sie wirken, als wären sie schon seit Jahren ein Paar. Die Energie, die zwischen ihnen herrscht, ist außergewöhnlich. Es sind keine heftigen elektrischen Schwingungen, wie ich sie bisher mit jedem meiner festen Freunde gespürt habe, und es schwebt auch nicht vor lauter Verliebtheit sofort die Frage nach einer möglichen Heirat im Raum, auf die es stets nur eine befriedigende Antwort gibt, und wenn es noch so ein großer Fehler ist. Zwischen Jane und Ben ist alles sanft, freigiebig, weitläufig.

Ich stelle mir vor, wie wir viele Jahre später auf einer richtigen Terrasse (nicht in einem zugigen Hinterhof) neben einem kleinen weißen Häuschen sitzen. Die Zusammensetzung ist fast dieselbe, nur dass wir in meiner Vorstellung zu viert sind: Ben und Jane und irgendjemand für mich, jemand, der noch verschwommen, noch unfertig ist … gesichtslos (aber natürlich attraktiv!). Er sitzt neben mir auf einer gepolsterten Gartenbank, nah, aber nicht zu nah, die langen Beine ausgestreckt. Und im Garten rennen Kinder herum, fröhliche, genügsame Kinder, die wenig Aufmerksamkeit brauchen. Doch es ist vor allem ein Gefühl, das meine Fantasie beherrscht, eine unbeschwerte Leichtigkeit, die daher rührt, dass diese neue, von mir gegründete Familie nicht hinter den Erwartungen zurückbleibt, dass sie mich nicht immer wieder enttäuscht.

»Ich kann nicht mehr denken«, sagt Ben. »Mir ist viel zu kalt. Mein Hintern ist eingefroren.«

»Du weißt, dass ich vertraglich dazu verpflichtet bin, einen Witz darüber zu reißen, in welchem Körperteil du dein Gehirn hast«, ziehe ich ihn auf.

Jane tätschelt Bens Schulter und nickt. »Stimmt. Ist sie.«

Er ignoriert uns und fängt an, die Utensilien unseres kleinen arktischen Picknicks zusammenzusammeln. »Wie wärs denn mit folgendem Slogan: ›Wenn deine Freunde dich mal wieder zwingen, mitten im Winter im Freien auf einer Decke herumzusitzen und dir den Hintern abzufrieren, hebt heißer Tee deine Körpertemperatur zumindest so weit an, dass du nicht sofort, sondern erst später dem Kältetod erliegst.«

»Nicht schlecht«, antworte ich. »Aber mehr als zehn Wörter.« Ich muss mir bald eine richtige Arbeit suchen, das steht fest.

Jane lacht und stemmt sich vom Boden hoch. Sie schwankt ein bisschen und stützt sich auf Ben. »Weil man ein *R* oder ein *S* nicht trinken kann«, sagt sie, und er sieht sie verwirrt an.

Ich sitze auf der blauen Wolldecke und blicke zum Nachmittagshimmel und zu meinen Freunden empor, die plötzlich über mir aufragen. Ben und Jane strecken mir je einen Arm entgegen, zwei Hände, die mich nach oben ziehen. »Scheiße, ist mir kalt«, murmelt Ben, und für eine flüchtige Sekunde wünsche ich mir, dass wir drei tatsächlich hier festfrieren könnten, genauso, wie wir jetzt sind.

10

Zu Beginn unserer Freundschaft, als Janes und meine Lieblingsbeschäftigung darin bestand, Eckdaten abzugleichen und möglichst viele Gemeinsamkeiten zu entdecken, fragte mich Jane nach der Ehe meiner Eltern. »Wie war es so zwischen ihnen, als sie noch zusammen waren?« Sie nahm sich eine Handvoll unserer Lieblingsknabberei *(Pistazien? Meine auch!)* und schob die Schüssel über den Tisch zu mir hinüber.

Zusammen?, dachte ich. Soweit ich das beurteilen konnte, hatte es zwischen meinen Eltern nie so etwas wie ein Zusammen gegeben, nur gegenseitiges Unverständnis. Und das auch nur an guten Tagen. An schlechten Tagen war ihre Ehe die reinste Hölle gewesen. Fran und Roger Jacobs hatten vermutlich einmal geglaubt, sie würden zusammenpassen, bevor sie – *hoppla, zu spät, jetzt haben wir schon zwei hilflose Kinder in die Welt gesetzt* – feststellten, dass sie nicht nur nicht zusammenpassten, sondern sich sogar hassten, und zwar leidenschaftlich.

Das verriet ich Jane jedoch nicht. Stattdessen erzählte ich ihr, wie ich einmal mit zehn Jahren in unserem Spielzimmer im Keller gesessen und mit meinem Puppenhaus gespielt hatte, für das ich eigentlich schon viel zu alt war. Aber die kleinen bunten Holzpuppen übten eine eigenartig tröstende

Wirkung auf mich aus, die ich mir selbst nicht erklären konnte. Manchmal reichte schon der Aufenthalt in diesem mit Holzimitat getäfelten Raum, um mich besser zu fühlen. Die Regale an der Wand waren voll mit Brettspielen, Kinderpuzzles und Schaumstoffbällen in knallgelben Netzen, und auf dem Boden war immer noch Seths alte Spielzeugeisenbahn aufgebaut, bei der inzwischen die meisten Schienen fehlten. Inmitten unseres Kinderspielzeuges konnte ich mir zumindest einbilden, dass unsere Familie glücklichere Zeiten gekannt hatte.

Kristina, die blonde Tochter meiner Puppenfamilie, führte gerade ein Weihnachtsballett vor. In meinen Fantasien kamen immer Weihnachtsfeste und kleine Mädchen namens Kristina oder Heidi vor, manchmal hießen sie sogar Heidi-Kristina. Puppenmutter, Puppenvater und Puppenbruder (namenlos) standen in einer Reihe, sahen Kristina hingerissen bei ihrem Tanz zu und applaudierten begeistert. Irgendwann hörte ich meinen Vater die Kellertreppe herunterkommen und im Waschkeller herumwühlen, wo wir auch Konserven, Küchen- und Toilettenpapier, Cornflakes und Fertiggerichte aufbewahrten.

»Wo sind die Haferflocken?«, murmelte er vor sich hin. Damals war er gerade auf seinem Gesundheitstrip, und weil sein Appetit nach wie vor unstillbar war, aß er gerne zwischen den Mahlzeiten riesige Schüsseln Haferbrei, den er mit Honig beträufelte und mit Weizenkeimen und Rosinen bestreute. Manchmal auch mit Schokostückchen oder M&Ms, wenn er sich unbeobachtet fühlte. Meine Mutter kaufte regelmäßig riesige Mengen Quaker Instant Haferflocken für ihn. »Fran, wo sind die Haferflocken?«, rief er nach oben. Er hatte mich immer noch nicht gesehen, weil ich in der Ecke des Spielzimmers hinter dem Puppenhaus hockte.

Die Stimme meiner Mutter ertönte aus der Küche nach

unten: »Hier oben sind noch welche!« Ihr Tonfall war neutral und freundlich.

Aber mein Vater hatte sich längst in seine schlechte Laune hineingesteigert, wie er oder meine Mutter es immer taten, wenn es zwischen ihnen zum Streit kam. Man konnte sich darauf verlassen, dass einer von ihnen dachte: *Hm, ich glaube, mit Nettigkeit komme ich hier nicht weiter.* »Oben sind keine Haferflocken, Francine! Wenn die verdammten Haferflocken oben wären, würde ich doch nicht im Keller danach suchen!« Von meinem Versteck aus sah ich, wie das Gesicht meines Vaters rot anlief wie das eines Babys. Die Farbe breitete sich von seinem Hals über seine Wangen aus, und von dort zur Stirn, bis sein ganzes Gesicht eine knallrote Kugel war, wie die Fahrradleuchten, die Seth und ich benutzen mussten, obwohl er uns ohnehin verboten hatte, bei Dunkelheit Fahrrad zu fahren. »In diesem Haus sind keine beschissenen Haferflocken!« Seine Stimme war jetzt die eines gehässigen Clowns, der seine Nummer aus Vorwürfen und Bosheiten herunterspult.

»*Warum habe ich dann eine Packung Haferflocken in der Hand, verdammt noch mal?*«, brüllte meine Mutter. Meine Eltern machten sich schon lange nicht mehr die Mühe, sich vor uns Kindern zu mäßigen. Eine respektvolle Ausdrucksweise war mit das Erste, was sie im Umgang miteinander aufgegeben hatten.

»Mein Gott«, murrte mein Vater. Inzwischen war bei ihm die Luft raus, und er schmollte nur noch.

»*So* war es zwischen den beiden«, erklärte ich Jane. Alles – ein Anruf, eine Geburtstagsfeier, Haferflocken – konnte Anlass für eine Hassorgie sein, die so deutlich zu spüren war, dass einem das Herz stehenblieb. Bis sich meine Eltern endlich scheiden ließen, war ihre Ehe wie ein fremder Planet, eine raue, lebensfeindliche Klimazone: glutheiße Tage, gefolgt von klirrend kalten Nächten, die so eisig waren, dass sie jedes Leben auslöschten.

Jane knabberte geräuschvoll eine weitere Handvoll Pistazien. »Aha«, murmelte sie. Damals wussten wir oft nicht, was wir sagen sollten, wenn sich unsere jeweiligen Erfahrungen gänzlich voneinander unterschieden. Später stellten wir erleichtert fest, dass überhaupt kein Kommentar nötig war. »Echt krass«, nuschelte Jane mit vollem Mund. Es hörte sich an wie *Ey Gras.* »Meine Eltern sind ganz anders«, fügte sie hinzu, aber das hätte ich auch so gewusst. Damals kannte ich die Westons zwar noch nicht, aber ich wusste, dass sie immerhin noch zusammen waren. »Irgendwie langweilig.« Sie sah mich an, als wollte sie erst meine Zustimmung einholen, bevor sie von der glücklichen Ehe ihrer Eltern erzählte. »Langweilig und vollkommen vorhersehbar. Allerdings haben sie es nie geschafft, sich erfolgreich abzusprechen, was meine Erziehung anging. Immer wenn ich etwas unbedingt haben wollte und es vom einen Elternteil nicht gekriegt habe – sei es ein Spielzeug oder eine Süßigkeit –, bin ich einfach zum anderen gegangen, und der hat dann mit ziemlicher Sicherheit Ja gesagt.« Sie riss die Augen auf, so irrational kam ihr dieses Verhalten vor.

»Und dann?«, fragte ich und steckte mir die Pistazienschale, die ich gerade in der Hand hielt, wie eine Haarspange in die Locken.

»Wie, und dann?«

»Wenn jedes Mal einer Ja gesagt hat, heißt das dann, dass du immer alles gekriegt hast, was du wolltest?« Ich stellte mir Jane als verwöhnte Prinzessin in einem Zimmer mit rosa Teppichboden vor, Herrscherin über ihr Reich, in dem sich alle ihren Wünschen fügten.

Jane blickte erst auf die blaue Schüssel mit Pistazien, die inzwischen fast leer war, und dann auf die zweite Schüssel, in die wir die Schalen geworfen hatten. Schaudernd schob sie beide beiseite. »Nein!«, antwortete sie entrüstet. Dann dachte sie einen Moment nach und zuckte mit den Schultern. »Aber ziemlich oft, wenn ich ehrlich bin.«

Ich zeigte auf die Pistazienschale, die jetzt eine meiner Korkenzieherlocken zierte, und klimperte mit den Wimpern wie eine Filmdiva – eine ziemlich durchgeknallte allerdings.

»Absolut umwerfend«, lautete Janes Urteil, bevor sie ebenfalls eine Schale aus der Schüssel nahm und sie in ihre Locken schob. Und schon waren wir wieder identisch, zwei Mädchen mit Haarspangen aus Pistazienschalen.

11

Eine Freundschaft kann noch so eng sein, letztendlich bleibt man doch irgendwie alleine. Der Mensch lässt sich nie vollauf ergründen, was einem – wie in meinem Fall – vielleicht erst dadurch so richtig bewusst wird, dass die beste Freundin alles über einen in Erfahrung bringen möchte. Aber das funktioniert einfach nicht, es ist unser Schicksal, einsam zu leiden und genauso zu sterben. Immerhin ist es unser gemeinsames Schicksal, denke ich. Vermutlich bin ich bei aller Ernüchterung doch irgendwie Optimistin geblieben.

Es gibt so vieles, was ich Jane nicht erzähle, Details, die ich weglasse, Geschichten, die ich nicht mit ihr teile. Das Bild, das sie von mir hat, ist daher unvollständig, eine Selbstdarstellung meinerseits, und wenn sie Licht sieht, wo eigentlich Schatten sein müsste, kann sie sich entweder blenden lassen oder die dunklen Stellen selbst hinzufügen.

Als Seth im letzten Highschooljahr war, beschloss Stan, mit der ganzen Familie einen Ausflug nach Philadelphia zu machen. Seth hatte gerade eine Zulassung für die University of Pennsylvania bekommen, genauso wie für einige andere hochrangige Hochschulen, die sich meine Eltern nicht leisten konnten. »Der Junge will auf ein *Elite-College*«, sagte mein Vater immer wieder, nachdem erst der dicke Umschlag von der University of Pennsylvania eingetrudelt war und dann der vom Dartmouth College. »Ich fass es nicht.« Jedes Mal, wenn er das sagte, zog er ein finsteres Gesicht und rieb sich mit den Fingern die Ellbogen, so als hätte es Seth darauf angelegt, ihn durch den Besuch einer teuren Privatuni finanziell zu ruinieren.

Diese Episode ereignete sich nur wenige Monate, nachdem er die Reise nach Europa abgesagt hatte, und wir waren alle noch argwöhnisch und empfindlich. Fran fand Gefallen daran, mit leichtem italienischem Akzent von unserem bevorstehenden Ausflug zu sprechen. *Phiiiladelphia*, sagte sie. *Ich kann es gar nicht erwarten, die vielen Sehenswürdigkeiten von Phiiiladelphia zu sehen und die feine Küche zu genießen!* Sie machte das so dezent, dass es Stan vielleicht gar nicht bemerkte. Ich bemerkte es sehr wohl.

Am ersten Tag der Frühjahrsferien zwängten wir uns also zu viert ins Auto und machten uns auf den Weg Richtung Osten. Am Vorabend hatte Fran Dutzende Sandwiches mit Eiersalat für uns gemacht, von denen sie uns nun an jeder Tankstelle und bei jeder Kaffeepause eins anbot. Immer, wenn einer von uns auf die Toilette musste oder mein Vater sich die Beine vertreten wollte, holte sie ihre Sandwiches hervor, als könnte sie damit die familiäre Harmonie sichern. Nach einer Stunde roch es im Auto nach Sumpfgas und Süßigkeiten. Unsere Mutter hatte nämlich außerdem einen unerschöpflichen Vorrat an roten Gummischlangen dabei, der einzigen Nascherei, auf die wir uns alle einigen konnten.

Ich orientierte mich an meinem Bruder und tat so, als würde es mich völlig kaltlassen, dass wir uns auf eine Mission des familiären Gemeinschaftssinns und der gegenseitigen Unterstützung begaben und das halbe Land zusammen durchquerten. *Mir egal*, sagte ich auf jede Frage meiner Eltern. *Möchtest du eine Sprite? Mir egal. Ist die Ausgabe von* The Prose Shop *schon fertig, an der du letztes Wochenende mit Ben gearbeitet hast? Ja. Weiß nicht. Mir egal.* Dabei war ich insgeheim begeistert, dass wir endlich einmal etwas gemeinsam unternahmen: mein mürrischer, vor sich hin grummelnder Vater, meine launische Mutter, mein grüblerischer Bruder mit dem stechenden Blick. Und ich natürlich. Ich stemmte meine nackten Füße gegen die Rückenlehne und las stundenlang in meinem Brontë-Roman. *(Was liest du da, Willa-Gorilla? Nichts. Ist doch egal.)* Seth hörte die ganze Fahrt lang Musik mit seinem Discman und starrte aus dem Fenster oder in das Mathebuch auf seinem Schoß. Meine Eltern stritten sich. Aber sie stritten sich schon seit so vielen Jahren, dass ihr Gezanke beinahe wie Hintergrundmusik wirkte, wie ein unmelodisches Lied, dessen schräge Noten man schon so oft gehört hatte, dass sich unbemerkt die eigene Vorstellung von Musik geändert hatte.

»Fran, hast du an der letzten Raststätte den Kilometerstand notiert?«

»Oh. Nein.«

»Ich hatte dich ausdrücklich darum gebeten.«

»Tja, tut mir leid. Ich habs vergessen.«

»Wie kann man so etwas vergessen? Über was hast du denn nachgedacht, dass du so etwas Simples wie das Notieren des Kilometerstands vergessen konntest?«

»Ach, Roger, lass mich in Ruhe. Hier, iss ein verdammtes Sandwich.«

»Ich will kein Scheißsandwich.«

Ist ja auch eklig, hätte ich am liebsten gesagt, aber ich hielt den Mund und starrte aus dem Fenster.

Am frühen Abend erreichten wir Cleveland und hielten vor dem Easy Rest Inn, einem billigen Motel am Highway, in dem mein Vater absurderweise reserviert hatte. »Wir sind die

Jacobsens und haben zwei Zimmer für heute Nacht reserviert«, verkündete mein Vater, und die junge Frau an der Rezeption zog einen Kaugummi aus dem Mund und lachte.

»Ich gehe nachher schwimmen«, sagte Seth zu mir und zeigte auf ein kleines Schwimmbecken, das hinter einer beschlagenen Glaswand zu sehen war. Ich nickte. Aus Seths Mund war das so etwas wie eine Einladung.

»Okey-dokey«, trällerte Fran und schleifte ihren großen Koffer mühsam hinter sich her. »Dann gehen wir mal zu unseren Zimmern.« Mein Vater folgte ihr mit seiner kleinen, leichten Reisetasche, die er lässig über die Schulter geworfen hatte. »Ach, das geht schon«, sagte Fran keuchend. »Kein Problem.« Dabei hatte ihr Stan gar keine Hilfe angeboten.

Wir marschierten den nach Chlor stinkenden Gang entlang und erreichten schließlich Zimmer 16 und Zimmer 17, wo Fran und Stan jeweils einen Kartenschlüssel in die Türen steckten. Seth warf mir einen panischen Blick zu und ließ seinen Rucksack auf den Boden fallen. »Moment mal. Nein!« Er schüttelte entsetzt den Kopf. »Dad, bitte nicht!«

Stan neigte seinen großen Kopf und sah Seth ungerührt an. »Du schläfst mit mir im Zimmer, Sohnemann.«

Seth verschränkte die Arme vor der Brust. »Dad, bitte nicht«, wiederholte er. »Das halte ich nicht aus!« Unser Vater war berüchtigt für sein lautes Schnarchen. Wenn er zu sägen anfing, wackelten die Wände. Es gab bereits mehrere Bundesstaaten, in denen er Einreiseverbot hatte. Ich senkte den Blick auf das Rosenmuster des Teppichbodens und verkniff mir ein Lächeln. Seth wollte ein Zimmer mit *mir* teilen! Natürlich nur, weil er auf keinen Fall neben Mount St. Stan schlafen wollte. Was jedoch nicht hieß, dass er mit mir bis Mitternacht M&Ms knabbern und über schlechte romantische Komödien kichern wollte. Trotzdem. Ich war es mittlerweile gewohnt, von meinem Bruder nur noch hin und wieder ein kleines Almosen zu erhalten, und war fest entschlossen, für seine seltenen Gunstbezeugungen zu kämpfen.

»Mom«, sagte ich und fummelte am Ärmel meiner abgewetzten Jeansjacke herum. »Kannst du nicht mit Dad schlafen?« Ich merkte, wie ich rot anlief. »Ich meine, könnt ihr beide nicht in einem Zimmer schlafen?«

Unsere Eltern sahen sich an. Meine Mutter seufzte, und mein Vater zuckte mit den Schultern. Alle Konturen schienen plötzlich weicher zu werden, sogar das Rosenmuster auf dem Teppich sah für einen flüchtigen Moment beinahe hübsch aus. »Na ja …«, sagte Fran.

»Du schläfst bei mir, Seth«, erklärte Stan abrupt.

Meine Mutter stolzierte beleidigt davon. »Na komm, Schätzchen«, sagte sie zu mir. Fran und ihr schwerer Koffer verschwanden in unserem Zimmer. Ich erwischte die Tür gerade noch, bevor sie zufiel.

Während meine Mutter duschte, zog ich mir meinen Badeanzug an. Das rauschende Wasser, das auf die Plastikduschwanne prasselte, klang wie donnernder Applaus: *Bravo, liebe Jacobs-Familie, wieder ein Tag überstanden!* Als ich gerade die Träger meines alten Speedo-Anzugs zurechtrückte und den Stoff aus diversen Körperöffnungen zog, kam Fran nackt und tropfend mit einem Handtuchturban aus dem Badezimmer. Ich erblickte meine eigene Zukunft in ihren großen schlaffen Brüsten, in den Rettungsringen an Bauch und Taille, in ihren dicken Oberschenkeln und schämte mich für uns beide, ein heißes, zärtliches Gefühl.

»Huch, nicht hingucken!«, sagte sie lachend und schlüpfte hastig wieder in die Unterwäsche, die sie vor dem Duschen ausgezogen hatte.

»Igitt, Mom, echt eklig«, murmelte ich. Dann schnappte

ich mir ein Handtuch, wickelte es mir um die Hüfte und ging hinüber, um Seth abzuholen. Die Tür war angelehnt, und mein Vater war bereits auf seinem Bett eingeschlafen. Seth saß auf dem Rand des anderen Betts und starrte auf den Fernseher. Über dem Gesicht meines Vaters lag ein Kissen, ein Anblick, der an *Einer flog über das Kuckucksnest* erinnerte, aber ich hörte ihn trotzdem schon vom Flur aus schnarchen und wusste daher, dass er nicht den Gnadentod durch Ersticken gestorben war. »Na los«, forderte ich Seth auf. »Lass uns gehen.«

Er warf mir einen kurzen Blick zu und wandte sich dann wieder dem Fernseher zu. Es lief ein Fußballspiel, aber der Ton war ausgestellt, was dem Ganzen einen surrealen Anstrich verlieh: das riesige Stadion, in dem sich stumme Fans in bunten T-Shirts drängten, den Mund aufrissen und mit den Armen herumfuchtelten. Seth drehte sich wieder zu mir und grinste verächtlich. »Ich gehe doch nicht mit dir schwimmen«, sagte er. *Mit dir doch nicht.* Mein Bruder konnte mir tausendmal am Tag das Herz brechen, er konnte mich entzweireißen, mit seinen Blicken ein Loch in mich brennen. Er war ein Superheld mit übermenschlichen Fähigkeiten, ein Superheld der Verachtung.

»Dann halt nicht«, gab ich mit brennenden Augen zurück. Ich dachte an meine Mutter im Nebenzimmer, wie sie sich nackt nach vorne gebeugt hatte, mit Dellen im Bauch und schwabbelnden Brüsten, um sich die hellrosa Unterhose über die Beine zu ziehen. Kleine blaue Adern waren an ihren Waden und Oberschenkeln zu sehen gewesen. Unter den Müttern ihres Alters, die ich kannte, zählte sie noch zu den schlankeren, gepflegteren. Trotzdem war sie vom Leben gezeichnet. »Mir doch egal«, sagte ich zu Seth und bereute, dass ich mir nicht ein zweites dünnes Motelhandtuch um die

Schultern gewickelt hatte. Ich wappnete mich gegen das, was er als Nächstes sagte, und erwartete das Schlimmste.

Er beugte sich vor, stützte die Ellbogen auf die Knie und das Kinn in die Hände. »Vielleicht später«, sagte er in Richtung Fernseher. »Vielleicht gehe ich später mit dir schwimmen.«

Als wir nach unserem Sightseeing-Spaziergang durch Philadelphia und unserem Besuch auf dem Unicampus, wo sich meine Eltern mit der zuständigen Dame für Studienfinanzierungshilfen unterhielten, wieder im Auto saßen und zurück nach Hause fuhren, sagte mein Vater zu Seth, dass er sich keine zu großen Hoffnungen machen sollte. »Schraub deine Erwartungen lieber ein bisschen zurück«, fügte er hinzu, und Seth, der immer noch seine Kopfhörer aufhatte, tat so, als hätte er nichts gehört.

Wir hätten uns gegenseitig retten können – hätten uns alle gemeinsam oder in jeder beliebigen Einzelkonstellation zusammenraufen können. Aber wir taten es nicht. Wir ließen uns gegenseitig im Stich, und so blieb es noch viele Jahre.

12

Ich beobachte, wie Ben und Jane ein Paar werden, und zwinge mich dazu, mich für sie zu freuen. Ich erforsche die beiden wie eine Wissenschaftlerin, werde zur Expertin auf diesem Gebiet, zur Ben-und-Jane-ologin. Wie nah kann ich mich meiner Materie nähern, ohne sie zu stören? *Nur noch ein bisschen näher.*

Eines Samstags Mitte März gehen wir in ein Möbelgeschäft, weil Jane ein Bett kaufen möchte. Wir probieren die extrafesten Matratzen aus, wälzen uns auf den ultraflauschigen Auflagen wie Kinder auf einer Hüpfburg, liegen Schulter an Schulter zu dritt nebeneinander auf einem Kingsize-Bett mit dem klangvollen Namen Super Sleep Superluxe.

»Süße«, sagt Ben, der auf dem Bauch liegt, und greift über meine Brust, um seine Hand auf Janes Ellbogen zu legen. »Wenn du das hier kaufst, falle ich bestimmt nie wieder aus dem Bett, so wie neulich.«

Das war also das Poltern, das ich gehört habe. Ich räuspere mich und hebe Bens Arm an. Was wir hier machen, ist wirklich ein bisschen seltsam.

»Benjamin!«

Seit Neuestem nennt Jane Ben gern bei seinem vollen Namen, was einerseits mütterlich klingt und andererseits ihre

Besitzansprüche unterstreicht. Jedes Mal, wenn sie das tut, kriecht in meinem Gehirn ein kleines, böses Geschöpf aus seinem Versteck und zischt laut.

»Dieses Bett passt nicht einmal in unsere Wohnung, geschweige denn in mein Zimmer!«, fährt sie fort.

Ich spanne meine Waden an und genieße es, dass ich auf dem Kingsize-Bett die Beine komplett ausstrecken kann, ohne dass meine Zehen über die Kante ragen – ein seltener Luxus, wenn man so groß ist wie ich. »Weißt du noch, im College?«, frage ich. »Da hast du manchmal die ganze Nacht mit einem Typen auf einem kleinen Einzelbett geschlafen, ohne dass es dir was ausgemacht hat.« Meine Stimme klingt irgendwie komisch im Liegen, so als würde sie jemand anderem gehören.

»Ehrlich gesagt, habe ich im College nicht so oft Typen mit ins Bett genommen«, antwortet Ben, und Jane lacht.

Es gibt Tage, an denen mir jeder Schritt außerhalb der Wohnung wie eine Verheißung vorkommt, an denen jeder Supermarktbesuch, jeder Gang zum Briefkasten an der Ecke die Chance birgt, mich ganz neu zu erfinden, vielleicht jemanden kennenzulernen, einen Blick aufzufangen, der innerhalb von Sekundenbruchteilen mein ganzes Leben verändert. Und dann gibt es Tage, an denen ich das Gefühl habe, dass mein Schicksal unausweichlich ist, dass mich alles, was ich bisher getan habe, genau hierhergeführt hat, mich genau in diese Situation gebracht hat: eingezwängt zwischen meinen beiden besten Freunden, auf einem Bett, auf dem schon Hunderte Paare gelegen haben, die auf der Suche waren nach dem perfekten Bett für leidenschaftlichen Sex mit anschließendem erholsamem Schlaf. Ich blicke zwischen meinen beiden Freunden hin und her. Das Problem ist, dass ich manchmal überhaupt nicht merke, ob gerade ein verheißungsvoller oder ein unausweichlicher Tag ist.

Ein junges Pärchen, das gerade das Nachbarbett ausprobiert, diskutiert nun schon seit fünf Minuten flüsternd miteinander. Allmählich werden die Stimmen der beiden immer lauter. Ich stütze mich auf den Ellbogen und blicke zu ihnen hinüber.

»Aber als du ihn heute Morgen angeschrien hast, hast du ihn zutiefst beschämt«, wirft die Frau ihrem Mann vor. Sie blinzelt aus riesigen blauen Augen und hat lange blonde Haare, die um sie herum auf dem Kissen ausgebreitet sind.

»Er hat sich einfach mein Buch geschnappt und es zerrissen, da kann ein bisschen Beschämung ja wohl nicht schaden!« Der Mann ist das genaue Gegenteil von ihr: dunkel und verwegen. Die beiden sind attraktiv, ein beinahe verstörend schönes Paar. Wie aus einer etwas ungewöhnlichen Zeitschriftenreklame, vielleicht einer Werbung für Paartherapie.

»Mein Gott, Jeffrey, was ist eigentlich los mit dir?«

»Gar nichts, Natalie.« Er spricht ihren Namen aus, als wäre er eine Beleidigung. »Er soll nur einfach mein Eigentum respektieren, meine persönlichen Gegenstände. Wenn er vor einem Buch nicht haltmacht, was kommt dann als Nächstes?«

»Keine Ahnung, was als Nächstes kommt. Vielleicht eine Therapie, in der du endlich die gestörte Beziehung zu deinem Vater aufarbeitest.«

Allmählich tut mir der Sohn der beiden richtig leid. Aber der kleine Übeltäter scheint ja gute Gene zu haben. Bestimmt ist er hübsch genug, um das Trauma seiner streitenden Eltern erfolgreich hinter sich zu lassen. Ich stupse Ben an. Er hat die Augen geschlossen. »Die beiden erinnern mich an Fran und Stan«, flüstere ich. »Nur in gutaussehend.«

Auch Jane setzt sich auf und zwirbelt sich eine lange Locke um den Finger. »Na los, lasst uns ein anderes Bett ausprobieren«, sagt sie streng, als könnte sie Jeffrey und Natalie mit ihrem tadelnden Tonfall zur Vernunft bringen.

»Ich finde, es wäre langsam an der Zeit, dass wir …«, beginnt Jeffrey, aber Natalie unterbricht ihn mit einem verächtlichen Schnauben. Wütend schlägt Jeffrey mit der flachen Hand auf die Matratze. »Du weißt doch noch gar nicht, was ich sagen wollte!«, knurrt er.

Ben rollt sich auf die Seite und starrt die beiden an. Gebannt sehen wir zu, wie sich das Schauspiel vor unseren Augen entfaltet. Ich habe Lust, Natalie und Jeffrey mitzuteilen, dass sie die Matratze noch nicht gekauft haben und sie noch nicht bei ihnen im Ehebett liegt. *Ihr seid hier nicht allein: Wir hören euch!*

»Du willst ihn in die Hundeschule stecken!« Natalie fängt an zu weinen, und Ben bricht in schallendes Gelächter aus, eine derart heftige Heiterkeitsexplosion, dass wir uns hastig in einem Durcheinander aus Gliedmaßen vom Bett rollen und in eine andere Abteilung des Möbelhauses flüchten.

Jane greift nach meiner Hand und zieht mich hinter sich her. »Ach du grüne Neune«, sagt sie.

»Ach du dicker Hund«, korrigiert Ben, nachdem er uns in der Kindermöbelabteilung eingeholt hat, einer bunten Insel aus roten und blauen Hochbetten, aufgemalten Comicfiguren für kleine Superhelden und zarten Baldachinen und rosa Steppdecken für kleine Prinzessinnen.

»He!« Jane klettert die Leiter eines Hochbetts hinauf, das die Form eines Rennautos hat, und verschwindet mit strampelnden Beinen hinter einem Kissenturm. »Vielleicht kaufe ich mir einfach so eins!« Ben knipst eine Lampe an, die die Spider-Man-Titelmelodie spielt, und singt begeistert mit. Ich weiß genau, dass er erst aufhören wird, wenn das Lied zu Ende ist, weil er unbedingt zeigen will, dass er den ganzen Text kann. Plötzlich brauche ich Abstand von den beiden.

Menschen wie Jeffrey und Natalie, die sich eigentlich nicht besonders mögen, streiten gern über scheinbar belanglose Kleinigkeiten. Mit diesem Thema kenne ich mich aus. Ich weiß, dass sich Paare auf diese Weise gegenseitig vernichten können, dass sie die Substanz ihrer Beziehung Stück für Stück zernagen können, bis plötzlich alles in sich zusammenstürzt. Ich stelle mir Jeffrey und Natalie wie pelzige Biber mit scharfen Zähnen vor und erwäge, sie in diesem riesigen Möbelhaus ausfindig zu machen, wo sie vielleicht irgendwo an einem Tischbein knabbern, und ihnen zu sagen: *Ihr hübschen Nagerchen, hört auf, euch gegenseitig euer Glück zu zernagen!*

Auf der Flucht vor Ben und Jane bummele ich in die Fernsehsesselabteilung, in der reihenweise große leere Sessel herumstehen, eine Ansammlung trister Erdtöne. Es sieht aus, als hätte ein mit Sitzmöbeln beladener Frachter Schiffbruch erlitten und seine Ladung hier verloren. Ich streiche mit der Hand über ein Ungetüm aus dunkelgrünem Wildleder, das einen Beiwagen zu haben scheint, der sich bei genauerer Betrachtung als Kühlbox entpuppt.

»Der würde sich doch super in eurem Wohnzimmer machen«, sagt Ben hinter mir. Er tätschelt mir die Schulter, und ich drehe mich zu ihm um.

»Ich wäre sogar bereit, sämtliche anderen Möbel rauszuschmeißen und in jedes Zimmer nur noch so ein Ding zu stellen«, antworte ich.

»Auch in die Küche?«, fragt Ben.

»Ja.«

»Und ins Badezimmer?«

»Klar.«

Er zeigt auf die Kühlbox. »Darin könnte man die Hygienetücher aufbewahren.«

»›Hygienetücher‹ ist eins meiner absoluten Lieblingswörter«, gestehe ich. »Klingt so viel schicker als ›Klopapier‹.« Ich lasse mich in einen Sessel plumpsen, ein dunkles, männliches

Sitzmöbel, das sofort nach hinten kippt und meine Beine nach oben befördert. Ich fühle mich wie ein Käfer auf dem Rücken, finde meine Liegeposition aber trotzdem sehr gemütlich.

Ben stützt sich mit den Händen auf der Armlehne des Sessels ab und beugt sich zu mir herunter. »Alles okay bei dir?«

Ich blicke in sein besorgtes Gesicht hinauf. »Ach«, winke ich ab. »Nur Natalie und Jeffrey.«

»Und ihr kleiner Bello!«

»Armer Bello.«

Ben beugt sich immer noch über mich und starrt mich an. Ich kann nicht anders, als ihn aus Janes Perspektive zu betrachten, als mir auszumalen, wie es wohl ist, unter ihm zu liegen, seinen Körper zu spüren, zu beobachten, wie sich seine Gesichtszüge vor Konzentration anspannen. Ich erinnere mich an unseren linkischen Kuss in Bens feuchtwarmem Auto, an das Geräusch, das unsere Zähne beim Aufeinanderstoßen gemacht haben, wie kleine Stepptänzer mit klappernden Schuhen. Mir fällt auf, dass Bens Lippen an der Seite leicht aufgesprungen sind. Ich drehe den Kopf weg und interessiere mich plötzlich sehr für das rötlich braune Leder der Polsterung.

Er berührt sanft meine Stirn, und ich zwinge mich stillzuhalten. »Du bist jetzt Mitte zwanzig und redest kaum ein Wort mit deinen Eltern«, sagt er. »Meinst du nicht, dass es an der Zeit wäre, über die Scheidung hinwegzukommen und nach vorne zu blicken?«

Er hat natürlich vollkommen recht, aber es gibt angenehmere Dinge, als von seinem besten Freund an die eigenen Unzulänglichkeiten erinnert zu werden, während man rücklings in einem Ledersessel liegt.

»Natürlich rede ich mit meinen Eltern!«, protestiere ich.

Tatsächlich hat mich Fran erst letzte Woche aus dem Auto

angerufen, von irgendeinem Highway in Tucson aus, auf dem Weg zu einem frühen Abendessen mit Jerry. *Seth schafft es einfach nicht, eine dauerhafte Beziehung zu führen, während du gar nicht erst eine anfängst*, beschwerte sie sich. *Sind dein Vater und ich daran schuld? Hat euer Vater euch das angetan?* Ich hielt mir den Telefonhörer vom Ohr weg, damit er mir kein Loch ins Gehirn brannte. *Rufst du von deinem Handy an?*, brüllte ich. *Ich höre dich kaum noch! Ich rufe dich in den nächsten Tagen zurück!*

»Wir reden ständig miteinander«, insistiere ich.

»Diese Art von Reden meinte ich aber nicht.« Ben beugt sich noch näher an mich heran, so nah, dass ich eine Sekunde lang glaube, er will mich küssen. Beim Gedanken an Jane krampft sich mein Magen zusammen. Es gibt Momente, in denen man hundertprozentig zu wissen glaubt, was als Nächstes passiert, so als wäre das Leben ein pointillistisches Gemälde, auf dem jeder Moment als Punkt vermerkt ist. »Guck mal, dort drüben«, flüstert Ben und weist mit dem Kopf in Richtung Sofas und Couchgarnituren. Dort bummeln Natalie und Jeffrey Hand in Hand herum und stecken die Köpfe zusammen.

»… perfekt für unser Wohnzimmer«, sagt Natalie gerade, und Jeffrey murmelt etwas, das sich anhört wie: »… müssen erst mal meine kalte, schäbige Großmutter loswerden.«

»Die alte Chaiselongue von deiner Großmutter kann doch in den Keller«, antwortet Natalie.

»Das sind sie nicht«, flüstere ich, obwohl kein Zweifel daran besteht, dass es sich um Jeffrey und Natalie handelt.

Ben sieht mich ein bisschen komisch an und beschließt dann, mich aufzumuntern, indem er mit zwei Fingern hinter seinem Kopf herumwackelt. Teufelshörner.

»Ach, *da* seid ihr beide!« Jane schlängelt sich durch die

Sessel zu uns durch wie eine Giraffe durch dichtes Unterholz. Dann bleibt sie abrupt vor uns stehen, und ich blicke hoch in das gerötete Gesicht meiner Freundin, die mit Verwirrung registriert, dass Ben noch immer über mich gebeugt dasteht. Sie runzelt die Stirn, und ihre Lippen bewegen sich leicht, bevor sie ihre Gesichtszüge wieder im Griff hat. Ich setze mich unterdessen im Sessel auf, dessen Fußteil mit vorwurfsvollem Scheppern herunterklappt. Ben legt den Arm um Janes Taille und küsst sie auf die Wange.

»Na toll«, sagt sie. »Ich lag da oben auf diesem Hochbett und habe ein ganzes Gespräch mit mir selbst geführt, bevor ich endlich gemerkt habe, dass ihr nicht mehr da seid!«

»Und worum ging es in dem Gespräch?« Ich umklammere die weichen Armlehnen des Sessels, weil ich das Gefühl habe, dass er mit Lichtgeschwindigkeit durchs Weltall rast.

»Darum, dass ich mit zehn Jahren einmal aus meinem Hochbett gestürzt bin.«

»Autsch«, sagt Ben und gibt ihr noch einen Kuss auf die Wange.

»Armes Hexchen.«

Jane verdreht die Augen in meine Richtung und schmiegt sich in Bens Arme, verzeiht uns für das, was sie vorhin in unsere Körperhaltung hineininterpretiert hat. »Ich habe Selbstgespräche geführt!«, sagt sie ungläubig. »Auf einem Hochbett! Wie eine Geistesgestörte.« Sie lacht auf, ein kurzes, lautes *Ha,* das in der Luft schwebt, weil eine Zeit lang niemand mehr etwas sagt. Dann blickt sich Jane um und nimmt wahr, in welcher Abteilung wir uns befinden. »Willa-Schatz! So einen hätte ich gerne für unsere Wohnung!« Mit der Anmut einer Ballerina wirbelt sie herum, tänzelt zu einem Sessel in der Nähe und zieht Ben mit sich. Gleichzeitig lassen sie sich in den Sessel plumpsen, der protestierend quietscht.

Lachend verschwinden die beiden in den dicken Polstern, und Ben versucht, sein linkes Bein unter Janes rechtem hervorzuziehen. Plötzlich überkommt mich ein starkes Verlangen. Ich will zwischen ihnen sitzen, will wieder dazugehören, will einen menschlichen Körper neben mir haben, mich an eine kompakte Masse aus Muskeln und Knochen schmiegen, eine sich hebende Brust spüren, einen Herzschlag. Jane hat sich inzwischen so drapiert, dass sie seitlich auf Ben liegt, die vier langen Beine der beiden bilden ein Meerestier mit jeansblauen Tentakeln. Ben wirft mir einen Blick zu und scheint meine Gedanken lesen zu können, denn er hebt eine Schulter, die flüchtige Anerkennung eines Umstandes, der nie eintreten wird, wie wir beide wissen. Vielleicht versucht er aber auch nur, unter Janes anschmiegsamem Körper eine bequemere Position zu finden.

13

Heute Morgen standen Jane und ich zusammen im Badezimmer unserer Wohnung und haben uns für die Hochzeit von Amy und Rafael fertig gemacht. Jane war in ein flauschiges gelbes Handtuch gewickelt, und auf ihrem Schienbein war ein winziger roter Blutfleck zu sehen, weil sie sich beim Rasieren geschnitten hatte. »Ich wünschte, ich hätte deine Schlüsselbeine«, seufzte sie und cremte sich Schultern und Hals mit Kakaobutterlotion ein. Sie roch wie ein Cookie.

»Die brauche ich aber selbst.« Ich knetete Gel in meine spröden, störrischen Haare, aber es half kein bisschen. »Was stört dich denn an deinen Schlüsselbeinen?«

»Deine sind elegant. Meine sind einfach nur da!«

»Oh, mein Gott«, erwiderte ich. »Ich wünschte, ich hätte deine Ellbogen. Meine sind so spitz!«

»Hilfe!« Sie wedelte mit den Händen herum. »Ich hasse meine Handgelenke!« Dann durchwühlte sie meine Kiste mit Gratisproben von Vérité, die ich immer dann bekam, wenn eine Produktlinie eingestellt wurde. Meine Lieblingsserie ist die erfolglose Lipgloss-Kollektion *Heute machen wir die Nacht zum Tag*, bei der die Namen der einzelnen Lippenstifte keinerlei Beziehung zu ihren Farben aufweisen. Gemeinsam erwogen wir erst *Peinlicher Abend in der Karaokebar*, bevor Jane mit dem kleinen Finger ein wenig *Hände weg von meinem Freund, du Schlampe!* auf ihren Lippen verrieb und ich mich für *Ups, ich bin beschwipst!* entschied.

Dann erschien Ben in der Tür, der sich gerade eine Banane schmecken ließ. »Sehr hübsch«, lobte er. »Danke!«, antworteten Jane und ich gleichzeitig, woraufhin betretenes Schweigen folgte. Ich spürte, wie mir das Blut in den Kopf stieg, während ich mein Spiegelbild betrachtete und meine glänzenden rosa Lippen aufeinanderpresste.

Jane legte den Kopf schief. »Wir sehen in der Tat sehr hübsch aus«, urteilte sie dann und warf Ben im Spiegel einen Blick zu.

Es ist Juni, schwüler Juni, und seit dem Tag, an dem sich die beiden kennengelernt haben, sind sechs Monate vergangen. Einhundertdreiundachtzig Tage ist es her, dass ich zwischen Ben und Jane in unserer Wohnung stand und meinen Zauberstab schwenkte, die gute Kuppelfee, der Guru der komplizierten Freundschaften.

Natürlich hat es in diesen sechs Monaten Momente gegeben, die ich ungerne noch einmal erleben würde. Zum Beispiel, als mich um ein Uhr morgens ein Stöhnen weckte, von dem ich erst dachte, es wäre mir selbst im Schlaf entwichen. Dann folgte ein dumpfer Schlag gegen meine Wand, und dann noch einer und noch einer, bis ich mir – zu spät! – ein Kissen über die Ohren zog, um nicht hören zu müssen, wie ihre Körper aufeinanderklatschten, wie Haut gegen Haut rieb. Dieses Spiel wiederholte sich natürlich noch mehrmals, aber inzwischen habe ich mich mehr oder weniger daran gewöhnt. Oder der Abend, an dem wir zusammen Lasagne kochten und danach bei Kerzenlicht an unserem kleinen runden Küchentisch zusammensaßen und Wein tranken, während Ben zwischen Jane und mir hin- und herblickte und die vom Wein violett gefärbten Lippen zu einem breiten Lächeln verzog, als könnte er sein eigenes Glück kaum fassen. Nach dem Essen machten wir gemeinsam klar Schiff – ich räumte den Tisch ab, und Jane und Ben standen in der Küche und spülten –, und als ich mitten in der Schilderung eines peinlichen Erlebnisses mit meinem Tellerstapel um die Ecke kam (»… und dann habe ich gemerkt, dass ich versehentlich auf ALLEN ANTWORTEN geklickt habe!«), standen die beiden fest umschlungen an der Spüle und knutschten. Dabei hatte Ben Jane die Hand an den Hinterkopf gelegt, genau wie mir damals im Auto, und während das Wasser aus dem voll aufgedrehten Hahn in den Ausguss lief, wurde mir auf schmerzhafte Weise bewusst, dass ich hier die Außenseiterin war, dass ich diejenige war, die nicht dazugehörte.

Nein, auch diese Situation möchte ich nicht noch einmal erleben.

Es hat also durchaus schwierige Momente gegeben in den letzten sechs Monaten, aber sie wurden wettgemacht von Tagen und Wochen der unbeschwerten Leichtigkeit: langen Vormittagen im Rock River Café in der Nähe unserer Wohnung, wo wir gerne ein von mir erfundenes Ratespiel spielen, bei dem ich grundsätzlich gewinne; mitternächtlichen Scrabble-Partien, bei denen ich grundsätzlich verliere; matschigen Frühlingsspaziergängen durch den Wald und frostigen Wanderungen am Ufer des Lake Michigan; Sonntagen, an denen Ben für uns Brunch zaubert; Filmabenden zu dritt. Irgendwie kommt es mir so vor, als würde ich eine Liebesbeziehung mit meinen beiden besten Freunden führen. Was könnte es Schöneres geben?

Jane und ich suchen uns zwei freie Klappstühle in der Mittelreihe. Der Saal heißt »Lettland« und ist ein schmuckloser

Raum ohne Teppichboden, in dem die Akustik fast ein wenig zu gut ist. Wahrscheinlich wird er sonst für Auftritte von Motivationsrednern oder Kaffeekränzchen der örtlichen Kirchengemeinde genutzt, aber heute ist er mit frischen Blumen und Papiervögeln und weißen Lichterketten dekoriert. Amy und Rafael hatten nur ein sehr kleines Budget für ihre Hochzeit zur Verfügung. *Shabby Chic*, hat Amy in ihrer E-Mail-Einladung geschrieben, *vielleicht aber auch nur shabby!* Ich finde, dass alles perfekt aussieht, die Blumen und die Papiervögel und die Lichter, frisch und aufrichtig und voller Hoffnung. Aber das gebe ich natürlich nicht zu.

»Mein Gott, fühlt sich das alles komisch an«, flüstere ich Jane zu, während hinter uns Gemurmel aufbrandet. Dann verstummen die Hochzeitsgäste ehrfürchtig, und Jane macht so laut »Pst!«, dass sich die ältere Dame vor uns umdreht und missbilligend den Kopf schüttelt, bis die Falten ihres schlaffen Halses wackeln. Ich bohre meinen Ellbogen in Janes Rippen. »Sie meint dich«, flüstere ich. »Jetzt biete ihr wenigstens ein Pfefferminzbonbon an!«

Jane knufft zurück und funkelt mich böse an, aber dann wird sie weich – typisch Jane – und legt reuevoll den Arm um mich, den ich – typisch Willa – entnervt abschüttle.

Die ersten Akkorde von »I Got You, Babe« erklingen – entweder ein exzellenter Präventivschlag *(Hab ich dich! Du entkommst mir nicht mehr!)* oder die seltsamste Liedauswahl aller Zeiten –, und wir recken die Hälse und spähen zur Tür. »Oh, da kommt die Braut«, haucht Jane. Wie immer, wenn sie gerührt ist, wird ihr Wisconsin-Akzent ausgeprägter. Strahlend erscheint unsere Freundin Amy in der Tür und macht sich mit einem kleinen Schulterzucken allein auf den Weg durch den Mittelgang nach vorne zum Podium, während Chers Altstimme aus den Boxen trällert. Amy trägt ein hellgelbes ärmelloses Kleid und hält einen kleinen Strauß Gänseblümchen in den Händen, die sie auf ihrem sich wölbenden Bauch abstützt, als wäre er genau dafür gedacht, eine kleine, mobile Handstütze. Rafael steht in schwarzer Hose und blauem Leinenhemd am Podium. Er ist so blass, dass er aussieht wie die Flagge von Estland.

Jane und ich haben uns an einem hübschen Salat-Set beteiligt, das auf Amys und Rafaels Hochzeitsliste stand, und ich kann mich des Gedankens nicht erwehren, dass die beiden, noch lange nachdem sie Jane und mich vergessen haben, jungen Spinat und Kirschtomaten aus den orangerot glasierten Keramikschalen essen werden, was meiner Freude aber keinerlei Abbruch tut. Gerade meine Bedeutungslosigkeit sorgt dafür, dass ich entspannt auf meinem Platz sitze und den Moment genieße, so als würde ich mir ein Theaterstück ansehen oder sogar darin mitspielen, allerdings ohne eigenen Text – von »Biete ihr wenigstens ein Pfefferminzbonbon an« einmal abgesehen.

»Ich hätte nie gedacht, dass ich das Glück haben würde, mit dir vor den Altar zu treten«, sagt Rafael mit bebender Stimme und ergreift Amys Hände. Jane seufzt. Die Lichterketten lassen den fensterlosen Saal ätherisch schimmern, und die einzelnen Lämpchen sehen aus wie Sterne in einem Planetarium. Ein Ventilator surrt in der Ecke. »Seit du in mein Leben getreten bist, Amy«, ergreift Rafael erneut das Wort, »bin ich ein anderer Mensch.«

»Ja, ein Mensch, der bald Windeln wechseln muss«, flüstere ich Jane zu. Während der Jom-Kippur-Gottesdienste haben Seth und ich früher immer versucht, uns gegenseitig zum Lachen zu bringen, entweder mit Witzen über die schicken älteren Damen im Pelzmantel *(Sie ist hier, um Buße zu tun für den Mord an all den Nerzen)* oder über den pausbäckigen Kantor *(darin lagert er Nüsse für den Winter)*. Aber als ich jetzt sehe, wie Jane sich eine Träne aus dem Augenwinkel wischt, erwacht in mir das Gefühl, die einzige unbeteiligte Zuschauerin in diesem Theaterstück zu sein. Eine eigenartige Mischung aus Sehnsucht, Verlegenheit und Staunen ergreift mich.

»Ich kann mein Glück, dir begegnet zu sein, noch immer nicht fassen«, erwidert Amy und blickt zu Rafael auf. Ihre blonden Haare sind zu einer komplizierten Frisur geflochten, aus der sich hübsche Löckchen ringeln, die sanft ihr Gesicht umrahmen. Rafael nickt, um ihr zu zeigen, dass es ihm genauso geht, und dann muss Amy laut niesen, und der ganze Saal bricht in Gelächter aus.

»Was ist denn daran so lustig?«, frage ich Jane. Es ist die erste Hochzeit, zu der ich eingeladen bin. Natürlich ist auch mir klar, dass es der logische Schritt für zwei Menschen ist, die sich lieben, und schon bald werden mich die dicken, an »Miss Willa Jacobs und Begleitung« adressierten Umschläge nicht mehr schockieren, und ich werde Teekannen und Besteckset und Leinenservietten in meine monatlichen Ausgaben mit einplanen. Aber hier, während Amys und Rafaels Hochzeitszeremonie, befremdet mich das alles noch. Es ist, als würden meine Mitmenschen plötzlich eine mir unverständliche Sprache sprechen. Wo war *ich* eigentlich, als die Anweisung gegeben wurde, sich einen Partner zu suchen, seine Freunde zu vernachlässigen und nur noch als Paar zu existieren? Habe ich etwa einen Zug verpasst, auf den ich jetzt nicht mehr aufspringen kann? »Warum war das so lustig?«, wiederhole ich, auch wenn das vielleicht gar nicht die richtige Frage ist.

Jane wühlt in ihrer Tasche herum. »Ich sterbe vor Hunger«, flüstert sie, und als sich die alte Dame unweigerlich wieder zu uns umdreht, beugt sich Jane vor und bietet ihr ein Bonbon an. Zu meiner Überraschung nimmt sie es an.

14

Nach Amys und Rafaels Hochzeit schwebe ich eine Zeit lang regelrecht durch den Alltag – ich schlafe, trinke Kaffee, zeichne, verbringe Abende mit Jane und Ben, die im Gegensatz zu mir Jobs haben, und tue so, als hätte ich einen unerschöpflichen Treuhandfonds. Aber irgendwann ist mein Kontostand auf 74,92 Dollar gesunken, was vielleicht auch gut so ist, denn wie lange hätte ich sonst noch mein prinzessinnengleiches, träges Dahintreiben beibehalten, wie lange hätten sich die Tage noch angehäuft wie eine hübsche Schneewehe, eine formlose Ansammlung angenehmer Stunden? Wahrscheinlich noch eine ganze Weile.

An einem meiner langen, faulen Nachmittage bringt Ben einen Fragebogen für Arbeitsuchende aus der Bibliothek mit, eine Seite, die er aus einer Berufsberatungsbroschüre gerissen hat. *Was sind Ihre Ziele?*, heißt es in dem Fragebogen. *Würden Sie lieber eine Hochzeit planen oder eine Straße bauen? Lieber Haare stylen oder einen Hurrikan vorhersagen?* Nachdem ich die Fragen beantwortet habe *(die Haare von jemandem stylen, der einen Hurrikan überlebt hat)*, lege ich meinen Bleistift beiseite und gestehe mir ein, dass ich noch nie etwas anderes tun wollte als zeichnen. Mir wird bewusst, dass ich überhaupt keine Ziele habe, nur einen Traum, der so unpraktisch und unnütz ist wie ein Friseurbesuch vor einem Hurrikan. Dennoch ist es unvermeidlich, dass ich diesem Traum nachgehe, und diese Erkenntnis macht mich einerseits mutlos und andererseits seltsam frei.

Ich unternehme einen Spaziergang durch unser geschäftiges kleines Viertel und betrachte staunend die Welt der arbeitenden Bevölkerung. Ein Mann in brauner Uniform zieht ein riesiges Paket aus seinem in zweiter Reihe geparkten UPS-Wagen, während zwei blonde Frauen mit Tabletts aus dem Blue Roses Café kommen, um die Gäste auf der Terrasse zu bedienen. Es ist wie auf einem bunten Wimmelbild in einem Kinderbuch: Es gibt den Postboten, den Lebensmittelhändler, den Bäcker. Und Leo, den freundlichen, kettenrauchenden Schwulen, dem Spexxxy Time gehört, ein bizarrer Laden, in dem er exklusive Brillen und, im Hinterzimmer, Sex Toys verkauft. Na gut, Leo wäre in einem Kinderbuch wohl nicht vorgekommen, aber hier, im echten Leben, arbeitet auch er und verdient sein Geld. Ob diese Menschen wohl ebenfalls Träume haben und ein bewegtes Seelenleben? Natürlich haben sie das. Mir kommt es vor, als würde ich diese Welt zum ersten Mal bewusst wahrnehmen.

Gleichzeitig rechne ich mir aus, wie viele Tage ich maximal aus meinen 74,92 Dollar herausschlagen kann. Ich komme auf zweiundzwanzig, wenn ich bereit bin, viel Dosenthunfisch zu essen. In diesem Moment sticht mir ein Schild im Fenster eines Blumenladens namens Molly's Blooms ins Auge: AUSHILFE AUF TEILZEITBASIS GESUCHT. Das Schild ist wie eine Botschaft von Gott: *Willa, du hasst Thunfisch!* Ich öffne die Tür, woraufhin engelsgleiches Glockengebimmel von meinem Eintreten kündet.

Der Laden ist leer und höhlenartig, die Luft kalt und feucht. An der Wand stehen in ordentlichen Reihen Eimer voller Blumen, deren Blüten mir irgendwie greller und sensationsheischender vorkommen als in der Natur – wie eine Kreuzung aus Pflanzen und Neonreklamen. Die Glastür einer Kühlvitrine steht einen Spalt offen, und ich schiebe sie behutsam zu. Aus dem Hinterzimmer erscheint eine Frau mit wallenden roten Haaren und strahlend grünen Augen. Ihr Hals ist ungewöhnlich lang, und sie sieht selbst ein bisschen wie eine Blume aus, oder wie ein Mensch, der plötzlich spontan zu tanzen anfängt, auch ohne Musik. »Kann ich Ihnen helfen?«, fragt sie.

»Ich möchte mich um die Stelle bewerben«, antworte ich und zeige auf das Schild.

Sie fragt mich, ob ich Erfahrung im Umgang mit Blumen habe, und mir fällt spontan das geblümte Sofa meiner Großmutter ein. Ich zwinge mich, gründlich über die Frage nachzudenken: *Habe ich früher einmal Erfahrungen im Umgang mit Blumen gesammelt und sie vielleicht nur vergessen?* Ich schüttle den Kopf.

»Meine letzte Aushilfe hat sich am Muttertag krankgemeldet.« Sie legt den Kopf schief und fixiert mich prüfend, versucht, sich ein Bild von mir zu machen.

»Das würde ich niemals tun«, versichere ich. »Ich habe ein ausgezeichnetes Immunsystem.« Plötzlich verunsichert mich ihr strenger Blick. Für eine rothaarige Blumenelfe wirkt sie erstaunlich unbeugsam. Ich mag sie auf Anhieb.

»Sie sind eingestellt«, erklärt sie und schüttelt mir die Hand.

Es ist kühl im Laden heute, eine Erleichterung bei der Junihitze, die seit zwei Wochen ihren Schleier aus feuchtheißer Luft und Trägheit über die Stadt breitet. Ich bin erst seit zehn Minuten hier und habe soeben das GEÖFFNET-Schild im Fenster umgedreht. Der Schweiß von meinem kurzen Fußmarsch hierher trocknet noch auf meiner Oberlippe. Ich bin dabei, mir mein Namensschild an die Schürze zu heften, als die Türglocke bimmelt. »Ich bin gleich bei Ihnen«, sage ich und befestige die Anstecknadel. Ich habe mir angewöhnt, jeden Tag ein neues Namensschild zu machen. Gestern hieß ich Xena. Heute Safran.

»Na, wenn das nicht entzückend ist«, sagt hinter mir eine vertraute Stimme. *Entzückend.* »Die feine Dame ist also zu beschäftigt, um sich um die Kundschaft zu kümmern?«

Es ist Declan, groß und schlaksig wie immer. Die Verkörperung des Wortes »verwegen«. Mit der einen Hand schiebt er sich die ungekämmten Haare zurück, die überzeugend nach »gerade erst aus dem Bett gestiegen« aussehen, in der anderen hält er einen Pappbecher mit Kaffee, den er mir entgegenstreckt. Ich habe ihn seit drei Jahren nicht mehr gesehen. Mit einem breiten Grinsen sieht er mich an, und mir fällt wieder ein, dass sein linker Schneidezahn leicht schief ist. Das hatte ich ganz vergessen.

Meine Hände sinken von meinem Namensschild nach unten. Ich trage mein hübsches, lilafarbenes, ärmelloses Kleid mit dem ausgestellten Rock und dem Ausschnitt, der gerade noch mein Schlüsselbein hervorblitzen lässt. *Gut gemacht,* lobe ich mich insgeheim für meine Kleiderwahl. Eine entscheidende Sekunde lang – später werde ich mich an mein pochendes Herz erinnern – scheint mein ganzer Körper in der Luft zu schweben, eine entscheidende Sekunde lang fühle ich mich, als wäre ich ein Fahrstuhl. Nicht, als stünde ich *in* einem Fahrstuhl, sondern als wäre ich selbst einer. Ich hebe ab und schwebe, und dann habe ich plötzlich wieder Bodenkontakt. Vor mir steht Declan mit den nicht zueinanderpassenden Socken, Declan mit den dreckigen Witzen, der Ich-treffe-mich-mit-einem-anderen-Mädchen-Declan. Ich breite die Arme aus, als hätte ich gerade den letzten Ton eines Lieds geträllert. »Tja.«

»Machen Sie sich keine Mühe, gnädige Frau, dann kaufe ich meine Blumen eben woanders.« Er trägt ein weites graues T-Shirt und schwarze Shorts, und seine Haut ist blass wie immer. Er sieht aus, als wäre er gerade aus dem Winterschlaf erwacht.

Ich senke kokett das Kinn und blinzle mit klimpernden Wimpern zu ihm hinauf. Declan und ich kennen uns gut.

Er kommt mit vier großen Schritten zur Ladentheke und beugt sich darüber, um mich zur Begrüßung auf beide Wangen zu küssen. Und ich genieße den Moment, spüre seine weiche Wange auf meiner, atme den leichten Mentholgeruch seiner Haut ein, den ich noch von früher kenne … bis mir die vielen eigenartigen, unschönen Momente unserer kurzen Beziehung wieder einfallen: die Missverständnisse, die vielen Stunden, die ich auf ihn warten musste, der vergessene Geburtstag, die Valentinskarte, auf der stand: *In tiefer Freundschaft.*

»Was machst du hier?«, frage ich, nachdem Declan sich wieder auf seine Seite der Ladentheke zurückgezogen hat. Es klingt spitzer als beabsichtigt.

Er senkt den Blick, entweder weil er tatsächlich verlegen ist, oder weil er so tut, als ob. Wir sind wie zwei Darsteller in einem schlechten Schultheaterstück, übertreiben jede Geste und streuen unpassende Gefühlsbekundungen ein. Dann entdeckt Declan mein Namensschild und grinst. »Ich bin natürlich nur wegen dir hier, Safi.« Er schiebt den Pappbecher zu mir hinüber. »Da sind fünf Tütchen Zucker drin«, erklärt er. »Und ungefähr ein Liter Kaffeesahne. Ich weiß, dass du deinen Kaffee am liebsten trinkst, wenn er nach geschmolzenem Vanilleeis schmeckt.«

Ich nehme einen Schluck. Der Kaffee ist widerlich süß, genau richtig. Ich lecke mir die Lippen. »Hm, lecker!«

Er nimmt mir den Becher aus der Hand und verzieht das Gesicht, nachdem er selbst einen Schluck davon genommen hat. »Willa, du armes Mädchen. Durftest du etwa keine Süßigkeiten essen, als du klein warst?«

»Gut erkannt. Bei uns gab es nur Trockenpflaumen«, antworte ich. »Aber jetzt mal im Ernst: Was machst du hier?«

»Ich bin wirklich hier, um dich zu sehen, *luv*.« Declan hat eindeutig einmal zu oft gehört, dass sein irischer Akzent sexy ist. Es ist nicht einmal mehr eine Pose, er überschüttet einfach jeden damit, der sich in Hörweite befindet. Und wer könnte es ihm verübeln? Sein Akzent *ist* sexy. Er fährt sich wieder mit der Hand durch die Haare, und ich verdrehe die Augen. »Na gut. Ich treffe mich mit einem Kunden zum Mittagessen.« Er hebt eine Augenbraue. »Und danach mit dir zum Nachtisch?«

Ich nicke langsam und erkenne die Situation als das, was sie ist: eine Anmache. Dann erwidere ich seinen anzüglichen Blick mit einem schiefen Lächeln. »Vielleicht. Wahrscheinlich eher nicht.« Die Klimaanlage schaltet sich auf eine höhere Stufe und bläst kühle Luft über uns hinweg. In Declans Blick liegt endlich so etwas wie Aufrichtigkeit, als er mich bedauernd ansieht. »Aber wie wärs mit einem Kaffee hinterher?«, frage ich. »*Noch* einem, meine ich. Ich bin hier um zwei fertig. Wir könnten uns bei mir zu Hause treffen.«

Ich trommle mit den Fingern auf die schmutzige Ladentheke und werfe einen Blick zur Tür. Wenn es draußen heiß ist, kaufen die Leute nicht viele Blumen. Inzwischen habe ich mich von der anfänglichen Überraschung über Declans Auftauchen erholt, das Prickeln der Wiedersehensfreude ist wieder verflogen. Ich fühle mich plötzlich desillusioniert, bin auf der Hut. Vor drei Jahren war ich gerade dabei, mich ihm gegenüber zu öffnen, als er mir aus heiterem Himmel das Herz gebrochen hat.

Aber dann überkommt mich das ganze unerfüllte Verlangen der letzten sechs Monate, die Mischung aus Freude und Bedauern, mit der ich beobachte, wie mein bester Freund und meine beste Freundin sich praktisch vor meiner Nase ineinander verlieben; jedes *Gute Nacht*, das wir an den Türen unserer Zimmer austauschen, jedes *Tschüss, Schatz*, das er ihr zuraunt, jeder Oberschenkel, den sie auf dem Sofa, nur einen halben Meter von mir entfernt, an seinen schmiegt. Also schenke ich Declan trotz allem mein Vertrauen und wiederhole: »Also, dann um zwei. North Bradford Avenue 3217.« Ich nehme noch einen Schluck von dem viel zu süßen Kaffee, den er mir mitgebracht hat, und lasse meine Finger dann auf dem warmen Plastikdeckel ruhen, während ich überlege, ob Declan vielleicht die Lösung ist. Nur für *was* eigentlich?

Ich weiß mittlerweile, dass man einen Menschen nicht ändern kann, dass man ihn nicht so formen kann, wie man ihn gerne hätte. Aber man kann sich vielleicht auf gewisse Glanzpunkte konzentrieren, kann bislang verborgene Eigenschaften zum Vorschein bringen – und man kann hoffen.

Als ich von der Arbeit nach Hause komme, brenne ich darauf, Jane von Declan zu erzählen. Ich will die aufregenden Details unseres Wiedersehens mit ihr durchsprechen, um herauszufinden, ob sie sechs Stunden später immer noch genauso verheißungsvoll sind. Aber als ich die Wohnung betrete, ist alles still bis auf das Surren der Klimaanlage am Fenster. Unsere Wohnung ist immer recht dunkel, aber heute ist es besonders finster. Die Rollläden sind heruntergelassen, und ich frage mich mit einem Schaudern, ob ich Ben und

Jane vielleicht bei irgendetwas störe. Dachten die beiden, sie hätten die Wohnung den ganzen Nachmittag für sich? Oh Gott, hoffentlich nicht! »Hallo!«, rufe ich laut, obwohl die Wohnung so klein ist, dass man mich auch in normaler Lautstärke von jedem Raum aus gehört hätte. Dann lasse ich absichtlich geräuschvoll meine Tasche fallen und streife voller Elan meine Schuhe ab. »Hallo?«

Die Lampe im Wohnzimmer wird angeknipst, und ich sehe Jane zusammengesunken und in ein Bettlaken gewickelt im Sessel sitzen. Ihre rechte Hand liegt auf dem Lichtschalter, während sie sich die linke schützend vor die Augen hält. Sofort knipst sie die Lampe wieder aus. Ich fühle mich an den Film *Eine verhängnisvolle Affäre* erinnert und rechne beinahe damit, dass in der Küche ein Kaninchen vor sich hinköchelt. »Janey?«

»Hallo«, sagt sie matt, und ich taste mich zum Sofa vor, lasse mich darauf nieder und warte, bis sich meine Augen an die Dunkelheit gewöhnt haben. Hat Ben mit ihr Schluss gemacht? Eine andere Erklärung fällt mir nicht ein.

»Was ist los?«

Nach langem Schweigen antwortet sie endlich: »Mein Vater … ist … weg.«

Was hat Charlie Weston in unserer Wohnung gemacht?, überlege ich und wische mir über die schwitzende Stirn und die heißen Wangen. Mein Handrücken riecht nach Rosen. »Weg? Wo ist er denn hin?«

Sie knipst wieder die Lampe an, und der Raum ist mit einem Schlag hell erleuchtet. Die unvollkommenen Details unseres Wohnzimmers – die schmuddeligen Kanten des braunen Couchtisches, der ausgefranste blau-grüne Teppich – treten mit aller Klarheit zutage. Diesmal schirmt sich Jane nicht nur die Augen ab, sondern bedeckt ihr ganzes Gesicht mit ihrer Hand. »Genau das war auch meine erste Frage«, murmelt sie durch ihre gespreizten Finger hindurch. »›Wo ist er hin?‹ Tja, wie sich herausstellt, ist er nicht irgendwo *hin*, sondern vielmehr irgendwo *weg*. Er hat meine Mutter verlassen.«

Ich schlucke. »Oh, Janey.«

»Angeblich ist das Ganze nur *vorübergehend*.« Sie malt Gänsefüßchen in die Luft.

»Was ist denn passiert?«

»Ich weiß auch noch nichts Genaueres«, antwortet sie. »Wenn ich es richtig verstanden habe, hat er ohne Wissen meiner Mutter das gemeinsame Geld in Geschäfte gesteckt, die sich als Fehlinvestitionen herausgestellt haben. Er hat viel Geld verloren. Und wenn ich viel sage, meine ich viel. Vielleicht nehmen sie uns unser Haus.« Jane läuft rot an, und ich staune wieder einmal darüber, dass wir uns auch mit sechsundzwanzig Jahren noch so für unsere Eltern schämen können. »Willst du wissen, wie ich davon erfahren habe?« Sie wartet meine Antwort gar nicht erst ab. »Meine Mutter hat mir eine E-Mail geschickt. Sie hat sich letzten Monat einen neuen Computer gekauft und ist wahnsinnig stolz darauf, wie gut sie damit zurechtkommt. Im Jahr 2002 wäre sie mit ihren phänomenalen Kenntnissen glatt als Computergenie durchgegangen. Na ja, jedenfalls hat sie mir eine E-Mail geschickt. ›Die E-Mail‹, sagt sie immer. ›Ich checke mal die E-Mail.‹ Sie hat geschrieben: *In New Hamburg macht demnächst ein neuer Walmart auf. Und: Dein Vater ist weg.*«

Ich schlage die Beine übereinander, mache die Bewegung aber schnell wieder rückgängig, weil meine Haut so klebrig ist. »Das hat sie nicht geschrieben!«

»Doch, hat sie! Sie hat ihn gebeten zu gehen. Also hat er heute Morgen seine Sachen gepackt und ist ausgezogen. Er wohnt ein paar Tage im Hotel, bis sich die Lage wieder ein bisschen beruhigt hat.« Ihre Stimme überschlägt sich, und sie fängt an, heftig durch die Nase auszuatmen und dabei ein hohes Pfeifen von sich zu geben. *Du hörst dich an wie ein Teekessel*, will ich zu ihr sagen, aber ich lasse es bleiben.

Sie sieht mich mit stark geröteten Augen an. »Pfft!« Sie versucht zu lachen. »Wie alt bin ich? Zwölf? Das ist doch lächerlich!«

Erstaunlicherweise holen mich keine Erinnerungen an meine eigene Kindheit ein, keine schmerzhaften Bilder von der Scheidung meiner Eltern. Die Traurigkeit bleibt aus. Ich denke nicht einmal an meine Eltern oder an Seth und Nina oder an Ben. Im Grunde ist jede Beziehung nur ein schwaches, wackeliges Konstrukt, das beim geringsten Windstoß in sich zusammenfällt. Warum wissen das nicht mehr Menschen? Ich greife über den Couchtisch nach Janes Hand, die trotz der Hitze schlaff und kalt ist. Ihre Handfläche ist feucht. Ich drücke sie sanft und kämpfe gegen den Wunsch an, diesen knochigen, sterbenden Seestern gleich wieder loszulassen. Jane erwidert meinen Händedruck, klammert sich auch dann noch an mir fest, als die Geste für uns beide ein bisschen unbequem wird.

»Fährst du nach Hause … nach Marcy?«, frage ich sie. »Willst du, dass ich mitkomme?«

Jane strampelt das gestreifte Bettlaken ab und lässt endlich meine Hand los, um sich durch die Haare zu streichen, die auf einer Seite ganz zerzaust sind. Wahrscheinlich hat sie zu lange darauf gelegen oder sich zu lange einen Telefonhörer dagegengehalten. »Kennst du das, wenn man nachts im Bett liegt und Angst hat, nie wieder einschlafen zu können?« Sie trägt ein rotes Trägerhemd von mir und Boxershorts von Ben, als hätte sie sich heute Morgen aus Einzelteilen zusammengebaut. »Man ist todmüde, aber keine Chance: Man weiß einfach, dass man nie wieder schlafen kann.«

Ich lege den Kopf schief. »Äh …?«

»So fühle ich mich nämlich«, erklärt sie und lächelt verlegen. »Als ob ich von jetzt an für immer wach bleiben müsste.«

»Stell dir vor, was du alles schaffen könntest, wenn du nicht mehr schlafen würdest«, sage ich. »Du könntest dir einen dieser Jobs suchen, für die sie im Internet werben: *Verdienen Sie fünfundneunzigtausend Dollar im Jahr, ohne das Haus zu verlassen!*«

»Ich habe mich immer schon gefragt, was man dafür tun muss«, gesteht sie. »Eine Tonne Kugelschreiber zusammenschrauben, oder was?«

»Ich dachte, da geht es um Webcam-Pornografie.«

»Und deshalb hast du mir das vorgeschlagen?«

»Na ja, mir wäre es egal, ich würde ja schlafen in der Zeit.«

»Eigentlich sollte ich Ben anrufen«, murmelt sie. »Aber ich habe keine Lust.« Ich sehe sie fragend an. »Er ist dann bestimmt wieder so lieb und verständnisvoll.« Sie schüttelt den Kopf und senkt den Blick auf ihren Schoß. Ich starre auf ihren schiefen Scheitel, auf die dünne Linie nackter Kopfhaut. Janes Kindheit ist ein Gummiband, das gerade zurückgeschnappt ist und sie ins Gesicht getroffen hat.

Wir schrecken beide auf, als es gleichzeitig an der Tür klingelt und klopft, ein fröhlicher kleiner Trommelwirbel, eine liebenswert ungeduldige Ankündigung. Die Stimme hinter der Tür sagt: »Unerträglich, diese Affenhitze!« Jane hebt den Kopf und sieht mich verwirrt an. Dann lacht sie schnaubend auf und teilt mir mit: »Du bist ja ganz fleckig im Gesicht!« Mir kommt nicht zum ersten Mal der Gedanke, dass sich jede einzelne meiner desaströsen oder weniger desaströsen Männergeschichten allein schon deshalb lohnt, weil ich hinterher mit Jane darüber lachen kann, weil sie unsere Freundschaft befeuert. Also verbeuge ich mich theatralisch und lege auf dem

Weg zur Tür einen kleinen Stepptanz ein. *Vielen Dank, liebes Publikum.*

»Was ich vorhin noch sagen wollte, Willa«, platzt Declan heraus, bevor ich die Tür richtig geöffnet habe, so als befänden wir uns gerade mitten in einem Gespräch, als hätte ich vorübergehend auf der anderen Leitung telefoniert und mich nun wieder zu ihm zurückgeschaltet. »Molly's Blooms? *Molly's Blooms?* Das ist ja wohl eindeutig aus *Ulysses* geklaut und damit eine Beleidigung meines Volkes!« Declan hat die irische Kultur schon immer als sein persönliches Eigentum betrachtet. »Wie fändest *du* es, wenn ich in Dublin bei einem Juwelier arbeiten würde, der sich *Leonards Bernsteine* nennt?«

Ich muss lachen, weil sein Witz so dreist und gleichzeitig so lahm ist. Grinsend stehen wir uns in der Tür gegenüber, eine Wiederholung von Bens erstem Besuch in unserer Wohnung an jenem kalten Wintermorgen vor sechs Monaten. »Meine Chefin heißt so«, erkläre ich. »Molly Blumenfeld.«

»Apropos Blumen: Ich wollte dir natürlich welche kaufen, aber dann dachte ich, dass das genauso wäre, als würde man einem Fleischer eine Lammkeule mitbringen.« Er überreicht mir einen bunten Zettel. »Also habe ich dir stattdessen ein Rubbellos besorgt. Falls du gewinnst, kannst du ja mit mir teilen.« Er atmet erleichtert aus und grinst mich an.

Ich blicke auf das Los hinunter, auf dem ein freundlich aussehender Comic-Dachs abgebildet ist. Die neun Kästchen daneben bestehen jeweils aus einem neonorangefarbenen Käsewürfel, den man mit einer Münze wegkratzt. Fressen Dachse überhaupt Käse? Das Ganze ergibt keinerlei Sinn.

»Ein Juwelier namens *Leonards Bernsteine?*«

»Gefällt dir das Wortspiel? Ich habe den ganzen Tag daran gefeilt.«

Jane, die immer noch im Wohnzimmer ist, räuspert sich laut.

Sie sitzt nach vorne gebeugt da, die Ellbogen auf die Knie gestützt, und macht zum ersten Mal an diesem Nachmittag ein freudiges Gesicht. Wenn sie ein Insekt wäre, würden ihre Fühler vor Aufregung zittern. »Declan«, stelle ich ihn vor und genieße den Klang seines Namens auf meiner Zunge. Dann stoße ich die Tür zum Wohnzimmer ganz auf. »Und das hier ist meine Mitbewohnerin und beste Freundin Jane.«

Ich halte die Luft an, während die beiden sich gegenseitig mustern, aber in Declans Gesicht ist nur freundliche Neugier und höfliche Distanz abzulesen. Ein innerer Knoten, von dessen Existenz ich gar nichts wusste, löst sich, und ich atme erleichtert auf. »Ich glaube, Willa hat mal vor ein paar Jahren etwas von dir erzählt«, sagt Jane zu Declan.

Er geht zu ihrem Sessel und schüttelt ihr die Hand. »Wir teilen unseren Lottogewinn auf keinen Fall durch drei«, warnt er. »Das kannst du vergessen. Aber vielleicht zeigt sich deine Mitbewohnerin und beste Freundin Willa ja großzügig und gibt dir was ab.«

»Da habe ich nicht die geringsten Zweifel«, erwidert Jane.

Declan wühlt in seiner Hosentasche und überreicht mir ein Zehncentstück. Er riecht nach Schweiß und nach dem würzigen Deodorant, das ich noch von früher kenne. Irgendetwas, vielleicht die greifbare Feuchtigkeit der Luft, die zähe, heiße Luft, die nur von unserer tapfer brummenden Klimaanlage bekämpft wird, erfüllt mich mit der Gewissheit, dass Jane, Declan und ich Teil von etwas Großem, Wichtigem sind. »Wir gewinnen bestimmt«, verkünde ich und kratze die silberne und orangene Farbe von den Kästchen auf dem Rubbellos. Declan steht dicht neben mir, ich spüre seinen Atem an meinem Hals. Jane beäugt uns immer noch aufmerksam von ihrem Sessel aus. Ich kenne diesen Blick, diese stille Konzentration. Sie versucht es mit magischem Denken, schließt einen schnellen Handel mit dem Universum ab.

Ich halte das übel zugerichtete Rubbellos hoch, von dem metallisch glänzende Farbspäne rieseln, und verkünde wie die Moderatorin einer Spielshow: »Schade! Knapp daneben!«

Jane löst sich aus ihrer Konzentration und steht auf. »Also dann«, sagt sie mit unnatürlich lauter Stimme. »Hat mich gefreut, dich kennenzulernen, Declan.« Sie macht sich unvermittelt auf den Weg in ihr Zimmer und hält das zusammengeknüllte Bettlaken wie eine gestreifte Katze im Arm.

Declan steht in der Mitte unseres Wohnzimmers und hat die Hände in die Gesäßtaschen seiner Shorts gesteckt. Ich rücke zerstreut einige schräg stehende Bücher im Regal gerade. »Ich würde vorschlagen, wir verschieben unser kleines …« Das Wort *Rendezvous* will mir nicht über die Lippen.

»Du musst dich um sie kümmern, das verstehe ich.« Er legt den Kopf schief und zeigt auf Janes Zimmer. »Nächste Woche bin ich wieder in der Stadt«, verkündet er. »Wir haben einen neuen Kunden in Milwaukee. Aber ich würde auch so kommen.« Vor drei Jahren hat Declan einmal behauptet, dass den Iren keine kurzen Hosen stehen. Er hat recht. An ihm wirken sie verwirrenderweise gleichzeitig zu lang und zu kurz, sitzen einerseits zu locker und andererseits zu stramm. Er verlagert das Gewicht auf den anderen Fuß. »Warum guckst du mich so an?« Statt ihm zu antworten – *Weil du weißt, dass Jane mich braucht, ohne dass jemand etwas gesagt hat, weil deine Beine wie weiße Zaunpfähle aus deinen Shorts ragen, weil du vor drei Jahren für gefühlte zehn Minuten mein Freund warst* –, trete ich näher an ihn heran und beuge mich vor, um meine warme Wange an seine zu legen: eine angedeutete Möglichkeit, ein sehr wahrscheinliches *Vielleicht*.

15

Spät am Abend kommt Ben. Von meinem Zimmer aus höre ich die beiden streiten.

»Weil halt!«, sagt Jane trotzig. »Ich möchte nun mal lieber allein fahren. Und mit Will ist es fast so, als wäre ich allein. Irgendwie ist es einfacher mit ihr.«

Bens leises Murmeln ist schwieriger zu verstehen: … *würde dich aber gerne unterstützen.*

»Du unterstützt mich aber nicht, indem du darauf bestehst mitzukommen, obwohl ich das nicht will!«

… *als ob du mir nicht vertraust.*

»Du hörst mir anscheinend überhaupt nicht zu!«

Die beiden streiten nicht oft, und man merkt, dass sie nicht besonders geübt darin sind. Ich liege im Bett, kneife die Augen zu und lausche aufmerksam. Auf lange Gesprächspausen folgen kurze, verwirrende Ausbrüche. *Wie du willst! Wäre ja schön, wenn du es auch so meinen würdest!* Irgendwann spät in der Nacht höre ich Janes Tür aufgehen und dann leise Schritte, die vor meiner Tür innehalten. Kurz darauf wird mit einem dumpfen Knall die Haustür ins Schloss gezogen.

Es ist noch dunkel draußen, als Jane mich weckt. Ich blinzle in Richtung meines Weckers und sehe eine Zahl darauf leuchten, die nur mit einer Eins davor als Uhrzeit existieren dürfte. Ich schaue zu Jane auf, deren rundes Gesicht wie ein Vollmond über mir schwebt. Mein Blick ist noch ganz verschwommen. »Müssen wir echt?«, krächze ich.

»Tut mir leid, Willard«, flüstert sie. »Na komm. Ich fahre und sage keinen Pieps. Du kannst einfach weiterschlafen.« Sie zieht mir das Bettlaken von der Schulter. »Du musst gar nichts machen. Augen zu und durch!«

Ich quäle mich aus dem Bett und schlüpfe in ein T-Shirt und eine Jeans, bevor ich wie ein Zombie hinter Jane aus der Tür wanke, die Treppe hinuntertrotte und ihr über die Straße zu dem Parkplatz folge, auf dem sie immer ihr Auto abstellt.

Als wir die Stadt hinter uns lassen und auf dem breiten, leeren Highway Fahrt aufnehmen, beginnt Janes äußerliche Ruhe zu bröckeln. Je mehr wir uns Marcy nähern, desto nervöser wird sie. Während die Weizenfelder an uns vorüberziehen, schließt sie die Hände so fest ums Lenkrad, dass ihre Fingerknöchel ganz weiß werden, und fängt an zu reden.

»Wie konnte er nur so etwas tun?«, fragt sie und wartet gar nicht erst auf eine Antwort. »Ob du es glaubst oder nicht: Als ich klein war, hatte mein Vater eine besondere Abmachung mit unserem Lebensmittelhändler und hat abgelaufene Joghurts und überreifes Obst und Gemüse billiger bekommen.« Sie kneift die Lippen zusammen. »Bis vor ein paar Jahren hatte ich keine Ahnung, dass Bananen eigentlich gelb sind. Ich kann mich ernsthaft nicht daran erinnern, dass er sich jemals neue Kleider oder eine Uhr oder sonst irgendetwas gegönnt hätte. Er trägt heute noch die gleichen Pantoffeln wie zu meiner Kindheit, blaue, flauschige Dinger. Stell dir vor, wie eklig die inzwischen sind!« Sie schlägt mit der Hand aufs Lenkrad. »Die sehen aus wie tote Tiere! Und seine Brille stammt von 1985 und ist seit so langer Zeit out, dass sie schon fast wieder in ist. Als ich ausgezogen bin, um aufs College zu gehen, hat er mir einen Koffer mit dem Monogramm JAN geschenkt, den er bei Macy's im Ausverkauf erstanden hatte.« Sie imitiert mit tiefer, verschmitzter Stimme ihren Vater: »›Mit *e* hätte es *noch einmal* zweihundert Dollar gekostet.‹ Und das soll der Mann sein, der sein gesamtes Erspartes in ein Schneeballsystem gesteckt hat? Ich erkenne ihn nicht wieder!« Sie nimmt schlürfend einen Schluck von ihrem Tankstellenkaffee und überlegt laut, wie sie sich ihrem Vater gegenüber verhalten soll. Soll sie die erwachsene Tochter mimen und ihm mit distanziertem Verständnis oder gemäßigter Zurückhaltung begegnen? Soll sie ihn ausfragen wie eine Anwältin? »Gereiztheit«, sagt sie schließlich mit einem kleinen Kichern. »Ich denke, ich werde mich für Gereiztheit entscheiden.«

Eine Stunde später erreichen wir das Motel, in dem Mr Weston ein Zimmer bezogen hat und in dem gleichzeitig ein Pfannkuchenhaus untergebracht ist. In der sonnigen Lobby umarmt er Jane und scheucht uns dann gleich wieder hinaus auf den Parkplatz. »Hier können wir auf keinen Fall Pfannkuchen essen!«, erklärt er fröhlich, und Jane nickt, als wäre es tatsächlich völlig absurd, in einem Pfannkuchenhaus Pfannkuchen zu essen.

Die kleine Stadt Marcy in Wisconsin ist nicht nur dafür bekannt, dass ihr Name möglicherweise auf einem Rechtschreibfehler beruht, sondern auch für ihre Pfannkuchen. Entlang der aus sieben Häuserblocks bestehenden Hauptstraße reihen sich zwischen Walmart und einem riesigen Baumarkt die Frühstückslokale Pancakes 'n' More (wo es allerdings ausschließlich Pfannkuchen gibt), Flapjack Flappery, Marcy Motel and Pancakes und das laut Schild einzige Drive-Through-Pfannkuchenrestaurant der Welt: Millie McMaple's Griddle Hut. Mr Weston und Jane sind sich einig, dass Flapjack Flappery die fluffigsten Pfannkuchen hat.

Ich schiebe meinen Stuhl näher an den Tisch heran und greife an Jane vorbei nach dem Tragekörbchen mit den Sirupflaschen. Nachdem ich lange überlegt habe, ob ich lieber Orangen- oder Apfel-Zimt-Geschmack möchte, fällt mir ein, dass ich eigentlich gar keinen Sirup mag. Ich träufle mir trotzdem ein bisschen auf meine Pfannkuchen.

Charlie Weston trägt ein kanariengelbes T-Shirt, und seine dünnen Haare stehen an manchen Stellen nach oben wie ein schlecht gesäter Rasen. Er ist in Redelaune.

»Was ich jetzt sage, ist auf keinen Fall abschätzig gegenüber deiner Mutter gemeint, Janey.« Er spritzt schwungvoll einen ganzen Sirupsee auf seinen hohen Pfannkuchenstapel. »Ich liebe deine Mutter nämlich. Aber Bonnie hatte immer schon äußerst rigide Vorstellungen davon, welche Lebensmittel man zum Frühstück konsumieren sollte, und zwar nur zum Frühstück!« Er stellt die Sirupflasche in den Korb zurück und reicht ihn mir mit seinem langen Arm quer über den Tisch. »Miss Jacobs?«

Jane drückt ihre Gabel in den zähflüssigen Brei auf ihrem Teller und funkelt ihren Vater böse an. »Ganz toll«, murmelt sie. Offenbar war es kein Witz, dass sie sich für Gereiztheit als Strategie entschieden hat. »Kannst du dir diese Mahlzeit überhaupt noch leisten?« Sie zeigt mit der leeren Gabel auf ihren Vater und lässt sie eine Sekunde in der Luft schweben, bevor sie sie neben ihren Teller legt und den Kopf in die Hände sinken lässt.

»Ach, Schatz«, sagt er hilflos. Sein Blick schweift ab und gleitet durch das Restaurant. »Wusstet ihr«, fährt er fort, ohne eine von uns anzusehen, »dass mich alle Chuck genannt haben, bevor ich Bonnie kennenlernte?« Jane schaudert, blickt aber immer noch nicht auf. Eine Locke fällt ihr in die Stirn. »Sie fand diesen Spitznamen nicht so toll. Klingt wie ein Stück Fleisch, hat sie immer gesagt. Das könnte doch auch etwas Gutes sein, wenn ich dich an Fleisch erinnere, war meine Standardantwort.« Ich hebe den Blick zur Decke und flehe in Gedanken: *Bitte keine Details aus Ihrem Liebesleben! Bitte nicht!* »Aber ihr gefiel Chuck nun mal nicht, also hat sie angefangen, mich Charlie zu nennen, und schon bald haben mich alle Charlie genannt. Heute könnte ich es mir gar nicht mehr anders vorstellen. Schon seltsam, wie man sich gegenseitig verändert.«

Pam, eine wasserstoffblonde Kellnerin wie aus dem Bilderbuch, stürzt auf unseren Tisch zu, um unsere Kaffeetassen aufzufüllen. »Na, sind Sie noch bei der Arbeit?«, fragt sie, und ich bin kurzzeitig verwirrt. Jobbt Mr Weston etwa hier im Pfannkuchenhaus, um sich etwas dazuzuverdienen? Es scheint schlimmer um seine Finanzen zu stehen, als ich dachte.

»Ja, aber wir habens gleich geschafft«, antwortet Mr Weston und wartet ab, bis Pam wieder davongestöckelt ist. »Jane«, sagt er eindringlich. Sie seufzt laut, ohne die Hände vom Gesicht zu nehmen. »Sieh mich an!« Seine Aufforderung gerät ihm ein wenig zu laut. Das Kleinkind am Nebentisch gehorcht und fängt dann an zu weinen.

Jane hebt den Kopf und funkelt ihren Vater böse an. Aus ihren Augen schießen Blitze. »Na los, was ist jetzt? Ich sehe dich an«, zischt sie. Offenbar hat sie in der Pubertät keine rebellische Phase durchgemacht. So angewidert, wie sie von ihrem Vater ist, war ich von meinen Eltern das letzte Mal als Teenager.

»Na gut, ich habe Mist gebaut.« Er zuckt mit den Schultern und schnipst dann einen Krümel von der Tischkante.

Jane atmet aus und wirft mir einen Hilfe suchenden Blick zu. Feige starre ich auf meinen Schoß und wünsche mir, zu Hause in meinem Bett zu sein. Nicht zum ersten Mal am heutigen Tag muss ich an Declan denken. »Ich verstehe einfach nicht, wie ein dreiundfünfzigjähriger Ehemann und Familienvater alles, restlos alles, aufs Spiel setzen kann.« Sie schiebt ihren Stuhl vom Tisch weg, überlegt es sich dann aber anders und rückt wieder nach vorne.

Eines Morgens gegen Ende meines ersten Highschooljahres taumelte ich schlaftrunken nach unten, um zu frühstücken. Am Ende der Treppe stieß ich mir das Schienbein an einem Stapel Kartons. Meine Eltern saßen zusammen am Küchentisch, tranken Kaffee und unterhielten sich leise. Sie sahen mich gleichzeitig und drehten mir ihre müden Gesichter zu. Ich kniff die Augen zu und versuchte, mich zu erinnern, was ich wenige Sekunden zuvor gedacht hatte, bevor ich mich auf den Weg nach unten gemacht hatte. *Tengo, tienes, tiene, tenemos, tenéis, tienen.* Als ich die Augen wieder aufmachte, starrten mich meine Eltern immer noch an, und die Kartons waren auch noch da. Eine volle Minute lang herrschte Schweigen. Dann stand meine Mutter vom Tisch auf, schlurfte zur Spüle und kippte ihren Kaffee in den Ausguss. »Jetzt tu nicht so, als hättest du es nicht kommen sehen«, sagte sie und seufzte. Dann drückte sie mir eine braune Tüte in die Hand. »Ich habe noch einen Pudding im Kühlschrank gefunden«, erklärte sie. »Kann sein, dass er von letztem Sommer ist, aber diese Dinger halten ewig. Ich habe ihn in dein Lunchpaket getan.«

»Weißt du noch, wie wir sonntagmorgens immer Pfannkuchen gebacken haben, du und ich?«, fragt Mr Weston.

Irgendwo weiter hinten im Restaurant stimmt eine heitere Runde *Happy Birthday* an. Jane nimmt einen Schluck von meinem Wasser und sieht ihren Vater verständnislos an.

»Weißt du nicht mehr?«, wiederholt ihr Vater. »Wir haben deine Mutter schlafen lassen und zusammen einen Stapel leckere Pfannkuchen gezaubert. Jeden Sonntag. Fast jeden Sonntag.«

Happy birthday to youuuuu!

»Du hast sonntags immer ausgeschlafen, und ich bin mit Mom in die Kirche.«

Mr Weston öffnet den Mund und schließt ihn dann wieder. Er wirkt jetzt ein wenig durcheinander, seine selbstsichere Fassade bekommt Risse. »Na ja, vielleicht war es auch samstags.«

Jane setzt sich gerade hin und nimmt die Schultern zurück. »Tut mir leid, Dad. Ich erinnere mich nicht daran, mit dir Pfannkuchen gebacken zu haben.« Sie sieht ihn trotzig an. »Vielleicht war das deine andere Familie.«

Später sagt Jane zu mir: »Natürlich haben wir am Wochenende zusammen Frühstück gemacht, wir haben jeden Sonntag Bananenpfannkuchen gebacken, meine ganze Kindheit hindurch.« Und ich denke: *Wir sind doch erwachsen! Wir dürfen uns von den Fehlern unserer Eltern nicht in Kinder zurückverwandeln lassen!* Aber genau das tun wir, immer wieder.

Eine Kellnerin, nicht unsere, flitzt mit einem Tellerstapel an unserem Tisch vorbei. Mr Weston gießt noch mehr Sirup auf seine Pfannkuchen, bevor er bekümmert auf seinen Teller starrt. Eine Zeit lang herrscht Schweigen. Ich klopfe auf den Tisch. »Hat Jane Ihnen eigentlich schon von ihrem Gedicht erzählt?« Eins ihrer Gedichte soll demnächst in einer sehr kleinen literarischen Zeitschrift veröffentlicht werden, die auch genauso heißt: *Sehr kleine literarische Zeitschrift.* Jane hat mir neulich Abend gestanden, dass sie ihren Eltern noch nichts davon gesagt hat.

Jetzt wedelt sie mit der Hand vor ihrem Gesicht herum. »Nein. Vom Dichten habe ich die Nase voll«, verkündet sie, bevor Mr Weston etwas sagen kann. »Damit ist kein Geld zu verdienen. Ich schreibe keine Gedichte mehr.«

»Aber Schatz!«

»Nein«, wiederholt sie und erinnert mich wieder an Prinzessin Jane, die über das rosafarbene Reich ihrer Kindheit gebietet. *Hinfort mit seinem Kopf!*

Eine alte Dame in karierter Hose steht vom Tisch gegenüber auf, und eine zerknitterte braune Papierserviette segelt wie eine große tote Motte von ihrem Schoß. Mr Weston sieht sich im Restaurant um, und Jane blinzelt heftig und leert ihr Wasserglas mit drei schnellen Schlucken. Ich drücke unter dem Tisch ihr Knie. Gleich im Anschluss werden wir zu ihrem Elternhaus fahren und Runde zwei antreten. Wenn es nach mir ginge, würden wir jetzt sofort ins Auto steigen und zurück nach Milwaukee fahren. Sie hat ihre Lektion bereits gelernt: Eltern lassen einen unweigerlich im Stich, genau wie Partner. Und das Ende vom Lied ist, dass die beste Freundin in einem Pfannkuchenhaus Zeugin der eigenen Verzweiflung wird. Ich hätte ihr gerne gesagt, dass das okay ist. *So ist es nun mal. Das Leben geht weiter.*

In den sechs Minuten, die seit unserem Eintreffen vergangen sind, hat uns Janes Mutter fünf verschiedene Gerichte angeboten. »Habt ihr Mädchen denn nicht wenigstens ein bisschen Hunger? Wie wäre es, wenn ich euch schnell ein paar Muffins backe?« Ihre Vorschläge werden immer bizarrer. *Weintrauben? Französische Zwiebelsuppe? Maisauflauf? Schwedische Hackbällchen von gestern Abend?* Ein Exorzismus der ehelichen Küche oder der Speiseplan einer verstörten Frau? »Andererseits ist es ja noch früh«, sagt sie und fuhrwerkt weiter herum, bevor sie einen Schneebesen aus einer Schublade zieht. »Vielleicht braucht ihr etwas Frühstücksmäßigeres.«

»Wir haben schon gefrühstückt, Mom«, gesteht Jane und spielt mit einer Haarsträhne.

Mrs Weston schüttelt heftig den Kopf und wedelt mit der freien Hand herum. Sie läuft gerade erst zur Hochform auf. »Ihr habt schon gefrühstückt?«, wiederholt sie schließlich, und ihre Stimme klingt angespannt und argwöhnisch. »Wo denn? Auf dem Weg hierher? In einer Raststätte?«

»In der Stadt. Mit … äh … mit Dad.« Jane zieht die Locke lang, an der sie herumspielt, und bastelt einen Schnurrbart daraus.

»Du sollst nicht mit deinen Haaren spielen, Kind!« Mrs Weston hat uns zwar inzwischen den Rücken zugedreht, scheint aber trotzdem genau zu wissen, was Jane gerade treibt. Sie legt den Schneebesen wieder in die Schublade, stellt sich auf die Zehenspitzen, um in einen Schrank zu greifen, und zieht aus unerfindlichen Gründen eine Salatschleuder daraus hervor. »Tja.« Sie betätigt die leere Schleuder, die wie ein aufheulender Motor klingt.

Jane tritt nervös von einem Fuß auf den anderen. Unter ihrem rosa T-Shirt blitzen die Träger meines roten Tops hervor, das sie gestern schon anhatte. Wie so oft verspüre ich den inneren Drang, die gespannte Atmosphäre mit ein wenig Verschrobenheit zu lockern. »Ich mag eigentlich gar keine Pfannkuchen!«, übertöne ich das leiser werdende Surren der Salatschleuder. »Keinen Sirup, meine ich. Braucht kein Mensch!« Jane und ihre Mutter starren mich an, als wäre ich aus der Klapsmühle ausgebrochen und müsste sanft wieder zurück in meine Gummizelle geleitet werden. Ich zucke mit den Schultern. Mission erfüllt.

»Wie wärs mit einer Runde Shopping?«, fragt Mrs Weston und klatscht in die Hände. Angesichts der aktuellen Finanzsituation der Westons kommt mir dieser Vorschlag reichlich seltsam vor, aber sie besteht darauf, uns in die Mall auszuführen. Mit mütterlichem Scharfsinn mustert sie uns. Ihr Blick fällt zuerst auf Janes grüne Flip-Flops, und dann auf meine Füße, die in rosafarbenen High-Tops stecken. »Wir kaufen euch neue Schuhe!« Wieder klatscht sie in die Hände, und es hätte mich nicht gewundert, wenn die Lampen in der Küche an- und wieder ausgegangen wären.

Jane schüttelt entsetzt den Kopf. »Aber du kannst doch nicht … wir können doch nicht …« Ich stupse sie mit dem Ellbogen an.

»Au ja!«, sage ich. »Danke, Mrs Weston.« Es ist Mrs Westons Art, ihre Tochter und sich selbst zu trösten, daher habe ich das Gefühl, ihr einen Gefallen zu tun, wenn ich das Angebot annehme. Außerdem: Neue Schuhe, juchhu!

Als es klingelt, stürmt Jane aus der Küche, um die Haustür aufzumachen. Sobald ihre Tochter außer Hörweite ist, kommt Mrs Weston hastig zu mir herüber und tritt ein paar Zentimeter zu dicht an mich heran. Ich erstarre vor Schreck. Hätten wir ihr Angebot, uns Muffins zu backen, doch nur angenommen! Oder Käsetoast. Oder panierte Hähnchenbrust. Egal was!

»Die Sache geht Janey überhaupt nichts an«, flüstert sie eindringlich und blickt zu mir auf. »Als Einzelkind hat sie schon immer viel zu viele Erwachsenengespräche mitbekommen.« Sie stößt die Worte schnell und abgehackt hervor, und ihr Atem riecht irgendwie seltsam, beißend und süß zugleich, wie Sardinen mit Zimt oder ein anderes Gericht, bei dem die Zutaten nicht zusammenpassen. Während ich nicke, atme ich durch den Mund ein und zwinge mich, nicht zurückzuweichen. »Das müssen Charlie und ich unter uns ausmachen.« Sie streckt die Hand aus und will offenbar meine Schulter drücken, aber weil sie so viel kleiner ist als ich, landet ihre kleine, warme Hand stattdessen oberhalb meiner linken Brust. »Mr Weston und ich werden das schon überstehen.

Finanziell gesehen, meine ich. Obwohl, so ganz sicher bin ich mir da, ehrlich gesagt, doch nicht. Du siehst also.« Mrs Weston wendet sich entschlossen von mir ab, geht zur Spüle, greift nach einem Schwamm und knöpft sich mit Jane-typischer Inbrunst die Kacheln über dem Spülbecken vor. Ich sehe also? *Was* sehe ich? Oh Marcy, sei mir gnädig!

»Ach, herrje!«, sagt Jane. »Das war Dougie.« Sie kommt mit großen Schritten und klatschenden Flip-Flops zurück in die Küche, rotwangig und lächelnd. »Der gute alte Dougie! Er hat mein Auto in der Auffahrt gesehen und wollte kurz klingeln und Hallo sagen. Echt nett von ihm. Er hat gefragt, ob wir heute Abend was zusammen machen wollen, und ich habe Ja gesagt. Aber jetzt lasst uns shoppen gehen!« Sie sieht erst mich und dann ihre Mutter an, presst die Lippen zusammen und stemmt die Hände in die Hüften. Ihre spitzen Ellbogen bilden eine defensive Raute, dabei sind ihre Sorgen völlig unbegründet. Ich habe nicht vor, sie zu kritisieren, sondern bin erleichtert und dankbar über die Ablenkung. Noch beunruhigt mich der Ausdruck auf dem Gesicht meiner Freundin nicht, ihre plötzliche Freude darüber, den guten alten Dougie wiederzusehen. Auch nicht die Tatsache, dass sie Ben heute noch kein einziges Mal erwähnt hat.

Janes Mutter wirft den Schwamm in die Spüle und trocknet sich die Hände ab, bevor sie nach ihrem Schlüssel auf dem Küchentisch greift und damit vor unserer Nase herumrasselt. »Die Mall wartet!« Ich gucke Jane an, ziehe die Augenbrauen hoch und grinse. Dieses Spielchen spiele ich gerne mit.

Der Shoppingtrip gerät zu einem neonbeleuchteten Einkaufsmarathon, der den ganzen Nachmittag dauert, zu einem anstrengenden Gewaltmarsch von Laden zu Laden, auf der Suche nach etwas, was es nicht geben kann. Aber irgendwie macht es trotzdem Spaß. Als wir von der Mall nach Hause kommen und uns für den Abend fertig machen, fühle ich mich wie ein angenehm betäubtes Faksimile von mir selbst, eine Person, die den ganzen Tag shoppt und die ganze Nacht feiert, ein Mädchen, das zu allem bereit ist.

Volksmusik schlägt uns entgegen, als wir durch die Türen des Deutschen Bierhauses treten. Die Ziehharmonika ist sowohl für die Melodie als auch für den fröhlichen, unablässigen Hintergrundrhythmus zuständig. Als Dougie Tyler uns entdeckt, hüpft er wie vom Blitz getroffen von seinem Barhocker und umfängt Jane in einer ruppigen Umarmung, bevor er sie wieder loslässt und sich zu mir umdreht. Er muss zwei Mal hinsehen, weil er seinen Augen nicht traut. »Hoppla! Jetzt dachte ich für eine Sekunde, ich hätte das falsche Mädchen umarmt!«

Jane legt mir den Arm um die Taille und zieht mich zu sich heran. Nicht weit von uns entfernt tanzt eine ältere Dame mit silbrigem Haarhelm allein vor sich hin und hüpft wie ein ungeduldiges Kleinkind von einem Fuß auf den anderen. »Wir sehen uns wirklich ähnlich«, sagt Jane. »Das ist nicht das erste Mal, dass wir das hören.«

Am Nachmittag in der Mall konnte sich eine besonders fürsorgliche Schuhverkäuferin gar nicht mehr einkriegen, weil sie es so reizend fand, eine Mutter und ihre beiden Töchter beim Einkaufsbummel zu erleben. Und das Mädchen vom Brezelstand fragte mich nach einem Seitenblick auf Jane, ob ich auch noch etwas für meine Schwester kaufen wolle. »Was, wir sehen uns ähnlich?«, frage ich Dougie. »Nee, das ist mir völlig neu!«

In Janes Zimmer in unserer Wohnung hängt eine Skizze über ihrem Schreibtisch, die ich vor ein paar Wochen angefertigt habe, eine Zeichnung von uns beiden, auf der unsere

Gesichter beinahe identisch aussehen. Als ich sie ihr schenkte, wusste sie sofort Bescheid und zeigte auf das rechte Gesicht. »Das bin ich! Meine Haare sind ein paar Zentimeter kürzer als deine, und meine Augen sind ein bisschen heller. Und mein Mund ist total anders.« Sie betrachtete die Skizze eine Weile und sagte dann: »Du bist echt gut, Willa. Sehr talentiert.« Wenn ich ehrlich bin, habe ich beim Zeichnen in den Spiegel geblickt und mich selbst als Vorlage für uns beide genommen. In einigen Monaten werde ich über diese Zeichnung nachdenken und mich fragen, warum ich das getan habe.

Jane kichert, legt den Kopf in den Nacken und wirft die Haare zurück. »Mir auch! Wie kommst du nur drauf?« Ihr Lachen ist ein Trillern aus mehreren Noten, ein hohes Zwitschern. Es würde mich nicht überraschen, wenn sie damit einen Schwarm paarungsbereiter Vogelmännchen anlocken würde, die gegen die Fenster des Bierhauses klatschen und bewusstlos liegen bleiben würden. »Das ist Willa!«, ruft Jane über das Getöse hinweg. Sie drückt meine Taille und gibt mir einen feuchten Kuss auf die Wange. Dougie legt seinen großen Kopf schief, lächelt mich an und erfreut sich am Anblick seiner Highschoolfreundin, die ausgelassen ihre Doppelgängerin herzt.

Jane benutzt mich, um mit Dougie zu flirten, auch wenn ich inmitten des Gedränges an der überfüllten Bar nicht ganz durchblicke, wie genau sie das anstellt. Sie küsst mich wieder auf die Wange und nimmt meine Hand. Vielleicht bin ich ihr Double, ihre Stuntfrau. Wie eine dieser Puppen, an denen wir in der siebten Klasse Herz-Lungen-Reanimation geübt haben. Legt euren offenen Mund auf die Lippen der Puppe und presst mit den Händen auf ihren Brustkorb, bis die Herzmaschine wieder anspringt. *Willa, Willa? Alles okay?*

»Ich brauche ein Bier«, verkündet Jane.

Dougie beugt sich über die Theke, winkt den Barkeeper heran und hält drei Finger hoch. Die Getränkeauswahl ist dürftig und besteht nur aus normalem Bier und Leichtbier, aber das macht mir nichts aus. Die feiernden Menschen und der Lärm und die zarte Berührung von Janes Haaren an meiner Schulter bringen mich in Stimmung. »Dougie ist irgendwie süß«, flüstere ich laut in Janes Richtung, während er unser Bier bezahlt. »Meint man auf den ersten Blick gar nicht.«

Wir stehen noch eine Weile zu dritt an der Bar, nippen verlegen an unseren Getränken und lächeln uns krampfhaft an, bevor wir uns zu einem Tisch im hinteren Bereich des Bierhauses vorkämpfen, wo es leerer und ein wenig ruhiger ist. Eine Kellnerin mittleren Alters im rot-weißen Dirndl fragt uns, ob uns das Tagesgericht interessiert.

»Was war das noch mal?«, fragt Dougie und wischt sich den Schaum von den Lippen.

Die Kellnerin beugt sich über uns. »Schnitzel«, antwortet sie mit müder Stimme und stützt ihren rechten Oberschenkel an unserem Tisch ab. »Das heutige Tagesgericht ist Schnitzel!« Ihre Aussprache des deutschen Wortes »Schnitzel« löst in Jane einen plötzlichen Lachkrampf aus.

Dougie schüttelt den Kopf, und die Kellnerin dreht sich um und geht davon. Jane hat heute nichts als ein paar Bissen Pfannkuchen und eine Brezel zu sich genommen, und so macht sich das halbe Bier, das sie intus hat, bereits bemerkbar. Ihre Arme und Beine sind ein bisschen zittrig, ihre Gesten ungenau, ihre Ausdrucksweise ungefiltert. »Oh Gott, keine Ahnung, was daran so lustig war«, keucht sie. »Schnitzel!« Sie wischt sich mit dem Handrücken die Tränen aus den Augen, und Dougie sieht sie besorgt an. Die Stirn über seinen tief hängenden Augenbrauen runzelt sich.

»Tja, Willa«, sagt er schnell. »Ich habe gerade eine Scheidung hinter mir.« Sein Gesicht läuft sofort rot an. »Keine Ahnung, ob du das mitgekriegt hast.«

Ich verziehe innerlich das Gesicht. Natürlich erkenne ich seinen holprigen Themenwechsel als Versuch, das Gespräch in eine andere Richtung zu lenken, aber das macht ihn auch nicht eleganter. Dennoch habe ich Verständnis für Dougie, weil ich genau weiß, wie es sich anfühlt, mit einem Vorschlaghammer Klavier zu spielen. »War bestimmt nicht leicht«, sage ich zu ihm, und er prostet mir zu.

»Scheidungen! Vertrauensbrüche!« Jane kippt den Rest ihres Biers und knallt den Glaskrug auf den Tisch. »Die Liebe geht vor die Hunde!«, trällert sie.

»Hast du noch Kontakt zu deiner Exfrau?«, frage ich.

»Erin. Sie heißt Erin. Nein, habe ich nicht.« Und dann lacht Dougie Tyler, der ehemalige Verbindungsstudent, der tatsächlich ein Alpha-Sigma-Sigma-Sweatshirt zu seiner löchrigen Jeans trägt und aus dessen Gesäßtasche eine Baseballkappe lugt, der geschiedene Dougie Tyler, der Sportartikel vertreibt und wieder bei seinen Eltern im Keller eingezogen ist, der in seiner Freizeit Gewichte stemmt und *Aber voll!* sagt, wenn er jemandem zustimmt. Er lacht über sich selbst, über das banale Pech, mit sechsundzwanzig Jahren schon geschieden zu sein und seiner Exfrau hinterherzutrauern, über die Absurdität der Tatsache, dass er jetzt mit seiner Highschoolliebe, die nur noch ein lallendes Etwas ist, und ihrer besten Freundin in einer Kleinstadt an einem Biertisch zusammensitzt.

Ihrer *intriganten* besten Freundin? Irgendetwas entwickelt sich zwischen Dougie und mir, und ich ergötze mich daran, genieße das überraschende, aus dem normalen Rhythmus geratene Wummern meines Herzens. *Hallöchen!* »Erin«, wiederhole ich. »Was für eine Schlampe.«

»Aber voll!« Dougie nickt.

Jane spielt an einem Bierdeckel herum. »Kenne ich sie eigentlich?«

»Ja, du müsstest ihr bei Fisks Highschool-Abschlussparty begegnet sein. In der Schule hatte sie noch eine Zahnspange.«

»Oh. Sexy«, sagt Jane, und Dougie lacht wieder.

»Ja, aber unsere Beziehung hat eine Zeit lang ganz gut funktioniert. Wir haben uns prima verstanden.« Er sieht mich an und trinkt sein Bier leer.

»Du solltest uns mal in Milwaukee besuchen kommen«, schlägt Jane verträumt vor. »Unbedingt!«

»Ich hole uns noch eine Runde Bier«, verkünde ich, und fühle mich jetzt selbst ein bisschen zittrig.

Zuerst lege ich einen Zwischenstopp auf der Toilette ein, bevor ich mich zur Theke durchschlage. Dort muss ich, eingezwängt zwischen anderen Leuten, eine Weile auf mein Bier warten und werde immer wieder von Kleidungsstücken oder nackter Haut gestreift. Es fühlt sich gut an, mitten im Getümmel zu stehen, auch wenn das Atmen unterdessen schwerfällt und die Volksmusik mich zunehmend nervt, auch wenn die winzige Flamme, die in mir lodert, einen höchst merkwürdigen Ursprung hat. *Genieß es gefälligst,* befiehlt meine innere Stimme.

Der Barkeeper schiebt mir drei Krüge hin, und ich arrangiere sorgfältig die Griffe, damit ich sie tragen kann. Meine heutige Aufgabe besteht darin, mich um Jane zu kümmern. Sie braucht mich. Aber Dougie nimmt mich wahr. Ich mag ein neues, noch unvertrautes Land für ihn sein oder vielleicht einfach nur Kanada, aber er nimmt mich wahr. Während ich die drei eiskalten Glaskrüge mit Bier in der Hand balanciere und zu unserem Tisch zurückgehe, überlege ich, ob ich den Einsatz erhöhen soll, ob ich ihm zu verstehen geben soll, dass das Interesse auf Gegenseitigkeit beruht. Denn so läuft das Spiel, das habe ich inzwischen – mit ein wenig Verspätung – verstanden. Ich mag momentan Single sein, keinen festen Job haben und ziellos dahintreiben, aber ich weiß, dass ich eine Meisterin auf diesem Gebiet werden kann. Ich spüre die Schwingungen im Raum, das leise, hoffnungsschwangere Vibrieren, vergänglich und schön.

Dann sehe ich sie. Janes lange weiße Arme sind um Dougies Hals geschlungen, und sein großer blonder Kopf beugt sich zu ihrem dunklen Schopf. Ihre Gesichter pressen sich aufeinander, und ich erkenne sogar eine feuchte, hervorschnellende Zunge. Dougie und Jane knutschen innig, während ich, zwei Meter groß und plump wie ein Baum, drei Gläser auf dem Tisch abstelle und dabei Bier verschütte.

Hastig lösen sie sich voneinander, und ihre Gesichter sind gerötet, ob aus schlechtem Gewissen oder anderen Gründen, lässt sich nicht sagen. Ich starre auf Dougies Hand, die er eilig aus Janes Ausschnitt zieht. Seine Haare stehen auf einer Seite nach oben. Die beiden müssen sofort, nachdem ich weg war, übereinander hergefallen sein. Langsam und ohne mich anzusehen, macht Jane die drei Knöpfe ihres Oberteils wieder zu und rückt die Träger ihres BHs gerade. Dougie senkt den Blick und zieht sein Sweatshirt nach unten.

Mein Mund ist plötzlich trocken und klebrig. »Na, ihr zwei?« Ich schlüpfe auf meinen Platz gegenüber von ihnen. Dougie legt seinen Arm um Janes Schulter, während Jane sich mit der Zunge über die Zähne fährt und langsam vor sich hin blinzelt, wie eine Echse. Ich nehme mir einen der Bierkrüge. »Und? Worüber habt ihr so geredet, als ich weg war?«

Jane lacht auf und konzentriert sich dann auf die Haut unter ihrem rechten Daumennagel. »Ich hätte Lust auf Kartoffelsalat«, sagt sie und leckt sich die Lippen. »Das wäre jetzt was.«

Dougie hat sich inzwischen von seiner Verlegenheit erholt und springt vom Tisch auf. An der Bar ist ein Beilagenbüfett aufgebaut, an dem man sich Kartoffelsalat mit Sauerkraut, blasse kleine Knödel und winzige Würstchen im Brotteig holen kann, die aussehen wie fettige kleine Männer in Schlafsäcken. Dougie hastet davon, um Jane ihren Wunsch zu erfüllen.

Ich beobachte, wie meine Freundin an ihrem Nagelhäutchen herumkaut. »Ist das dein Ernst? Habe ich das wirklich gerade gesehen, oder war das nur Einbildung?«

Sie dreht sich langsam zu mir um, mit halb zusammengekniffenen Augen. Ihr Daumen liegt immer noch an ihrer Unterlippe. »Ich weiß nicht. Ja. Ich dachte …« Sie reißt sich mit den Zähnen einen Hautfetzen ab, woraufhin neben dem Nagelbett eine hellrote Blume aus Blut erblüht. »Du hast mit ihm geflirtet. Mit Dougie! Und da bin ich … irgendwie habe ich … Besitzansprüche entwickelt.«

Mein Herz fängt heftig an zu klopfen und galoppiert dann davon. Ich fülle meinen Mund mit Bier und schlucke es herunter, ein großer, bitterer Schluck. Dann blicke ich meiner Freundin ins Gesicht, und in diesem spannungsgeladenen, beschwipsten Moment sehe ich sie so, wie sie früher einmal ausgesehen haben muss, ein glattes, rosiges Baby mit ein paar Haarflusen auf dem Kopf, großen, runden Augen und nassen, roten Lippen. Dann sehe ich Jane als Greisin vor mir, mit erschlafften Wangen und mit Falten, die von ihren Nasenflügeln bis zum Mundwinkel reichen, und einer nach unten hängenden Nasenspitze. Wie wichtig ist dieser Konflikt mit meiner besten Freundin, und was wiegt schwerer? Sie hat mit Dougie in einer Bar geknutscht und sich von ihm befummeln lassen. Sie ist nicht nur einen, sondern gleich mehrere Schritte zu weit gegangen, und jetzt besitzt sie auch noch die Frechheit, mir die Schuld daran zu geben! Dabei ist *sie* es, die einen Freund hat. Ben! Sie ist mit Ben zusammen! Hätte sie mir nicht wenigstens Dougie gönnen können – falls er überhaupt gewollt hätte? Fieberhaft überlege ich, ob das alles schlimm genug ist, um ihr eine wütende Anschuldigung an den Kopf zu werfen, jetzt, wo sie wegen der Sache mit ihren Eltern verletzlich und mitgenommen ist. Mein Herz klopft immer schneller, mein Motor säuft ab. Ich weiß nicht mehr weiter.

Bevor ich eine Antwort auf meine Frage gefunden habe, streckt Jane die Hand mit dem blutenden Daumen nach mir aus, quer über den dunklen Holztisch. »Ach, Willa … Scheiße, ich habs vermasselt.« Am Tisch hinter uns lacht jemand, leise und blökend wie eine Ziege. Ich schüttle den Kopf, um wieder Klarheit in meine Gedanken zu bringen. Für Jane muss es so aussehen, als würde ich ihr widersprechen.

In diesem Moment kommt Dougie gedrungen und o-beinig zum Tisch zurück – sein wiegender Cowboygang ist mir vorher noch gar nicht aufgefallen –, um seine Beute vorzuzeigen: einen Teller mit undefinierbaren Gerichten, roten, eingelegten Gemüsescheiben, Sahneklecksen, Fleischstücken und einem gelatineartigen Berg Kartoffelsalat. Mit einem stolzen Lächeln stellt er den Teller vor Jane auf den Tisch. Ich unterdrücke den Wunsch, ihm das Grinsen aus dem breiten Gesicht zu schlagen.

Jane erhebt sich mühsam von ihrem Stuhl. »Tut mir leid, Dougie. Wir müssen leider gehen.« Ich stehe schnell auf und bewege mich nickend und lächelnd vom Tisch weg. »Wir müssen gehen«, wiederholt Jane und schiebt sich die Haare hinters Ohr, »weil es Willa nicht so gut geht.« Ich wandle mein Lächeln in eine schmerzverzerrte Grimasse ab und halte mir leise stöhnend den Bauch. Wir machen wieder gemeinsame Sache, wie es sich für beste Freundinnen gehört. Jane winkt mit der Hand in Richtung Teller. »Kann ich dir Geld geben für das Essen?« Sie stellt die Frage wie eine Frau, die keine fünf Dollar im Portemonnaie hat, ja wahrscheinlich nicht einmal ein Portemonnaie besitzt, weil sie weiß, dass sie es nicht braucht.

Dougie steht da wie ein begossener Pudel und schüttelt den Kopf. Er schiebt die Hände in die Taschen seiner Jeans und beugt sich zu Jane, um sie zum Abschied zu küssen, aber sie weicht elegant aus und tritt hastig den Weg zur Tür an.

Auf der Rückfahrt nach Milwaukee am nächsten Tag sitze ich am Steuer, während Jane vor sich hin brütet. Nach einer Stunde halten wir an einer Tankstelle. Es nieselt, ein leichter Sprühregen, der ständig stärker zu werden droht, es dann aber doch nicht tut. Es ist die Art von Regen, die schon verdampft, bevor sie den Asphalt erreicht, zu schwach, um die feuchte Luft nennenswert abzukühlen.

Ich tanke gerade, als Jane mit zwei Päckchen Twinkies aus dem Minimarkt kommt. »Keine Autofahrt ohne Süßigkeiten«, sagt sie fröhlich.

»Es ist doch erst zehn Uhr morgens«, sage ich und schüttle angewidert den Kopf. »Viel zu früh für Twinkies. Du hättest Ding-Dongs kaufen sollen.«

Sie stützt sich am Auto ab, zieht einen Fuß aus dem Flip-Flop und kratzt sich die Wade mit dem großen Zeh. »Willa, was ich noch sagen wollte … ich möchte dich bitten …« Sie klopft mit der Plastikverpackung der Twinkies gegen ihr nacktes Bein. »Bitte versprich mir, dass du Ben nichts von gestern Abend erzählst, ja? Von der Sache mit Dougie? Bitte?« Sie macht einen Schritt vom Auto weg, lässt die Schultern rollen und macht den Rücken lang, bis ein Streifen nackter Haut über dem niedrigen Bund ihrer kurzen Hose sichtbar wird. Dann sucht sie mit großen, glasigen Augen meinen Blick und sieht für einen kurzen Moment verloren und unglücklich aus.

Ich verspüre plötzlich den Wunsch, meine Freundin zu beschützen, sie vor schlechten Entscheidungen und impulsiven Fehlern zu bewahren. Ich schließe die Hand um den Tankstutzen und spüre, wie er vibriert. Irgendwie kommt mir das alles pervers vor: der Schlauch, der Stutzen, die Tanköffnung, die Flüssigkeit, die hineinschießt. Fast muss ich lachen. Wer hat sich das ausgedacht, und wie kommt es, dass mir das in all den Jahren, in denen ich schon Auto fahre und tanke, noch nie aufgefallen ist?

Der Tank ist voll, der Stutzen klickt. Ich schraube den Tankdeckel zu, wische mir den Schweiß von der Stirn und greife nach einem Twinkie, nehme es Jane aus den dünnen, schlaffen Fingern. Wir steigen wieder ins Auto und schlagen gleichzeitig die Tür zu.

Ist es wirklich so einfach? Soll das etwa Liebe sein? »Ich sage ihm nichts«, verspreche ich Jane, während ich das gelbliche Gebäck aus seiner Verpackung wickle und ein großes Stück davon abbeiße. »Keine Sorge.«

16

Als wir aus Marcy zurückkommen, wartet Seth im kleinen Eingangsbereich unseres Hauses auf mich. Er lungert dort herum wie jemand, den man eigentlich der Polizei melden müsste.

»Will«, sagt er, stemmt sich vom Boden hoch und nickt Jane grüßend zu. »Ich brauche dich.« Seth kommt mir vor wie ein halb zahmer Hirsch, der scheu im Garten steht und den man füttern möchte, weil man glaubt, dass er sonst verhungert, was natürlich nicht stimmt. Obwohl ich in einer halben Stunde im Blumenladen sein muss und mich nach einer Dusche und einem Bagel sehne, lautet meine Antwort Ja. Ich sage immer Ja, wenn Seth mich braucht.

Draußen sind es über dreißig Grad, und Seth schleppt einen großen Karton mit sich herum, schiebt ihn von einem Arm auf den anderen. Der Schweiß tropft ihm vom Gesicht, und sein Atem geht schwer. Nina hat Seth zum Spielplatz der Bay Bluff School bestellt, ganz in der Nähe meiner Wohnung, auf halber Strecke zwischen ihrem Labor und Seths neuer Wohnung. Aber vermutlich hat sie ihn nicht deshalb ausgewählt, sondern nur nach einem möglichst neutralen Ort für das Treffen gesucht.

»Ich schaffe das nicht alleine«, flüstert er mir zu, als wir nebeneinander am Rand des Spielplatzes stehen. Ich weiß, dass das seine Art ist, sich bei mir zu bedanken. Mit seinem Karton unterm Arm blinzelt er gegen die Sonne an und sieht sich zwischen den fröhlich kreischenden Kindern um. »Weißt du, woran ich denke, wenn ich diese ganzen kleinen Kinder und Babys sehe?«

Ein Mückenschwarm kreist aggressiv um mein verschwitztes Gesicht. Ich versuche, die Biester durch Fuchteln zu vertreiben, aber sie kehren sofort zurück, um mich weiter zu schikanieren. »An was?«, frage ich sanft. Wir schlendern zu einer Bank und setzen uns. Die lackierten Holzlatten bleiben an meinen Oberschenkeln kleben.

»An Sex.«

»Äh, Seth, Typen, die solche Sachen sagen, dürfen normalerweise nicht einmal in die *Nähe* eines Spielplatzes.«

»Haha.« Er rutscht unruhig herum, nimmt die Hände vom Karton und verschränkt sie im Nacken. Zwei Vollmonde aus Schweiß verdunkeln die Achselhöhlen seines grauen T-Shirts. »Ich meine doch nur. Alle diese Frauen, die hinter ihren Kindern herrennen, hatten Sex und haben Babys gemacht, und jetzt stehen sie hier und rufen: ›Gut gemacht, Isabella!‹ Oder: ›Aidan, ich habe gesagt, dass du nicht beißen sollst!‹«

Ich lache. »Schon verstanden. Das war nur irgendwie … na ja, eine etwas seltsame Aussage.«

»Das hier ist ja auch eine seltsame Wahl für einen Treffpunkt.«

»Irgendwie schon.«

»Du hast keine Ahnung, *wie* seltsam.« Er dreht sich zu mir um und sieht mich an. Das letzte halbe Jahr hat sich sichtlich in sein unrasiertes Gesicht eingegraben: geschwollene Tränensäcke unter den Augen, eine rund gewordene Kieferpartie, Mitesser auf der glänzenden Stirn und ein Pickel am Mundwinkel. Er rückt seine Baseballkappe gerade, schiebt sie hinter den Haaransatz zurück und dann wieder nach vorne, um seine Augen vor der Sonne zu schützen.

Ich weiß immer noch nicht, warum zwischen ihm und Nina Schluss ist. Seth wird zur uneinnehmbaren Festung, wenn man ihm Fragen stellt. Wer weiß, was vorgefallen ist? Ein betrunkener One-Night-Stand mit einer Kellnerin oder eine längere, von der Angst vor Entdeckung beherrschte Affäre mit der Beinahe-Ex eines Kumpels? Was es auch war, ich bin mir ziemlich sicher, dass Seth sein Glück selbst sabotiert hat.

Ein feuchtheißer Windhauch bringt die Bäume zum Rascheln. Es fühlt sich an, als wären wir in einer Sauna. Vor uns im Sandkasten kippt ein blondes Mädchen im rosa karierten Sommerkleidchen ohne Vorwarnung einen Eimer Sand über den Kopf eines kleinen Jungen. Er drückt die dicken Händchen an sein Gesicht und fängt an zu schreien. Die Mutter des Jungen, die am Rand des Sandkastens gesessen und schwermütig vor sich hingestarrt hat, steht auf, nimmt ihren Sohn auf den Arm und guckt das kleine Mädchen böse an. »Wo ist deine Mutter?«, zischt sie, bevor sie mich wütend anfunkelt und dann mit dem kleinen Jungen davonstürmt. Das Mädchen im karierten Kleid fängt unvermittelt an zu heulen – ein lautes, mitleiderregendes Jammern, das gepeinigte Wehklagen eines sterbenden Tieres – und hört ein paar Sekunden später genauso abrupt wieder auf. Es starrt den jetzt leeren Sandkasten an, als hätte es gerade eine Naturkatastrophe miterlebt, bevor es zu mir und Seth hinüberblickt und uns mit feuchten Augen und traurigem Gesicht anblinzelt.

Ich stupse Seth mit dem Ellbogen an, unsicher, ob wir für die abwesende Mutter des Mädchens einspringen und es trösten sollen, aber dann entdecke ich am anderen Ende der

Rasenfläche ein ins Gespräch vertieftes Grüppchen Frauen. Eine der Frauen blickt in unsere Richtung und winkt. »Hallo Caiiiitlinnn, hallo Süüüüße!«, ruft sie.

Aha, dann ist ja alles gut. Caitlin winkt langsam zurück. Dann wendet sie ihre Aufmerksamkeit ihren nackten Füßen zu und stochert mit einem kleinen Stock zwischen ihren Zehen herum.

Ich beobachte sie noch eine Weile und überlege, ob das noch als Erziehung zur Eigenständigkeit durchgeht oder schon Vernachlässigung ist. Aber vielleicht fängt der lange, schwierige Weg zum Erwachsenwerden für manche eben früher an als für andere. »Ein schönes Kleid hast du da an«, sage ich zu Caitlin.

Seth schreckt plötzlich auf und gibt ein leises Wimmern von sich. Ich folge seinem Blick und sehe Nina auf uns zutraben. Sie scheint immun gegen die Lethargie zu sein, die alle anderen an diesem heißen Tag ergriffen hat. Zu ihrem grünen T-Shirt trägt sie eine abgeschnittene Jeans und Gummistiefel, die auf den Asphalt klatschen. Auch sie hat einen Karton im Arm und wirkt wild entschlossen und ein bisschen verrückt.

»Hi«, sagt sie. »Hi, ihr zwei.«

Sie stellt ihren Karton neben Seth auf die Bank und gibt ihm eine kurze Umarmung, die er nicht erwidert, bevor sie auch mich umarmt. Ihr Körper fühlt sich knochig an, zart wie ein Vogel. Sie riecht ein bisschen muffig, sieht aber sehr hübsch aus. Ihre Haare sind zu einem lockeren Pferdeschwanz gebunden, aus dem feine Strähnen in ihr Gesicht fallen, was ihre Züge weicher erscheinen lässt. Ihre Haut, die wie bei allen Rothaarigen zu nervösen Flecken neigt, ist heute makellos. An guten Tagen sieht Nina aus wie Morgentau, als hätten zum Zeitpunkt ihrer Empfängnis die Engel auf dem

Leib ihrer Mutter getanzt. Heute ist ein guter Tag. Pech für Seth.

»Hallo du«, sage ich reserviert. Ich bin mir bewusst, dass jedes Zeichen der Zuneigung gegenüber Nina ein Verrat an Seth wäre, aber ich vermisse die Exfreundin meines Bruders nun mal. Natürlich liege ich deswegen nicht nachts wach und leide, aber Ninas körperliche Anwesenheit erinnert mich daran, wie gern ich sie habe und wie sehr sie mir fehlt. Mir fällt wieder ein, wie sie einmal so heftig über einen blöden Witz von mir über eine sprechende Schnecke gelacht hat, dass ihr die Tränen die sommersprossigen Wangen herunterliefen; wie sie einmal den ganzen Tag lang nicht gemerkt hat, dass sie ein Stück Rucola zwischen ihren beiden charmant schiefen Schneidezähnen hatte, bis ihr Chef doch tatsächlich die Hand ausstreckte und es entfernte. *Lasst uns keine große Szähne aus der Sache machen*, schlug ich an besagtem Tag beim Abendessen vor, worauf Nina feierlich nickend zustimmte.

»Wie gehts dir?«, frage ich sie. Ich kann einfach nicht anders.

»Gut, mir gehts gut«, antwortet sie schnell. Dann nickt sie Seth zu. »Ich hab dir deine Sachen mitgebracht.« Sie steht vor uns und scheint überhaupt nicht zu merken, wie lächerlich ihre Gummistiefel an diesem heißen Tag wirken. »Und du hast offenbar meine dabei«, stellt sie fest und verschränkt die Arme vor der Brust. Die Sonne steht hinter ihrem Rücken, und ich muss trotz meiner Sonnenbrille die Hand über die Augen legen, um ihr Gesicht zu erkennen.

»Hi, Nina«, sagt Seth endlich. In seiner Stimme liegt eine künstliche, angespannte Heiterkeit, und er sitzt übertrieben aufrecht da. »Ach, guck mal, der alte Strandball.« Er zeigt auf einen schlaffen, rot-grün-gelb gemusterten Plastikball in dem Karton, den Nina mitgebracht hat. »Ich wusste gar nicht, dass der *mir* gehört. Ich dachte, der gehört *uns*. Haben wir den nicht letzten Sommer zusammen gekauft? He, wie cool! Eine tolle Metapher für unsere Beziehung, Nina.«

»Oh«, sagt Nina peinlich berührt und wird in Sekundenschnelle knallrot im Gesicht. Seths eisige Wut scheint sie zu überraschen. »Tja, tut mir leid.« Sie sieht sich um, blickt überallhin, nur nicht zu Seth. »Ich muss jetzt gehen. Zurück zum Fluss. Zurück an die Arbeit.« Bei dem Wort »Arbeit« versagt ihre Stimme.

Seth sagt eine Minute lang gar nichts, und Nina rührt sich nicht vom Fleck. »Das derzeitige Wetter ist sicher ideal für Frösche«, sage ich, obwohl das keinerlei Sinn ergibt. Seth und Nina sind selbst mehrere Monate nach der Trennung noch unbeholfen und hilflos, wenn sie sich begegnen, unfähig, sich drei Minuten lang normal zu verhalten und so zu tun, als hätte man ihnen nicht die Herzen herausgerissen, sie wie klopfende Froschherzen entnommen, seziert und entsorgt. Ich merke, dass ich tatsächlich neidisch bin, neidisch darauf, dass ihre Bindung immer noch so stark ist.

Seth starrt Nina unnachgiebig an. »Was für eine verworrene Scheiße.«

Nina schüttelt den Kopf. »Ich muss los.« Sie zeigt mit dem Kinn auf die Kiste. »Vorsicht, da ist ein Kaktus drin. Der Kaktus, den du gekauft hast. Ich habe ihn letzte Woche gegossen, er braucht also eine Zeit lang nichts mehr. Ich muss jetzt los.«

Aber Nina rührt sich immer noch nicht vom Fleck. Wieder legt sich Schweigen über uns wie eine dunkle Wolke, aus der jeden Moment ein Gewitter losbrechen kann. Bin ich die Einzige, die den Druck spürt? Ich strecke die Arme vor mir aus und mache scheuchende Bewegungen. »Die Frösche warten nicht!« Oh Gott, was ist nur los mit mir?

Nina lacht auf, und ihre Schultern entspannen sich ein wenig. Sie beugt sich über Seth, um ihren Karton entgegenzunehmen, wobei ihr weites T-Shirt die Sommersprossen auf ihrer Brust und einen schmalen Streifen ihres weißen Baumwoll-BHs entblößt. Seth hält die Luft an und wendet den Blick ab. »Ich muss wirklich los«, sagt sie noch einmal.

Und dann geht sie endlich. Wir sehen beide zu, wie sie davonmarschiert, wie ihr roter Pferdeschwanz leicht hin- und herpendelt. Von hinten betrachtet, könnte sie eine x-beliebige junge Frau sein. Bis auf die Gummistiefel.

Seth wühlt durch seinen Karton. »Oh, super«, sagt er. »Den Kaktus wollte ich unbedingt zurückhaben.«

»Na komm«, fordere ich ihn auf und löse meine Oberschenkel von der Bank, bevor ich seine Hand ergreife und ihn nach oben ziehe. »Lass uns gehen. Spielplätze sind kein guter Ort für dich.«

Seth steht auf und zieht sein T-Shirt vom Körper weg, das an seinem Rücken und seinem Bauch festklebt. »Sehr scharfsinnig beobachtet. Sag mal Klettergerüst.«

»Deine Oma hat nen nackten Mann geküsst«, erwidere ich, unser Lieblingswitz aus Kindertagen. Eigentlich auch der einzige Witz, der uns aus dieser problematischen gemeinsamen Zeit geblieben ist.

Er hievt den Karton hoch und schnuppert daran, eine seltsame Geste. »Oh, Mann«, sagt er so zärtlich, als würde er mit einem Baby sprechen. »Verdammte Scheiße.« Wir machen uns auf den Weg zu seinem Auto, das er jenseits des Areals auf der Straße geparkt hat. »Ich sage das nicht gerne, weil du meine Schwester bist, aber ich wünschte, ich hätte mir alles genauer eingeprägt, als Nina und ich das letzte Mal … du weißt schon.«

Wie aus dem Nichts erscheint Bens Gesicht vor meinem

inneren Auge, ganz nah, die vertrauten ebenen Flächen und die neuen markanteren Züge, sein Atem in der feuchten Hitze seines Autos, unser einziger, missglückter Kuss. »Ich weiß genau, was du meinst«, sage ich. Wenn in unserer Geschwisterbeziehung Zärtlichkeitsbekundungen üblich wären, wenn Seth den Trost einer Umarmung zu schätzen wüsste, würde ich jetzt die Arme um ihn schlingen, ihn fest an mich drücken und meinen Kopf auf seine breite, schweißfeuchte Schulter legen. Stattdessen gehe ich einfach weiter neben ihm her, neben meinem niedergeschlagenen großen Bruder, den seine Reue offenbar völlig fertigmacht. Aber wenn er Nina nicht betrogen hätte, wäre es nie zur Trennung gekommen, da bin ich mir sicher.

»Warte mal kurz.« Er biegt plötzlich zu einer grünen Mülltonne ab, die ein paar Meter entfernt neben der öffentlichen Toilette steht, stellt seinen Karton daneben ab und schüttelt die Hände aus. Dann dehnt er seinen Nacken erst in die eine Richtung und dann in die andere. »Okay«, sagt er. »Ich bringe dich noch zum Blumenladen.« Er lässt die Kiste einfach stehen, neben der Mülltonne, mit dem Kaktus und allen anderen Sachen, den Überbleibseln seines gemeinsamen Lebens mit Nina, die er jetzt nicht mehr braucht. Er kommt wieder zu mir zurück und schlägt nach einer Mücke in seinem Gesicht, erst mit der rechten Hand, dann mit der linken.

17

Jane hat Ben doch endlich angerufen, auf der Rückfahrt von Marcy. Ich saß am Steuer, und sie telefonierte und trug gleichzeitig Wimperntusche auf. Anfangs war ich beeindruckt.

»Hey du«, sagte sie. »Ich hab dich vermisst.« Ihre Mundwinkel waren nach unten gezogen, die typische Schminkgrimasse von uns Frauen. »Ich hab gesagt, dass ich dich vermisst habe!« Im Laufe des weiteren Gesprächs verschob sie das Mascarabürstchen in die linke Hand und das Handy in die rechte. »Ja«, sagte sie, »heute Abend.« Und dann: »Ich liebe dich.« Aus dem Augenwinkel sah ich, wie sie sich prüfend im Spiegel betrachtete und dann zufrieden lächelte. Ihr Übermaß an Selbstvertrauen türmte sich wie angewehter Schnee auf der felsigen Oberfläche ihres ambivalenten Verhaltens und ihrer Schuldgefühle.

»Wann trefft ihr zwei euch?«, fragte ich. »Dann rufe ich Declan an, und wir können zu viert losziehen.« Ich habe keine Ahnung, was ich ihr damit beweisen wollte. Dass ich auch haben konnte, was sie hatte? Dass ich niemals tun würde, was sie getan hatte? Dass ich es aber jederzeit könnte, wenn ich wollte?

Die Sonne geht gerade unter, als Declan auf dem Gehweg vor unserem Haus zu uns stößt. Der Himmel sieht aus wie die bemalten Wände im Zimmer einer Neunjährigen: Wolken in Altrosa und zuckrigem Violett. Die Hitze ist endlich verschwunden, und der Wind, der zwei Wochen lang feuchtheiße Luft in die Stadt geblasen hat, ist jetzt kühl und trocken. Ben hält Jane umarmt, als hätte er sie drei Monate nicht mehr gesehen statt drei Tage. Der Streit vom Vorabend unserer Abreise nach Marcy ist längst vergessen. Declan steht vor uns am Straßenrand und wippt auf den Fersen.

»Lasst uns tanzen gehen!«, schlägt Jane vor und rempelt Ben mit der Hüfte an.

Declan schüttelt entsetzt den Kopf und streckt die Hände vor sich aus, als wollte er den Verkehr auf der Straße anhalten. »Irische Männer tanzen nicht.«

»Gut, dann lasst uns zu Hause bleiben«, lautet Bens Vorschlag. Er löst seinen Arm von Janes Taille und sieht seine Freundin an, saugt sie förmlich auf. »Ich koche uns was.«

Mir stockt für einen Moment der Atem, und ich werfe Declan einen Hilfe suchenden Blick zu. Er wippt immer noch sanft auf den Fußsohlen und beobachtet vorbeigehende Passanten. »Irische Männer bleiben nicht zu Hause«, sage ich schnell. Ob das nun stimmt oder nicht, mir ist es egal. Wir bleiben heute Abend garantiert nicht einfach in der Wohnung!

Also schlendern wir zum Blue Roses, dem Café, das ein Stück die Straße hinunter liegt, und nehmen einen Tisch auf der Terrasse in Beschlag. Es ist viel los, auf dem Bürgersteig herrscht Gedränge. Die Leute wagen sich wieder aus ihren klimatisierten Höhlen, euphorisch und erleichtert.

Declan bestellt eine Flasche Wein für uns vier. Ich sitze neben Ben und beobachte, wie Jane ihren Handrücken leicht an seinen Hals legt und über seine Haut streicht. Er schließt für eine Sekunde die Augen und sieht sie dann verliebt an. Sie lächelt ihm zu, und ihre Zähne sind nackt und weiß. Ich habe das Gefühl, Zeugin eines intimen, beneidenswerten Moments zu sein. Jane lacht voller Entzücken, obwohl gar nichts Lustiges gesagt wurde. Ist das alles nur Kalkül? Seit der Sache mit Dougie nehme ich Jane anders wahr, ob ich es nun will oder nicht.

Am Nebentisch umarmen sich zwei Mädchen und kreischen ausgelassen. Declan füllt unsere Gläser und gießt sofort nach, nachdem wir die ersten Schlucke genommen haben.

»Willst du mich etwa betrunken machen?«, fragt Ben. Die beiden haben sich gerade erst kennengelernt.

Declan zwinkert. »Davon kannst du ausgehen, Baby!« Er und Ben verstehen sich blendend, und Jane scheint den Abend ganz entspannt zu genießen. Ich nicht. Ich muss meine Hände auf meine Oberschenkel legen, damit sie unterm Tisch nicht zappeln.

»Wie war es so, in Irland aufzuwachsen?«, fragt Ben, und Declan fängt an, ihm eine Geschichte von seiner turbulenten Kindheit in Dublin aufzutischen: wie er und sein Kumpel Johnny immer die Unterwäsche der Nachbarn vertauschten, bis die winzige alte Mrs McCormack die angegrauten Unterhosen des bierbäuchigen Jack Fahey auf der Leine hängen hatte. Unser schallendes Gelächter hallt von den Autos und Gebäuden wider.

»Mein Daddy war ein armer Milchmann«, erzählt Declan weiter und schüttelt traurig den Kopf. »Und meine Ma hat vierzehn Bälger in einer Bruchbude mit nur zwei Zimmern aufgezogen.«

»Dein Vater ist Architekt«, entlarve ich ihn als Lügner. »Und deine Mutter ist Augenärztin. Außerdem bist du Einzelkind.«

Er schlägt sich vor die Stirn, als wäre es ihm gerade wieder eingefallen. »Also, ihr zwei«, sagt er und prostet Ben und Jane mit seinem Weinglas zu. »Wie lange währt euer trautes Glück denn schon?«

Ben schiebt seinen Stuhl ein paar Zentimeter zurück, und die schmiedeeisernen Stuhlbeine quietschen übers Pflaster. »Mein Onkel Fischauge hat immer gesagt: ›Tante Rose und ich sind seit fünf wunderbaren Jahren verheiratet.‹« Er bohrt seine Finger in die Löcher der Tischplatte. »Und das, obwohl die beiden schon fast fünfzig Ehejahre auf dem Buckel hatten. Wir dachten immer, das sei so ein witziger Spruch von ihm. Leider hat ihm Tante Rose letzte Woche eröffnet, dass sie einen Hackbraten für die nächsten Tage eingefroren und die Scheidung eingereicht hat.«

Jane schlägt die Hand vor den Mund. Ihre Fingernägel sind in verschiedenen Farben lackiert, ihr Daumen rot und die restlichen Finger orange, gelb, grün und blau, ein fröhlicher Regenbogen.

»Was für eine romantische Liebesgeschichte!«, schwärmt Declan ironisch.

»Ich wette, Hollywood steht schon in den Startlöchern«, füge ich hinzu.

Jane nimmt die Hand wieder vom Mund. »Du nennst deinen Onkel ›Fischauge‹?«

»Eigentlich heißt er Walter«, erklärt Ben. »Aber er hat ein Glasauge, daher der Spitzname.« Er nickt, als wäre das der wichtigste Punkt der Geschichte.

»Die nächste Generation«, schalte ich mich ein, »erzählt sich wahrscheinlich Geschichten über Großtante Brittany und Oma Ashley.«

»Und Großvater Jaden«, fügt Jane hinzu und fährt mit der Hand Bens Arm hinauf und dann wieder hinunter. Ihre Fingerspitzen flattern wie kleine Flügel.

»Es sind übrigens sechs Monate«, beantwortet Jane plötzlich Declans Frage und betont die Zahl so, als würde auch sie in Wirklichkeit fünfzig Jahre meinen. Es scheint sie zu überraschen, dass ihre Beziehung schon so lange andauert. »Wir sind jetzt seit *sechs Monaten* zusammen.«

»Es ist also was Ernstes?«, fragt Declan. Sein Alter – er ist fünf Jahre älter als wir – und seine Position als mein ehemaliger Chef verleihen ihm ein Charisma der Erfahrenheit, die Aura eines Menschen, der sich auskennt in der Welt.

»Na ja«, antwortet Jane. »Letzte Woche haben wir uns nach einiger Diskussion auf die Namen unserer zukünftigen Kinder geeinigt. Emma, wenn es ein Mädchen wird, und Dylan, wenn es ein Junge wird.«

Ben hält einen Finger hoch. »Zuerst Dylan, dann Emma.«

Jane kichert. »Ich glaube, die Diskussion ist noch nicht beendet.« Sie beugt sich vor, zieht Bens Gesicht zu sich heran und küsst ihn.

Sind alle unsere Scherze und Wortwechsel nichts als Wegbereiter für unser körperliches Verlangen? Sind wir im Grunde nur Kaninchen mit etwas weiter entwickelten Frontallappen? Gerade noch hat Jane in einer verrauchten Kneipe in Marcy feuchte Küsse mit Dougie ausgetauscht, und jetzt sitzt sie hier mit Ben, hat die Fingerspitzen auf seine Wange gelegt und lacht mit ihm über die Namen ihrer zukünftigen gemeinsamen Kinder.

»Stell dir vor, ich würde die beiden auf dem Spielplatz rufen«, sagt Ben.

»Oder in einem überfüllten Restaurant«, ergänzt Jane. »He, ihr beiden! Dyl, Emma, was hatten wir ausgemacht?«

Der Tisch wackelt, und ich merke, dass ich der Auslöser dafür bin, weil mein linkes Bein wieder angefangen hat zu zappeln. Das zuckersüße Glück meiner Freunde ist einfach zu viel für mich, es läuft wie ein warmer, klebriger Sirup in meine Lunge und erschwert mir das Atmen. Ich fühle mich, als wäre ich eine gespannte Sprungfeder, als könnte ich mich selbst jeden Moment aus meinem Stuhl katapultieren. »Haha«, flüstere ich und fahre mit dem Finger den Rand meines Glases nach. »Dilemma.« Ich denke an das, was mir Seth schon vor Monaten prophezeit hat, nämlich dass ich überflüssig werden könnte, sobald es ernst wird zwischen Ben und Jane. Mir wird klar, dass ich derzeit noch ein Teil von etwas bin, das es vielleicht bald nicht mehr geben wird.

Unter dem Tisch legt Declan seine Hand auf meinen Oberschenkel und drückt ihn.

Declan bezahlt die Rechnung und weigert sich, von uns anderen Geld anzunehmen. Er lächelt mich an, und ich werde plötzlich schüchtern und wende den Blick ab. Auf dem Weg zurück zu unserer Wohnung fühlt sich mein Kopf wattig an, und ich habe das bauschige, flauschige, nicht unangenehme Gefühl, kaum den Boden zu berühren und auf einem Förderband Richtung Zukunft zu schweben. Vielleicht liegt es aber auch nur am Wein. Auf dem schmalen Gehweg hake ich mich bei Ben ein, während sich hinter uns Declan und Jane unterhalten.

»… seit dem College«, sagt sie gerade. Ich spitze die Ohren, um den roten Faden ihres Gesprächs nicht zu verlieren, während ich meinen benebelten Verstand gleichzeitig auf Ben konzentriere. »… einzigartig auf der Welt. Aber das weißt du bestimmt schon.« Sie ist meine Fürsprecherin, meine beste Freundin und Beschützerin. *Du leidest doch jetzt schon, Willa. Das nimmt kein gutes Ende!*

»Also, wie war euer Ausflug nach Marcy?«, fragt mich Ben, der mit fortschreitendem Abend immer stiller geworden ist. »Jane hat nicht viel erzählt.«

»Sie ist echt toll«, sagt Declan hinter mir, und ich sehe in Gedanken seine langen Finger vor mir, sein selbstsicheres Lächeln.

»Ach«, antworte ich Ben, »du weißt schon.« Er weiß es natürlich nicht, das ist ja das Problem. »Ihr Vater tut so, als hätte er nur mal eben eine Socke verlegt. So nach dem Motto: Hoppla, wo ist denn eigentlich plötzlich das ganze Geld hin? Und ihre Mutter therapiert sich mit ausgiebigem Frustshopping. Das ist alles ein bisschen viel für Jane. Sie … sie war nicht so ganz sie selbst in Marcy.«

Ich könnte den Moment nutzen, um näher an Ben heranzutreten und ihm ins Ohr zu flüstern: *Ich sage dir, wie es in Marcy war: Jane hat mit einem alten Highschoolfreund herumgeknutscht!* Aber vielleicht war Jane ja tatsächlich nicht sie selbst. Vielleicht hat die Familienkrise sie vorübergehend in jemand ganz anderen verwandelt und diese Nicht-Jane in Dougies muskulöse Arme getrieben? Wie kann ich Jane die Schuld an den unüberlegten Handlungen von Nicht-Jane geben?

Mich überkommt die plötzliche Erleichterung einer angeheiterten Person, die sich selbst von etwas überzeugt und die eigenen Argumente vollkommen logisch findet. Ich lege den Kopf zurück, um den Wind zu spüren. Es ist herrlich, sich im Freien bewegen zu können, ohne zu schwitzen und sich über die Hitze aufzuregen. Mein Körper gehört endlich wieder mir. Ich habe Lust, auf einen Berg zu klettern, aber wir sind ja in Milwaukee. Na gut, Jane hat mit Dougie geknutscht. Es ist eben nicht immer klar erkennbar, was richtig und was falsch ist. Ich wende meine verschwommenen Gedanken wieder Declan zu.

»Ich liebe meine Wohnung in Chicago, aber richtig zu Hause gefühlt habe ich mich dort nie«, sagt er gerade hinter mir. Damit kann er natürlich nur meinen, dass er *jetzt* zu

Hause ist, bei mir, denke ich. Weil ein irischer Einwanderer, der sich nach der Grünen Insel sehnt und mit dem ich vor drei Jahren ein kurzes Techtelmechtel hatte, selbstverständlich genau das denkt. Oder habe ich irgendetwas Wichtiges übersehen? Ich schüttle das dumpfe Gefühl ab, dass meine Logik nicht ganz schlüssig ist, und lasse mich von meinem stärker werdenden Verlangen nach Declan mitreißen.

Ben drückt meinen Arm. »Ich versuche nur, alles zu verstehen«, sagt er und sieht mich aus großen braunen Augen an, die feucht und traurig sind wie die eines Bassets. »Danke für dein Verständnis.«

Als wir in die Wohnung kommen, ist die Luft dort immer noch warm und drückend, trotz des kühlen Winds, der draußen weht. Der Holzboden klebt vor Feuchtigkeit, und die Möbel sind unangenehm klamm.

»Das war lustig!«, sagt Jane. »Echt ein lustiger Abend!« Sie streicht sich mit beiden Händen die Haare aus dem Gesicht und sieht uns nacheinander fragend an. *Es war doch lustig, oder?*

Declan nickt tapfer. »Klar«, sagt er nach kurzem Nachdenken. »Echt lustig.« Wir stehen in einem Pulk in der Mitte unseres Wohnzimmers herum, Jane und Ben und Declan und ich und unsere neue Freundin, die verkrampfte Konversation.

»Was für ein lustiger Abend!«, wiederholt Jane noch einmal. Das Wort »lustig« hört sich in meinen Ohren allmählich seltsam und fremd an, wie ein exotischer Eintopf oder ein großes Säugetier der afrikanischen Steppe. *Loustique? Luh-Stik?* Ben interessiert sich gerade sehr für einen Faden, der an seinem Ärmel hängt. In der kurzen Zeit, die wir für den Heimweg gebraucht haben, hat sich seine Laune erneut verschlechtert. Er ist jetzt nicht mehr still, sondern geradezu mürrisch. Jane hingegen ist aufgedreht und beschwipst und hat noch nicht mitbekommen, dass die Stimmung umgeschlagen ist. Sie kitzelt Ben zwischen den Rippen und scheint gar nicht zu merken, dass er nicht lacht. Ich schließe die Augen, weil mich plötzlich eine schreckliche Erkenntnis trifft: Wenn ich jetzt nicht die Notbremse ziehe, wird mein Leben aus einer Reihe von willkürlichen Entscheidungen bestehen, aus einer Reihe von Türen, die sich vor meiner Nase schließen. *Schluss damit*, denke ich. Vielleicht sage ich es auch und bin nur zu betrunken, um den Unterschied zu merken. Ich greife nach Declan und ziehe ihn in mein Zimmer. So viel zum Thema langsame Verführung.

Nachdem ich Declan die Hand auf die Brust gelegt habe, stoße ich ihn aufs Bett, wie sie es in den Fernsehserien immer tun, die Fran gerne guckt. Darin geht es meist um moralisch fragwürdige Anwältinnen und Anwälte, die spektakuläre Fälle vor Gericht verhandeln und danach wilden Sex miteinander haben. Was Verführung angeht, muss ich mich vom Abendprogramm im Fernsehen inspirieren lassen, weil ich keine Ahnung habe, was ich hier tue.

Ich setze mich rittlings auf Declan, der eine Augenbraue hochzieht und mich fragend ansieht. »Also, wenn ich ganz ehrlich bin, kommt das etwas unerwartet, Willa.«

Ich küsse ihn, damit er nicht näher auf die merkwürdige Kausalkette von Ereignissen eingehen kann, die uns hierher in mein Bett befördert hat. Er schmeckt nach Wein und Zigaretten. Ich könnte den Geschmack nach Aschenbecher auf meiner Zunge zum Anlass nehmen, mein Tempo zu drosseln, aber ich will ihn unbedingt. Außerdem bringe ich gerne zu Ende, was ich einmal angefangen habe.

Sein Körper fühlt sich fest an unter meinem. Wir verschmelzen miteinander, Declan und ich, zwei warme, atmende

Säugetiere, die Arm an Arm, Brust auf Brust aufeinanderliegen. Knutschend rollen wir uns auf dem Bett herum, und nach einer Weile kommt mir der Gedanke, dass ich vielleicht meinen Genuss irgendwie zum Ausdruck bringen sollte. Also stoße ich ein leises Stöhnen aus und lasse dann ein lauteres folgen, für den Fall, dass er das erste nicht gehört hat.

Declan blickt von meinem Bauchnabel auf und fragt besorgt: »Alles okay bei dir?«

»Oh ja, absolut!«, antworte ich. Dieses Wort erscheint mir plötzlich als unerotischstes Wort der Welt. *Absolut!* Ein Wort für Motivationsredner und Vorschullehrerinnen. *Wird mein Programm »Selbstvertrauen über Nacht« Ihr Leben verändern? Absolut! Liebe Kinder, das sind die absolut schönsten Knetbilder, die ich je gesehen habe!* Ich muss ein wenig lachen und überdecke mein Lachen mit noch mehr zweideutigem Stöhnen. Ich klinge wie ein sterbendes Lamm oder ein Seehund, der sich mit einem Artgenossen unterhält.

Vor ein paar Wochen hat mir Jane eine E-Mail geschrieben (sie war in ihrem Zimmer und ich in meinem): *Stichwort Dirty Talk: Kannst du mir beibringen, was für schmutzige Sachen man im Bett sagen kann?*

Schlamm!, schrieb ich zurück. *Motoröl!*

Ich meine es ernst.

Warum glaubst du, dass ich mich damit auskenne?, tippte ich.

Weil du mehr Erfahrung hast als ich. Und nuttiger bist.

Wälz dich mit mir in einer Jauchegrube, Baby!

Nein, ernsthaft, wiederholte sie. *Was sagt man am besten, und wie reagieren die Männer darauf? Ich will wissen, worauf es hinausläuft.*

Na ja, meistens aufs Bettlaken, antwortete ich.

Jillian sagt, dass man einfach beschreiben soll, was man sich wünscht.

Jillian hatte mit uns studiert und nebenher bei Hooter's gearbeitet, weshalb sie uns wahnsinnig weltgewandt vorkam.

Zum Beispiel »Nimm mich von hinten«, oder was auch immer.

An diesem Punkt unseres E-Mail-Austauschs fing ich an zu schreien und rannte in die Küche, wo Jane und ich gemeinsam über eine Packung Schokokekse herfielen. Den ganzen restlichen Abend brauchten wir nur »Nimm mich von hinten, oder was auch immer« zu sagen, und schon krümmten wir uns vor Lachen. Die Geheimnisse des Dirty Talk blieben uns verborgen.

Aber jetzt, wo Declan und ich unsere Körper aneinanderreiben wie die beiden Hälften eines Sandwichs – eines Sandwichs, das zu gleichen Teilen mit Begierde und Verlegenheit belegt ist –, frage ich mich, ob Männer es nicht vielleicht doch unwiderstehlich finden, wenn man *Nimm mich von hinten, oder was auch immer* zu ihnen sagt. Das »was auch immer« hängt man natürlich nicht als Eingeständnis von Ahnungslosigkeit an, sondern als Einladung zu unvorstellbaren Perversionen.

Declan flüstert etwas, was ich nicht verstehe. Ich mache mir noch einmal bewusst, dass ich hier bei ihm sein *will*, dass ich es mir seit drei Jahren wünsche. Trotzdem muss ich an Jane und Ben denken. Was sie jetzt wohl machen? Declan verlässt meinen Bauchnabel und wendet sich meinem rechten Knie zu.

Ich hole tief Luft. »Das macht mich echt verrückt!«, sage ich.

Er hört auf und sieht mich aus halb zusammengekniffenen Augen an. »Oh! Tut mir leid!«

»Nein, nein! Verrückt im positiven Sinne.« Ich tätschele ihm den Kopf und bereue es sofort.

Er nickt und wendet sich hoch konzentriert wieder meinem Bein zu. Seine Finger liebkosen und drücken, er kommt mir vor wie ein wollüstiger Orthopäde. Ich sinke zurück ins Kissen und denke über den heutigen Abend nach, darüber, dass Ben und Jane seit unserer Rückkehr aus Marcy zu einem einzigen Wesen verschmolzen zu sein scheinen, allerdings zu einem, das mit sich selbst nicht im Reinen ist. Ben und Jane. Ich würde ihnen gern etwas mitteilen, möchte, dass sie etwas verstehen, aber ich weiß nicht genau, was. Wieder hole ich tief Luft. »Oh ja, das ist gut!«, sage ich so laut, als würde ich in der Küche stehen, ein Karamelleis verspeisen und zu Jane hinüberrufen, wie lecker ich es finde. »Ja! Oh ja!« Ich setze mich auf und ziehe Declan zu mir heran. Er kniet vor mir, lächelnd und vertraut. Ich spüre leichte Gewissensbisse wegen der Show, die ich hier abziehe, aber es dient alles einem übergeordneten Zweck. »Ja!«, sage ich noch einmal, aber dann bin ich mit meinem Wortschatz auch schon am Ende und gebe mich damit zufrieden, nur noch zu stöhnen.

Und dann, ja dann, zieht er mich wieder auf sich und schlingt die Arme um mich. Wir finden immer besser in unseren Rhythmus hinein, und plötzlich bin ich ganz bei der Sache, genieße es, einen anderen Körper unter mir zu spüren. Alles wendet sich zum Guten, wie bei einem Film, der langweilig anfängt und gegen Mitte Fahrt aufnimmt. Die ganze Unbeholfenheit, die diesem Moment vorausging, war nur ein unwichtiges Vorspiel für das hier, für uns, uns beide. Wir verlieren uns, vollkommen.

Hinterher liegen wir auf meinem Bett, ruhen zusammen auf dem Friedhof meiner Würde. Declan ist von der Taille abwärts nackt, seine langen Zehen hängen über den Rand der Matratze. Von der Taille aufwärts trägt er ein weißes T-Shirt, eine große schwarze Armbanduhr und ein Grinsen, das so breit ist, dass man ein Kuchenstück quer hineinschieben könnte. Mein lila Bettlaken und die grüne Daunendecke liegen auf dem Boden wie beiseitegeworfenes Geschenkpapier.

»Du bist … erstaunlich expressiv im Bett, Willa«, sagt er. Lächelnd schüttelt er den Kopf, reibt sich mit der Hand über das stoppelige Gesicht und zieht mich zu sich heran. Ich schmiege mich an die weiche Baumwolle seines T-Shirts, atme seinen moschusartigen Geruch ein: Waschmittel mit Lavendelduft und Sex.

»Bin *ich* müde«, murmele ich, was stimmen würde, wenn das Prickeln, das meine Wirbelsäule hinaufwandert, der Erschöpfung geschuldet wäre und nicht der heißen Scham, die meinen ganzen Körper erfasst. Ich kneife die Augen zu.

»Mmm«, macht er. »Ich auch.«

Ich warte eine Weile, liege stumm und reglos da und lausche dem leisen Säuseln seiner Atemzüge. Sie werden langsamer und gleichmäßiger, und es dauert nicht lange, bis ich unbemerkt seinen schweren Arm von meinem Körper heben und mich wegrollen kann. Ich setze mich auf und schwinge meine Beine zur Seite, klopfe mit den Fersen leicht gegen die Matratze, betrachte prüfend meine Hände, die im weißlichen Mondschein geisterhaft wirken, wie vom Körper abgetrennt. Ich werfe einen Blick zu Declan hinüber. Sein Mund steht leicht offen, und alles an ihm ist lang und blass und schlaff. Er gleicht eher einer ausgeknipsten Lampe als einem schlafenden Mann. Nur sein Penis, dieses merkwürdige kleine Accessoire, schmiegt sich wie ein freundliches Hündchen in seinen Schoß und zwinkert mir im Halbdunkel zu. *War mir ein Vergnügen.*

Ich nehme meinen Bademantel vom Haken an der Tür, wickle mich darin ein und schleiche mich aus meinem eigenen Zimmer. Der abgewetzte Stoff fühlt sich wie Samt auf meiner Haut an. Declans Berührungen haben meine Nervenenden aktiviert, meine Haut scheint leicht zu vibrieren. Auf Zehenspitzen gehe ich durch den Flur, um in der Küche ein Glas Wasser zu trinken, aber das flackernde blaue Licht des Fernsehers lässt mich auf halbem Weg wie angewurzelt stehen bleiben. Das Adrenalin schießt mir durch den Körper, und ich lege die Handfläche an die Wand, um mich abzustützen. Es ist eine Mischung aus Schreck und Freude, die mich erfasst hat.

»Soso.«

»Ich schlafwandle«, flüstere ich. »Man sollte nie einen Schlafwandler ansprechen.«

»Also für mich hat sich das nicht nach Schlafen angehört, Baby.« Ben richtet die Fernbedienung auf den Fernseher. Der Ton wird leiser, und für eine Sekunde denke ich, dass ich tatsächlich schlafwandle, dass ich träume, wie ich nackt auf dem Flur meiner Highschool stehe, wo der kleine, pummelige, fünfzehnjährige Ben Zeuge meiner Schmach wird. »Setz dich doch, *luv*«, sagt er, eine gelungene Imitation von Declan. Ich gehe zum Sofa.

»Warum schläfst du nicht?«, frage ich ihn.

Ben gibt ein Prusten von sich. Ich höre ihn, aber sehe ihn nicht. Er kratzt sich am Kopf, und es hört sich an, als würden sich Mäuse durch eine Wand aus Gipskarton nagen. »Nicht das Thema wechseln.« Er beugt sich zur Seite und knipst die Lampe an. »Das war ja ein ganz schöner Radau.«

Ich spüre, wie meine Stimmung umschlägt. Genau wie die Hitzewelle der letzten zwei Wochen hat sich auch meine Euphorie verzogen und ist ohne Vorwarnung Melancholie und Reue gewichen. »Bitte nicht sticheln, ja?«

»Ich mag Declan«, sagt Ben.

»Das ist gut.«

Er legt seine Füße mit Schwung auf den Wohnzimmertisch. »Allerdings nicht ganz so sehr wie du, das ist offensichtlich.« Es kommt mir beinahe unerträglich intim vor, hier mit Ben zu sitzen, nackt unter meinem Bademantel, kurz nach dem Sex. Vor mir auf dem Tisch liegen Bens lange, haarige Beine, und ganz in der Nähe schlummern die warmen Körper von Declan und Jane. »Entschuldige«, sagt Ben. »Die Versuchung war einfach zu groß.«

»Schon okay«, antworte ich. »Aber jetzt ist Schluss, ja? Ich meine es ernst.«

Er zieht eine Tüte Kartoffelchips hinter dem Sofa hervor und bietet mir welche an. Ich schüttle den Kopf und lehne mich zurück. Der klapprige Stuhl, auf dem ich sitze, wackelt und knarzt. Wir spielen nur erwachsen, hier in dieser Puppenstube, die mit Ikea-Möbeln und Sperrmüllfunden eingerichtet ist. Ich streiche mir die verwuschelten Haare glatt, und Ben schaltet den Fernseher wieder ein. Schweigend gucken wir eine Wiederholung der Lokalnachrichten. Die Sprecherin hat einen so starken Wisconsin-Akzent, dass sie fast klingt, als würde sie Deutsch sprechen. *»Jawoll«,* sagt sie zum Wettermann. »Wirklich *fein*, dass die Hitzewelle heute ihr vorläufiges Ende gefunden hat.«

»Weißt du, was ich echt liebe?«, fragt Ben.

»Hmm?«

»Die Teaser, mit denen sie einen vor der Werbung neugierig machen. *Werden die angekündigten Regengüsse heute Nacht für Überschwemmungen in der Gegend sorgen? Kann der Teppichboden in Ihrem Haus zur tödlichen Gefahr werden? Bleiben Sie dran! Treibt sich in Ihrem Viertel ein Massenmörder herum? Das erfahren Sie nach den Sportnachrichten.*« Die Chipstüte knistert. »Ich will doch welche«, sage ich und strecke die Hand aus.

Ben gibt mir die Tüte. *»Sind die Chips, die Sie jeden Abend* *essen, vergiftet? Nach den Verkehrsmeldungen und der Wettervorhersage verraten wir Ihnen mehr!*«

»Die sind zwar schon älter«, erwidere ich und knabbere geräuschvoll ein paar Chips, »aber umbringen werden sie uns kaum.«

Ben nimmt mir die Chipstüte wieder aus der Hand. »Ich mag Declan«, wiederholt er.

Ich hebe die Augenbrauen. »Schlechte Neuigkeiten: Ich bin mir ziemlich sicher, dass er auf Frauen steht.«

Er wirft einen Chip nach mir, der in meinen Haaren landet. Ich esse ihn.

»Nicht auf die Art«, stellt Ben klar. »Aber er scheint ein netter Kerl zu sein.«

»Ja.« Ich denke an Declans Hände, wie er sie sanft an meine Taille gelegt hat. Ein kleiner Schauder durchfährt mich, und ich mache mir eine Wahrheit bewusst, die jede Frau lernen muss: dass Sex nicht gleich Liebe ist. »Das ist er wirklich.«

Ben kratzt sich wieder am Kopf, legt seine Beine auf dem Tisch anders hin, knackt mit dem Hals: die pantomimische Darstellung des Begriffs »zappelig«. »Damals an der Highschool«, beginnt er. »Das war nicht nur eine harmlose kleine Schwärmerei.« Ich habe das Gefühl, als würde mein Gehirn explodieren und die Wände mit glibberiger Hirnmasse vollspritzen. Ben kratzt sich am Ohr, knackt mit den Fingerknöcheln, verschränkt die Arme. *Ein Wort, drei Silben: zappelig.* »Irgendwie kann ich dir das jetzt sagen, weil ich eine Freundin habe und du« – er unterbricht sich kurz und grinst mich an – »auch gerade jemanden *hattest*.« Er hebt die Hand, bevor ich protestieren kann. »Sorry, tut mir leid! Na ja, wie auch immer«, fährt er fort. »Es kommt dir vielleicht albern vor, weil in der Zwischenzeit so viel passiert ist, aber ich habe damals wirklich geglaubt, dass ich dich liebe. Ich habe uns als

Paar gesehen, mit allem Drum und Dran. Hochzeit, Kinder …«

Ich bin froh über die schwache Beleuchtung, die Chipstüte, den Fernseher, der leise im Hintergrund läuft. »Du und Jane, ihr seid meine besten Freunde«, sage ich.

»Genau. Das ist doch toll.«

Dann schweigen wir beide. Nach einer Weile verspüre ich mein übliches Bedürfnis, einen peinlichen Moment mit seltsamem Verhalten aufzulockern. Ich stopfe mir eine riesige Menge Chips in den Mund, fülle mir die Backen wie ein salzverrücktes Eichhörnchen und kaue mühsam, bis ich die zähe Masse endlich hinuntergeschluckt kriege. Ben schüttelt lachend den Kopf. Wieder stelle ich mir mein Leben in zehn Jahren vor, wie wir im Garten des kleinen weißen Häuschens sitzen, Ben, Jane, *der Unbekannte* und ich, und wie die fröhlichen, pflegeleichten Kinder herumtollen … nur dass der Unbekannte diesmal zu Jane gehört und Ben *mir* den Arm um die Schulter legt. Bens damaliger Traum und mein jetziger rollen aufeinander zu, eine bizarre, bunte, unmögliche Kollision.

»Ich muss jetzt schlafen«, murmle ich schließlich, verwirrt und erschöpft, und erhebe mich aus dem kaputten Stuhl.

Ben gähnt und steht ebenfalls auf. Wir sind fast gleich groß, sind nur wenige Zentimeter voneinander entfernt. Sein Gesicht ist voller Bartstoppeln, er hat sein graues T-Shirt falsch herum an. »Eins wollte ich noch loswerden«, sagt er. »Wenn ich schon mal dabei bin. Ich werde dich nicht fragen, was in Marcy passiert ist. Weil ich beschlossen habe, dass es keine Rolle spielt.« Ich wünsche mir eine weitere Ladung Kartoffelchips herbei, die ich mir in den Mund stopfen könnte, aber Ben knipst das Licht aus und versetzt unserem Gespräch den Gnadenstoß. »Also, gute Nacht.«

»Gute Nacht«, flüstere ich und binde meinen Bademantel wieder richtig zu. Dann mache ich mich auf den Weg zurück in mein Zimmer.

Declan schlägt die Augen auf, als ich ins Bett steige. »Ich dachte, du wärst nach Hause gegangen«, murrt er und rollt sich dann auf die Seite, dreht mir den Rücken zu. In der Stille der Nacht denke ich über Bens letzten Satz nach. Dass das, was in Marcy passiert ist, keine Rolle spielt. Noch während ich mich frage, warum er das so sieht, dämmere ich weg und schlafe ein.

18

Hat jemand eine Ahnung, wie man herausfindet, ob eine Cantaloupe-Melone reif ist?« Ben hebt ein ledriges Exemplar hoch, streicht sanft darüber, hält sie an sein Gesicht. »Bist du reif?«, flüstert er.

Jane schiebt sich die Sonnenbrille auf den Kopf und blinzelt, weil die Sonne gerade hinter einer Schäfchenwolke auftaucht. »Melonen sind die rätselhaftesten aller Früchte.« Sie zieht die Sonnenbrille wieder auf ihre Nase hinunter. Wir bummeln über den Markt, vorbei an Ständen mit Mangold und Grünkohl, Zuckerschoten und Kürbissen, Okra und Chutneys, regionale Produkte für Rezepte, die keiner von uns je kochen wird. Mit leeren Händen schlendern wir im Viererpulk auf einen Stand zu, der nur Tomaten im Angebot hat, ordentlich aufgereihte Körbe mit kleinen gelben und orangefarbenen und violetten Kugeln, die so farbenfroh leuchten wie Christbaumschmuck. Interessiert nähern wir uns der Auslage. Als ob einer von uns wüsste, was man mit einer winzigen, violetten, geäderten Tomate anfängt, welches komplizierte Pastagericht man damit bereichert! Ich bin sogar stolz darauf, es nicht zu wissen.

Declan tippt mit dem Zeigefinger auf einen Korb mit länglichen, orangefarbenen Früchten. »Wo *ich* herkomme, sind

Tomaten rosa und aufgedunsen und geschmacklos und werden auf einem Bett aus Eisbergsalat serviert. Ach, ich vermisse meine Heimatscholle.«

»Die Iren sind ja bekannt für ihre feine Küche«, merke ich an.

Declan nickt. »Für uns ist nur das Beste gut genug.« Ich tue so, als würde er mich damit meinen, und greife schmachtend nach seiner Hand. Auch Ben bemerkt es, aber er guckt schnell wieder weg. »Früher gab es zu jeder Mahlzeit Kohl«, erklärt Declan an uns alle gewandt, wie ein Stand-up-Comedian. »Zum Frühstück, zum Mittagessen und zum Abendessen. Und natürlich zur Kohl-Stunde um drei Uhr nachmittags.« Ich habe plötzlich große Lust, Declan als sprechendes Gemüse zu zeichnen, rund und grün und voller Blätter.

Es ist drei Wochen her, dass wir zum ersten Mal miteinander geschlafen haben, und ich habe das Gefühl, auf etwas Wichtiges zuzusteuern, eine Wahrnehmungsverschiebung, eine bedeutsame Erkenntnis. Bin ich etwa dabei, mich ernsthaft in Declan zu verlieben? Mein Herz hechelt meinem Körper hinterher, versucht verzweifelt, ihn einzuholen. Declan hat mein chemisches Gleichgewicht durcheinandergebracht, ich ertappe mich ständig dabei, wie ich an ihn denke, in vage Fantasien über unsere gemeinsame Zukunft abdrifte.

Ein süßer, nach Obst riechender Lufthauch steigt uns in die Nase. Eine etwas ungepflegt wirkende Familie drängt an uns vorbei – ein unrasierter Vater, eine Mutter, die ebenfalls eigenartig unrasiert und irgendwie konturlos wirkt, und drei Kinder, die um die beiden herumtänzeln und im Chor »Ich will, ich will, ich will!« rufen.

»Sebastian«, sagt die Mutter streng. »Ich kaufe dir jetzt ganz sicher keinen Brokkoli. Wenn ich es noch einmal sagen muss, nehme ich dir deinen Keks weg.« Ich suche die Blicke der anderen, weil ich wissen will, ob es außer mir noch jemand gehört hat, aber Jane, Ben und Declan bilden vor mir ein flanierendes Dreieck und sind in ein Gespräch über eine irische Köstlichkeit vertieft, die aus Schweinswürsten und gekochten Kartoffeln besteht.

»Das ist noch gar nichts!«, winkt Declan ab. »Wartet erst mal, bis ich euch von Fischpastete oder Blutpudding erzähle!« Jane schüttelt sich vor Ekel, und Ben lacht.

Es wäre so einfach, mich Declans einnehmender Persönlichkeit hinzugeben, seinem Verlangen. Vielleicht besteht Begierde zu einem großen Teil daraus, zu wissen, dass man begehrt wird. Wie verlockend, mich einfach davon mitreißen zu lassen und es Liebe zu nennen.

»Blutpudding!«, wiederhole ich. »Ein Dessert und eine Körperflüssigkeit in *einem* Gericht!« Declan will widersprechen und mich darüber aufklären, dass Blutpudding kein Dessert ist, aber ich winke ab.

Jane nimmt ihre Sonnenbrille ab, dreht sie zwischen den Fingern und setzt sie sich wieder auf. Sie lässt sich zu mir zurückfallen, und das Dreieck verwandelt sich wieder in ein Viereck. Ich sehe sie an und nehme zunächst nur die Merkmale an ihr wahr, die uns unterscheiden. Ihre Haut ist makellos rein, ihre Haare fallen ihr locker auf die Schultern, und ihre Augen sind groß und braun. Ja, auch ich habe dichte Haare, die mir bis zu den Schultern reichen, und auch meine Augen sind groß und braun, aber ich fühle mich irgendwie zerfurcht, zusammengepresst, verunstaltet, fehlerhaft.

»Wäre es nicht toll, wenn man einfach die eigene Zukunft googeln könnte?«, fragt sie. Ich drehe mein Haar zu einem Knoten und lasse es dann wieder fallen. Die aufgerollten Strähnen kitzeln meinen Hals. »Man würde einfach *Was mache ich in zehn Jahren?* eingeben und im Internet die Antwort darauf finden.«

»Eine Suchmaschine mit hellseherischen Fähigkeiten!«, antworte ich.

»Ich hatte mal ein Vorstellungsgespräch«, sagt Ben und dreht sich halb zu uns nach hinten. »Das war, bevor ich angefangen habe, in der Bibliothek zu arbeiten.« Er beißt in das Schokocroissant, das er gerade gekauft hat, und bietet Jane ein Stück an. »Die Organisation hieß *Bürger gegen Umweltverschmutzung,* und der Vorsitzende fragte mich: ›Wo sehen Sie sich in fünf Jahren?‹ Meine Antwort darauf lautete: ›In meinem Wohnzimmer vor dem Fernseher.‹ Ich habe die Stelle natürlich nicht gekriegt.«

»Also, *ich* hätte dich eingestellt, Kumpel.«

»Danke, du bist ein wahrer Freund.«

Ben will sich in Milwaukee, Chicago und Madison für ein sozialpädagogisches Aufbaustudium bewerben und lernt gerade für die Aufnahmeprüfungen. Wenigstens hat er sich inzwischen für eine ungefähre Richtung entschieden.

»Ben«, sage ich tadelnd. »Es gibt überhaupt keine Organisation namens *Bürger gegen Umweltverschmutzung.*«

Er wartet grinsend auf Janes Reaktion.

»Echt nicht? Oh, Mist, ich habs dir voll abgenommen!«, sagt sie vergnügt und klatscht in die Hände. Dann nimmt sie wieder ihre Sonnenbrille ab, obwohl sich keine neue Wolke vor die Sonne geschoben hat. Aus irgendeinem Grund nervt mich ihr ständiges Brille-Abnehmen.

Ich halte ihr Handgelenk fest und nehme ihr die Sonnenbrille weg. »Jane!« Meine Stimme klingt ungehalten und gereizt. »Jetzt entscheide dich endlich mal, ob du die Brille aufsetzen willst oder nicht!« Ben, Declan und Jane bleiben abrupt stehen und starren mich an. Ben steht sogar der Mund leicht offen. Ich spüre, wie meine Wangen heiß werden, und setze kurzerhand Janes Sonnenbrille auf. »Du hast gerade bewiesen, dass du der überaus wichtigen Verantwortung, eine Sonnenbrille richtig zu tragen, nicht gewachsen bist«, erkläre ich leichthin, um meine vorherige Unfreundlichkeit zu überspielen.

Nach einer Sekunde lacht Jane auf, eine hohe, melodische Tonfolge, wie ein Glockenspiel. Ohne darüber nachzudenken, hat sie mir sofort verziehen, auf ihre typische, liebenswerte Art.

»Du hast recht«, sagt sie. »Mir darf man auf keinen Fall eine Sonnenbrille anvertrauen!«

Die Sonnenbrille drückt auf meinen Nasenrücken, das habe ich nun davon. Der Rahmen ist ein wenig zu klein, und die Gläser eine Nuance zu dunkel, wie ich entnervt feststelle. Ich unterdrücke den Drang, die Brille sofort wieder abzusetzen.

Wir bummeln noch eine Weile herum und legen dann eine Pause bei einem Stand mit hausgemachten Käsesorten ein. Dicht gedrängt stehen wir vor der Auslage und probieren mit Zahnstochern Mango-Gruyère und sizilianischen Trüffelkäse.

»Ihr macht euch alle viel zu viele Sorgen«, sagt Declan und kaut auf einem Stück Käse herum. »Die meisten Probleme lösen sich von ganz alleine.«

»Du hast leicht reden!« Ich fuchtle drohend mit einem großen Stück Aprikosengorgonzola herum. »Du hast schon mit vierundzwanzig dein eigenes Unternehmen geführt.«

»Das inzwischen offiziell pleitegegangen ist«, sagt er und steckt sich noch ein Stück höhlengereiften Toskana-Pecorino in den Mund. Typisch Declan, eine derartig wichtige Information durch einen Mund voll Käse zu nuscheln. Ich habe zwar schon länger keine Aufträge als freie Texterin mehr von ihm bekommen, aber er hat nie erwähnt, dass die Agentur pleite ist. Mit einem Schulterzucken kommt er unseren teilnahmsvollen Kommentaren zuvor. »Was solls? Ich mache mir keine Sorgen. Zumal ich ja weiß, dass ich sonntags umsonst bei euch brunchen kann.« Er spießt noch drei Käsewürfel auf seinen Zahnstocher, der inzwischen aussieht wie ein Schaschlikspieß. Die Verkäuferin hinter der mobilen Ladentheke stemmt die Hände in die Hüften und starrt ihn wütend an. Er ist eindeutig einen Käsewürfel zu weit gegangen.

Keiner von uns weiß, was er zu Declan sagen soll. Wir haben noch nie eine gescheiterte Werbeagentur besessen, haben nie unsere Lebensgrundlage verloren. Weil wir noch nie eine Lebensgrundlage hatten. Also stehen wir in uns gekehrt wie wiederkäuende Kühe da, während sich Herden von Menschen an uns vorbeischieben. Schließlich legt Jane den Arm um Declan und schiebt ihn davon. »Na komm, du armer Kerl. Ich kaufe dir ein altbackenes Brot, und dann schauen wir, ob wir eine leckere Schüssel Haferschleim für dich auftreiben können.«

Die beiden gehen mit langen Schritten davon, und Ben dreht sich zu mir um. »Jetzt ist er auch einer von uns.«

»Willkommen im Club der Versager«, sage ich.

»Genau.«

»Ist es eigentlich seltsam, dass er mir nichts davon gesagt hat?«

»Irgendwie schon.« Ben legt mir die Hand auf den Rücken und schiebt mich zu einer Bank am Rand des überfüllten Marktplatzes. Er setzt sich und klopft auf den Platz neben sich. »Willst du noch etwas Seltsames wissen?« Ein Klumpen Camembert in meinem Magen droht den Rückweg nach oben anzutreten. *Nein,* denke ich. *Nein, nein, nein.* Ich will auf keinen Fall noch etwas Seltsames wissen, will nicht hören, was Ben mir zu sagen hat. Noch nicht einmal neben ihm sitzen will ich, in unmittelbarer Nähe von etwas Seltsamem.

Aber er nimmt meine Hand und zieht mich zu sich auf die Bank. »Ich denke darüber nach, Jane zu fragen, ob sie mich heiraten will.«

Auf der Wiese vor uns rennen sechs kleine Kinder im Kreis, wie ein Hund, der seinem Schwanz nachjagt. Eine sanfte Brise weht vom See zu uns herüber und hat einen schwachen Geruch nach Verdorbenem im Gepäck, nach totem Fisch oder knallgrünen Algen, faulige Duftnoten, die einen daran erinnern, dass der Lake Michigan ein lebender, rülpsender Organismus ist. Eins der Kinder auf der Wiese schert aus und rennt auf seine Mutter zu, wirft ihr die Ärmchen um den Hals und küsst sie. Sie schließt die Augen und riecht mit so unverhohlenem Genuss an den Haaren ihres Nachwuchses, dass ich mich abwende.

Ich will etwas zu Ben sagen, weiß aber nicht, was. *Masel tov?* Oder: *WARTE NOCH!* Ja, genau das müsste ich eigentlich sagen, denn plötzlich sehe ich es so deutlich vor mir wie die abblätternde Farbe der Bank, auf der wir sitzen: Wir befinden uns in der Phase unseres Lebens, in der wir die entscheidenden Fehler machen, in der es nicht mehr nur darum geht, sich fürs richtige College zu entscheiden oder für das interessanteste Volontariat. Nein, es ist die Zeit, in der die ganz großen Fehler passieren, in der man Ja sagt und vor den Traualtar tritt, um so zu werden wie meine Eltern oder Janes Eltern. Oder Bens Eltern, die seit dreißig Jahren glücklich verheiratet sind, eben weil sie wie zwei Fremde nebeneinanderher leben und sogar getrennt in Urlaub fahren. Aber meine Bedenken scheinen mir nicht die richtige Reaktion auf die Eröffnung meines besten Freundes zu sein, dass er um die Hand meiner besten Freundin anhalten will. Ich rücke näher an ihn heran, lege den Arm um ihn und drücke ihn an mich. »Ich reserviere schon mal den Posten der Trauzeugin – von ihr und von dir.«

Ein kleiner blonder Junge fängt plötzlich an zu kreischen, und die anderen Kinder stimmen mit ein. Es hört sich an wie Fliegeralarm. »Den kann man nicht reservieren, Willa«, ruft Ben über das Kreischen der Kinder hinweg. »Unsere Hochzeit ist doch keine Autofahrt, für die man sich im Voraus den Beifahrersitz sichern kann.«

»Zu spät«, gebe ich zurück. »Schon reserviert.« Ich lege meinen Kopf für einen kurzen Moment auf seine Schulter und rücke dann wieder ein Stück von ihm weg.

Schweigend sitzen wir nebeneinander an diesem perfekten Sommertag, an dem die Wolken über den Himmel jagen und die Kinder ihr Lungenvolumen austesten, und warten darauf, dass Jane und Declan wieder auftauchen. Ben greift in seine weiße Papiertüte und schiebt mir ein Stück Croissant in den Mund, und ich schnappe mir seinen Handrücken und wische mir damit die Krümel weg. Dann schließe ich die Augen und blende die kreischenden Kinder aus, die Vorstellung von Jane im Hochzeitskleid, meine Bedenken und Zukunftsängste. Ein Taumel erfasst mich. Vielleicht ist es mein Herz, das sich erst an die Neuigkeit gewöhnen muss, oder vielleicht ist es das wilde, ansteckende Chaos, das die Kinder vor uns auf der Wiese veranstalten. Immer schneller und schneller drehen sie sich und purzeln schließlich übereinander.

Der nächste Morgen. Ich liege in meinem Bett. Ein flüchtiges Gefühl, zu vage, um es genau zu bestimmen. Irgendwas hat sich irgendwo verändert.

Ein Lichtstrahl dringt durch die Jalousien herein, erfasst den Staub in der Ecke, verwandelt ihn in ein Kunstwerk. Ich höre mich selbst atmen, langsam und tief. Ich nehme meine Umgebung erst verschwommen wahr, dann immer klarer. Direkt vor meiner Nase löst sich ein violetter Faden von der

Bettdecke. Mein Ellbogen juckt. Das Kissen fühlt sich glatt an unter meiner Wange.

Jemand liegt neben mir, eine Beule unter der Decke, ein breiter Rücken, ein zerzauster Schopf brauner Haare. Ein diffuses *Ja* ergreift von mir Besitz. Ich mag diese braunhaarige Beule. Sie murmelt vor sich hin, bewegt sich.

Wenn ich für immer in diesem Zustand verharren könnte, würde ich es sofort tun: in diesen angenehm trüben Sekunden, in denen ich noch nicht durchschaut habe, wer ich bin, in denen ich noch nicht die Summe meiner Einzelteile bin. Sosehr ich mich auch bemühe, an nichts zu denken, die Erinnerungen kehren zurück, und ich puzzle unwillkürlich meine Identität zusammen. Mein Zimmer, mein Bett, Declan, ich. Ich fahre mir mit der Zunge über die Zähne, suche einen kühlen Fleck auf dem Kissen. Declan wird sich gleich umdrehen und mir einen guten Morgen wünschen, bevor er aufsteht und sich verabschiedet. Ich werde mit Ben und Jane frühstücken und dann meine Arbeit im Blumenladen antreten. Beim Gedanken daran wünsche ich mich noch sehnlicher in jenen neugeborenen Zustand nach dem Aufwachen zurück, in dem ich furchtlos alles beobachte, in dem ich eine andere Willa bin, nicht verzweifelt und gierig, eine Willa, die nicht die Tiefen ihrer tückischen Psyche auslotet und nicht zu unangenehmen Überraschungen neigt. In jenem glückseligen, orientierungslosen Zustand der Leere könnte ich jeder sein.

Die nächsten Tage erlebe ich wie eine Doppelgängerin meiner selbst. Ben hält um Janes Hand an, und sie sagt Ja. Wir gehen zusammen abendessen und begießen den Anlass mit jeder Menge Wein. Ich trinke ein wenig zu viel und gebe meinen beschwipsten Zustand als aufrichtige Freude für die beiden aus.

Ich zeichne eine Karte für Ben und Jane, auf der sie Hand in Hand an einem sonnengesprenkelten Strand stehen und sich anlächeln. Statt *Herzlichen Glückwunsch!* schreibe ich *Gern geschehen!* in die Karte, woraufhin mich die beiden ansehen, als wäre ich ihre etwas sonderbare kleine Nichte. Ich backe ein Blech Cookies mit Schokostückchen für Jane und Ben und vergesse den Zucker. Ich bin aus dem Lot geraten, bin gleichzeitig ich selbst und nicht ich selbst, ein Schatten, dem nichts anderes übrigbleibt, als sich einigermaßen normal zu verhalten. Mir kommt das dumpfe Gefühl, dass man das »Leben« nennt: den langen, langsamen, zum Scheitern verurteilten Versuch, sich in die Person zu verwandeln, die man eigentlich sein möchte.

Eines Nachmittags sitze ich am Küchentisch und schreibe eine Liste mit neuen Namen für mich. Könnte ich eine Maude sein? Eine April? Eine Debbie? Neuer Name – neues Leben. Ich will etwas tun, was gleichzeitig radikal und risikofrei ist, aber mir fällt nichts ein. Ich denke über ein Tattoo nach, aber ich habe Angst vor Nadeln, Alkohol, Schmerzen und fremden Menschen mit Tätowierungen.

Schließlich treffe ich die Entscheidung, mir die Haare kurz zu schneiden, bis mich Jane daran erinnert, dass ich eine komische Kopfform habe. »Ich mache dir einen Vorschlag, Conehead«, sagt sie und streicht sich schützend über die eigene lange Mähne. »Ich schneide dir die Haare. Nur ein paar Zentimeter. Und wenn es dir nicht gefällt, kannst du immer noch einen Termin beim Friseur machen und dir die Haare kurz scheren lassen. Was meinst du, Debbie? Du hast schließlich nichts zu verlieren!«

Wie könnte ich das bestreiten?

Jane legt mir ein Handtuch um die Schultern und spritzt mir Wasser auf die Haare, bevor sie meine Locken mit den

Fingern durchkämmt. »Also, Schätzchen«, sagt sie zu mir und lässt ihr imaginäres Kaugummi schnalzen. »Wie wärs mit ner Dauerwelle? Interessiert?«

»Minipli«, antworte ich. »Und ganz viel Haarspray, bitte.« Wir schweigen eine Minute, während Jane sanft an meinen Haaren herumzupft. Ich überlege, dass die Kopfhaut eigentlich ein Friedhof ist, da Haare aus toten Zellen bestehen. »Und?«, frage ich beiläufig, ganz die geschwätzige Kundin eines Schönheitssalons. »Habt ihr schon Pläne für die Hochzeit?«

Sie versucht, einen breitzackigen Kamm durch meine Haare zu ziehen, aber er bleibt auf halbem Weg stecken. »Es muss auf jeden Fall was Mega-Ausgefallenes und vor allem Teures werden. Mir schwebt eine Hochzeit auf einer tropischen Insel vor.«

»Jamaika«, schlage ich vor. »Mit achthundert eurer engsten Freunde?«

»Lieber Hawaii und neunhundert Freunde.«

»Mit einer Eisskulptur und siebzehn Brautjungfern.«

»Mit einer Eisskulptur *von* siebzehn Brautjungfern.« Sie gibt es auf, meine Haare durchkämmen zu wollen, und kniet sich vor mich, um mich konzentriert zu mustern, zuerst die eine Seite meines Kopfes, dann die andere. Dabei zieht sie einzelne Haarpartien glatt. Ich kann sie riechen, ihren Pfefferminzatem und ihr Apfelshampoo und darunter ihren unverkennbaren Geruch nach Jane, der aus zwei Dritteln Karottenkuchen und einem Drittel Holzspänen besteht. Sie legt mir eine Hand unters Kinn und drückt meinen Kopf nach oben. »Ich werde gut fünf Zentimeter abschneiden«, verkündet sie.

»Fünf Zentimeter.« Ich versuche zu nicken, aber ihre Hand hält meinen Kopf fest. »Okay«, sage ich. »Und nach dem

Ehegelübde lasst ihr hundert weiße Tauben in den Himmel fliegen.«

»Und danach hundert bunte Luftballons«, ergänzt sie.

»An deren Überresten die hungrigen Tauben auf tragische Weise ersticken werden und tot auf euer Büfett stürzen.«

»Ah, herrlich!« Jane richtet sich auf und geht langsam um mich herum, wie eine jüdische Braut, die ihren Bräutigam umkreist. Ich hätte sie gerne auf diese Parallele hingewiesen, aber manchmal ist es mir einfach zu mühsam, Jane Elizabeth Weston aus Marcy, Wisconsin, deren Eltern sich nichts dabei gedacht haben, als sie ihr die Initialen J.E.W. gaben, solche Dinge zu erklären.

»Die Braut trägt ein Kleid aus Tüll«, sage ich stattdessen.

»Nein, die Braut trägt ein Kleid aus Müll.« Sie fängt an zu schnippeln. Ich schließe die Augen und lausche dem Geräusch der Schere, gebe mich Janes warmer Nähe hin. Hin und wieder streifen ihre Fingerknöchel meine Wangen oder meine Ohren.

»Das Kleid wird von winzigen Feen mit Perlen besetzt«, erwidere ich mit geschlossenen Augen.

»Und der Bräutigam reitet auf einem Elefanten herein.«

»Krabben!«

»Der Bräutigam reitet auf Krabben herein?«

»Nein, es gibt Krabbencocktail zum Dinner. Das klassische Hochzeitsessen.«

»Ben hasst Krabben«, sagt Jane.

»Das stimmt doch gar nicht.«

»Doch.« Sie steht jetzt hinter mir und schneidet mir die Haare im Nacken. Dann zieht sie sie glatt, um zu sehen, ob sie gerade geschnitten hat. »Hoppla.«

»Hoppla?«, frage ich. Als sie schweigt, hake ich noch einmal nach: »Hoppla?«

»Nee, kein Problem. Habs wieder hingekriegt!«

Ich zucke mit den Schultern. Das Gute an lockigen Haaren ist ja, dass man den Schnitt ohnehin nicht sieht. »Ich kenne Ben schon viel länger als du«, sage ich. »Da hätte ich es doch mitgekriegt, wenn er keine Krabben mögen würde!«

»Er kann die Dinger nicht ausstehen, weil er ihre kleinen schrumpeligen rosa Körper eklig findet.« Schnipp-schnapp. »Angeblich erinnern sie ihn an Maden.«

»Wow. Ich kann das gar nicht glauben. Vielleicht verwechselst du Ben mit jemand anderem, der keine Krabben mag.« *Dougie*, denke ich. *Vielleicht mag Dougie keine Krabben.*

Sie schweigt eine Weile, während ich den Hals recke und mich im Spiegel betrachte. Jane steht reglos hinter mir und hält mit der Schere über meinem Kopf inne. »Tust du.«

»Was tue ich?«

»Du kennst ihn länger als ich. Aber ich weiß genau, dass er keine Krabben mag.« Sie umkreist mich wieder, und ihre nackten Füße klatschen leise auf den Boden. Dann geht sie vor mir in die Hocke, ganz nah vor meinem Gesicht. Sie hat eine Sommersprosse über der Lippe und einen winzigen Mascarafleck unter dem rechten Auge.

»Von Geschenken ist abzusehen«, nehme ich den Faden wieder auf. »Stattdessen würden sich Braut und Bräutigam über eine Spende an den Verein gegen die Diffamierung von Krustentieren freuen.«

Sie legt wieder die Hand unter mein Kinn. Ihre Finger sind kühl, und ihr Gesicht ist so nah vor meinem, dass ihr Atem meine Wange befeuchtet. »Mist«, flüstert sie. »Tut mir leid. Ich hätte vielleicht vorher meine Kontaktlinsen einsetzen sollen.« Sie legt den Kopf schief und kneift die Augen zusammen. »Nur Spaß! Ist super geworden.« Sie bürstet mir den Hals und die Schultern ab, und meine Locken auf dem

Küchenboden sehen aus wie kleine Mondsicheln – oder wie Krabben!

Ich werde die beiden natürlich bei der Hochzeitsplanung unterstützen. *Ohne Willa stünden wir heute nicht hier. Sie hat uns zusammengebracht!* Am großen Tag werde ich ein hübsches Kleid tragen und einen Toast ausbringen auf ihre glückliche Zweisamkeit, auf die Jahre voller Freude, die vor ihnen liegen. Mein niederträchtiges Herz protestiert laut klopfend. Ich weiche Janes Blick aus. Und was ist mit mir? Ich hole tief Luft durch die Nase. *Was ist mit mir?* Jane starrt mich prüfend an, und plötzlich habe ich das Gefühl, dass ich gleich implodiere, weil mir ihre Nähe zu viel wird. Man kann eine Situation lange Zeit aushalten, bevor sie sich als tödlich erweist, und unsere Dreierkonstellation war von Anfang an tödlich. »Alles klar.« Jane leckt sich über die Lippen und lächelt. »Jetzt bist du bereit für deine Nahaufnahme.«

19

Ein paar Tage später ruft Seth an. Im Hintergrund ist lautes Rauschen zu hören, es klingt, als würde er auf dem Seitenstreifen eines Highways stehen oder im Inneren einer Waschmaschine. »Du wirst es nicht glauben, kleine Schwester: Mom kommt uns besuchen!« Sein Handyempfang lässt zu wünschen übrig. *Wisss nich glaum, esster: Mom unsss uchen!*

»Sehr witzig«, antworte ich. »Selten so gelacht.« Seth und ich werden mit unserer Beziehung – oder vielmehr unserer fehlenden Beziehung – zu Fran und Stan fertig, indem wir sie nur ein Mal pro Jahr besuchen, und zwar an Thanksgiving: Vormittags sind wir bei Mom und Jerry zum traditionellen Bagel-Brunch und danach bei Dad und Leder-Lesley zum Abendessen. Auch wenn sie seit fünf Jahren nicht mehr miteinander gesprochen haben, wohnen meine Eltern praktischerweise nur zehn Minuten voneinander entfernt in benachbarten Wohnanlagen mit angrenzenden Golfplätzen. Meine Mutter dachte einmal, sie hätte vom sechsten Loch aus Lesley gesehen, aber nachdem sie ihr zugewinkt hatte, stellte sie sich als kleiner abgestorbener Baum heraus.

»Das ist kein Witz. Sie macht sich Sorgen um dich.« *Skein itzzz. Sich Sor um dich.* Er macht eine Pause. »Na gut, um mich macht sie sich auch Sorgen. Sie kommt, um mir beim Einzug in die neue Wohnung zu helfen.«

»Oh, Seth.«

»Oh, Willa.«

»Oh, Kinder!« Eine Woche später sitzt Fran auf einem wackeligen Klappstuhl. Da er in Seths Küche steht, ist er vermutlich als Küchenstuhl gedacht.

Als ich am Morgen die Wohnung verlassen habe, saßen Jane und Ben in der Küche und füllten Save-the-date-Karten aus. *Save the date! Save the date!* – ich wusste gar nicht, dass man heutzutage überhaupt noch so weit vorausplant. Die Karten wuchsen auf dem Tisch zu einem Stapel an.

Fran nimmt einen Schluck aus ihrem Pappbecher mit Tee und fuchtelt mit der Hand herum. »Dieses Sofa müsste noch zehn Zentimeter nach hinten geschoben werden und ungefähr, äh, zwei Meter nach links und dann aus der Tür hinaus in den Müllcontainer.« Sie kichert über ihren eigenen Witz. »Ein scheußliches Sofa.«

Sie hat recht. Es hat einen senfgelben Bezug, der aussieht, als wäre er ursprünglich hellrot gewesen, und so abgewetzt ist, dass man die vielen Tausend Hintern, die schon darauf gesessen haben, förmlich vor sich sieht.

»Wo hast du das nur her, Sethie?«, fragt sie. »Nicht aus deiner alten Wohnung. Nina hätte niemals …« Sie schüttelt den Kopf. »Oh, Schatz, tut mir leid.« Sie konzentriert sich wieder auf das Hier und Jetzt und bemüht sich um einen neutralen Gesichtsausdruck. »Lasst uns morgen ein paar Garagenflohmärkte abklappern«, schlägt sie vor. »Vielleicht treiben wir ja irgendwo ein schöneres Sofa für dich auf.«

Mom mochte Nina sehr. Genau wie ich findet sie, dass sie einen positiven Einfluss auf Seth hatte, ihn ruhiger gemacht hat, weicher, seine Ecken und Kanten abgeschliffen hat. Dass er jetzt wieder allein in einer einfachen, spärlich möblierten Wohnung haust, scheint ihr beinahe körperliche Schmerzen zu bereiten. Ihre erdrückende Anteilnahme wirkt wie ein Zerrspiegel auf Seths Gefühle, er reagiert verwirrt und defensiv. Jetzt wischt er sich mit dem Ärmel über die verschwitzte Stirn, sieht sich in seiner schmuddeligen Wohnung um und seufzt leise. Er beäugt sein Sofa, das wie kein anderer Gegenstand sein Versagen symbolisiert, und wirft mir dann einen Blick zu, der an ein Kaninchen in der Falle erinnert. Ich kenne diesen Blick, und auch sein klägliches Schulterzucken, weil wir dieselbe Kindheit durchgemacht haben. Er will sich dafür entschuldigen, dass er mich gleich opfern wird, eine prophylaktische, aber völlig bedeutungslose Geste. »He, Mom! Godzwilla hat dir was mitzuteilen. Sie hat einen neuen Freund!«

Als wir vor fünf Minuten zusammen im Badezimmer eine Kiste durchstöbert haben, in der Handtücher eine bizarre Koexistenz mit Dosensuppen führten, habe ich Seth gebeten, Mom nichts von Declan zu erzählen. »Du weißt doch, wie sie ist«, habe ich flüsternd an das verkümmerte Einfühlungsvermögen meines Bruders appelliert. »Sie macht ein Riesentheater daraus.« Ihm war genauso klar wie mir, dass sie sich sofort in mein Gefühlsleben einmischen und es schaffen würde, gleichzeitig begierig und besorgt zu sein. Dieses Talent wurde im Feuer ihrer unglücklichen Ehe geschmiedet. Als ich in der siebten Klasse war, hat sie sich nach der Schule oft zu mir gesetzt, mir einen Teller Sellerie mit Erdnussbutter hingeschoben und ihren mütterlichen Blick eindringlich auf mein Gesicht gerichtet. »War heute irgendjemand nicht nett zu dir?«, fragte sie dann und sah mir fest in die Augen. »Hat sich eine deiner Freundinnen dir gegenüber schlecht benommen? Falls ja, rufe ich gerne ihre Eltern an, wenn du willst.«

Jetzt klatscht sie entzückt in die Hände und runzelt gleichzeitig die Stirn. »Einen Freund!«, ruft sie. »Wie ist er? Ist er jemand ganz Besonderes für dich?« Ihre Scheidung und ihre zweite Hochzeit scheinen sie auf seltsame Weise flexibler gemacht zu haben.

Ich lächle Seth an, nehme demonstrativ die Schere in die Hand, mit der wir das Klebeband seiner Umzugskartons durchgeschnitten haben, und bohre ein Loch in den Rand eines Kartons mit der Aufschrift TELLER, TASSEN, SCHUHE, SÜSSIGKEITEN. *Ganz ruhig,* denke ich. *So schlimm ist es nun auch wieder nicht.* Ich hatte zwar nicht vor, mich derart angreifbar zu machen, aber was solls. Ich werde meinen respektlosen irischen Freund, der früher mal mein Chef war und mich vor drei Jahren für eine Andere sitzengelassen hat, meiner Mutter vorstellen. Ist doch egal, wenn er das als Schritt in Richtung ernsthafte Beziehung interpretiert und sich aus dem Staub macht! Na und? Also, warum nicht? Los gehts!

»Äh, *nein!*«, sage ich mit Nachdruck. »Ich habe keinen Freund, Seth! Warum sagst du so was Unsinniges?«

Seth formt mit den Lippen das Wort *Sorry* und hebt sein T-Shirt, um sich den blassen, haarigen und neuerdings dicken Bauch zu kratzen.

»Und du? Warum bist du noch Single?«, frage ich ihn.

»Wenn es einen Mann in deinem Leben gibt, würde ich ihn gerne kennenlernen«, sagt meine Mutter.

Ich klappe die Deckel des Kartons auf und fange an, schlecht eingewickelte, nicht zusammenpassende Teller und tütenweise rote Gummischlangen auszupacken. »Seth, da die Möbel in deiner alten Wohnung alle Nina gehört haben, könnten wir doch einfach ein paar von diesen Kartons umdrehen und als Beistelltische und Abstellflächen benutzen. Schöner wohnen für Arme!«

»Wir könnten aber auch jetzt sofort in Willas WG fahren«, lautet Seths Gegenvorschlag. Er kauert neben dem Karton BADEZIMMER, KERZENHALTER, SOCKEN und reißt mit einem *Pfffllltttt* das Klebeband ab. »Vielleicht ist er ja gerade da.«

»He! Mom hat doch sicher noch einen alten Mantel im Keller, den du als Bettdecke nehmen könntest«, kontere ich. »Wird bestimmt total gemütlich!«

»Ach, und deine Mitbewohnerin ist vielleicht auch da, zusammen mit ihrem Verlobten. Wir könnten doch kurz vorbeischauen und fragen, wie es den beiden so geht, deiner Mitbewohnerin und ihrem Verlobten.«

»Denn Nina hat ja leider die Bettdecke behalten, stimmts? Zusammen mit der Bettwäsche und den Kissen und dem Bett? Als sie dich aus der Wohnung geworfen hat?«

Seth zeigt mir den Stinkefinger, und ich befürchte schon, dass wir zu weit gegangen sind. *Warum tun wir eigentlich überhaupt so, als wären wir Freunde?*, denke ich. Aber Seth lacht nur.

»Ihr Kinder«, tadelt uns Fran und nimmt noch einen Schluck von ihrem Tee. »Warum hüpfen wir nicht in mein Auto und machen uns jetzt gleich auf die Suche nach einem Garagenflohmarkt?«

Frans glänzender silbergrauer Mietwagen riecht nach abgestandenem Rauch, was bei Mietwagen wahrscheinlich Bestandteil des Vertrages ist: Unsere Mittelklasse-Limousinen bieten zusätzliche Beinfreiheit und hartnäckigen Tabakgeruch.

»Milwaukee war noch nie mein Ding«, beschwert sich Mom und hupt das Auto vor uns an, das unbeweglich an einer grünen Ampel steht. »Hier spielt sich doch die ganze Kriminalität ab.«

»Unsere Kindheit hat sich auch hier abgespielt«, sage ich vom Rücksitz aus und bin selbst überrascht, dass ich mich so angegriffen fühle von ihrer Kritik. »Hier in Milwaukee haben wir dir aus Pfannkuchen-Backmischung einen Kuchen gebacken, als wir noch klein waren, und du hast so getan, als wärst du begeistert. Und hier in Milwaukee hat deine Tochter den regionalen Buchstabierwettbewerb gewonnen, als sie in der fünften Klasse war. Wir haben fast unser ganzes Leben hier verbracht.« Ich ziehe am Sicherheitsgurt, weil er mir in den Hals schneidet.

»Sei doch nicht immer so empfindlich, Schatz.« Meine Eltern sind in den Siebzigerjahren von Chicago nach Milwaukee gezogen, weil der neue Arbeitsplatz meines Vaters hier war. Das war kurz nach ihrer Hochzeit. Schlappe hundertfünfzig Kilometer Entfernung, aber ein riesiger Kulturschock für meine Mutter, unter dem sie offenbar bis heute leidet. »Ich liebe dich und Seth, aber dieses Kuhdorf hier ist einfach nicht mein Fall.« Sie drückt noch einmal auf die Hupe, woraufhin die alte Dame vor uns, deren graue Haare kaum über dem Rücksitz zu sehen sind, endlich aufs Gaspedal tritt und es gerade noch bei Gelb über die Ampel schafft.

»Manchmal können Gefühle, die man mit einem Ort verbindet, zur emotionalen Belastung werden«, erklärt Seth. »Dieses Muster lässt sich oft nur durchbrechen, indem man tatsächlich wegzieht.«

»Wie ich sehe, kaufst du immer noch die Ratgeberabteilung von Barnes & Nobles leer«, sage ich. Seth nickt.

»Guckt mal!«, ruft Fran. »Ein Garagenverkauf!« Wir sind den Lake Drive und seine Seitenstraßen abgefahren und haben den schicken Osten der Stadt nach guten Privatflohmärkten abgesucht, von denen die meisten allerdings schon geschlossen haben. Aber ein oder zwei fußballfeldgroße Vorgärten sind immer noch übersät mit dem Treibgut der Wohlhabenden – chromglänzenden Espressomaschinen aus dem Vorjahr,

Ständern mit farbenfrohen Kinderkleidern von skandinavischen Edelmarken, ehemals teuren, jetzt etwas abgenutzten Beistelltischchen von Woodley und antiken Sesseln, die neu gepolstert werden müssen. Meine Mutter ist eine Meisterin darin, Rohdiamanten aufzuspüren und sie dann aufzupolieren. (Sie erzählt uns gerne, dass Jerry sich vor ihrer Zeit die wenigen verbleibenden Haare quer über die Glatze kämmte und eine Brille mit selbstfärbenden Gläsern trug.) Ich bin mir sicher, dass sie eines Tages in den Nachrichten landet, weil sie eine mit Farbspritzern bekleckste Leinwand kauft, die sechzig Jahre lang in irgendeiner Garage gelegen hat (*Donnerwetter! Wir hatten ja keine Ahnung, dass Omas alter Freund Jackson so berühmt war!*).

Jetzt biegt sie von der rechten Fahrspur nach links in den Kenwood Boulevard ab. »Da sehe ich ein Zweiersofa!«, ruft sie und späht angestrengt aus dem Fenster. »Sieht teuer aus, aber es wäre doch gelacht, wenn wir die alten Lutheraner nicht ein bisschen runterhandeln könnten.« Fran hat keinen Witz gemacht, als sie gesagt hat, dass sie Milwaukee nicht leiden kann, und sie hat ihre Klinge noch geschärft, seit sie das letzte Mal hier war.

Seth steigt langsam aus dem Auto. Seit der Trennung von Nina hängt eine Wolke der Melancholie und des Bedauerns über ihm, eine Wolke, die so dunkel und schwer ist, dass ich sie förmlich sehen kann. Falls Melancholie und Bedauern nach arabischem Hummus, verschwitztem T-Shirt und einem unglücklich gewählten Männerparfüm riechen, kann ich die Wolke sogar olfaktorisch wahrnehmen. Seth lehnt sich lässig ans Auto. »Toll«, sagt er, und seine Stimme ist in Richtung Zynismus unterwegs, bevor sie sich für Kapitulation entscheidet. »Ein Zweiersofa.«

Als Seth und ich bei meiner Mutter ankommen, befindet

sie sich bereits mitten in einer hitzigen Verhandlung. Wir halten uns im Hintergrund und stupsen uns gegenseitig mit dem Ellbogen an. »Dass dieses Sofa gut erhalten ist, sehe ich«, sagt Mom zu einer Frau im Leinenanzug, »aber hier ist ein kleiner Riss im Bezug, und die Beine sind auch ziemlich verkratzt. Ich geben Ihnen zweihundert Dollar für das Sofa.« Sie stemmt die Hände in die Hüften und wartet auf das unvermeidliche Nicken.

Auf der ausgedehnten Rasenfläche tummeln sich die Schnäppchenjäger. Eine schwangere Frau schleppt einen Kinderhochstuhl zu einem wartenden Kleinbus und hinterlässt dabei eine lange Spur im Gras, die Fährte eines Nest bauenden Homo sapiens in seinem heimischen Lebensraum. Ein Stück weiter beugt sich ein Pärchen über einen Tisch, auf dem Porzellangeschirr und Küchengeräte aufgebaut sind. Die beiden stehen mit dem Rücken zu uns, und mein Blick fällt auf die Frau, deren Haare zu einem lockeren, hübschen Pferdeschwanz gebunden sind. Ihr zierlicher Körper steckt in einem fließenden grünen Sommerkleid, und sie hat dünne, sommersprossige Arme und Leinenturnschuhe an den Füßen. Mir wird plötzlich klar, wer sie ist! Ihr Begleiter ist groß und dunkelhaarig und trägt Jeans und ein makelloses lilafarbenes Hemd, ein Ensemble, das die Botschaft vermittelt: *Junganwalt genießt sein Wochenende.* Die beiden lehnen sich vertraut aneinander, und sein Arm ruht oberhalb ihrer Hüfte. Ich schnappe nach Luft, erhole mich aber schnell wieder von meinem Schock und denke fieberhaft nach. Ich muss Seth den Blick versperren! »Bambus!«, kreische ich und hieve einen Schirmständer hoch, um ihn vor Seths Nase zu schwenken. »Guck doch mal, der ist aus *Bambus!*«

Da ich nicht gerade als Expertin für Einrichtungsgegenstände bekannt bin, kapiert Seth natürlich sofort, dass etwas nicht stimmt. Er greift mir an die Schulter und schiebt mich sanft zur Seite. »Oh, Scheiße!«, murmelt er und reckt genau in dem Moment den Hals, als Ninas Begleiter – der offensichtlich ihr neuer Lebensgefährte ist – ihr zärtlich etwas ins Ohr flüstert. »Scheiße, ich muss hier weg. Sag Mom, dass wir losmüssen. Und zwar jetzt gleich!«

Fran kommt mit ihren rosafarbenen Espadrilles und einem triumphierenden Grinsen auf dem Gesicht auf uns zugestakst. »Mission erfüllt!«, meldet sie und salutiert. Manchmal genügt ein neuer Gesichtsausdruck an ihr oder eine alberne kleine Marotte, um mir bewusst zu machen, dass sie sich, emotional gesehen, schon vor zehn Jahren aus unserem Leben verabschiedet hat. Natürlich sehe ich sie seither in regelmäßigen Abständen, aber ich bin nicht auf jene tiefe, grundsätzliche Weise mit ihr verbunden, die die Beziehung zwischen Müttern und Töchtern eigentlich auszeichnet. Der Verlust tut immer noch weh, genauso sehr wie damals.

»Mom«, sage ich zu ihr. Seth harrt neben mir aus und starrt ins Leere. Eine riesige Wespe summt an uns vorbei, direkt vor seinem Gesicht. Er weicht ihr nicht aus. »Das mit dem Sofa hast du toll hingekriegt. Wir holen es später ab. Lass uns fahren.«

Sie schüttelt den Kopf. »Aber ich habe doch gerade erst angefangen!«

»Nina ist hier«, erklärt Seth mit tonloser Stimme.

Fran hebt den Kopf und spitzt die Ohren wie eine hungrige Katze, die gerade das Geräusch des Dosenöffners vernommen hat. Unsere Mutter wünscht sich nichts sehnlicher als das Glück ihrer Kinder. Gerade weil sie eine unglückliche Ehe und eine Scheidung hinter sich hat, will sie, dass Seth und ich Halt finden im Leben, aber sie geht dieses Projekt wie ein Heimwerker an, der nicht das richtige Werkzeug hat.

Bevor einer von uns sie zurückhalten kann, marschiert sie schnurstracks auf den Tisch mit den Küchengeräten und die zierliche Rothaarige zu, die jetzt einen Mixer in den Armen hält. Seth sackt noch mehr in sich zusammen und hält sich die Augen zu.

»Nina!«, ruft Fran.

»Fuck!«, murmelt Seth. »Oh Gott.«

Ich jogge Fran hinterher. Meine Turnschuhe klatschen auf den Rasen, und die Hosenbeine meiner Baumwollshorts reiben gegeneinander. »Mom! Fran! Mom!«, rufe ich noch einmal, und meine Stimme wird immer lauter vor Wut. »*Mutter!*«

Und dann bleibt Fran ein paar Meter von Nina entfernt plötzlich stehen. Die rothaarige Flohmarktbesucherin hat sich endlich zu uns umgedreht, ohne die Hand ihres gutaussehenden Begleiters loszulassen, der nun ebenfalls über die Schulter blickt, weil er wissen will, was das Geschrei hinter ihm zu bedeuten hat. Ninas breites Gesicht ist ein einziges Fragezeichen: *Wer sind diese Leute, Josh? Oh, Brad, was wollen die von uns? Tim, warum nennt mich diese Frau Nina?* Meine Mutter hebt die Hand und schüttelt den Kopf. »Tut mir leid, ich habe Sie verwechselt«, murmelt sie, denn dem Himmel sei Dank: Es ist nicht Nina.

Mit einer Zielstrebigkeit, über die ich mich hinterher selbst wundere, schleuse ich uns alle drei davon, weg von dem Garagenflohmarkt der teuren Möbel und verwechselten Identitäten, hinüber zu Braun's Bagels and Lunch, dem schlechtesten Deli weit und breit. Solange ich zurückdenken kann, haben Seth und ich den Laden Eva Brauns Bagels genannt.

Wir setzen uns mit unserem Essen an einen kleinen runden Tisch in der Ecke des leeren Restaurants. Seth kaut auf einem großen, farblosen, aufgedunsenen Bagel herum, der eher wie ein Donut aus Brotteig aussieht.

»Oh, Sethie«, sagt Fran und drückt sich ihr Dressing aus der Packung auf den Salat. »Ich wünschte, ich könnte dir irgendwie helfen.«

»Wir alle müssen unser Schicksal selbst in die Hand nehmen«, gibt er nickend zurück und nagt an seinem Bagel. Mir will nicht in den Kopf, warum er nicht wütender ist auf Fran. Stattdessen gibt er fröhlich seine Selbsthilfesprüche zum Besten. Vielleicht haben ihn die Kohlenhydrate gefügig gemacht.

»Ungenießbar«, sage ich und beiße mir die Zähne an einem mit Erdbeerfrischkäse beschmierten Türstopper aus – unerklärlicherweise der einzige süße Bagel im Angebot. Nachdem Stan von zu Hause ausgezogen war, aßen Mom, Seth und ich oft bei Eva Brauns Bagels zu Mittag, daher ist der Deli ein besonderer Ort für uns, auch wenn die mangelnde Qualität des Essens unserer Nostalgie wie immer einen Dämpfer versetzt.

Fran mümmelt an einem schlaffen Salatblatt herum und nickt. »Euer Vater hat mir neulich gestanden, dass er die Besuche in diesem Restaurant vermisst. Unglaublich!«

»Neulich«, wiederholt Seth. »Der war gut!«

»Ja, echt witzig, Mom!« Ich schiebe meinen Bagel zu Seth hinüber, der sich sofort darüber hermacht. Soweit ich weiß, haben unsere Eltern seit Jahren nicht mehr miteinander gesprochen.

Fran sieht uns an. »Ist es nicht lustig, wie das Leben manchmal spielt? Jerry und ich haben uns in letzter Zeit ein paar Mal mit eurem Vater und Lesley zum Abendessen getroffen.« Sie betupft ihre rosa geschminkten Lippen mit einer Papierserviette und wirkt gedankenverloren. »Ich mag diese Lesley wirklich.«

Befänden wir uns in einem Film, würde die weibliche

Hauptfigur – eine sensible, etwas orientierungslose junge Frau auf der Suche nach sich selbst – an dieser Stelle den Schluck Wasser, den sie gerade getrunken hat, wieder ausspucken und ihn quer über ihre Mutter spritzen. Leider ist ein Nachgeschmack von Erdbeerfrischkäse das Einzige, was ich im Mund habe.

Nach der Scheidung schloss sich meine Mutter in ihrem verdunkelten Zimmer ein und verließ drei Monate lang nicht mehr das Bett. Danach ging sie sechs Monate lang nicht mehr selbst einkaufen, kochte nicht mehr, holte mich nicht mehr von der Schule ab, fuhr mich nicht mehr zum Klavierunterricht und überließ mich auch sonst meinem Schicksal. Am Tag, bevor ich aufs College ging, stand ein ZU VERKAUFEN-Schild auf dem Rasen vor unserem Haus, und meine Mutter musterte mich von Kopf bis Fuß, tätschelte mir den Kopf und riet mir, mal wieder zum Friseur zu gehen und vor allem niemals zu heiraten. Ihr verdanke ich die tief in mir verwurzelte Erkenntnis, dass das Ende der Liebe ein schwarzes Loch ist, das einem die Seele aus dem Leib saugt. Jetzt sitze ich bei Eva Brauns Bagels und sehe sie aus halb zugekniffenen Augen ungläubig an.

»Deine Haare sehen hübsch aus«, sagt sie. »Aber sie könnten mal wieder einen Haarschnitt vertragen.«

»Das ist doch … völlig absurd«, stellt Seth fest und lacht auf.

»Stimmt«, pflichte ich ihm bei. »Jane hat meine Haare gerade erst geschnitten!«

»Na ja, was soll ich sagen?« Fran legt die blau geäderten Hände mit den korallenrot lackierten Nägeln auf den Tisch. »Vor einigen Monaten hatte euer Vater ein paar Fragen zu seiner Steuererklärung und hat mit Jerry einen Termin ausgemacht. Die beiden haben sich auf Anhieb verstanden, woraufhin Jerry vorgeschlagen hat, dass wir uns mal zu viert zum Abendessen treffen. Und ich dachte: Warum eigentlich nicht?«

Noch letztes Jahr hat mir Fran einen dicken braunen Umschlag mit Fotos und Liebesbriefen geschickt, die meine Eltern vor ihrer Hochzeit ausgetauscht haben. *Die kannst du gerne wegwerfen, wenn du willst,* hat sie auf den beiliegenden Zettel gekritzelt. *Ich habe keine Verwendung mehr dafür.*

»Das Leben ist zu kurz, um wütend zu sein oder einen Groll gegen jemanden zu hegen«, fügt sie hinzu.

In dem Umschlag war unter anderem ein kleiner weißer Zettel, auf den mein Vater mit blauem Kugelschreiber geschrieben hatte: *Liebling, wir haben keine Milch mehr.* Der Zettel war ihr damals immerhin so wichtig, dass sie ihn aufgehoben hat.

Als Kind habe ich meine Eltern einmal mitten in der Nacht streiten hören. Ich hatte schlecht geträumt und war auf dem Weg in ihr Schlafzimmer. Damals muss ich ungefähr neun oder zehn gewesen sein. Ich weiß noch, was für einen Schlafanzug ich anhatte: Er war aus flauschigem rosa Stoff und hatte einen Pudel auf der Brust.

Du solltest dich eigentlich um mich kümmern, heulte meine Mutter. *Aber du … du bist ein Dieb. Du hast mir mein Glück gestohlen!*

Schon damals war mir klar, wie melodramatisch das klang, und ich kicherte leise in mich hinein.

Bis ich hinter der geschlossenen Tür auch meinen Vater lachen hörte, ein lautes, höhnisches, verächtliches Wiehern. Plötzlich waren wir Verbündete, er und ich, vereint in unserer Grausamkeit. Sofort bekam ich Gewissensbisse und schämte mich dafür, dass ich mich mit ihm solidarisiert hatte. Ich drehte mich um und ging zurück ins Bett.

Seth starrt unsere Mutter immer noch fassungslos an. In

seinem Mund ist ein Stück gekauter Bagel sichtbar. »Könntest du bitte den Mund zumachen«, flüstere ich, und er blinzelt mich an und reißt ihn noch weiter auf. Glaubt Fran etwa, dass sie uns mit dieser Neuigkeit eine Freude macht? Was will sie damit erreichen? Vielleicht will sie nur beweisen, dass man aus den eigenen Fehlern lernen kann, überlege ich und spüre, wie ein Gefühl der Versöhnlichkeit überhandnimmt – meinen Eltern gegenüber, Seth gegenüber, Ben und Jane gegenüber, die ohne mich ihre Hochzeit planen. Uns allen gegenüber.

Fran kippt sich den Rest ihres Wassers in den Mund. Während sie auf einen Eiswürfel beißt, blickt sie zwischen mir und Seth hin und her. »Beim letzten Mal waren wir thailändisch essen. Und davor in einem Cajun-Restaurant.« Das Eis knirscht zwischen ihren Zähnen. »Erstaunlicherweise verstehen wir uns alle vier ganz gut miteinander.«

20

Das mit dem Campingausflug ist Bens Idee. »Wer weiß, wann sich einer von uns das nächste Mal einen *richtigen* Urlaub leisten kann?«, argumentiert er von seinem Platz auf dem Sofa aus.

»Ich glaube, um Urlaub zu nehmen und eine richtige Reise zu planen, braucht man erst mal einen richtigen Job«, antwortet Jane und meint damit nicht nur Ben, sondern uns alle drei. Sie sitzt im Schneidersitz auf dem Sofa, und Ben hat den Kopf in ihren Schoß gelegt. Ich liege ausgestreckt auf dem Boden. Es ist wieder unerträglich heiß, und wir sind in eine Art Hitzestarre verfallen und haben uns seit Stunden, ja, vielleicht seit Tagen nicht mehr bewegt. Ich fächere mir mit einer Zeitschrift Luft zu.

»Wir könnten Richtung Norden fahren«, schlägt Ben vor. »Irgendwohin, wo es kühler ist.«

»Also … ich … weiß … nicht.« Jane spricht jedes Wort einzeln aus, so als erfordere es ihre ganze Energie, den Mund zu bewegen. »Kann sein, dass die Amsters mich brauchen.«

Die Amsters sind eine Familie, bei der sie seit Neuestem babysittet, um sich ein bisschen Geld dazuzuverdienen. Wir lieben es, über die Amster-Familie zu reden, als ob es sich um Nagetiere handeln würde: *Diese Amsters sind so unordentlich!*

Und der kleinste Amster steht total auf Nüsse! Ich habe das ungute Gefühl, dass Janes neuer Babysitterjob keine kluge Entscheidung war, weil sie mit jeder zusätzlichen Stunde, die sie in Nebentätigkeiten investiert, mit jedem Badezimmerboden und jedem Kleinkindhintern, den sie wischt, tiefer in ein Schicksal hineinrutscht, aus dem sie nicht mehr herausfinden wird. Sie balanciert gefährlich nah am Abgrund, gefährlich nah an jenem Punkt, an dem sich eine verheißungsvolle Zukunft in vergeudetes Talent verwandelt. Es lässt sich nie so ganz vorhersagen, wann dieser Punkt erreicht ist, aber wenn es einmal so weit ist, kann man nicht mehr zurückrudern. Allerdings bin ich natürlich die Letzte, die das Recht hat, Jane darauf hinzuweisen.

»Au ja, ich will zelten gehen!«, rufe ich und überrasche damit alle, mich selbst eingeschlossen. In Wirklichkeit hasse ich Zelten. Und wie ich es hasse! Dabei habe ich es erst zwei Mal gemacht – ein Mal, als ich mit vierzehn kurzzeitig Mitglied einer jüdischen Jugendgruppe war, und ein Mal, als ich mit zehn Jahren einen unglücklichen Sommer im Ferienlager verbrachte –, aber beide Aufenthalte waren von Juckreiz und Unbehagen geprägt, von Mücken und Sonnenbrand, von tagelangen Gewaltmärschen und Schlüsselanhängerknüpfen und unruhigen, schlaflosen, stickigen Nächten in muffigen Zelten. Der Reiz von Outdoor-Aktivitäten hat sich mir nie erschlossen. Ich bin mehr der Indoor-Typ.

Doch Janes Unlust hat mir etwas bewusst gemacht. Ich will keine Frau sein, die Zelten hasst. Wenn ich jetzt, mit sechsundzwanzig, schon so unflexibel und starrköpfig bin, wie werde ich dann mit sechsunddreißig sein? Oder mit sechsundsechzig? Werde ich dann eine dieser alten Damen sein, die aufgebrachte Leserbriefe schreiben und alles als »neumodisch« abstempeln? *Ich verstehe einfach nicht, wie diese neumodi-*

sche Voicemail-Funktion auf dem Handy funktionieren soll! Wenn Jane nicht zelten gehen will, bitte. *Ich* will.

Zwei Tage und eine vierstündige Autofahrt später kommen wir beim Wood Lake State Park an (den Jane und ich vom Rücksitz aus sofort in Wood Lake Zeckenpark umtaufen). Hier im Schatten der hohen Kiefern ist es tatsächlich kühler und angenehmer.

Es dämmert bereits, und Declan mustert kritisch den Himmel. »Äh … Hat einer von euch eigentlich mal nachgeguckt, wie das Wetter werden soll?«

»Nein.«

»Nö.«

»Na ja«, antwortet Ben. »Es hat seit einer Woche nicht mehr geregnet, also wird es ja nicht ausgerechnet heute Abend regnen, oder?«

»In Irland«, gibt Declan zurück, »muss man gar nicht erst den Wetterbericht bemühen. Selbst wenn der Himmel strahlend blau ist und die Sonne knallt, nimmt man grundsätzlich Regensachen mit. Weil man genau weiß, dass es zehn Minuten später zu prasseln anfängt.«

Er starrt immer noch in den weiten Himmel von Wisconsin, der sich allmählich rosa zu färben beginnt, aber ich weiß, dass er ihn nicht wahrnimmt. In letzter Zeit spricht er von Irland wie von einer ihm nahestehenden Verwandten, einer lieben, etwas dementen Großtante, die Ketten aus ungekochten Makkaroni bastelt und sie einem zum Geburtstag schenkt.

Wir sitzen um ein Lagerfeuer herum, das wir mithilfe einer Packung Streichhölzer und einer ganzen Zeitung entfacht haben, obwohl keiner von uns die geringsten Fachkenntnisse mitbringt. Nachdem wir unsere Zelte aufgebaut und Feuer gemacht haben, weiß keiner von uns, was er als Nächstes tun soll. Das geht schon seit einer Stunde so. Ich habe wenig

Hoffnung, dass unsere beiden gemieteten Zelte auch nur der kleinsten Windböe standhalten. Es gab so viele Schnüre und Stangen in der Hülle, dass wir einen ausgebildeten Experten gebraucht hätten. Ich blicke zu Declan hinüber, der auf seinem wackeligen Klappstuhl gefährlich nach hinten kippelt. »Und mit Prasseln meine ich Prasseln«, sagt er. »In Irland kommt richtiger Platzregen vom Himmel, der einen bis auf die Haut durchnässt.« Er zwinkert mir zu. Fast alles, was er sagt, klingt in meinen Ohren wie eine sexuelle Anspielung. Ich spüre ein vertrautes Kribbeln im Unterleib. Es ist wie beim Klavierspielen: Das häufige Üben zeigt seine Wirkung.

»Ihr werdet es nicht glauben«, fährt er mit einer Zigarette zwischen den Lippen fort, »aber in Irland gibt es an jeder Ecke kleine Läden, die nichts als Regenschirme und Gummistiefel verkaufen.«

»Nichts als Regenschirme und Stiefel«, wiederholt Jane. »Ja, davon habe ich gehört. Und ich habe auch gehört, dass neuerdings kontrovers diskutiert wird, ob diese Läden Kobolden den Eintritt verwehren dürfen.« Jane und Declan liegen humormäßig auf einer Wellenlänge.

»Kobolddiskriminierung greift in meinem Land leider immer mehr um sich.«

Ich senke den Blick auf meine Bleistiftzeichnung. Ich habe uns alle vier am Lagerfeuer gezeichnet, aber weil ich dabei aus Spaß nicht aufs Papier geguckt habe, sieht keiner von uns aus, wie er eigentlich aussehen müsste: Bens Kopf sitzt neben seinem Körper, Janes linkes Auge befindet sich viel zu nah an ihrem Ohr, und Declan ähnelt einer Gottesanbeterin.

Ben stemmt sich vom Boden hoch. An seiner Jeans bleiben Blätter und Kiefernnadeln hängen. »Vielleicht sollten wir noch ein bisschen von diesem Zeug sammeln. Wie heißt es noch mal? Ach ja: Holz. Damit das Feuer länger brennt.« Zusammen mit Declan schlendert er davon. Als die beiden zurückkommen, werfen sie ein paar Äste ins Feuer und klatschen sich begeistert ab.

Dann setzt sich Declan wieder neben mich. »Wenn ich im Freien bin, habe ich irgendwie ständig Lust zu rauchen«, erklärt er und zündet sich eine Zigarette an. »Andererseits habe ich das drinnen auch.«

Wir sitzen lange Zeit da und starren gebannt ins Feuer. Während Ben und Jane Marshmallows rösten, zerteilt Declan eines seiner Spezialsandwiches mit Käse, Mayonnaise und Butter in zwei Hälften und gibt mir eine davon. Schweigend verstreichen die Minuten. Ben zieht eine Wanderkarte des Parks hervor und sucht für morgen eine leichte Route am Seeufer heraus. »Die hiesige Fauna ist so vielfältig wie die Farben eines Regenbogens!«, liest er laut vor. »Wenn Sie Glück haben, zeigt sich sogar die parkeigene Biberfamilie!«

Jane legt ihren Kopf auf Bens Schulter, ich strecke meine Füße Richtung Feuer aus. Die Sonne geht langsam unter, und aus der Dunkelheit tauchen Glühwürmchen auf. Auch die Frösche erwachen und fangen an, sich gegenseitig zu rufen, ein hübsches Quakkonzert. Wir sagen Dinge wie »Es wird langsam spät« und »Wir hätten vielleicht mehr Essen mitbringen sollen als ein paar Marshmallows und ein Sandwich« und »Wie lange, glaubt ihr, würden wir hier nach einer Apokalypse überleben?«. Ich spüre nichts als die Hitze des Feuers an meinen Beinen und in meinem Gesicht und befinde mich in einer Blase aus gleißendem Licht, geschützt vor komplizierten Beziehungen und verhängnisvollen Fehlern, vor Vergangenheit und Zukunft. Die Nacht fühlt sich vollkommen an. Vielleicht hasse ich Campen ja doch nicht?

Die ersten Regentropfen jagen uns noch nicht in unsere Zelte, aber dann bricht plötzlich ein heftiger Gewitterschauer los, und der Regen fühlt sich auf der Haut an wie kleine Nadelstiche. Declan macht ein zufriedenes Gesicht, als er meine Hand nimmt und mich zu unserem Zelt zieht. Auch Ben und Jane tauchen ab. Der Regen prasselt mit voller Wucht auf uns nieder, überall um uns herum ist Wasser. Es hört sich an, als würde uns jemand mit kleinen Steinen bewerfen. Mir kommt es wie ein Wunder vor, dass unsere Zelte dem Regen standhalten.

»Lebt ihr da drüben noch?«, ruft Jane zu uns herüber.

»Sag meiner Mutter, dass ich sie liebe!«, rufe ich zurück. Declan knipst unsere Campingleuchte an, woraufhin ein grelles, grünliches Licht das Innere unseres winzigen Zelts erhellt, das jetzt aussieht wie ein Büro, wie eine kleine Arbeitsnische mitten in den Wäldern. Ich komme mir vor wie damals in der Agentur.

Wir sitzen Knie an Knie auf unserem großen zerknitterten Schlafsack. Declan lächelt mich an und schüttelt den Kopf wie ein Hundewelpe. Die Tropfen landen in meinem Gesicht. Warum haben wir uns in dieser Konstellation auf die Zelte verteilt? Warum lache ich nicht mit Ben oder helfe Jane, ein trockenes T-Shirt zu finden? Weil der Mensch ein Sklave der Biologie ist und dazu neigt, sich zu paaren, weil er der Schraubzwinge seiner Begierde hilflos ausgeliefert ist. Ich strecke die Hand aus und lasse sie für eine Sekunde auf Declans Arm ruhen.

Er sucht sich einen trockenen Platz auf dem Schlafsack und streckt seinen langen Körper aus. »Ich habe beschlossen, meiner alten Heimat im Herbst einen Besuch abzustatten«, verkündet er. Sein Kopf reicht bis ans eine Ende unseres Zeltes, seine Füße berühren das andere. »Vielleicht bleibe ich aber auch länger.«

Mir ist plötzlich kalt, ich bekomme eine Gänsehaut an Armen und Beinen und im Nacken. »Vielleicht auch länger …«, wiederhole ich. Was will er mir damit sagen? *Komm doch mit, Süße? Tschüss, ich bin dann mal weg?*

»Tja«, sagt er. Innerhalb der letzten Minuten scheint ihm ein rotbrauner Bartschatten gewachsen zu sein. Diese Neigung zur typisch irischen rötlichen Haarfarbe ist mir vorher noch nie an Declan aufgefallen. Ich beuge mich vor, um die Bartstoppeln mit derselben Hand zu berühren, die ich auf seinen Arm gelegt habe. »Tja«, sagt er noch einmal. »Die Sache mit der Agentur. Und meine Wohnung in Chicago. Ich fühle mich irgendwie … entwurzelt. Ich weiß auch nicht.« Sein Akzent mit den schnellen, scharfen *T*s und den entzückenden runden *O*s klingt wie Musik und lullt mich für einen Moment ein.

»Klar«, sage ich. Klar. Es riecht modrig und nach Füßen, diese ganz besondere moschusartige Geruchsmischung, die in geschlossenen Zelten gärt. Wir atmen die Ausdünstungen des jeweils anderen ein. Ich streiche mir über die Haare, die die Feuchtigkeit aufgesogen haben und sich anfühlen wie ein Pelzmantel. »Und wann? Im September?« Ich bemühe mich, fröhlich und sorglos zu klingen, wie jemand, der gerade in der Bäckerei erfahren hat, dass es leider keine Scones mehr gibt. *Kein Problem, ich wollte eigentlich sowieso lieber Muffins!* Aber meine Stimme hört sich seltsam an, zittrig und viel zu laut. *Ich scheiß auf Ihre Scones!*

»Ja, vielleicht«, antwortet Declan und sieht mir in die Augen, mustert mich mit gerunzelter Stirn. Ich habe das Gefühl, dass manchen Menschen solche Dinge leichter fallen. Declan setzt sich auf und nimmt meine Hand. »Du könntest mitkommen«, schlägt er vor. »Zumindest für ein Weilchen?«

»Ähm.« Seine letzten beiden Wörter hallen in meinem Kopf nach, ändern die Form, die Bedeutung, eine unverbindliche Aneinanderreihung von Silben. *Füreinweilchen. Fühler-Weibchen.* Ob ich mitkomme ins *Vierer-Wäldchen?* Vielleicht. Ja?

Er starrt mich immer noch an, voller Mitgefühl. Mitgefühl ist die kleine Schwester von Zuneigung. »Will, ich hab dich wirklich, wirklich gern. Aber ich möchte dir nichts vormachen.«

»Nein«, antworte ich. »Ich verstehe schon. Natürlich.« Mein Herz fühlt sich taub an, aber darunter, unterhalb seines einschläfernden Klopfens, spüre ich, wie sich ein uralter Schmerz regt und zur Oberfläche durchzuschlagen versucht, ein elendes Geschöpf, ein blinder Albinofisch. Wer bin ich, und was mache ich in dieser Welt? Was tue ich hier allein? Werde ich für immer allein bleiben oder nur »füreinweilchen«? Es ist nicht so, als würde ich mir diese Fragen zum ersten Mal stellen, oder als ließen sie sich jemals befriedigend beantworten, aber in mir schlummert schon seit Wochen eine große Einsamkeit, die nun mit einem Ruck erwacht. Der Regen hört so plötzlich wieder auf, wie er begonnen hat. Aus Janes und Bens Zelt schallt Gelächter zu uns herüber.

»Will!«, ruft Jane. »Ich muss pinkeln!«

»Okay!« Ich stürze zum Zelteingang, mache den Reißverschluss auf und zwänge mich hinaus. »Bin schon da!« Der Boden ist schwarz und völlig durchweicht, unter meinen Turnschuhen schmatzt der Schlamm. Die Feuerstelle ist ebenfalls durchnässt und zischt nur noch, die Nachtluft ist kühl.

Jane kriecht aus ihrem Zelt und kommt lächelnd zu mir herüber. »Was war denn *das*, bitte schön?« Sie meint den Regenguss.

»Keine Ahnung.« Ich bin noch ganz benommen und habe Schwindelgefühle. Mir ist, als hätte mich jemand in die Länge gezogen und dann wieder zurückschnalzen lassen. Ich greife nach Janes Hand, und wir machen uns auf den Weg zu dem stinkenden Toilettenhäuschen, das ein paar Hundert Meter von unseren Zelten entfernt liegt. Während wir den steinigen Pfad entlangtrotten, tropft uns Regenwasser von den Bäumen auf die Köpfe. Auf halber Strecke lasse ich Janes Hand los. »Ich glaube, Declan hat gerade mit mir Schluss gemacht.« Erst nachdem die Wörter meinen Mund verlassen haben, wird mir bewusst, dass sie wahr sind.

»Was?«, flüstert Jane. »Wie bitte? *Jetzt gerade*?« Es klingt, als wäre sein Timing die unverzeihliche Sünde, nicht die Tatsache an sich. Sie bleibt stehen, um mich in den Arm zu nehmen, und ich lasse es zu. Ihr spitzes Kinn gräbt sich in meine Schulter. Es fühlt sich gut an. »Wenn ich ehrlich bin, habe ich ihn noch nie gemocht«, flüstert sie. »Vor allem, nachdem er deinen Hundewelpen ertränkt hat.« Mit diesem Running Gag leisten wir uns nach jedem Beziehungsende, nach jedem missglückten Date gegenseitig Erste Hilfe. *Wenn ich ehrlich bin, habe ich ihn noch nie gemocht. Vor allem, nachdem er versucht hat, deine Kinder zu vergiften … vor allem, nachdem er den Rollstuhl deiner Oma gestohlen hat … vor allem, nachdem er Sex mit einem Esel hatte.* Normalerweise fühle ich mich sofort besser, wenn Jane mich damit aufzuheitern versucht, aber heute überwiegt die Hoffnungslosigkeit.

Sie hält mich immer noch umarmt, mitten auf dem Fußweg zum Klohäuschen, als wir plötzlich irgendwo in der Nähe eine Bewegung wahrnehmen. Erst ist ein Scharren zu hören, dann ein Geräusch, als würde jemand mit einer Zeitung herumrascheln. Schließlich taucht im schwachen Mondschein ein schwerfälliges Wesen aus den Büschen auf, plump und schnaufend, mit leuchtend roten Augen. Verrückterweise glaube ich eine Sekunde lang, dass es Declan ist. Jane packt meinen Ellbogen und fängt an zu schreien, und ich stimme nach kurzem Zögern mit ein.

Einige Sekunden lang stehen wir alle drei wie versteinert da. Jane schreit immer noch, und ich vielleicht auch, und das seltsame Wesen aus den Büschen starrt uns mit seinen roten Teufelsaugen bösartig an. Ich schließe den Mund und denke: *Dieser riesige Dachs kann uns umbringen!* In Wahrheit habe ich keine Ahnung, ob es ein Dachs ist oder ein Faultier oder eine Beutelratte. Oder ein Opossum. Kurzzeitig überlege ich, was der Unterschied zwischen einer Beutelratte und einem Opossum ist. Gibt es in Irland Opossums?

Endlich hört Jane auf zu schreien. Dafür umklammert sie meinen Ellbogen noch fester und versucht, mich wegzuziehen, zurück in Richtung Zelte, aber ich bleibe wie angewurzelt stehen. Also lässt sie mich los und macht hastig ein paar Schritte nach links, wo sie wieder stehen bleibt. Das Warzenschwein starrt uns abwechselnd an und scheint abzuwägen, was es als Nächstes tun soll. Gemeinsam bilden wir ein stummes Dreieck aus verängstigten Lebewesen.

Es fühlt sich an wie zehn Minuten, aber wahrscheinlich dauert es weniger als zehn Sekunden, bis Ben mit Declan im Schlepptau den Pfad entlanggerannt kommt. »Was ist los?«, ruft Ben. »Was ist passiert?«

»Scheiße!«

Irgendjemand packt meinen Arm. Es ist Ben, der mich erst nach hinten zieht und dann zur Seite schiebt. Wild mit den Armen fuchtelnd, stellt er sich vor das Tier und brüllt mit tiefer, drohender Stimme: »Hau ab! Mach, dass du hier wegkommst!« Das Flusspferd schnaubt und prustet, bevor es sich umdreht und lässig wieder in die Büsche trottet, als hätte es nur darauf gewartet, dass ihm jemand sagt, wo es langgehen soll. *Ich hatte sowieso keine Lust auf euch.*

»Scheiße«, sagt Declan noch einmal und kommt auf einem Fuß zu uns herübergehüpft, weil er den anderen mit den

Händen umklammert. »Ich habe mir meinen Scheißzeh an einem Scheißstein gestoßen!«

Ich sehe ihn an und denke: groß, schlaksig, zu nichts zu gebrauchen. Und viel zu spät dran. *Ehrlich gesagt, habe ich ihn noch nie gemocht. Vor allem, nachdem er mich überhaupt nicht geliebt hat.* »War das ein Riesenbursche!«, sage ich atemlos. Meine Hände zittern, und meine Knie fühlen sich an wie Gummi.

Ben eilt zu Jane hinüber. »Hey«, sagt er, und sein Keuchen geht in ein erleichtertes Lachen über. »Süße, alles okay bei dir?«

»Danke, mir gehts gut.« Janes Stimme macht mir Angst. Sie ist kühl und genauso spitz wie der Scheißstein, an dem sich Declan seinen Scheißzeh gestoßen hat. Sie schiebt sich an Ben vorbei und geht mit schnellen Schritten den Pfad entlang Richtung Toilette, weg von uns allen. Plötzlich verstehe ich: Ben hat uns zwar gerettet und ist als siegreicher Held aus der gefährlichen Schlacht gegen einen harmlosen, trägen Waschbären hervorgegangen, aber er hat *mich* zuerst gerettet. Jane stand genauso schutzlos da wie ich, und er hat sie stehenlassen und sich stattdessen um mich gekümmert.

In dieser Nacht schläft keiner von uns. Declan ist zwar so unsensibel, in einem Zelt mitten im Wald mit mir Schluss zu machen, während draußen die Welt untergeht, aber er ist sensibel genug, sich auf seine Seite der Isomatte zu verziehen und so viel Platz zwischen uns zu lassen, wie es das beengte Treibhaus, in das sich unser Zelt verwandelt hat, und der modrige Schlafsack zulassen. Während der ganzen Nacht wälzt er sich unruhig hin und her, seufzt und stöhnt und flüstert leise vor sich hin. *Oh*, murmelt er, *ohhhhh*. Und: *Herrgott, das ist doch Wahnsinn!* Und: *Was habe ich mir nur dabei gedacht?*

Währenddessen liege ich wach und frage mich, ob es seine Gewissensbisse sind, die ihm keine Ruhe lassen, oder doch nur ein Stein unter dem Zeltboden, der sich in seine Nieren bohrt. Ich liege stocksteif und angespannt in meiner Jeans und einem langärmeligen T-Shirt auf dem feuchten Schlafsack und rechne jederzeit mit einem erneuten Angriff, ob nun von einem Tier oder einem Menschen.

Aus Bens und Janes Zelt ist Gemurmel zu hören, dann herrscht Stille. Erst als ich am nächsten Morgen nach draußen krieche und sie am Picknicktisch sitzen sehe, wird klar, dass auch sie die ganze Nacht wach gelegen haben müssen. Janes dunkle Haare sind so verfilzt, dass sie aussehen wie ein Vogelnest, und ihre Augen sind rot und verquollen. Ben, der ihr gegenübersitzt und den Kopf in die Hände stützt, sieht aus wie eine dreißig Jahre ältere Computersimulation seiner selbst.

»Puh«, sage ich.

»Stöhn«, erwidert Jane.

»Uff.« Ben winkt mir zu und gähnt.

Ich gieße mir eine Tasse schwachen, kalten Kaffee ein, aus einer Bugs-Bunny-Thermoskanne, von der ich nicht weiß, wem sie gehört. »Wessen Idee war das Ganze eigentlich?«

»Deine, glaube ich«, antwortet Ben. »Meine jedenfalls nicht.«

Declan taucht aus unserem Zelt auf und reibt sich das Gesicht. »Ich fühle mich schlimmer als am Morgen nach dem großen Besäufnis in Glasgow anno siebenundneunzig.« Er könnte auch Chinesisch sprechen. Was gestern noch charmant war, ist mir heute plötzlich zuwider, eine Tatsache, die ich als gutes Zeichen für meine seelische Verfassung werte. Declan legt sich die Hände ins Kreuz und drückt langsam den Rücken durch. Dann guckt er mich an, sieht, dass ich vor mich hin grinse, und lächelt zurück. *Voilà*: Ich bin über ihn hinweg. Ich kann es kaum erwarten, Ben und Jane die gute Nachricht zu verkünden.

Wenn es *Ben und Jane* überhaupt noch gibt. Mir rutscht das Herz in die Hose (oder macht es einen Sprung? Schwer zu sagen), als mir auffällt, dass sie nicht nur völlig erledigt aussehen, sondern sich auch gegenübersitzen statt nebeneinander, wie sonst. Die ganze Szene wirkt wie aus einem Stück von Edward Albee. Es ist das Ende von allem, und gleichzeitig der Anfang, es ist perfektes Timing, es ist Schicksal. So soll es sein. Jetzt können wir alle unser Leben weiterleben. Das Morgenlicht ist gleißend hell und verwandelt den Zeltplatz in eine Filmkulisse. Die Sonne bahnt sich ihren Weg durch die Äste, und ihre Strahlen zaubern auf dem Boden ein Mosaik aus Licht und Schatten, das sich bei jedem Windhauch verändert.

»Wir müssen euch etwas mitteilen«, sagt Ben, ohne mich anzusehen. Sein müdes Gesicht verrät nicht, was er denkt. Ich setze mich neben Jane, rücke nah an sie heran. Ich bin bereit. Declan schlürft laut seinen Kaffee.

»Wir haben beschlossen«, sagt Jane und spielt mit ihrem Becher, »dass wir …«

»… nicht nächsten Herbst heiraten«, ergänzt Ben. Schon meldet sich mein Herz wieder und hämmert gegen meine Brust.

»So lange wollen wir nicht mehr warten.«

Ich drehe mich verwirrt zu Jane um, die Ben anblickt und dabei lächelt. Ihr ganzes Gesicht legt sich vor Glück in Falten, und Ben, der mir immer noch nicht in die Augen sieht – warum nicht? – greift über den Picknicktisch nach ihrer Hand. Jane schiebt mit dem Ellbogen ihren Kaffeebecher aus dem Weg, und der Inhalt ergießt sich über den ganzen Tisch. Auch ich bekomme ein paar Spritzer ab.

»He!«, protestiere ich. »Aua!« Ich bin empört, obwohl der Kaffee von gestern und daher längst kalt ist.

»Deshalb verlegen wir die Hochzeit vor, und zwar auf nächsten Monat«, verkündet Ben, dessen Blick noch immer nur auf Jane ruht. »Uns ist lieber, dass die Feier ein wenig kleiner wird.«

»Und dafür früher stattfindet«, fügt Jane hinzu.

»Kleiner und intimer.« Ben verdreht die Augen, weil das so klischeehaft klingt.

Jane nickt. »Das passt einfach besser zu uns.« Sie zieht ihre Hand aus der von Ben. Über uns schmatzt geräuschvoll ein Eichhörnchen im Baum. »Wir haben uns überlegt, dass das angesichts der derzeitigen Situation meiner Eltern die beste Lösung ist. Eine große Hochzeit ist finanziell nicht drin, und wenn wir ehrlich sind, wollen wir auch keine.« Sie kratzt sich am Kopf und wickelt sich eine Strähne um den Finger. Das tut sie immer, wenn sie nervös ist. Dann fummelt sie an ihrem Ohr herum, reibt sich den Hals, zwirbelt ihre Locken. »Lieber ein kleines Fest im Kreis der Familie, nur mit den engsten Freunden.«

»Wozu noch lange warten?«, fragt Ben.

Declan hebt seinen kleinen Plastikbecher mit Kaffee. »Glückwunsch, ihr beiden! Auf euch!« Kurz nachdem er mit mir Schluss gemacht hat, beschließen Ben und Jane, ihr Eheleben ein Jahr früher einzuläuten, aber falls ihm klar ist, wie unangenehm die Situation für mich ist, lässt er es sich nicht anmerken. Doch auch er weicht meinem Blick aus.

»Nächsten Monat schon!« Ich verziehe den Mund, imitiere Janes breites Grinsen. »Wow!«

»Willa«, sagt Jane und bemüht sich um ein ernstes Gesicht. »Würdest du uns auf unserer Hochzeit mit einem romantischen Ständchen beglücken?« Ich bin nämlich dafür bekannt, bisweilen so unmusikalisch und ohrenbetäubend vor mich hin zu singen, dass James, der mürrische Nachbar aus der Wohnung unter uns, mich einmal gefragt hat, ob wir uns einen Hund angeschafft hätten und ob wir ihm bitte abgewöhnen könnten, so schrecklich zu jaulen.

»Ja!«, antworte ich mit einem übertriebenen Nicken. »Ja, sehr gerne. Aber nur, wenn du mich auf der Ukulele begleitest.«

Declan lacht und schenkt uns allen noch mehr Kaffee ein. Ich werfe ihm einen bösen Blick zu.

Ben steht abrupt auf, geht zu seinem Zelt und fängt an, die Heringe aus dem Boden zu ziehen. Jane macht sich am Picknicktisch zu schaffen und knüllt die leere Marshmallowtüte zusammen. Declan verdrückt sich wieder in unser Zelt.

Mein Magen knurrt. Ich habe plötzlich Heißhunger und spüre ein klaffendes, trauriges Loch im Bauch. Um mich abzulenken, schlendere ich zu Ben hinüber, der leise vor sich hin summt. Das hat er früher manchmal in der Schule getan, wenn er vollkommen in eine Aufgabe vertieft war, zum Beispiel wenn wir einen Test oder eine Arbeit geschrieben haben. Es hat nicht gerade zu seiner Beliebtheit bei den anderen Schülern beigetragen.

»Nettes Liedchen«, sage ich und stolpere über eine Zeltstange. Der Hering bohrt sich in die weiche Seite meiner Fußsohle. »Autsch!«

»Vorsicht!«, warnt er und verscheucht eine Mücke vor seinem Gesicht. »Typisch Willa: Metzelt hier alles nieder.« Endlich sieht er mir in die Augen und zieht die Augenbrauen hoch. »Met-*zelt*« Er zieht an der Schlinge, die am letzten Hering befestigt ist, woraufhin das gelbe Zelt langsam in sich zusammensinkt, wie ein Fallschirm.

»Jep, Wortspiel verstanden.« Ich schnappe mir den Hering

und wickle die Schnur darum. »Ich hoffe, dass es sich nicht zum Fehler ent*wickelt*, Jane zu heiraten.« Kaum ist der Satz heraus, ziehe ich beschämt die Schultern ein. Wie so oft ist mir ein schlechter Scherz entschlüpft, der nie für jemand anders als mich selbst bestimmt war.

Ben hält beim Zeltabbau inne und richtet sich auf.

»Ich meinte nicht … du weißt schon, ich wollte nicht … tut mir leid.« Ich schlinge die Arme um meinen Körper und lache. *Hahaha.*

Aber Ben sieht mich nur schweigend an. Sein Kiefer wirkt angespannt, und auf seinem Kopf türmen sich die welligen Haare wie ein Berg Schlagsahne. Ganz unten hat sein T-Shirt einen Riss, der sich auszuweiten droht, und ich verspüre den eigenartigen Wunsch, daran zu ziehen.

»Abbauen ist immer viel leichter als Aufbauen!«, ruft Declan, der gerade unser Zelt zerlegt. Jane steht ein Stück von uns entfernt und ist damit beschäftigt, die dicken Schlafsäcke energisch in ihre winzigen Nylonhüllen zu stopfen.

Ben steht einfach da, die Hände in die Hosentaschen geschoben. Für einen kurzen Moment besteht die Welt nur aus uns beiden und der Sonne und den Vögeln und dem sauberen Geruch nach feuchter Erde. Vielleicht täusche ich mich, aber ich habe das Gefühl, dass er mich mit seinem Blick herausfordert: *Sag du es mir. Sag du mir, ob ich dabei bin, einen Fehler zu begehen.* Die Jahre unserer Freundschaft laufen noch einmal in komprimierter Form vor meinem inneren Auge ab. Der warme Frühlingstag, an dem wir die Schule geschwänzt haben, um zum Strand zu fahren, nur um den Tag dort – typisch Streber – mit Lernen zu verbringen; das Jahr nach Frans und Stans Trennung, in dem sich Ben bei der eigenen Thanksgiving-Familienfeier verdrückt hat, um mit uns bei Ma Krugman's Diner Truthahn-Sandwiches zu essen. Ich glaube, in seinen vertrauten braunen Augen ein Angebot zu lesen, eine Frage: *Willa, bist du mutig?*

Ich weiß es nicht. Bin ich mutig?

Das Einzige, was mich noch vom Ende dieses katastrophalen Ausflugs trennt, ist die Wanderung, die Ben für uns ausgesucht hat. »Schon okay«, sagt er leise zu mir, als wir unsere Sachen ins Auto packen. »Wir müssen die Wanderung nicht machen.«

Jane schlendert zu uns herüber. »Wirklich nicht«, flüstert sie. »Du willst bestimmt so schnell wie möglich hier weg.«

Aber ich will nicht so sein. Ich will nicht die schluchzende Hysterikerin sein, die ihre Freunde zwingt, früher die Party zu verlassen. Ich bücke mich und binde mir die Turnschuhe neu. »Macht ihr Witze?«, frage ich. »Ich kann es kaum erwarten, die Biberfamilie kennenzulernen!«

Declan hat inzwischen die Einzelteile unseres Zelts in der dafür vorgesehenen Tasche verstaut und macht den Reißverschluss zu. Irgendwie ein schockierender Anblick: unsere Unterkunft von letzter Nacht auf Rucksackgröße geschrumpft. »Geht ihr drei mal«, sagt er. »Ich bleibe hier und lese mein Buch.« Ich nicke, dankbar für seine Rücksichtnahme.

Als wir endlich nach der Wanderung und der langen Autofahrt zu Hause ankommen, ist es schon fast dunkel. Declan hilft mir, meinen Rucksack und meinen Schlafsack in unsere Wohnung hinaufzuschleppen. An der Tür bleibt er stehen, beugt sich vor und streicht mit den Fingern sanft um mein Handgelenk. »Kann ich heute Nacht hierbleiben?«, fragt er. Seine Stimme ist leise und heiser. »Bitte?« Und obwohl meine innere Alarmglocke schrillt *(Schlechte Idee! Verdammt schlechte Idee!)* und Jane skeptisch eine Augenbraue hebt, nicke ich und lasse ihn herein. Weil er trotz allem immer noch Declan ist, der Mann, der beim Scrabble schummelt, damit ich gewinne, der Mann, der mich manchmal anstrahlt, als wünschte er, er könnte ein Zimmer in meinem Kopf mieten. Also sage ich Ja und lasse ihn bei mir schlafen.

Ich packe meine Tasche aus, und wir duschen und fallen ins Bett. Ich fühle mich wie eine Stoffpuppe, schlaff und willenlos. Meine Haut ist noch kühl von der Dusche, aber die Nacht ist heiß, und die stickige Luft steht still in meinem Zimmer. Draußen hupt ein Auto, irgendjemand ruft etwas. Schon jetzt ist alles, was heute Nacht noch passieren wird, Erinnerung, eine abschreckende Geschichte, die ich mir selbst immer wieder vor Augen halten werde: wie ich damals mit diesem Iren geschlafen habe, nachdem er mir am Vortag den Laufpass gegeben hat. *Ich habe Ja gesagt, aber ich hätte so was von Nein sagen müssen!*

Wir decken uns mit einem Bettlaken zu, Declan rutscht ganz eng an mich heran und legt seinen Arm um mich. Seine Knie stoßen gegen meine Kniekehlen. Als ich merke, dass ich die Luft angehalten habe, atme ich langsam aus.

Und dann passiert zu meiner großen Überraschung gar nichts. Er seufzt – ein gedehntes Säuseln neben meinem Ohr – und macht keinerlei Anstalten. Sein Arm bleibt einfach, wo er ist, liegt schwer auf meiner Taille. Er *versucht* nicht mal, Sex mit der Ex zu haben, dieses Klischee zu erfüllen, diesen Frontalzusammenstoß unangebrachter Gefühle zu riskieren. »Es tut mir leid«, murmelt er. *Du hast mir mein Glück gestohlen,* denke ich und muss insgeheim lachen, während ich gleichzeitig gegen die Tränen ankämpfe.

»Du bist scheiße«, sage ich.

»Du bist toll«, antwortet er, und mein Herz gerinnt zu einem riesigen Klumpen Blutpudding.

Am nächsten Morgen sucht er die wenigen Gegenstände

zusammen, die noch bei mir in der Wohnung herumliegen – eine Jeans, eine Zahnbürste, zwei Hemden, seinen iPod –, und umarmt mich zum Abschied.

Ein paar Minuten später findet mich Jane im Wohnzimmer, wo ich immer noch reglos herumstehe und ins Leere starre. Sie führt mich zum Sofa und macht mir einen Tee. Ben bringt mir einen riesigen Blaubeermuffin aus der Bäckerei mit. Nachdem Jane sich neben mich gesetzt hat und mir ihren Kopf auf die Schulter gelegt hat, gucken wir eine Weile möglichst anspruchslose Sendungen im Fernsehen: eine Sitcom aus den Neunzigern über eine Gruppe charmanter, aber streitsüchtiger Freunde, die alle Lehrer an derselben Highschool sind, und dann eine Sitcom über eine charmante, aber streitsüchtige Clique, die zusammen ein Restaurant führt. Alle halten den Oberkellner für schwul, aber er ist es gar nicht!

Ben und Jane behandeln mich den ganzen Tag wie ein rohes Ei und tun so, als wäre ich krank, aber ihre Rücksichtnahme verbirgt nur ungenügend den ausgelassenen Tatendrang, mit dem sie Hochzeitspläne schmieden. Ben und Jane glauben, dass meine Trauer allein mit der Trennung von Declan zusammenhängt, aber da ist noch mehr: Jedes Mal, wenn ich die beiden anblicke, sehe ich nur das große Loch, das sie in mein Leben reißen, und jedes Mal, wenn sie sich berühren, juckt es mich. *Ich glaube, mich hat im Wald eine Neidmücke gestochen*, würde ich sagen, wenn ich es ihnen gegenüber zugeben könnte, aber das kann ich nicht.

Zwei Tage später ruft Janes Mutter an.

»Willa, wie geht es dir?«, fragt Mrs Weston, und fünf Minuten später bin ich immer noch am Reden.

»Und dann hat er mit mir Schluss gemacht«, erzähle ich.

»Im Zelt. Mitten im Gewitter. Obwohl wir noch einen Tag Camping vor uns hatten.«

»Ach, Schätzchen«, sagt sie, und ihr teilnahmsvoller, mütterlicher Tonfall legt sich wie eine warme Decke um meine Schultern. »Das wird schon wieder. Du bist so ein tolles Mädchen! Bald ist alles vergessen, du wirst sehen.«

»Wenn Jane und Ben verheiratet sind«, frage ich, »kommen Sie dann nach Milwaukee und ziehen bei mir ein, Mrs Weston?« Die Frage ist ernst gemeint. Allein beim Gedanken, dass Jane bald auszieht, um mit Ben zusammenzuwohnen, wird mir ganz schlecht.

Ihr Lachen klingt wie ein Jaulen, als hätte sie sich gerade an einer heißen Herdplatte verbrannt. Es ist das hilflose Auflachen einer Person, die gerade mit den unstillbaren Bedürfnissen ihrer Gesprächspartnerin konfrontiert wurde und nicht weiß, wie sie damit umgehen soll. »Ach, Schätzchen«, sagt sie wieder. Im Hintergrund höre ich Wasser rauschen und Geschirr klappern. Ich stelle mir vor, wie sie mit einer grünen Schürze mit aufgedruckten Gänsen an der Spüle steht. »Sag mal, Willa, erinnerst du dich noch an Dougie Tyler? Janeys alten Freund?« Nachdem ich mit einem vagen Ja geantwortet habe, fährt sie fort: »Er ist morgen geschäftlich in Milwaukee und wollte von mir wissen, ob er Janey mit einem Besuch überraschen soll. Meinst du nicht auch, dass sie sich darüber freuen würde? Soll ich ihm sagen, dass er auf einen Sprung bei euch vorbeikommen soll?«

»Klar, warum nicht?«, höre ich mich antworten. Weil ich einfach nicht anders kann.

»Dougie, was machst *du* denn hier?«

Am darauffolgenden Nachmittag steht Dougie Tyler vor der Tür und grinst mir unter seiner Baseballkappe entgegen.

»Ich war gerade in der Gegend«, antwortet er. »Bin auf der Durchreise zur jährlichen Angelmesse in Oostburg.«

Ich trete zur Seite und bitte ihn herein. »Ach, ich dachte, du wolltest zum Nordamerikanischen Steckrübenkongress in Crivitz!« Ich stemme die Hände in die Hüften. »Oder nein, warte mal … war es nicht das Jodelfestival in New Glarus?«

»Ha, ha! Nein, ich bin auf dem Weg zur …« Er zieht die Kappe tiefer ins Gesicht und schielt an mir vorbei ins Wohnzimmer. »Zur Tagung für Leute, die ein richtiges Wohnzimmer haben.« Er wirft mir einen Seitenblick zu, und ich verspüre den Wunsch, ihn hinter den Ohren zu kraulen.

»Janey ist nicht da«, teile ich ihm mit. »Aber sie müsste jeden Moment zurück sein.«

Dougies blonde Haare ragen wie Stroh unter seiner Kappe hervor. Eine geblümte Reisetasche, die er hoffentlich von seiner Mutter geliehen hat, hängt über seiner Schulter. »Echt schön, dich zu sehen, Willa«, sagt er und nickt. Ich nicke auch.

Ich zeige auf seine Tasche. »Hast du die damals zur Bar-Mizwa bekommen?« Er guckt mich verständnislos an und legt den Kopf schief. Wahrscheinlich denkt er: *Was ist denn das für eine? Ziemlich schlechter Ersatz für das Original.*

Ich bringe ihm ein Glas Wasser, und wir setzen uns und warten. Schließlich ist er gekommen, um Jane zu besuchen, seine alte Schulfreundin, seine ehemalige Flamme, seine Exfreundin, das Mädchen, das nächsten Monat heiratet und das er noch vor ein paar Wochen in einer Bar in Marcy geküsst hat. Ich lächle Dougie an und spüre überdeutlich, wie sich meine Lippen verziehen, wie sich meine Wangen nach oben bewegen. Ein unaufrichtiges Lächeln ist eigentlich nichts anderes als eine höhnische Grimasse.

In den unbehaglichen Momenten, die nun folgen und in

denen er an seinem Wasser nippt, während ich eine große Faszination für verschiedene Gegenstände im Wohnzimmer vortäusche – den abgenutzten blau-grünen Teppich, einen Kerzenhalter, meine Füße –, wächst in mir das eigenartige Gefühl, dass Dougie nur eine Illusion ist. Er ist eine Fata Morgana, ein verschwommenes Trugbild, das sämtliche Männer repräsentiert, die es in meinem Leben gab und gibt: Declan; Ben; Ed, der Mann, der zuerst mit Jane und dann mit mir ausging und hinterher ein Gedicht über uns schrieb; Ryan Cox, der Held meiner Teeniefantasien; sogar mein Vater; sogar Seth. Es ist der leibhaftige Dougie Tyler, der mir auf dem Sofa gegenübersitzt, aber er kommt mir so unwirklich vor, dass es mich nicht überrascht hätte, wenn meine Hand durch ihn hindurchgeglitten wäre, hätte ich versucht, ihn anzufassen.

»Wo bleibt sie denn?«, fragt Dougie und erschreckt mich mit seiner normalen, menschlichen Stimme.

»Wer?«

Er hebt sein leeres Glas an die Lippen und tut einfach so, als würde er trinken. Offenbar hat er beschlossen, dass es für uns beide zu viele Umstände machen würde, wenn er mich um Nachschub bitten würde. Plötzlich ist er mir doch wieder sympathisch. »Jane«, antwortet er und reibt mit dem Daumen übers Glas. *»Jane.«*

Nach dem Telefonat mit Mrs Weston habe ich mir einzureden versucht, dass ich etwas Gutes tue, und wenn schon nichts Gutes, dann vielleicht wenigstens etwas Neutrales? Abgesehen von dem Moment an der Tankstelle, als ich ihr versprechen musste, Ben nichts zu erzählen, hat Jane den Vorfall im Bierhaus von Marcy mir gegenüber nur noch ein Mal erwähnt. »Ach, das ist Schnee von gestern«, hat sie gesagt.

Ich rede mir ein, Jane freue sich tatsächlich darüber, dass

ihr alter Kumpel Dougie unerwartet bei ihr reinschneit, um Hallo zu sagen. Insgeheim ist mir klar, dass der Überraschungsbesuch zwiespältige Gefühle in ihr auslösen wird (oder vielleicht doch nicht?). Das Ganze wird ein Experiment, ein Test. Ich werde dabei sein, wenn Jane Dougie sieht, werde die Antwort auf ihrem Gesicht ablesen. Nicht auf die Frage, ob sie Dougie lieber mag als Ben – diese Frage stellt sich nicht –, sondern auf eine ganz andere Frage: *Ist zwischen Jane und Ben so viel Platz, dass noch eine weitere Person hineinpasst?*

Endlich blicke ich Dougie ins Gesicht. Er hat die Baseballkappe abgenommen und sie eigenartigerweise auf den Boden neben seine Füße gelegt. Seine blauen Augen stehen weit auseinander, sein Mund ist schmal und rosa, und seine blonden Haare werden schon ein klein wenig schütter. Die Schwierigkeit beim Zeichnen von Gesichtern besteht darin, das richtige Verhältnis zwischen Licht und Schatten zu finden. Ich stelle fest, dass Dougies Gesicht fast nur aus Licht besteht. Er räuspert sich und fährt mit der Fingerspitze am Rand des leeren Wasserglases entlang, bis ein leises, vibrierendes Summen entsteht.

»He, du bist ja ein Naturtalent«, sage ich.

»Aber voll!«, antwortet er. Nach einer kurzen Pause fügt er hinzu: »Janey heiratet also.«

»Ja.«

»Irgendwie komisch, oder?« Er wirft mir einen traurigen, hilflosen Blick zu, so als könnte ich ihn retten.

»Nein, eigentlich nicht.«

Eine Minute später geht mit einem Knall die Haustür auf. Jane und Ben lachen über irgendetwas. Jane hat den Kopf in den Nacken gelegt, und Ben beugt sich vor, als wollte er sie in den Hals beißen. *Ich kann nicht glauben, dass du das wirklich getan hast! Aber er hat mich so komisch angestarrt! Was sollte ich denn tun?* Dann machen sie ein paar Schritte in die Wohnung hinein. Jane hat eine braune Papiertüte in der Hand und will damit in die Küche abbiegen, aber dann bemerkt sie Dougie und stutzt. Ihr Gesicht zuckt, und ihre Nase kräuselt sich, als hätte sie etwas Seltsames gerochen, was sie nicht einordnen kann. Sie schnappt nach Luft und hält sich schnell die Hand vor den Mund. Wie ein Chamäleon, das sich auf eine reife Tomate geflüchtet hat, läuft sie sofort knallrot an.

»*Was zum …?*«, fragt sie durch ihre Hand hindurch. »Ich meine, was für eine Überraschung! Dougie!« Sie zieht das *–ie* in die Länge: *Dougiiieee!* Dann schüttelt sie den Kopf und blickt von ihm zu mir hinüber, nimmt mit weit aufgerissenen Augen alles in sich auf, bevor sie mit dem Kinn vielsagend auf ihre Zimmertür zeigt. Ihr Zimmer ist der am weitesten vom Wohnzimmer entfernte Raum in unserer kleinen Wohnung. *Würdest du bitte mal mitkommen?*, lese ich in ihrem stechenden Blick. *Du bist mir eine Erklärung schuldig.* Sie hat immer noch die Papiertüte in der Hand.

Ben geht zu Dougie und schüttelt ihm die Hand, und Jane übergibt ihm hastig die Tüte, zerrt mich vom Sofa hoch und dann den Flur entlang. »Sind gleich wieder da«, murmelt sie. »Ich zieh mir nur schnell was anderes an.« In ihrem Zimmer presst sie sich die Hände seitlich an den Kopf, als wollte sie ihr Gehirn festhalten, und dreht sich dann langsam im Kreis, wie eine geistig Verwirrte. »Was macht der denn … Wie? Was?«

»Ja, ich weiß«, sage ich. »Ich meine, nein, ich wusste auch nichts davon. Deine Mom hat angerufen, aber du warst nicht da.« Ich höre mir selbst dabei zu, wie ich die Chronologie der Abläufe zurechtfrisiere. *Deine Mom hat wirklich angerufen … allerdings gestern schon.* Nachdem die Lüge aus meinem Mund ist, kann ich sie nicht wieder einholen wie eine Angelschnur. In Janes Zimmer ist es stickig, es herrscht keinerlei Durchzug. An der Wand wellt sich ein Andy-Warhol-Poster in seinem billigen Rahmen – eine Ansammlung von Lippen in Rosa, Rot und Orange. Ich verschränke die Arme vor der Brust und senke den Blick auf meine nackten Füße. »Er ist auf der Durchreise zu einer Messe.« Am liebsten würde ich mich hinsetzen, weil meine unüberlegte kleine Intrige so schwer auf mir lastet, doch das einzige Möbelstück in Janes Zimmer ist ihr ungemachtes Bett, ein gemütliches, zerwühltes Nest, in das ich früher oft mit ihr gekrochen bin. Aber seit sie mit Ben zusammen ist, hat sich mein einstiger Zufluchtsort in das Zentrum meines Unglücks verwandelt, in einen Gegenpol, der mich regelrecht abstößt, der mir Ekel einflößt wegen der Dinge, die sie darin tun, Dinge, die mir schmerzhaft bewusst machen, was in meinem eigenen Leben schiefläuft. Das Bett meiner beiden besten Freunde ist mein Feind geworden. Also stehe ich lieber.

»Hättest du mich nicht anrufen können? Um mich zu warnen?«

»Du warst doch unterwegs.«

Sie guckt mich an, als wäre ich verrückt geworden. »Handy?«

Ich lächle matt. »Äh, hoppla, hab ich wohl verschwitzt.«

Sie verdreht die Augen. »Und meine Mutter hat das alles eingefädelt?«

»Ja, aber du darfst ihr deswegen keine Vorwürfe machen, Janey. Sie weiß ja nicht, was zwischen euch beiden vorgefallen ist.«

»Es ist gar nichts vorgefallen!«, zischt Jane nachdrücklich und erweckt ganz den Eindruck, als würde sie selbst daran glauben.

Aus dem Wohnzimmer dringen die Stimmen von Ben und Dougie gedämpft zu uns herüber. »Die beiden scheinen sich schon miteinander angefreundet zu haben«, sage ich.

Jane wirbelt herum und hechtet geradezu zur Zimmertür,

wo sie mit der Hand auf dem Knauf innehält und fleht: »Bitte hilf mir, ihn wieder loszuwerden! Bitte!«

Die hochgeschobene Fensterscheibe klappert leise, weil nun doch ein leichter Wind aufgezogen ist. In einer Wohnung unter uns hustet jemand. Da wir sämtliche Fenster geöffnet haben, kriegen wir alles mit, erfahren jede Einzelheit aus dem Leben von Menschen, die wir kaum kennen. »Das ist *mein* Ei«, habe ich heute Morgen jemanden sagen hören, ganz ruhig und sachlich. »Siehst du, da steht mein Name drauf.« Ich denke an das, was Ben vor Wochen im dunklen Wohnzimmer zu mir gesagt hat: dass es für ihn keine Rolle spielt, was in Marcy passiert ist.

Ben und Dougie sitzen sich am Tisch gegenüber und lachen wie alte Kumpel, als wir zurückkommen. »Sie hat immer alle ihre Freunde mit Gratispopcorn versorgt.« Dougie erzählt Ben gerade, dass Jane und er zu Highschoolzeiten und in den Collegeferien zusammen im Multiplex-Kino von Marcy gejobbt haben. Ich kenne die Geschichten schon, ziehe mir aber trotzdem einen Stuhl heran und setze mich zu den Jungs an den Tisch. Ben lauscht Dougie fasziniert. »Nach unserer Schicht, als das Kino schon zu war, sind Jane und ich immer rausgegangen und haben die Filmtitel auf der Anzeige geändert.« Dougie stößt ein überraschend mädchenhaftes Kichern aus und dreht sich zu Jane um. »Weißt du noch? *Planet der Pfaffen? Drei Bengel für Charlie?*« Er strahlt sie offen an, mit großen blauen Augen.

Jane muss unwillkürlich lachen. »*Zwitter aus Leidenschaft.* Mein Gott, wie kindisch.«

Dougie runzelt die Stirn, lächelt aber weiter. »Aber lustig war es schon.«

»Ja, total«, mische ich mich ein. »*Nimm deine stinkenden Pfoten von mir, du dreckiger kleiner Pfaffe!*«

Ben steht auf. »He, wir haben uns was zum Abendessen geholt. Nur ein paar Sandwiches, aber es ist genug für alle da. Doug, willst du mitessen?« Mir ist nicht ganz klar, ob er wirklich will, dass Dougie zum Essen bleibt, oder ob er nur höflich ist. Vielleicht sind die Sandwiches aber auch so etwas wie ein Trostpreis. *Ich habe Jane, also kriegst du mein Vollkornsandwich mit Thunfischsalat.*

»Klar, Alter. Gerne.« Dougie lehnt sich auf seinem Stuhl zurück und blickt überrascht und dankbar zu Ben auf.

»Dann flitze ich schnell runter und hole Bier«, sagt Ben.

Jane rutscht auf ihrem Stuhl herum, bückt sich, um sich das Schienbein zu kratzen, und schneidet eine wütende Grimasse in meine Richtung. Ich versuche, ihr mit einem hilflosen Blick zu signalisieren, dass ich machtlos bin. In Wahrheit bin ich neugierig, wie die Dinge sich weiter entwickeln.

Sobald Ben aus der Tür ist, hebt Dougie die Arme und verschränkt sie über seinem Kopf, nimmt sofort mehr Raum für sich in Anspruch. »Hast du schon das Neueste von Brad und Angelina gehört?«, fragt er Jane. Ich hüte mich, über diese Frage zu lachen. Brad und Angelina Muellerhueber sind gemeinsame Freunde von Dougie und Jane, die direkt nach dem College geheiratet haben. »Die beiden haben gerade ein Baby gekriegt«, erzählt Dougie. »Es heißt Skye. S-k-y-e.« Er schüttelt den Kopf darüber, dass man ein Kind so nennen kann. Was diesen Leuten wohl noch alles einfällt?

»Ich finde den Namen schön«, erwidert Jane trotzig, wie um Dougie zu beweisen, dass sie seine provinzielle Engstirnigkeit weit hinter sich gelassen hat. Sie greift mit beiden Händen nach der Lehne von Bens leerem Stuhl, und ihre fünf Silberarmreifen rutschen ihr klimpernd aufs Handgelenk hinunter.

Dougie räuspert sich. Seine Arme sind immer noch hinter

seinem Kopf verschränkt, es sieht nicht sehr bequem aus. »Ich … ich will dich natürlich zu nichts überreden, aber …« Er räuspert sich noch einmal. »Aber du und ich …«

»Tut mir leid«, sagt Jane, und ihre Stimme ist plötzlich eisig. »Tut mir echt leid, aber das ist kein besonders guter Zeitpunkt für einen Besuch.« Sie verlagert das Gewicht, ohne Bens Stuhllehne loszulassen. »Es ist einfach …« Ihr Blick schießt umher, als würde sie das Zimmer nach einer Ausrede absuchen, und richtet sich dann wieder auf Dougie. »Es ist einfach gerade nicht so günstig.«

Dougie, der auf den hinteren Stuhlbeinen balanciert hat, lässt sich mit einem Knall nach vorne kippen und schiebt seinen Stuhl vom Tisch weg.

Dieser Moment wird ihn prägen, das spüre ich. Die Demütigung wird ihn noch lange verfolgen, wird immer wieder für ein flaues Gefühl in seiner Magengrube sorgen, das er auf den heutigen Tag zurückführen kann, auf diesen Moment, diese Zurückweisung. Plötzlich steigt Hitze in mir auf, und ich wünsche mir voller Reue, mich unsichtbar machen zu können.

»Ach ja?«, fragt Dougie. Er steht auf und tritt einen Schritt zu nah an Jane heran, um ihr fest in die Augen zu blicken. Mein Körper verspannt sich, weil er früher noch als mein Verstand erkennt, dass die Wut bei manchen Männern gut verborgen unter der Oberfläche brodelt, so leise, dass man sie gar nicht bemerkt. »Das ist ja komisch. Ich bin nämlich nicht einfach unangekündigt bei dir reingeplatzt, Janey. Im Gegenteil, man könnte sogar sagen, dass ich eingeladen war.«

Jane macht vor Überraschung einen ungelenken Schritt nach hinten und schlingt die langen Arme um ihren Körper, eine Umorganisierung von Füßen und Beinen, eine Neuanordnung von Gliedmaßen. »Dougie«, sagt sie schließlich. »Ich habe keine Ahnung, was ich dazu sagen soll.«

»Ich auch nicht.« Er sieht unsympathisch und lächerlich aus, wie er da mit seiner roten Baseballkappe, seinem gebügelten weißen Hemd und seiner Casual-Friday-Kakihose vor ihr steht und selbst mit durchgedrücktem Rücken und gestrafften Schultern ein paar Zentimeter kleiner ist als Jane. Er legt ihr seine fleischige Pranke auf die Schulter – als letzte Erinnerung oder letzten verzweifelten Versuch, oder einfach nur, um sich abzustützen. Es spielt keine Rolle. Als Ben mit einem Fünfliterbehälter Eiscreme und einem Sixpack Bier zurückkommt, ist Dougie verschwunden.

An diesem Abend sitze ich stundenlang zeichnend in meinem Zimmer und versuche, mir auf alles einen Reim zu machen. Die Helden unseres alten Highschool-Comics kehren zu mir zurück: Die Superstreber planen eine Hochzeit, die nicht viel kosten darf, und erweisen sich als Meister der Sparsamkeit! Der männliche Superstreber heiratet eine wunderschöne Prinzessin, aber zuerst müssen die beiden die böse Exfreundin besiegen, die wirkungslos, aber hartnäckig versucht, ihr Leben zu zerstören. Die beiden Superstreber gehen schließlich getrennte Wege.

Hinterher zerreiße ich die Zeichnungen, und das dicke Papier fühlt sich wie Stoff an. Meine Fingerspitzen sind schwarz vor Bleistiftschmiere.

Ich fühle mich, als würde ich durch schmelzenden Schneematsch stapfen, aber darunter wütet ein tosender Fluss.

Declan hat mich abserviert; Jane, kaiserliche Herrscherin über ihr eigenes Leben, hat Dougie aus dem Weg geschafft; Bens und Janes Hochzeit rückt immer näher, und Molly, meine Chefin, steuert den Blumenschmuck bei. Sie überlässt uns die Blumen zum Sonderpreis, und ich darf die Gestecke in ihrem Laden zusammenstellen. Die Hochzeit ist schon in drei Wochen und wird im Alewife Park stattfinden, der nördlich der Stadt am See liegt.

»Wir brauchen wirklich nichts Aufwendiges«, flüstert mir Jane ein paar Tage später zu, als ich sie durch den Blumenladen führe, und legt mir vertraulich die Hand auf den Arm. »Nur ein paar schöne Gestecke für die Tische, einen Strauß für mich und einen für dich.« Sie drückt meinen Arm. »Keine Ahnung, *du* bist die Expertin!«

Ich verenge die Augen zu Schlitzen. Auf meinem Namensschild steht heute MISSMUTIG. Ich habe es diesen Morgen neu beschriftet. Wenn jemand nachfragt, sage ich einfach, dass ich mit Nachnamen Mutig heiße und das Leerzeichen vergessen habe.

»Mir gefallen die hier«, sagt Ben und zeigt auf einen Eimer mit grellgelben Lilien.

»Die gefallen niemandem«, antworte ich. »Das sind Beerdigungsblumen.«

Jane nickt. »Wir brauchen Hochzeitsblumen.«

Ben berührt das Blütenblatt einer Lilie und fragt: »Wieso, ich beerdige doch mein Junggesellendasein?«

Jane nimmt ihre Hand von meinem Arm und gibt ihm einen Klaps. »Echt lieb von deiner Chefin«, sagt sie zu mir. »Und von dir! Wir werden den hübschesten, preisgünstigsten Blumenschmuck für die billigsten Plastikklapptische haben, die das Picknickgelände Nummer fünf im Alewife Park je gesehen hat!«

»Und dazu bringt jeder was zu essen mit. Das wird das leckerste selbstgemachte Büfett diesseits des Mississippi«, fügt Ben mit Südstaatenakzent hinzu.

»Macht deine Mutter wieder ihre gefüllten Eier?«, frage ich.

»Ja, und ihren preisgekrönten Süßkartoffelkuchen«, ergänzt

er. Meines Wissens hat Bens Mutter noch nie Süßkartoffelkuchen gebacken.

»Aber jetzt mal im Ernst, Willa.« Jane zieht ihr hochgerutschtes T-Shirt nach unten. »Wir wissen es wirklich zu schätzen. Dass wir deine Unterstützung als Expertin bekommen, meine ich, und dass uns Molly die Blumen zu diesem unschlagbaren Preis überlässt.«

Es ist bereits das zweite Mal innerhalb der letzten fünf Minuten, dass sie mich als Expertin bezeichnet hat, dabei bin ich nur Aushilfe in einem Blumenladen. Ich ziehe eine Gladiole aus dem Eimer und zupfe ein paar braune Blütenblätter ab. »Dir ist aber schon klar, dass ich nur so tue, als würde ich mich mit Blumen auskennen?«

»Oh, die liebe ich!«, ruft Jane. »Gladiolen sind so … fröhlich! Wäre es nicht cool, mit einem Bouquet aus rosafarbenen und gelben Gladiolen vor den Traualtar zu treten? Das macht sonst niemand, oder? Weil es so langstielige Blumen sind, aber ich bin schließlich auch ein langer Lulatsch!« Sie lächelt zunächst Ben an und dann mich, bevor ihr Gesichtsausdruck unsicher wird. Erst da wird mir bewusst, dass ich eine finstere Miene ziehe. »Aber das überlasse ich natürlich dir. Du bist die …«

»Ich bin die Expertin.«

Ihre Hand zuckt nervös zu ihren Haaren. »Jedenfalls haben wir uns gedacht, dass es eine nette Idee wäre, wenn die Leute hinterher die Tischdekoration mit nach Hause nehmen könnten. So haben wir uns das überlegt, stimmts, Schatz?«

»Wir, wir, wir«, sage ich und ernte einen Seitenblick von Ben. »Ihr seid schon ein richtiges Ehepaar.«

Jane zupft wieder verlegen an ihrem T-Shirt. »Ich muss jetzt los. Ihr zwei macht das schon.« Sie geht ein paar Schritte auf die Tür zu. »Ihr habt mein vollstes Vertrauen!«, ruft sie und winkt uns zu, bevor die Tür bimmelnd hinter ihr zufällt.

»Was für ein Kontrollfreak«, sagt Ben.

»Brautzilla.« Eine unerwartete Welle der Zärtlichkeit steigt in mir auf, der Zärtlichkeit für meine Freundin, die glücklich und ohne jeden Narzissmus ihre Hochzeit plant, mit nichts als unbefangener Freude und Respekt. Dafür bewundere ich sie wirklich. Ich fröstele ein wenig in der klimatisierten Kühle des Ladens. »Sie kriegt einen wunderschönen Brautstrauß«, sage ich zu Ben und ziehe drei hellrosa Gerbera aus dem Eimer, meine Lieblingsblumen, während ich insgeheim gelobe, mich zu bessern.

Im Laden ist es still und leer, nur Ben und ich sind da. Ich beschäftige mich mit den Blumen, stecke eine weiße Schwertlilie neben eine gelbe Teerose und umgebe das Ganze mit einem kleinen Strauß lavendelfarbener Astern. Ben folgt mir durch den Laden, tut so, als hätte er eine Meinung zu den einzelnen Blumen, macht sich über mich lustig. *Hm, nein, die da passt gar nicht dazu, aber ja, die würde ich auch nehmen, die passt wunderbar.* Ich ziehe eine fleischige Flamingoblume aus dem Eimer und halte sie Ben hin. Ihr aufgerichteter Stempel wippt lüstern vor dem Hintergrund der dunkelrosa Blüte.

»Wär das nicht lustig?«

»Fantastisch«, lautet sein Urteil. »Es geht doch nichts über eine phallische Anspielung bei einer Hochzeit.« Er grinst und schüttelt den Kopf. »*Meiner* Hochzeit. Irgendwie total surreal.«

Ich nicke.

Ben zeigt auf mein Namensschild. »Warum warst du vorhin sauer auf Jane? Soll das mit dem Schild so eine Art Aktionskunst sein?«

»Keine Ahnung. Es tut mir leid.«

Er zieht eine rosafarbene Chrysantheme aus einem Eimer

und betrachtet sie lange. »Sie will sich für ein Jurastudium bewerben.«

Ich fühle mich, als hätte er mir ein Messer in den Leib gerammt. Als ich den Blick senke, sehe ich, dass sich tatsächlich ein Rosendorn in meine Handinnenseite gebohrt hat. »Das kann nicht …« Wovon redet er überhaupt? Das ist unmöglich. Jane hätte es mir erzählt. »Was willst du damit …?« Ich schließe die Augen, weil mein Leben gerade ins Schleudern geraten ist, weil es wie ein Auto, das von der Straße abgekommen ist, auf eine Klippe zurast. Jane als Jurastudentin – eine völlig absurde Vorstellung. Jane, die schlecht sitzende T-Shirts von Goodwill trägt und in Vorstadtvillen Jagd auf Schmutz macht, die Gedichte schreibt, die *Seifenabschaum* oder *Ode Toilette* heißen. Ben muss sich verhört haben. Bestimmt hat sie etwas ganz anderes gesagt. Vielleicht hat sie erwähnt, dass sie ihren nächsten Urlaub im Juragebirge verbringen möchte. »Ben«, bringe ich schließlich heraus. »Das kann nicht stimmen.«

Er nickt, und für einen flüchtigen Moment habe ich sogar den Eindruck, dass er es genießt, das Messer umzudrehen, das er mir gerade ins Herz gestoßen hat. »Wir überlegen, ob wir an die Ostküste ziehen. Washington, D. C.«

Der Dornenstich in meiner Hand blutet ein wenig, aber das ist wohl Berufsrisiko, wenn man in einem Blumenladen arbeitet. »Und wann wolltet ihr mir das mitteilen?« Ich tue so, als ob das Timing das einzige Problem wäre.

»Ich teile es dir doch gerade mit.« Jetzt wird er doch noch weich, das erkenne ich an seinem Gesicht, an der Art, wie er die Haltung verändert, wie er die Chrysantheme vorsichtig wieder an ihren Platz zwischen den anderen Blumen zurückgleiten lässt und sich mit dem Finger langsam über den Nasenrücken fährt. »Ich glaube, sie hat das Gefühl – *wir* haben das

Gefühl –, dass wir nicht für immer hierbleiben können, dass sich unser Leben irgendwie in einer Warteschleife befindet. Verstehst du?«

»Und was ist mit dir?« Ben hat letzte Woche endlich seine Bewerbung an das Graduiertenkolleg geschickt, und wir haben ihn gezwungen, uns zur Feier des Tages zum Abendessen einzuladen. *Du wirst mal Sozialarbeiter*, haben wir argumentiert. *Bald bist du ein reicher Mann!* »Was ist mit dir?«

Er zuckt mit den Schultern und lächelt. Die Antwort liegt auf der Hand. »Ich fände es nicht so schlimm, noch ein Jahr zu warten. Vielleicht arbeite ich in der Zwischenzeit für irgendeine gemeinnützige Organisation … etwas Sinnvolles, du weißt schon. Außerdem soll es an der Ostküste auch ganz passable Graduiertenkollegs geben.«

Ich weiß, dass er recht hat. Wenn ich ganz ehrlich bin, ist mir klar, wie unbefriedigend es auf Dauer ist, Nebenjobs auszuüben, für die wir völlig überqualifiziert sind, und in schäbigen, dünnwandigen Wohnungen zu hausen, die wir uns kaum leisten können. Es verliert langsam seinen Reiz, jeden Abend billige Nudeln oder Rührei von angeschlagenen Tellern zu essen, auf wackeligen Stühlen aus dritter Hand zu sitzen und schlechte Sendungen im Fernsehen zu sehen, weil wir uns weder Kabelfernsehen noch Restaurantbesuche leisten können, und dabei so zu tun, als hätten wir es genauso gewollt. Wir fühlen uns nichts und niemandem verbunden, außer uns selbst, und wenn ich mich dazu durchringen könnte, würde ich zugeben, dass wir uns in einem selbstverursachten Schwebezustand befinden, der nirgendwo hinführt. Aber das kann ich nicht. Daher ist alles, was ich aus Bens Mund wahrnehme: »Wir ziehen weg, entwickeln uns weiter.« Alles, was ich verstehe, ist: Lebe wohl.

Am Abend kriecht Jane zu mir ins Bett und kuschelt sich in meine zerknitterte lilafarbene Bettwäsche. Ben ist in seiner Wohnung und packt die wenigen Habseligkeiten zusammen, die er dort noch hat: das Geschirr, das er kaum benutzt, die Kleider, die er kaum trägt, die Töpfe, mit denen er nie kocht. Er wird bis zur Hochzeit bei uns wohnen – eigentlich tut er das sowieso schon –, und danach wollen sich die beiden eine gemeinsame Wohnung suchen. Das ist der Plan – ein Plan, der nun offensichtlich auch die Ostküste als möglichen neuen Wohnort in Erwägung zieht.

Nach dem Abendessen hat er Jane zum Abschied geküsst, tief geseufzt und gesagt: »Tja, dann gehe ich wohl mal.«

Sie haben sich umarmt, und Jane hat gelacht, als sie sich aus seiner Umarmung gelöst hat und eine Strähne ihrer dunklen Haare in seinen Bartstoppeln hängengeblieben ist. »Du gehst in deine Wohnung, um zu packen«, hat sie gesagt. »Nicht um zu sterben.«

Jetzt mache ich es mir in meinem Bett bequem, rolle mich auf den Rücken und stopfe mir die Haare wie ein Kissen unter den Kopf. Jane liegt schweigend neben mir und atmet tief. Meine Hände riechen immer noch nach Blumen. Die Scheinwerfer vorbeifahrender Autos huschen erst über die Zimmerdecke und dann über die Wand gegenüber dem Bett. Jane rollt sich zur Seite und sieht mich an. »Tut mir leid, dass ich dir heute im Blumenladen auf die Nerven gegangen bin.«

»Oh Gott, nein«, antworte ich und fühle mich neben meiner großherzigen Freundin klein und schäbig. »*Mir* tut es leid. Außerdem hast du mich gar nicht genervt. Überhaupt nicht. Ich glaube, es ist immer noch die Trennung von Declan.« Ich schließe für einen Moment die Augen und lasse diese halbe Wahrheit zwischen uns Fuß fassen.

»Ben hat gesagt, dass er dir das mit meinem Jurastudium erzählt hat. Und dass wir vielleicht hier wegziehen.«

»Mhm.« Ich liege immer noch auf dem Rücken und wende ihr mein Gesicht zu. Ihre Nase glänzt, und ihre Augen leuchten dunkel im Schein der Lampe.

»Tja, ich weiß auch nicht, was ich sagen soll.« Sie runzelt die Stirn, und ich mustere die vertrauten Fältchen, die dabei entstehen, und denke darüber nach, dass Ben sie jetzt vermutlich in- und auswendig kennt. Wenn man einen Menschen liebt, nimmt man ihn in den eigenen Körper auf, bis man jeden Winkel und jede Kurve seines Körpers mit den Fingerspitzen nachzeichnen könnte, bis man ihn morgens riecht, auch wenn er nicht da ist.

»Schon okay«, sage ich, weil mir nichts anderes übrigbleibt. Auf ihrer Wange prangt noch ein Klecks Gesichtscreme, der sich strahlend weiß von ihrer rosigen Haut abhebt. »Willst du wirklich Anwältin werden?«

»Vielleicht.« Die Bettdecke hebt und senkt sich, als sie mit den Schultern zuckt. Sie leckt sich die Lippen und seufzt. Ihr Atem riecht nach Zahnpasta. »Ich habe es satt, in blau gefärbtes Toilettenwasser zu blicken.«

»Aber was soll ich denn ohne euch beide tun?« Was soll ich tun? Meine Kehle wird plötzlich eng. Ich fühle mich beraubt.

»Ich weiß.« Ihre Stimme ist hoch und dünn. »Ich darf gar nicht darüber nachdenken.« Draußen knattert ein Motorrad vorbei, so laut, dass ich mich nicht wundern würde, wenn es zum Fenster hereingeschossen käme. »Aber bis dahin dauert es noch Monate. Außerdem kommst du uns ja besuchen. So oft wie möglich.«

»Ja.« Ich bin plötzlich hundemüde und schließe für eine Sekunde die Augen, vielleicht auch länger. Als ich sie wieder aufmache, liegt Jane noch genauso da wie vorher und starrt mich an. Ich stelle mir vor, wie ich Ben und Jane in ihrer reizenden Wohnung in D. C. besuche, wie ich auf ihrem Ausziehsofa übernachte und morgens ihren guten Kaffee trinke. *Wir gehen mit dir ins beste äthiopische Restaurant der Stadt, es liegt gleich hier um die Ecke! Und morgen steht die National Gallery auf dem Programm … Schön wars bei euch! Wir sehen uns bald wieder!*

Jane verlagert die Position und rutscht ein klein wenig näher an mich heran. Wir könnten uns mit den Nasen berühren, wenn wir wollten. Sie atmet aus, und ihr Atem ist ein warmer Lufthauch auf meinem Gesicht. »Also«, sagt sie, »gute Nacht.« Meine weiche Matratze federt, als sie sich auf der anderen Seite des Betts zum Schlafen zusammenrollt.

21

Der schummrige Hausflur von Seths Wohnhaus bildet einen dunklen, deprimierenden Kontrast zum sonnigen Vormittag, und meine Augen brauchen ein paar Sekunden, bis sie sich daran gewöhnt haben. Vor zwei Stunden hat mich ein Anruf meines Bruders ereilt. »Hättest du ein paar Rollen Klopapier, die du mir vorbeibringen könntest?« Seine Stimme am anderen Ende der Leitung hörte sich an wie ein leises Grollen. »Ich hab keins mehr.«

»Äh ja, ich glaube schon.« Seth hat eine Drogerie um die Ecke, und der nächste Supermarkt ist auch nur zwei Häuserblocks entfernt. »Klar.« Ich ließ meine Halswirbel knacken und sah mich in meinem Zimmer um. Jane hatte fast die ganze Nacht bei mir im Bett geschlafen. Erst als das trübe Morgenlicht allmählich zum Fenster hereingekrochen war, hatte sie sich davongeschlichen. Auf dem Kissen war immer noch eine Delle von ihrem Kopf. Ich fühlte mich irgendwie komisch, wie eine verlassene Geliebte oder eine Sechstklässlerin, die in der Schulkantine allein am Tisch sitzen muss. Mit dem Telefon am Ohr rollte ich mich auf den Bauch. »Brauchst du sonst noch irgendwas?« Was er wohl darauf antworten würde? *Eine Packung Cornflakes? Meine Würde?*

Ich zog mich an und ging zum Supermarkt, um Toilettenpapier, Milch, Brot, Erdnussbutter, ein Bündel Bananen und, aus einer Laune heraus, eine Flasche Wein für meinen »weinerlichen« Bruder zu kaufen, aber dann verzichtete ich doch lieber auf diesen lahmen Witz und ließ die Flasche im Auto.

Jetzt stehe ich in der Tür zu seiner Wohnung und lächle ihn an, während er mir die Papiertüte aus der Hand nimmt. »Du musst mal hier raus, Seth«, sage ich betont fröhlich und versuche, gleichzeitig gute Laune zu verströmen und nicht allzu tief einzuatmen. Es riecht nach Dope und nassen Handtüchern und ranzigem Fett. »Ach, Seth«, seufze ich. »Jetzt machen wir erst mal ein paar Fenster auf, und dann ab nach draußen.«

Ich sehe mich in der Wohnung um, die ein Bild des Grauens bietet: Im ganzen Wohnzimmer sind Pizzaschachteln und leere Bier- und Coladosen verteilt, in der Mitte des Zimmers türmt sich ein Kabelknäuel auf dem Boden, neben dem Fernseher liegt ein Paar Socken, und auf der Futonmatratze steht eine volle Schüssel mit einer gelblichen Flüssigkeit. Er hat meinen als Stichelei gemeinten Vorschlag aufgegriffen und benutzt tatsächlich eine umgedrehte Umzugskiste als Wohnzimmertisch. Nicht einmal ein Geschirrtuch hat er darüber gebreitet, um dem Ganzen einen wohnlichen Anstrich zu geben. Seths Wohnung ist der Inbegriff von Niederlage, ein Einblick in die Psyche eines Mannes, der jegliche Lust am Leben verloren hat.

Seth folgt meinem Blick, kratzt sich am Kopf und lächelt schief. »Kann ich dir was zum Trinken anbieten?«, fragt er, und wir fangen beide an zu lachen.

»Vielleicht einen schönen Dessertwein, wenn du einen dahast?«

Er bringt die Tüte mit den Einkäufen in die Küche. »Du bist echt eine liebe Schwester«, sagt er leise, eine Aussage, die so untypisch für ihn ist, dass ich die Stirn runzle und beschließe, mich verhört zu haben. Er muss etwas ganz anderes gesagt haben. *Du bist echt eine diebische Elster?*

»Danke«, murmele ich und folge ihm in die Küche, wo er bereits dabei ist, Milch direkt aus dem Karton zu trinken.

»Weißt du, wo ich gerne mal wieder hinmöchte?«, fragt er und wischt sich den Mund mit dem Ärmel ab. Ich schüttle den Kopf. »In die Domes.« Die Domes sind eines der Wahrzeichen von Milwaukee und bestehen aus drei gewaltigen Glaskuppeln, die die Gewächshäuser des Botanischen Gartens beherbergen. Wie drei weibliche Brüste ragen sie über der Stadt auf, die monströse Fantasie eines Busenfetischisten. Seth schiebt sich eine Handvoll Cornflakes in den Mund. »In die Domes«, wiederholt er, geräuschvoll kauend. »Die haben da einen tollen Souvenirladen. Oder hast du keine Lust? Wir können auch woanders hingehen.« Er sieht sich um. »Wahrscheinlich hast du recht: Ich muss wirklich mal raus hier …«

Ich senke den Blick auf den Linoleumboden, wo ich zum Glück eine große Auswahl an Fettflecken vorfinde, auf die ich meine Aufmerksamkeit richten kann. Der betont beiläufige Vorschlag meines Bruders ist nicht schwer zu durchschauen. Von Nina weiß ich, dass die beiden in einer der Glaskuppeln ihre erste Verabredung hatten und sich hinter dem Hibiskus im Tropical Dome zum ersten Mal geküsst haben. Seths und Ninas Liebe ist in der dampfigen Wärme des künstlichen Regenwalds erblüht.

»Klar, können wir gerne machen«, sage ich. Ein Besuch des Ortes, an dem alles begann, scheint mir keine besonders gute Idee zu sein, aber wenn er unbedingt will, werde ich mich nicht querstellen. Ich nehme mir vor, ein besonderes Interesse für Kakteen vorzutäuschen und ihn in den Desert Dome zu entführen, wo Pflanzen auch in feindlicher, ausgedörrter Umgebung gedeihen. Dort ist vielleicht genau der richtige Ort für uns.

»Ich schaffe es irgendwie nicht, meinen Scheiß geregelt zu kriegen«, sagt Seth zu mir, während wir langsam den Fußweg entlangschlendern, der in einem großen Bogen durch den Tropical Dome führt. Um uns herum blühen üppige Vanillepflanzen und Orchideen, und in der Luft liegt ein feuchter, süßlicher Geruch, der sich, wie so viele Dinge, irgendwo zwischen Wohlgeruch und Verwesung bewegt. »Ständig fühle ich mich schlapp und niedergeschlagen, und zwischendurch überkommen mich immer wieder diese Wutanfälle. In der einen Minute geht es mir noch gut, und in der nächsten würde ich am liebsten ein Kaninchen treten.«

»Kaninchen können ganz schöne Arschlöcher sein.«

Schweigend schlendern wir weiter. Hinter uns schiebt eine Frau ihre Zwillinge in einem riesigen Doppelkinderwagen heran, und wir müssen den Fußweg verlassen, damit sie uns überholen kann. Die großen Köpfe der beiden Babys sind einander zugeneigt und wippen im Schlaf. Ihre Mutter hat ein rosafarbenes Trägerhemd und eine Yogahose an und stürmt mit schnellen Schritten und grimmigem, entschlossenem Gesichtsausdruck an uns vorbei.

»Meine Arbeitskollegen denken bestimmt schon, dass ich ein Problem mit der Blase habe«, fährt Seth fort, »weil ich so oft aufs Klo verschwinde, um meine Wut wieder in den Griff zu kriegen. Es ist wie Dauerbesuch von Tante Rosa.«

Ich streiche mit den Fingerspitzen über das fedrige Ende eines Farnblatts. »Da muss ich dich leider enttäuschen«, antworte ich gehässig. »Besuch von Tante Rosa ist längst nicht so schlimm wie das, was du gerade durchmachst.« Manchmal lasse ich mich ungewollt von der Widerwärtigkeit meines Bruders anstecken.

»Doch«, sagt er und nickt mit Nachdruck. »Ist es wohl. Bei Nina war es so.«

Ich kann nicht glauben, dass er es schon wieder geschafft hat, das letzte Wort zu haben. »Tja … und wie willst du aus diesem Zustand wieder herausfinden?«

»Gar nicht, habe ich beschlossen.« Er fährt sich mit der Hand durch die Haare.

»Ach, Seth«, sage ich. Jeder Rest von Verärgerung wird fortgespült von einer plötzlichen Welle des Mitgefühls. »Du wirst dich nicht für den Rest deines Lebens so mies fühlen!«

»Nein, nein, so meinte ich das auch gar nicht. Natürlich könnte ich wieder aus der Krise herausfinden, aber in letzter Zeit wird mir immer bewusster, dass es eigentlich etwas Positives ist, in so engem Kontakt zu seinen Gefühlen zu stehen. Dadurch hat man auch mehr zu *geben.*« Er malt Gänsefüßchen in die Luft, als wüsste er, dass er niemandem irgendetwas geben wird. Seine Hände bleiben ein paar Sekunden in der Luft hängen. »Zuerst dachte ich, dass ich vielleicht ins Kloster gehen sollte, aber ich würde wahrscheinlich einen ziemlich beschissenen Mönch abgeben. Als ob ich für den Rest meines Lebens nur noch Reis essen und auf Sex verzichten könnte!« Ich murmele ein vages *Mhm* und versuche krampfhaft, die Vorstellung von meinem Bruder beim Sex zu verdrängen. Erst nach mehreren Schritten fällt mir auf, dass er stehen geblieben ist und die Beschreibung eines Kapokbaums liest. »Also, Wilford, was tun Leute wie ich, die ganz von ihren Gefühlen eingenommen werden? Na, was tun sie?« Er sieht mich aufmerksam an. »Sie schaffen Kunst! Sie schreiben, sie malen, sie komponieren … Ist es bei dir eigentlich auch so? Fühlst du dich scheiße und machst deshalb deine komischen Zeichnungen, weil du deine Gefühle irgendwie verarbeiten musst?«

»Seit wann interessierst du dich für meine Zeichnungen, Seth?«

»Nein, hör auf, ich meine es ernst. Ich werde ein Drehbuch schreiben!«

»Oh, äh … echt super!« Bei der Vorstellung, was wohl dabei herauskommt, wenn Seth ein Drehbuch schreibt, schüttelt es mich: eine kleine romantische Komödie, in der Gina, die rothaarige Freundin des Helden, eine hartherzige Bürokratin ist, oder vielleicht Zahnhygienikerin, jemand, der gerne scharfe Gegenstände benutzt, um anderen Schmerzen zuzufügen. Und Sam, unser glückloser Held, erkennt einfach nicht, was für eine dominante, selbstsüchtige Zicke sie ist, bis er es bei einer turbulenten Urlaubsreise nach Jamaika oder der vergeblichen Suche nach einem Lottoschein mit sechs Richtigen, den er versehentlich weggeworfen hat, doch endlich kapiert und sie verlässt, um eine selbstlose, unglaublich attraktive Vorschullehrerin zu heiraten. Oder vielleicht ein Actionfilm, in dem ein nerdiger Wissenschaftler die Erde vor dem Angriff bösartiger, sommersprossiger, rothaariger Aliens rettet und dadurch die Liebe seiner selbstlosen, aber unglaublich attraktiven Kollegin aus dem Labor gewinnt. *Jessica löst ihren Haarknoten, woraufhin sich ihre blonden Locken über ihren Rücken ergießen. Dann nimmt sie die Brille ab, und Sam reißt sie an sich und murmelt: »Warum ist mir nie aufgefallen, wie wunderschön du bist?«*

»Echt super«, wiederhole ich.

»Allerdings habe ich jahrelang nur meine andere Gehirnhälfte trainiert und bin im kreativen Bereich ein bisschen eingerostet.« Er tippt sich an den Kopf. Seth arbeitet bei der städtischen Wasserkontrollbehörde und wertet Daten über mikroskopisch kleine Organismen und Schmutzpartikel aus. *Wo ich auch hinblicke, überall nur Scheiße,* scherzt er gerne, und zwar nicht erst seit der Trennung von Nina.

»Aha. Und was heißt das jetzt?« Ich habe meinen Bruder seit Monaten nicht mehr so begeistert erlebt und hoffe, dass das ungute Gefühl in meiner Magengrube auf zu viel Kaffee zurückzuführen ist.

»Dass du an dieser Stelle ins Spiel kommst!«

»Oh.«

»Will, jetzt mal im Ernst: Ich möchte, dass du mir beim Schreiben hilfst! Du kannst doch deine Arbeitsstunden im Blumenladen ein bisschen reduzieren, dann hast du Zeit. Ich gebe dir eine Vorlage, eine detaillierte Zusammenfassung dessen, was ich mir vorstelle, und dann schreiben wir das Drehbuch zusammen! Ich meine, *du* könntest das Schreiben übernehmen, und *ich* wäre sozusagen der kreative Kopf!« Er sieht mich mit so viel Aufrichtigkeit an, dass ich für einen Moment versucht bin, Ja zu sagen.

»Nein.«

»Nein? Einfach so?«

Als ich vierzehn war, hat Seth mir auf die Nase gebunden, sein bester Freund Eric Ackerman, der damals Kapitän der Schwimmmannschaft war, sei in mich verknallt. *Schreib ihm doch einen Brief*, riet er mir. *Schreib ihm, dass du auch interessiert bist!* Ich war damals bereits einen Meter achtzig groß und hatte riesige Brüste, die meinen Körperschwerpunkt gefährlich weit nach oben rückten. Ben kannte ich damals noch nicht, aber ich trug eine Brille und eine Zahnspange und hatte Haare, die in alle Richtungen abstanden, statt wie bei anderen Mädchen nach unten zu hängen. Die magische Wirkung von glättenden Pflegeprodukten auf Silikonbasis war mir noch unbekannt. Meine Arme und Beine waren zu lang für meinen Körper, sodass ich mich wie eine Marionette bewegte und mir angewöhnt hatte, mich bei allem, was ich anrempelte, zu entschuldigen, selbst wenn es sich um leblose Gegenstände wie Schließfächer, Schreibpulte oder Kantinentische handelte. *Sorry! Oh, hoppla, tut mir leid!* Trotzdem ließ ich mich von Seth überzeugen und schrieb den Brief. Es gab also durchaus Zeiten, in denen er mir alles hätte verkaufen können. »Ja«, bestätige ich jetzt und stoße mit dem Knie versehentlich gegen eine Bank. »Einfach so.«

Seth schweigt eingeschnappt. Wir haben mehr als die Hälfte der Regenwaldrunde hinter uns gebracht und bewegen uns langsam wieder auf den Ausgang zu. Die Feuchtigkeit des riesigen Gewächshauses fängt an, mir auf die Nerven zu gehen, ich fühle mich klebrig, eine deplatzierte Sukkulente, ein Kaktus in der falschen Klimazone. Ich mache einen tiefen Atemzug, der seinen Zweck nicht erfüllt und irgendwo auf halbem Weg zu meiner Lunge steckenbleibt. Die Frau mit den schlafenden Zwillingen taucht wieder hinter uns auf, mit klapperndem Kinderwagen kommt sie näher.

»He!« Als sie sich an uns vorbeizwängen will, fährt Seth zu ihr herum. »Könnten Sie vielleicht ein bisschen mehr Rücksicht nehmen?«

Sie hebt verwirrt den Blick. »Entschuldigung«, murmelt sie und verlangsamt die Schritte.

»Wir versuchen hier, gemütlich spazieren zu gehen«, sagt er und stopft die Hände in die Taschen seiner Jeans. »Warum weichen *Sie* nicht ins Blumenbeet aus, wenn Sie mit Ihrem überbreiten Ding vorbeiwollen?«

»Mein Gott«, sagt sie genervt. Eins der Babys bewegt sich und jammert leise, bevor es wieder einschläft. Die Frau zuckt mit den Schultern. »Die beiden sind anscheinend nicht die Einzigen, die heute ein Nickerchen brauchen.« Sie schiebt ihren Kinderwagen vom gepflasterten Fußweg, um uns zu umrunden, und begräbt ein paar winzige lilafarbene Blumen unter sich.

»Seth!«, sage ich vorwurfsvoll, sobald sie außer Hörweite ist.

»Was denn? Wir hatten Vorfahrt!«

»Ach stimmt, da hing ja ein Schild mit der Aufschrift BABYS IN KINDERWAGEN HABEN GRIESGRÄMIGEN FUSSGÄNGERN VORTRITT ZU GEWÄHREN.«

Er schnaubt empört und schmollt weiter vor sich hin, mit hängenden Schultern und gesenktem Kopf. »He«, sagt er nach ein paar Minuten und wirft mir einen bösen Blick zu. »Ich wette, du freust dich schon riesig auf die Hochzeit von Jane und Ben. Müsste bald so weit sein, oder? Das wird ein Spaß!« Er zieht die rechte Hand aus der Tasche und schnippt mit den Fingern gegen das Blatt eines blühenden Philodendrons. »*Du* hast die beiden zusammengebracht, und jetzt leben sie ihr Leben ohne dich weiter und sind glücklich bis ans Ende ihrer Tage.« Er reißt das Blatt ab und wirft es auf den Boden. »Muss ein Scheißgefühl sein.«

»Na ja …« In meinem Gehirn rattert es fieberhaft, bis mir aufgeht, dass ich mir die Mühe sparen kann. Seth sagt ohnehin, was er loswerden will. Mir bleibt nichts anderes übrig, als es über mich ergehen zu lassen, auch wenn es noch so wehtut.

»Nein, hör mir zu, Willa: Du urteilst gerne über andere und bist davon überzeugt, dass *ich* hier der Loser bin und du eine … eine kleine, selbstgefällige Prinzessin, eine Heilige, eine Märtyrerin. Echt herzergreifend. Glaubst du wirklich, dass dein Leben auch nur einen Deut besser ist als meins? Glaubst du, nur weil du es nicht *aktiv* vermasselt hast, bist du keine Loserin?«

Er hat sich so in Rage geredet, dass er stehen bleiben muss, um zu verschnaufen, und ich drehe mich zu ihm um, zu diesem erwachsenen Mann, meinem Bruder, der seine Beziehung zu Nina zerstört hat und nun ganz wild darauf zu sein scheint, die zu mir auch noch zugrunde zu richten. Schweiß rinnt ihm seitlich am Gesicht herunter. Meine Welt gerät aus dem Gleichgewicht. Bewunderung und Mitleid schließen sich gegenseitig aus.

Zwei hellgelbe Vögel schießen kreischend über uns hinweg und verursachen bei ihrer Landung im Gebüsch lautes Blätterrascheln. Erschrocken blicke ich mich um, weil ich ganz vergessen hatte, dass in den Bäumen des Gewächshauses tropische Vögel leben. Wahrscheinlich glauben sie, dass sie auf Borneo oder Java oder in Botswana sind, irgendwo, wo es heiß und feucht ist. Stattdessen verbringen sie ihr ganzes Vogelleben im Botanischen Garten in Milwaukee, Wisconsin, und merken es nicht einmal. Diese Spatzenhirne!

»Ich glaube, ich würde jetzt gerne gehen«, sage ich zu Seth, der immer noch ins Leere starrt. Ich bin mir nicht sicher, ob er mich gehört hat, aber das ist mir egal. Mit schnellen Schritten marschiere ich zum Ausgang. Wir sind mit meinem Auto da, also hat er keine andere Wahl, als mir zu folgen.

Als ich zurück in die Wohnung komme, steht ein großes, in glänzendes Silberpapier gewickeltes Paket mit einer roten Schleife mitten auf dem Küchentisch. Ben und Jane liegen aneinandergekuschelt auf dem Sofa und lesen dasselbe Buch.

»Von wem ist das?« Seit drei Wochen hält der UPS-Wagen fast täglich vor unserem Haus, und ich kenne inzwischen den Vornamen des Fahrers. Er heißt Don und hat eine Tochter namens Kate, die gerade ihr Studium an der University of Iowa begonnen hat. Sein Sohn Evan war schon mehrmals auf Entzug, ist aber inzwischen auf dem Weg der Besserung.

»Von uns«, sagt Ben und lächelt.

Jane nickt. »Von uns!«

»Oh, schön«, antworte ich. Die beiden haben sich also

selbst ein Geschenk gekauft. Vielleicht sollte ich mir auch ein Geschenk kaufen und darauf schreiben: »Glückwunsch zum Verlust deines Freundes Declan, deiner beiden besten Freunde und deines Bruders Seth! Jetzt bist du endlich ganz allein!« Vielleicht eine Tischdecke oder eine Pralinenschachtel oder einen Eierlöffel. Declan hat ständig von Eierlöffeln geredet. *In diesem Scheißland kriegt man nirgendwo einen Eierlöffel!* Mir ist danach, in mein Zimmer zu gehen und mich hinzulegen, also winke ich Jane und Ben zu und biege in den Flur ab. »Ich muss mich für die Arbeit fertig machen«, murmle ich als Entschuldigung.

»Nein!«, protestiert Jane. »Das Geschenk ist von uns für dich!«

Ich hüpfe in die Küche zurück und freue mich nun doch. Ein Geschenk für mich! »Warum denn das?«

»Mach es doch einfach auf«, schlägt Ben vor, während er die Seite mit einem Eselsohr kennzeichnet und das Buch auf den Wohnzimmertisch legt.

Ich schiebe die Schleife beiseite und reiße das Papier auf. Ich konnte noch nie verstehen, wie man Geschenke so vorsichtig auspacken kann, als würde man eine Operation am offenen Herzen durchführen, wie man sorgsam das Klebeband abtrennen und die Freude bis zur letztmöglichen Sekunde hinauszögern kann. Mit einem einzigen, befriedigenden Ruck entferne ich das Silberpapier.

ZERBRECHLICH steht auf der Seite des Kartons, und einen flüchtigen Moment denke ich, dass das gut zu meinem Herzen passt.

»Oh!«, sage ich. *Kaffeeautomat* steht auf dem Karton. Eine Kaffeemaschine. Aber wir haben doch schon eine, eine voll funktionstüchtige gebrauchte Maschine von Bonnie Weston! Ich blicke fragend zum Sofa hinüber. Jane sitzt im Schneidersitz da, und ihr linkes Knie liegt auf Bens rechtem Knie. Beide sehen mich erwartungsvoll an. Sie fangen schon an, sich zu ähneln, wie Hunde und ihre Besitzer. Bens Haare sind deutlich länger als damals in der Highschool, und Jane trägt jetzt oft seine T-Shirts. Auch ihre Gesichtsausdrücke gleichen sich immer mehr an, dieses gespannte halbe Lächeln, die Art, wie sie mit den Lippen ein tonloses *Was?* formen, wenn sie etwas nicht verstehen.

Aber *ich* verstehe endlich, was es mit dem Paket auf sich hat: Die beiden schenken mir diesen schicken neuen »Kaffeeautomaten« – mit integriertem Wasserfilter und Kaffeemühle, Produkt eines deutschen Herstellers, von dem meine Eltern früher aus Prinzip nichts gekauft haben – diese Kaffeemaschine ist für mich, weil sie die alte mitnehmen werden.

»Man kann sie sogar vorprogrammieren!«, sagt Jane begeistert.

»Falls du morgens zu müde bist, um einen Knopf zu drücken.«

»Wow«, sage ich. »Wahnsinn, vielen Dank.« Ich blinzle die Tränen weg, die mir hinter den Augen brennen. »Die ist echt … der Wahnsinn.« Ich sehe mich diese topmoderne Wundermaschine aus Chrom und Stahl bereits ungeöffnet in den Müllcontainer hinter dem Haus werfen oder sie bei Goodwill vorbeibringen: Auf Nimmerwiedersehen! Irgendjemand wird sich sicher über dieses Schnäppchen freuen, diesen Glücksfund. »Vielen, vielen Dank!«

Erleichtert stelle ich fest, dass der Damm hält und die Tränen wieder den Rückzug antreten. Blitzartig taucht ein Bild vor mir auf, wie ich vor der Arbeit allein am Küchentisch sitze und Kaffee trinke. In Janes altes Zimmer ist ein anderes Mädchen eingezogen. Sie heißt Andrea und hasst Kaffee. An den meisten Abenden macht sie sich Fertignudeln mit Hackfleischsoße. Die ganze Wohnung riecht penetrant nach Rindfleisch. Andrea schneidet sich die Fußnägel auf dem Sofa und benutzt kleine Zehentrenner aus Schaumstoff, damit ihr hellrosa Nagellack nicht verschmiert.

»Eigentlich wollte ich meinen Koffeinkonsum ein bisschen einschränken.« Ich presse die Finger auf die Kante des Kartons und lächle meine Freunde an. Bestürzt starren sie zu mir zurück. »Aber mit der neuen Maschine kommt das natürlich nicht mehr infrage! Juchhu!«

22

Den ganzen Tag war ich entweder den Tränen nahe oder bereits in Tränen aufgelöst. Im Blumenladen habe ich mir beim Kürzen eines Tulpenstraußes in den Zeigefinger geschnitten und so heftig geweint, dass ich den Laden für zehn Minuten zumachen musste.

Später, kurz vor Ende meiner Schicht, kam ein älterer Mann herein und sah sich ausgiebig um, bevor er sich schließlich für einen vorgefertigten Strauß aus kaum geöffneten roten Rosen, einzelnen rosafarbenen Astern und weißen Gänseblümchen entschied. Mit leicht zitternder Hand legte er die Blumen auf die Ladentheke. »Die sind für meine Frau«, erklärte er mit einem kleinen, liebevollen Lächeln. »Wir haben morgen unseren sechzigsten Hochzeitstag.«

»Glückwunsch«, antwortete ich, während mir die Tränen nur so über die Wangen liefen. Ich zog ein Papiertuch aus einer Schachtel unter der Theke und sagte erklärend: »Allergie.«

Der Mann nickte und blickte mich mit seinen wässrig blauen Augen teilnahmsvoll an. Durch sein dünnes Baumwollhemd konnte ich seine knochigen Schultern sehen. Nachdem er den Strauß bezahlt hatte, legte er die Hand auf meine. Ich mag es eigentlich nicht, wenn Fremde mich anfassen, aber diesmal zog ich die Hand nicht weg, weil ich das Gefühl hatte, dass dieser Mann etwas Freundliches und Weises zu mir sagen würde, vielleicht, wie geduldig und beständig die Liebe ist.

»Ihr Laden ist ganz schön teuer«, sagte er mürrisch und tätschelte mir die Fingerknöchel. »Ich glaube, nächstes Mal kaufe ich meine Blumen wieder im Supermarkt auf der South Elmwood Avenue.«

Als ich nach Hause kam, zog ich mir sofort ein T-Shirt und meine letzte saubere kurze Hose an und ließ mich aufs Sofa fallen, schlaff wie eine Qualle. Seither habe ich mich keinen Zentimeter mehr vom Fleck bewegt.

Ben reißt eine Packung Spaghetti auf und lässt die Nudeln in einen Topf mit kochendem Wasser gleiten, während ich durch die Kanäle zappe. Jane passt heute Abend auf die Amster-Kinder auf *(Dieser kleine Amster will einfach nicht ins Bett! Ein nachtaktiver Kerl ist das!),* daher sind wir nur zu zweit. Die deutsche Kaffeemaschine steht mitten im Zimmer auf dem Boden, untersetzt und glänzend, wie ein kleiner preußischer Soldat.

Nachdem Ben ein paar Minuten mit Töpfen herumgeklappert und Schranktüren auf- und zugemacht hat, fragt er mich: »Hast du Hunger?«

»Klar.«

Er reicht mir einen Teller mit zu lang gekochten Spaghetti, Tomatensoße aus dem Glas und Streuparmesan. »Wow«, sage ich und stochere mit der Gabel in den Nudeln herum, die sofort einen klebrigen Klumpen bilden. »Raffiniert!«

»Ein Rezept von meinem Onkel Al aus Sizilien«, antwortet Ben. »Hab ich dir je von Onkel Al erzählt? Al Dente?«

»Mal ehrlich: Seit wann wartest du schon darauf, endlich diesen Witz unterzubringen?«

»Seit ungefähr« – er wirft einen Blick auf die Uhr – »einer Dreiviertelstunde.« Er saugt geräuschvoll eine Nudel ein und wischt sich dann das Kinn ab.

Ist es das letzte Mal, dass ich mit Ben allein bin, dass wir ungezwungen den Abend miteinander verbringen, nur wir beide, unverheiratet und ungebunden, dass wir zusammen Spaghetti schlürfen und fernsehen? Jane hasst es, auf dem Sofa zu essen, weil sie dann ständig befürchtet, dass der Bezug Flecken abbekommt.

Mittlerweile glaube ich, dass ich unterbewusst schon in der Highschool ahnte, dass Ben in mich verknallt war, vielleicht sogar, dass es mehr war als nur eine Schwärmerei. Warum sonst hätte er seine geliebten Geologie-Exkursionen am Wochenende aufgeben sollen, um die Samstage mit mir zu verbringen? Warum hätte er mit mir für meine Spanischprüfungen lernen sollen, obwohl er selbst Französisch hatte? Warum hätte er sich die Mühe machen sollen, mir immer wieder Formeln und Funktionen zu erklären, obwohl wir beide wussten, dass ich die Matheprüfung ohnehin nicht bestehen würde? Warum hätte er sich geduldig mein endloses verliebtes Geschwafel über Ryan Cox anhören sollen? Er war mein bester Freund. Beste Freunde kennen Grenzen, aber Ben nicht. Er hätte ausnahmslos alles für mich getan, und ich profitierte davon, immer wieder. Ich wusste es, natürlich wusste ich es.

Jetzt, wo er neben mir auf dem Sofa sitzt, werfe ich ihm einen Blick zu, betrachte seine markante Kieferpartie, seine Bartstoppeln, die schon mehrere Tage alt sind, seine langen Finger, die nah genug wären, um meine zu berühren, es jedoch niemals tun. In letzter Zeit vermeiden wir selbst harmlosen Körperkontakt. Wenn ich ihm einen Teller reiche und sich unsere Hände streifen, zuckt einer von uns unweigerlich zurück, und wenn wir uns versehentlich auf dem Flur anrempeln, springen wir in entgegengesetzte Richtungen auseinander. *Sorry, meine Schuld!*

Er ertappt mich dabei, wie ich ihn ansehe, und hebt die Augenbrauen.

»Du hast da ein bisschen …« Ich zeige auf sein Gesicht, und er greift nach seiner Serviette und wischt sich einen nicht existierenden Soßenfleck weg. Im Hintergrund läuft eine Doku-Soap über eine Familie mit siebzehn Kindern, deren Namen alle mit *T* beginnen. *Nach unserem sechzehnten Kind dachten wir, dass Gott uns bestimmt nicht noch ein weiteres schenken würde, aber dann kam Trystal!*

Ich kann kaum schlucken, weil sich in meiner Kehle vor lauter Kummer ein dicker Kloß gebildet hat. Ich bin gescheitert. Obwohl ich den vermeintlich selben Weg eingeschlagen habe wie meine Freunde, habe ich mich unterwegs in einem Dickicht aus dunklen, gefährlichen Schlingpflanzen verlaufen, während sie Hand in Hand in ihre helle, sonnige Zukunft davonschreiten. Ich stelle meinen Teller auf dem Schoß ab und hole tief Luft, aber auch das Atmen wird von meinem Kloß im Hals erschwert. Declan ist weg; Seth ist ebenfalls aus meinem Leben verschwunden oder war vielleicht schon seit Jahren nicht mehr richtig anwesend; Jane verlässt mich bald. In der Vergangenheit gab es nur einen Menschen, der mich immer wieder gerettet hat, und jetzt geht auch er. Ist das Erwachsensein? Ein Verlust nach dem anderen? Daran werde ich mich nie gewöhnen können, niemals.

»Ben.«

Er dreht den Kopf. »Noch mehr Soße?« Er wischt sich über die Wangen, das Kinn.

»Nein, das nicht.« Ich greife nach seiner Hand, damit er aufhört, unnötig in seinem Gesicht herumzureiben, und kriege plötzlich überhaupt keine Luft mehr. Mein Körper wird von heftigen, wogenden Schluchzern geschüttelt, und die unterdrückten Laute, die ich dabei von mir gebe, erinnern an eine leidende Kuh. Statt den Knoten in meinem Hals zu lösen, verursachen die Erschütterungen, die meinen Körper erfasst haben, nur weitere Schluchzer und Tränen, bis ich sicher bin, dass ich entweder zu hyperventilieren anfange oder ein Kalb zur Welt bringe.

Tränen und Rotz strömen mir übers Gesicht, weil es Ben war, der mir in der zehnten Klasse Zinksalbe auf meine Windpocken schmierte, der neben mir auf dem Boden saß, als ich über der Toilettenschüssel hing und mir die Seele aus dem Leib kotzte, weil ich Sushi von der Feinkosttheke der Fuel-n-Food-Tankstelle gegessen hatte *(Hab ich dir nicht gesagt, dass man niemals rohen Fisch von einer Tankstelle essen darf?).* Ben hat mich in meinen schlimmsten, hässlichsten Momenten erlebt und sieht mich jetzt hilflos und zärtlich an, während er mir wie der alte Mann im Blumenladen die Hand tätschelt. »Traurige Willa«, sagt er leise, und als meine Schluchzer endlich abklingen, berührt er sanft die nasse Haut über meiner Lippe, die Kuhle, in der sich die Tränen gesammelt haben. »Süß. Du siehst hübsch aus.«

»Halt den Mund«, antworte ich.

Er bietet mir den Ärmel seines Hemds an, und ich wische mir Gesicht und Nase daran ab.

»Will? Was ist los?«

Ich schniefe. »Mir ist nur gerade wieder ein total trauriger Film eingefallen, den ich vor ein paar Jahren mal gesehen habe.«

Er zieht mich zu sich heran, um mich in den Arm zu nehmen, und ich lasse es zu und lege den Kopf an seine warme Brust. Er streicht mir übers Haar, fährt mir mit den Fingern durch die Locken. Irgendwo in meinem Hinterkopf lauert der Gedanke, dass es vielleicht einen Grund dafür gibt, dass wir in den letzten sechs Monaten jeden Körperkontakt vermieden haben.

In meinem Gehirn läuft wie bei einer Nachrichtensendung ein Newsticker durch, auf dem erst NICHT NICHT NICHT NICHT steht und dann JANE JANE JANE JANE.

Ich schalte ihn einfach aus – *klick* – und hebe den Kopf. Und schon küssen wir uns, wie damals im Auto.

Es gibt nur eine einzige Sache, die *noch* schlimmer ist, als den besten Freund zu küssen, wenn er in zwei Wochen die beste Freundin heiraten soll: mit ihm zu schlafen. Wenn es irgendetwas Schlimmeres gibt als das, wüsste ich gerne, was es ist.

Ben streicht mit dem Finger über meine Wange. »Mist«, sagt er. »Verdammter Mist.«

Ich ziehe mein rechtes Bein zwischen zwei Sofapolstern und meinen Arm unter seinem Körper hervor. Der Arm ist eingeschlafen, ein kribbelnder Stumpf. Ich schüttle ihn, damit wieder Blut hineinfließt, schlage ihn gegen die Sofakante. *Bumm, bumm, bumm*, ein unbeabsichtigtes Echo dessen, was gerade passiert ist. »Ich spüre meine Hand nicht mehr«, erkläre ich.

Ben stützt sich auf seinen Ellbogen und starrt mich so durchdringend an, dass ich Angst habe, sein Blick könnte mich verbrennen. Ich will mich wegdrehen, aber das Sofa ist so schmal, dass wir aneinandergepresst daliegen, Brust an Brust, Oberschenkel an Oberschenkel, Nase an Nase. Ich bin gezwungen, die ganze Abfolge von Empfindungen über sein Gesicht huschen zu sehen – Lust und Verlangen weichen erst Traurigkeit und Verwirrung und dann Schuldgefühlen und untröstlicher Reue. Aber vorherrschend ist ein anderes Gefühl, das das Gesicht meines besten Freundes vollkommen verwandelt: Seine Augenlider werden schwer, und seine Mundwinkel verziehen sich nach oben. Ich kenne dieses Gesicht, diese schmachtende Verletzlichkeit, die Ben ausstrahlt, wenn er verliebt ist. Und er ist verliebt. In mich. Seine Gefühle sind schonungslos und unwiderlegbar. Derart entblößt wirkt er, dass ich trotz der Tatsache, dass wir schon eine Weile unbekleidet aufeinanderliegen und ich diesen Mann kenne, seit ich vierzehn bin, beschämt die Augen schließen muss, weil ich auf diesem schmalen, durchgesessenen Sofa nicht anders ausweichen kann. Ich schließe die Augen, weil ich die Wahrheit nicht ertrage.

»Was wir da gerade getan haben …«, flüstert Ben.

»Ich weiß.«

»Jetzt stecken wir richtig in der Scheiße.«

Der Fernseher lief im Hintergrund weiter, während wir uns liebten, und ich war dankbar dafür, so als könnten die Geräusche von Familie Hitchcock und ihren siebzehn Kindern unsere Tat übertönen und sie irgendwie weniger erbärmlich machen.

Während zwei der Hitchcock-Töchter ihre eigene Waschseife herstellten, leckte Ben mir das Ohr, und während Mama Hitchcock mit ihrem langen Jeansrock die Kinder zu Hause unterrichtete, küsste ich ihn und strich mit den Händen sanft über seinen Rücken. *Wie lange hat Gott gebraucht, um die Erde zu erschaffen?*

»Sechs Tage«, murmelte ich abwesend. Während die Jungen sich auf die Hirschjagd vorbereiteten, legte Ben die Hände auf meine Hüften. *Die Schwestern kümmern sich um den Frühjahrsputz, während die Brüder auf die Jagd gehen.* Für einen kurzen, verwirrenden Moment glaubte ich, dass Ben und ich

Geschwister waren. Während ich ihn seitlich am Hals streichelte, dachte ich an Jane und fragte mich, ob er ebenfalls an sie dachte. War es wirklich erst eine Stunde her, dass sie mir mit herzerweichendem Winseln und dem Versprechen, morgen meine Wäsche zu waschen, meine vorletzten sauberen Shorts abgeluchst hatte? War es erst eine Dreiviertelstunde her, dass sie uns fröhlich zum Abschied zugewinkt und gerufen hatte, »Wir riechen uns später!«?

Ich dachte darüber nach, wie absurd es war, dass zwei Menschen sich mit einer einzigen lächerlichen Handlung, bei der bestimmte Körperteile in andere Körperteile eingeführt wurden, gegenseitig zugrunde richten konnten. Und diese Handlung würde auch Jane zugrunde richten, würde alles verändern. Ich gebe es zu: Ich wünschte mir nichts sehnlicher, als dass sich alles veränderte.

Das Gewicht von Bens Gliedmaßen auf meinen, die Hitze seines Körpers, erinnerte mich daran, dass diese Veränderung auch mich betraf. Ich liebte ihn, endlich, nach so langer Zeit.

Ich schob mich unter ihn, spürte, wie die Sofapolster unter meinem Rücken nachgaben. Mit einem schockierenden, unwiderruflichen Stöhnen drang er in mich ein. Im Fernsehen bereitete gerade irgendjemand das Abendessen zu – vielleicht Theresa und Tristina – und rieb und stampfte energisch mit Mörser und Stößel, aber vermutlich habe ich mir diesen Teil nur eingebildet.

Danach kam eine Werbung für eine Autoversicherung, gefolgt von der Ankündigung einer weiteren Doku-Soap über eine besonders groß gewachsene Familie, die eine Metzgerei führte. *Von Hünen und Hühnchen.*

»Willa«, flüsterte Ben. Ich schlang meine Arme und Beine um ihn und presste meine Wange gegen seine. »Du.«

Und dann war es vorbei. Zurück blieben unser schneller

Atem und das überraschend tröstliche Gewicht von Ben auf meinem Körper. Mit meiner linken Hand, die vom Sofa hing, tastete ich nach der Fernbedienung und stellte den Fernseher aus. *Machts gut, Timothy und Tomothy.* Meine Atemzüge wurden langsamer, und ich spürte, wie auch Bens Herzschlag sich wieder normalisierte.

Ich kenne ihn seit so vielen Jahren, aber ich habe noch nie zuvor sein Herz gespürt.

»Ja«, sage ich. »Und wie wir jetzt in der Scheiße stecken.«

»Was sollen wir denn jetzt … ich meine … Oh Gott, was haben wir …?« Ben stemmt sich hoch, löst sich von mir, federt in einer einzigen schnellen Bewegung vom Sofa. Mit dem Rücken zu mir lässt er sich nackt auf den Boden gleiten. »Verdammt«, sagt er leise. »Verdammt noch mal!«

Mein ganzer Körper wird schlagartig kalt. Ich blicke mich nach einer nicht vorhandenen Decke um, aber dann werden meine Arme und Beine plötzlich warm und fangen an zu prickeln. Ich lege mir die Hand auf die Stirn. Meine Hand ist eiskalt, meine Stirn heiß. Ich fühle mich wie ein kaputter Ofen und schnappe mir ein Kissen, um mich notdürftig damit zu bedecken. »Ich weiß ja, dass es … aber du kannst jetzt nicht einfach …«

Ben antwortet nicht. Eine Minute lang sitzt er einfach nur da, dann springt er auf und zieht sich an. Als er sich zu mir umdreht, ist sein Gesicht, das er noch vor wenigen Minuten zärtlich an meins geschmiegt hat, verzerrt vor Angst. »Du musst dich anziehen!«, herrscht er mich an und sucht mein T-Shirt und meine kurze Hose zusammen. »Du musst dich *jetzt sofort* anziehen!«

Ich komme nicht mehr mit, kann seinen blitzartigen Stimmungswechseln nicht mehr folgen, seinen irren Umschwüngen von Zufriedenheit zu Panik, von Liebe zu … was auch immer es jetzt ist. Ich habe geglaubt, dass Ben und ich unsere lange, komplizierte Freundschaft endlich zur Vollendung gebracht haben und uns gemeinsam mit den Folgen auseinandersetzen werden, aber anscheinend bin ich soeben zur herzlosen Schlampe mutiert, die ihn ins Unglück gestürzt hat. Ich ziehe meinen BH und meine Unterhose an und versuche, meine zitternden Hände ruhig zu halten. Zum ersten Mal fällt mir ein Muttermal auf meinem Oberschenkel auf, glänzende Dehnungsstreifen an den Seiten meiner Brüste, dunkle Härchen unter meinem Bauchnabel.

Ben bückt sich und hebt klappernd die beiden Teller mit kalt gewordenen Nudeln vom Boden auf, die wir irgendwann zwischen der Titelmelodie von *Die Hitchcocks und ihre Rasselbande* und dem wöchentlichen Familienausflug in den Supermarkt, um achtzig Liter Milch und einen Einkaufswagen voll Hackfleisch zu kaufen, dort abgestellt haben. Ben macht sich in der Küche zu schaffen, kippt unser halb gegessenes Abendessen in den Müll, spült geräuschvoll Töpfe und Teller ab. Er hat den Wasserhahn voll aufgedreht, ein Monsun ergießt sich in die Spüle. Vornübergebeugt steht er da und schrubbt fieberhaft, während Dampf vom Spülbecken aufsteigt. Er scheint unser benutztes Geschirr regelrecht desinfizieren zu wollen.

Ich bin inzwischen ebenfalls angezogen und setze mich auf die Sofakante und blicke mich im Zimmer um. Es sieht genauso aus wie vorher. Der ausgeblichene blau-grüne Teppich liegt ordentlich unter dem zerschrammten Wohnzimmertisch, und unser alter gelber Lampenschirm hängt ebenfalls gerade. Das Zimmer sieht aus, als wäre nichts passiert.

Bald wird Jane nach Hause kommen.

Sie wird sich in den Sessel plumpsen lassen. *Mann, bin ich fertig! Wie war euer Abend?*

Schön. Ben hat Spaghetti gekocht. Und danach hatten wir Sex.

Ben dreht den Wasserhahn zu und kommt zu mir herüber, setzt sich neben mich, ergreift meine Hände. Seine Hände sind feucht, und ich denke: Was jetzt kommt, habe ich vor Kurzem schon einmal erlebt. Ich versteife mich, wappne mich.

»Es tut mir leid«, sagt er. Ich versuche stillzuhalten, versuche, unbeweglich zu verharren, auf Abstand zu gehen, es nicht an mich heranzulassen. Nie hätte ich gedacht, dass ich noch mehr verlieren könnte. Es bleibt immer weniger von meinem Leben übrig. »Ich muss erst über alles nachdenken«, sagt Ben. *Ja, denk nach. Es war ein Fehler. Rette, was du noch retten kannst.* Er seufzt. »Es ist alles so verrückt, ich bin total verwirrt.« *Ich komme euch nicht in D. C. besuchen. Nur damit du es weißt.*

Lange Zeit sagt er nichts, sitzt einfach nur da. Meine Hände fangen an zu schwitzen, und meine Nase juckt, aber ich will nicht die Erste sein, die ihre Hände wegzieht. Eine Haarsträhne kitzelt mich im Gesicht. Vielleicht werde ich wahnsinnig. *Jetzt lass schon endlich meine Hände los!* »Und?«

»Ich liebe dich«, sagt er.

Oh. Die Erleichterung spült wie eine Welle über mich hinweg, warm und flüssig. »Gut.« Zum hunderttausendsten Mal in nur dreißig Minuten verändert sich alles. Alles, was eben noch kompliziert war, wird jetzt davongeschwemmt.

Jane kommt durch die Tür gesaust, ein bunter Farbklecks mit ihrem rosafarbenen Trägershirt und meiner gelben Shorts. »Ich schwöre bei Gott, er hat mich gebissen! Dieser kleine Amster hat mich tatsächlich gebissen!« Wie erwartet lässt sie sich auf den Wohnzimmersessel plumpsen, woraufhin aus einem Loch im braunen Polster das Innenleben hervorquillt. Mindestens fünf Mal am Tag stopft einer von uns die graue Schaumstofffüllung wieder in den Sessel zurück. Der Träger ihres Oberteils rutscht ihr von der Schulter. Ihre Haare sind zerzaust, und ihr Gesicht ist gerötet, sie sieht wunderschön aus. Mit verschränkten Armen, gespreizten Beinen und wippendem Kopf sitzt sie da und blickt zwischen Ben und mir hin und her. »Ich wollte ihn ins Bett bringen, und da fing er an, zu weinen und um sich zu treten. Und dann hat mich der kleine Mistkerl doch tatsächlich gebissen!«

Ben geht zu ihr, stellt sich neben sie und fängt an, ihr den Kopf zu streicheln, wie er eben noch meinen gestreichelt hat. Er wirft mir einen gequälten Blick zu, bevor er seine Aufmerksamkeit wieder Jane zuwendet.

»Guck mal, hier!« Sie streckt ihren langen Arm aus und untersucht seine Oberfläche, bevor sie die Innenseite nach oben dreht. »Na gut, es ist nichts zu sehen, aber das hätte auch anders ausgehen können. Der Kleine hat richtig scharfe Zähne!«

Bens Hand wandert von Janes Kopf zu ihrem Schlüsselbein. »Armer Schatz«, sagt er und räuspert sich nervös. Dann fängt er an, Janes Schultern zu massieren.

»Autsch! Ben! Nicht so fest!«

»Tut mir leid«, entschuldigt er sich und lockert seinen starren Griff.

»Du wirkst halt ma-*knet*-isch auf ihn«, sage ich und mache Knetbewegungen mit den Händen.

»Deine Witze waren auch schon mal besser«, antwortet Jane, und Ben presst die Lippen so fest zusammen, dass sie verschwinden.

In meinem Magen wabert die Säure. »Sollen wir es ihr sagen?«, fragte ich Ben vorhin auf dem Sofa, bevor Jane nach Hause gekommen ist.

»Ich finde, dass ich derjenige sein sollte, der es ihr sagt«, antwortete er.

»Ich bin aber ihre beste Freundin.«

»Und ich bin ihr Verlobter.« *Verlobter*: Der Begriff schockierte uns beide, und mir fiel zum ersten Mal auf, dass er das Wort »loben« enthielt. Was wir gerade getan hatten, war alles andere als lobenswert.

»Du hast gewonnen«, gab ich mich geschlagen.

»Will.« Ben bewegte sich, und seine nackten Knie streiften meine. »Wie sollen wir uns denn jetzt fühlen?«

»Beschissen«, antwortete ich, aber ich fühlte mich nicht beschissen. Zärtlich legte ich meinen Handrücken an sein Gesicht.

»Sie wird uns hassen«, sagte er, und es dauerte eine Minute, bis diese Feststellung zu mir durchgedrungen war. *Nein*, dachte ich. *Wird sie nicht*. Er sah mich gequält an. Doch. Sie würde uns hassen. Wie sollten wir damit nur leben? Wir küssten uns noch einmal, eine Schutzimpfung gegen das, was folgen würde.

Jetzt steht Ben hinter ihr und sieht sich nervös im Zimmer um. *Es sieht aus, als würdest du mit deinen Augen Flipper spielen*, würde ich gerne zu ihm sagen. Sein Blick prallt von der Zimmerdecke ab, hüpft von dort zum Boden und vom Teppich zum Fernseher. Ich schlucke und sehe zu, wie Jane immer lockerer wird, wie die Anspannung des Abends aus ihr weicht und stattdessen Bens Wirbelsäule emporkriecht.

»Was habt ihr beide heute Abend gemacht?«, fragt Jane mit hoher, müder Stimme. Sie klingt wie ein kleines Mädchen.

Aus Bens Kehle kommt ein Laut, der sich anhört wie eine Mischung aus einem Husten und dem Todesschrei einer erdrosselten Katze. Mein Atem setzt für eine Sekunde aus, und ich denke: *Jetzt sagt er es ihr.*

Er täuscht einen Hustenanfall vor und hält sich auf damenhafte Art die Hand vor den Mund, bevor er sich wieder Janes Schultern widmet. Ihre Augen sind geschlossen, und sie sinkt immer tiefer in den Sessel. »Ich habe Spaghetti gekocht«, erzählt er. »Und wir haben ferngesehen.« Er knetet weiter, aber jetzt sind seine Bewegungen vorsichtig und ruhig.

Ich beobachte, wie sich seine Finger sanft in die Haut über Janes Schlüsselbeinen graben, wie seine Daumen die verspannten Muskeln umkreisen. »Die Spaghetti waren scheiße!«

»Mmmm.« Sie kreist mit dem Kopf. »Das fühlt sich wunderbar an.«

»Nein, im Ernst«, sage ich. »Die Spaghetti waren absolut ungenießbar!« Ben seufzt gereizt, als wäre ich ein aufsässiges Kleinkind und er mein Vater. Hat er sein Hemd falsch herum an?

»Wir sollten nach der Hochzeit einen Kochkurs machen, Schatz«, murmelt Jane. »Wir sind beide die totalen Nieten am Herd.«

»Ja.« Ben hat einen Punkt an der Wand über meinem Kopf ausgemacht, auf den er sich konzentrieren kann.

Er wird es ihr nicht sagen. Zumindest nicht mehr heute.

Genau hier auf diesem Sofa haben wir uns gegenseitig die Kleider ausgezogen, und dann haben seine Hände auf meiner Taille verweilt, und er hat gelacht und gesagt: »Zwölf Jahre. Du weißt wirklich, wie man einen Mann zappeln lässt.«

Er wird es ihr nicht sagen. Schließlich ist er der loyale, grundehrliche Ben, anspruchslos und unerschütterlich. Aber er hat gerade die Frau betrogen, die er in zwei Wochen heiraten soll. Wie lange wird er unser Geheimnis für sich behalten, um sein Image aufrechtzuerhalten, um das Bild nicht zu zerstören, das er von sich selbst hat?

Ich starre ihn an, obwohl er sich nach wie vor weigert, meinen Blick zu erwidern. Er massiert immer noch, seine Hände gleiten über Janes breite Schultern, ihre Oberarme, pressen und drücken, und in diesem Moment füge ich mich in mein Schicksal, akzeptiere das ganze schmutzige, komplizierte Chaos, diesen neuen, unvollkommenen Mann, die unvermeidliche Tatsache, dass wir alle mit gebrochenen Herzen aus dieser Geschichte hervorgehen werden. Janes Herz: zerschmettert am Boden. Aber Bens auch. Und meins. Stan hatte recht. *Die Liebe ist manchmal unbarmherzig.*

Werden die beiden Gute Nacht zu mir sagen wie an jedem anderen Abend und dann in Janes Zimmer gehen und gemeinsam ins Bett fallen? Ich schlinge die Arme um meinen Körper. Der gegenüberliegenden Wand hat die wochenlange Hitze nicht gutgetan, die weiße Farbe wird immer bräunlicher. Der Wasserhahn in der Küche tropft.

»Mann, bin ich froh, dass ich zu Hause bin«, sagt Jane mit einem kleinen zufriedenen Schaudern, und ich weiß genau, was sie meint, auch wenn wir in unserem schmuddeligen, stickigen Wohnzimmer sitzen, in dem es immer noch nach Pasta riecht. Sie windet sich und macht es sich im Sessel gemütlich, liefert ihren Körper Bens Händen aus, dankbar und nichts ahnend.

23

Ben hört für einen Moment auf, den Badezimmerspiegel zu schrubben, und starrt sein Spiegelbild in dem verschmierten, schlierigen Glas an. Er wischt jetzt seit fünf Minuten mit einem Lappen auf dem Spiegelglas herum, aber es wird nur immer schmutziger und schmutziger. »Wer ist noch mal Al?«, fragt er.

Ich knie auf dem Boden und bearbeite die Toilettenschüssel mit der Klobürste. »Ein Freund«, antworte ich und verschweige die Tatsache, dass Jane ihn ebenfalls kennt; dass sie ihn sogar zuerst kannte. »Ein Freund, der erstklassige Partys schmeißt.« Das Putzmittel hat das Wasser in der Toilettenschüssel ozeanblau gefärbt, aber sein »Frühlingsduft« ist so penetrant, dass mir schlecht wird. Mir ist vorher noch nie aufgefallen, dass Putzen eigentlich darin besteht, Dreck durch Chemikalien zu ersetzen.

»Oh, guck mal«, sagt Ben verwirrt. »Ich habe Möbelpolitur benutzt, um den Spiegel sauber zu machen. Das war … vermutlich … nicht das richtige Mittel …«

»Ich finde, wir sollten hier mal durchlüften.«

Ben nickt und lacht. Dann greift er über mich hinweg und stemmt das Schiebefenster auf. Kühle Herbstluft strömt herein. Ich beuge mich zu ihm und küsse ihn auf den verschwitzten Arm, eine Geste, die gleichzeitig natürlich, kalkuliert und furchtbar plump wirkt. Manchmal fühlt es sich auch drei Monate danach noch so an, als wäre jemand gestorben.

Nachdem wir miteinander geschlafen hatten, brauten sich vier Tage lang die Gewitterwolken zusammen. Ben sprach kaum ein Wort mit mir. Er schlief in Janes Bett und benahm sich wie Janes Verlobter, und ich konnte mich nicht gegen die Zweifel wehren, die in mir aufstiegen. Also vermied ich es, ihn anzusehen, auch wenn meine Gedanken unaufhörlich um ihn kreisten. In jenen vier Tagen dachte ich mehr an ihn als in den zwölf Jahren davor. Er hatte sich in mein Herz geschlichen, hatte sich dort eingenistet und erschwerte mir seither das Atmen. Manchmal fiel mir wieder ein, dass es Ben war, um den es hier ging, mein alter Kumpel Ben, mit dem ich geschlafen hatte und nach dem ich ganz verrückt war. Dann musste ich in den unmöglichsten Momenten lachen, beim Zähneputzen zum Beispiel, oder während ich im Laden einen Kunden bediente. Aber mein Lachen klang seltsam in meinen Ohren.

Ich saß mit meinen Bleistiften am Küchentisch und arbeitete stundenlang an einer Reihe von Zeichnungen, die unsere Wohnung darstellten, weit angelegten Panoramen von den Zimmern und einzelnen Details – Zimmerecken und Heizkörpern und halb offenen Fenstern, einer Decke, die über einem Stuhl hing, einem schiefen Teppich, einem Türknauf. Mein Verstand hatte noch nicht begriffen, was meine Finger längst wussten: Ich versuchte zu konservieren, was wir zerstört hatten.

Wir überschütteten Jane mit Aufmerksamkeit. Ben berührte sie rund um die Uhr, hatte ständig eine Hand irgendwo auf ihrem Körper liegen, als wäre sie ein Heliumballon, der davonflog, wenn er ihn nicht auf der Erde festhielt. Ich war zuvorkommend, aber verunsichert, überschlug mich vor Eifer, stolperte über meine Schnürsenkel, ruderte mit den Armen: Willa, der Clown. Und Jane war nervös wie eine Ratte im Käfig, die spürt, dass ein Gewitter heraufzieht.

»Mist! Ich hab schon wieder meinen Saft verschüttet!«

»Lass mich das für dich aufwischen«, bot ich an und sprang von meinem Stuhl auf.

Überrascht öffnete sie den Mund. »Moment mal. Stimmt irgendwas nicht?«

Ihre Frage traf mich völlig unvorbereitet. »Was? Nein, alles super!«, stammelte ich erschrocken.

Sie beugte sich vor und legte mir die Hand auf die Stirn. »Bist du krank?«

»Haha«, sagte ich und entzog mich schnell, um den Schwamm zu holen.

Sie nahm ihn mir aus der Hand. »›Lass mich das für dich aufwischen‹? Ich glaube nicht, dass ich diese Worte jemals aus deinem Mund gehört habe.« Sie legte den Schwamm auf die Orangensaftpfütze und sah zu, wie er sich vollsog. »Jedenfalls nicht in dieser Reihenfolge. Vielleicht in anderer Zusammenstellung, zum Beispiel: ›Wisch für mich auf das!‹ Oder: ›Aufwischen das! Lass mich!‹«

»Haha«, sagte ich noch einmal. In diesem Moment kam Ben in die Küche geschlendert und kratzte sich das Gesicht. Er warf mir einen kurzen Blick zu und ging dann schnurstracks auf Jane zu, um sich neben sie zu setzen und ihr den Arm um den Hals zu schlingen.

»Guten Morgen.« Er fuhr sich mit der Zunge über die Zähne und küsste dann ihre Wange.

»Hier, willst du Saft?«, fragte sie und gab ihm den durchtränkten Schwamm.

»Haha«, sagte er.

Jane stand auf und tappte barfuß durch die Küche. Ihre langen weißen Füße klatschten wie Taucherflossen auf den Linoleumboden. Weil es wieder heiß geworden war, trug sie nur einen grünen Sport-BH und Boxershorts von Ben, der wiederum eine graue kurze Hose anhatte. Ich selbst trug ein langes T-Shirt.

»Ihr zwei seid plötzlich irgendwie so wortkarg.« Jane schenkte drei Becher Kaffee ein, bevor sie in einen davon den letzten Rest einer Packung Kaffeesahne und vier Löffel Zucker hinzufügte und ihn mir in die Hand drückte.

»Danke.« Gebannt starrte ich in den Becher und sah zu, wie die Sahne einen Strudel bildete und sich mit dem Kaffee vereinte.

»Das liegt an der Hitze«, behauptete Ben und rieb sich wieder das Gesicht, ein kratziges Geräusch, das an Sandpapier erinnerte.

Oder daran, dass wir miteinander geschlafen haben.

»Musst du heute arbeiten, Willa?«, fragte Jane. Ich schüttelte den Kopf. »Ich habe nämlich noch kein Kleid für meine eigene Hochzeit, die ja – du erinnerst dich? – in elf Tagen stattfindet. Und ganz nackt möchte ich dann doch nicht vor den Traualtar treten.« Sie schlang mit vorgetäuschter Scham die Arme um ihren Körper und grinste.

»Ja … ist gut«, sagte ich leise und umschloss meinen Becher mit beiden Händen. »Wenn du willst, gehen wir heute shoppen.« Ich dachte an den Tag, der vor mir lag, nur wir beide. *Das Kleid sieht toll aus! Ben und ich hatten Sex miteinander! Lass uns einen Salat essen gehen!*

Sie nahm einen großen Schluck von ihrem Kaffee und stellte den Becher dann auf der Arbeitsplatte ab. Ben und mir hatte sie die schönen Becher gegeben, während sie selbst den kleinen, angeschlagenen behalten hatte. »Jetzt zwing mich nicht dazu, dich anzuflehen«, sagte sie und fuhr sich mit den Fingern durchs Haar. »Ich gehe genauso ungern shoppen wie du!«

»Nein, schon gut, wir gehen shoppen. Nichts lieber als das. Bitte, lass uns zusammen ein Kleid kaufen gehen!«

Sie lachte. »Und du, meine groß gewachsene Freundin, brauchst auch etwas Hübsches zum Anziehen. Du kommst mir auf keinen Fall in Shorts und Flip-Flops zur Hochzeit!«

»Auf keinen Fall«, bestätige ich. »Meine Shorts sind nämlich alle dreckig, und du hast versprochen, meine Wäsche zu waschen.«

»Dazu wird es nie kommen«, sagte sie und schlürfte ihren Kaffee. Trotz ihrer Leidenschaft fürs Putzen hasste Jane Wäschewaschen. Ben wusch ihre Kleider mit, und manchmal auch meine. Er hatte ein Händchen dafür, Weißes wieder weiß zu kriegen.

Für einen Moment fühlte sich alles wieder normal an. Von der Wohnung unter uns dröhnten Bässe herauf. Ich blickte meine beiden besten Freunde an und kniff die Augen zusammen, bis sie vor meinen Augen verschwammen. Vielleicht war ja doch alles in bester Ordnung, und wir konnten für immer in diesem Zustand verharren, wie Insekten in Bernstein.

»Und was machst du heute, Süßer?« Jane legte Ben die Hand auf die Schulter und küsste ihn auf den Kopf, eine innige Geste, die durch ihre Normalität umso überwältigender wirkte. Wenn sie herausfand, was passiert war, würde sie so etwas nie wieder tun. Mein Herz flog davon, ein aufsteigender schwarzer Greifvogel, ein Geier.

Bens Schultern sackten unter der Last seiner Schuld nach unten. Er sah mich an, und ich nickte. »Janey, kannst du dich bitte hinsetzen?«, fragte er.

»Warum?«

»Weil wir etwas besprechen müssen.« Er presste sich für eine Sekunde die Zeigefinger an die Schläfen.

»Oh-oh, lass mich raten: Du hast doch noch beschlossen, deine verrückte Tante Betty einzuladen?« Jane wusch den mit Saft getränkten Schwamm in der Spüle aus. »Oder du hast dir in den Kopf gesetzt, die Prozession zum Traualtar von einer Horde Affen anführen zu lassen?«

Er sah sie zärtlich an, und weil ich wusste, was nun kommen würde, und weil ich so daran gewöhnt war, mit Jane mitzufühlen, stieg überraschend Wut in mir auf, Wut auf Ben. Er war im Begriff, sie völlig zu zerstören. Genau wie ich. »Schatz, könntest du …« Er zeigte auf den Stuhl zwischen uns.

Jane sah erst Ben an und dann mich, und ihre Augen wurden immer größer, während sie zu uns kam und sich auf den Stuhl fallen ließ. Ihr langer Körper wirkte schlaff und kraftlos. »Schluck!«, sagte sie. »Ich ahne nichts Gutes.«

Ich sitze mit dem Lappen in der Hand auf dem Küchenboden und wische an einem Schmutzfleck herum. Irgendwie habe ich es geschafft, mich selbst in die Falle zu putzen. Der Boden vor mir glänzt nass, und ich hocke mit dem Rücken zur Wand auf der einzigen trockenen Stelle des Linoleumbodens. Ich hätte mich natürlich von hinten nach vorne arbeiten müssen, aber diese verspätete Erkenntnis hilft mir jetzt auch nicht weiter. »Eigentlich wollte ich mich gar nicht verkleiden«, sage ich. »Ich dachte, wir gehen einfach in unseren normalen Klamotten auf die Party, aber irgendwie kommt mir das jetzt arrogant vor. Als wären wir uns zu cool für Halloween-Kostüme. Ich glaube, ich will mich doch verkleiden!«

Ben steht in der Tür. »Aber die Party beginnt schon in einer

Stunde, oder?« Ich nicke. »Dann müssen wir wohl hier in der Wohnung etwas auftreiben, wenn wir verkleidet gehen wollen.« Er stellt seine Sprühflasche mit Glasreiniger ab. »Ich bin übrigens fertig.« Seine braunen Haare sind feucht vor Schweiß und kräuseln sich an den Spitzen. Er wischt sich mit dem Handrücken über die Stirn. »Puh. Eine ganz schöne Plackerei.«

Wenn man eine Mitbewohnerin mit Putzzwang hat, die mit Begeisterung Böden schrubbt, gewöhnt man sich schnell an eine saubere Wohnung. Woran man sich noch gewöhnt: dass sie manchmal vor sich hin murmelt und dann lacht, als hätte sie sich selbst einen guten Witz erzählt; dass sie die Badezimmertür selten ganz zumacht; dass sie auch bei Filmen weint, die eigentlich gar nicht traurig sind; dass sie beim Essen vor sich hin summt; an ihr hysterisches Schreien, wenn sie will, dass man eine Spinne für sie tötet: *Willl-AAAH!*

An dem Tag, an dem Jane gegangen ist, saßen Ben und ich lange auf dem Boden und hielten uns umschlungen. Dann hat er gefragt: »Ist es okay, wenn ich zugebe, dass ich sie vermissen werde?« Das erste Mal, als ich ohne sie im Supermarkt war, habe ich im Gang mit den Putzmitteln fast angefangen zu heulen, weil ich daran denken musste, wie wir einmal einen eigenen Toilettenreiniger namens *Dreck, verpiss dich!* auf den Markt bringen wollten.

»Wir könnten zum Beispiel einfach den Kopf von diesem Ding hier abschrauben«, schlägt Ben jetzt vor und zieht den Wischmopp hinter der Küchentür hervor, »und dir den Stab an den Körper binden, und schon siehst du aus wie ein Wischmopp!«

»Sehr witzig.« Ich tue so, als würde ich ihn mit Bodenreiniger bespritzen. Vielleicht hätte er Jane den gleichen Vorschlag gemacht. Bestimmt hat er sie öfter damit aufgezogen, dass ihre Haare aussehen wie ein Wischmopp.

»Also *ich* gehe als ich selbst, allerdings geduscht.« Er schält sich aus seinem T-Shirt und macht sich auf den Weg ins Badezimmer.

»Warte!«, rufe ich ihm in den Flur hinterher. »Ich sitze hier fest! Komm und rette mich!«

»Oh, arme Willa!«, sagt er mit gespieltem Ernst. »Da musst du dich wohl selbst retten.«

»Also, was ist los?« Jane legte ihre Arme auf den Küchentisch und streckte die Beine nach links und rechts. Ihr nackter Fuß stieß gegen meinen. Ich dachte: *Was auch immer sie erwartet, es kann nicht so schlimm sein wie das, was wir ihr jetzt eröffnen werden.* »Was ist passiert, dass ihr beide so verzweifelt ausseht? Raus mit der Sprache.«

Ben blickte ihr tief in die Augen. »Es tut mir so unendlich leid«, flüsterte er. Sie sog scharf die Luft ein. »Willa und ich …« Er griff nach Janes Hand. »Wir, äh …« Er senkte den Blick, verlor seine Entschlossenheit.

»Janey«, ergriff ich das Wort. Ich hatte das seltsame Gefühl, das ich als Kind manchmal hatte, wenn ich wach im Bett lag: dass meine Arme und Beine immer größer wurden, während der Rest meines Körpers, mein Kopf und mein Rumpf, schrumpfte. Ich warf einen Blick auf die Uhr. Es war neun Uhr achtunddreißig.

»Will und ich, wir … neulich Abend …« Er schüttelte den Kopf, als wollte er Ordnung in seine Gedanken bringen. Dann gab er ein merkwürdiges Schniefen von sich. Durchs Küchenfenster drang ein schwacher Lichtstrahl zu uns herein. »Wir haben miteinander geschlafen.«

»Es tut mir so leid«, sagte ich schnell, obwohl ich wusste, dass es völlig bedeutungslos war. Vielleicht hoffte ich, dass sie sich eines Tages, wenn sie in Gedanken die Bruchstücke dieses Gesprächs zusammensetzte, daran erinnern würde, dass ich es zumindest gesagt hatte. Mir fiel der Morgen wieder ein, an dem mein Vater ausgezogen war, und die Erklärung meiner Mutter: *Jetzt tu nicht so, als hättest du es nicht kommen sehen.* Aber natürlich hatte ich es nicht kommen sehen.

Jane zog ihre Hand mit einem Ruck aus Bens Hand, als fürchtete sie, er hätte eine ansteckende Krankheit. Aber sie blieb sitzen, wo sie war, zwischen uns. Die Musik von unten war einige Minuten zuvor verstummt, aber jetzt fing sie wieder an, ein dumpfer Schlagzeugbeat und dann ein wimmerndes Gitarrensolo. »Das ist nicht lustig«, sagte sie leise. Es war kaum mehr als ein Flüstern. »Das ist echt nicht lustig, Leute.«

Oft kam es mir surreal vor, dass sich die Beziehung zu meinem alten Kumpel Ben so grundlegend verändert hatte, dass wir jetzt ein Paar waren. Manchmal tauchte ungewollt das Bild des halbwüchsigen Schülers Ben vor meinem inneren Auge auf. Zum Beispiel, wenn wir uns küssten, während sich das Bettzeug am Rand meines Bettes türmte und er mich mit seinem wunderbaren Körper umschlang. Dann sah ich plötzlich wie aus dem Nichts meinen kleinen, rundlichen, ausgesprochen trotteligen Kumpel aus der Highschool vor mir, wie er in einem Hemd, an dem ein Knopf fehlte, auf seinem Tisch saß, mit Miss Barnum über die neueste Ausgabe unserer Zeitschrift diskutierte und dabei die dicken Beinchen baumeln ließ. Aber schon bald blieben diese Erinnerungen aus, und er hörte auf, ein eigenartiges Mischwesen aus Ben dem Teenager und Ben dem erwachsenen Mann zu sein. Auf magische, völlig unerwartete Weise wurde Ben in meinen Augen er selbst.

Anfangs betäubten wir unsere Schuldgefühle und unsere Trauer mit Sex, verdrängten die Verwirrung und die Reue mit körperlicher Liebe. Eine Weile funktionierte das ganz gut. Ich begehrte ihn mit meinem ganzen Körper, mit Oberschenkeln, Zunge, Ellbogen, Zehen, mit Körperteilen, von denen ich bisher nicht gewusst hatte, dass sie begehren konnten.

Wenn wir voneinander getrennt waren, verlor ich mich in Tagträumen und überlegte, auf welche neuen, kreativen Arten sich unsere Körper noch vereinigen konnten. *Könnte ich dieses Bein vielleicht dorthin legen? Vielleicht, wenn er seine Hand hierhin legen würde …* Ich war immer, ausnahmslos immer, bereit, alles stehen und liegen zu lassen und mit ihm ins Bett zu fallen – oder aufs Sofa oder auf den Boden. Ein Blick von ihm genügte.

Außerdem hatte ich ohnehin nicht viel anderes zu tun. In meinem Terminkalender herrschte gähnende Leere.

»Irgendwie komisch, in dieser Wohnung aufzuwachen, aber in deinem Bett«, sagte er und streichelte meinen Bauch.

»Kann ich mir vorstellen.« Wir hatten vereinbart, uns gegenseitig offen unsere Gedanken und Gefühle mitzuteilen, ein Beschluss, den ich bereits bereute. Er beugte sich zu mir, um mich zu küssen, und ich kniff die Augen zu und wünschte mir, vor ihm aufgewacht zu sein und mich aus dem Zimmer geschlichen zu haben, um die Zähne zu putzen. Seine Lippen pressten sich auf meine, und ich spürte, dass er lächelte. Aber ich vermisste Jane. Und ich vermisste Seth. Vielleicht vermisste ich auch meine Eltern, wenn auch nicht die Eltern, die ich jetzt hatte, und auch nicht die, die seit dem College hin und wieder in meinem Leben aufgetaucht waren. Möglicherweise vermisste ich die Eltern, die ich mit zehn Jahren gehabt hatte, die Eltern, die Seth und mich einmal mittags aus der Schule geholt hatten, um mit uns ins Kino zu gehen, einfach so. Ich schlang die Arme um Ben und zog seinen Kopf zu meinem Hals. *Hallo du, hereinspaziert. Du bist hier immer willkommen.*

Wir bildeten ein drittes Wesen, um sie zu ersetzen, ein Wesen aus Sex und Euphorie und ständigen Überraschungen. Ich war wie ein Kleinkind, das sich die Hände vors Gesicht hält und »Kuckuck« spielt: zutiefst entzückt, wenn ich hinter meinen Händen hervorschielte und Ben immer noch da war. Tja, vielleicht hätte ich ein wenig vorsichtiger mit meinem Herzen umgehen sollen. Aber wir hatten Janes Herz in tausend Stücke gerissen, und das war eben unsere Art, mit den ersten Wochen ohne sie umzugehen. Also machten wir weiter.

Wir schleichen durch die Tür in Als Wohnung, zwei eingeschüchterte Mäuschen. Das Wohnzimmer ist warm und hell und laut und vollgestopft mit Menschen, und mir wird bewusst, dass ich dieses Zimmer noch nie anders gesehen habe. Vielleicht existiert seine Wohnung ja überhaupt nur, wenn eine Party stattfindet, wie in dem Musical *Brigadoon*, bloß mit Fassbier.

»Also, da wären wir.« Ben senkt den Blick auf seine Schuhe. »Können wir jetzt wieder gehen?«

»Erinnerst du dich noch an die Party, auf die wir damals während der Highschool gegangen sind?« Wir waren tatsächlich während der ganzen Highschoolzeit nur auf einer einzigen Party – einer Fete, die Jake Pizorski, dessen Eltern einen Fleischgroßhandel besaßen, kurz vor Ende des letzten Schuljahrs schmiss. Natürlich trafen wir viel zu früh in Jakes Haus ein, einer gläsernen Siebzehn-Zimmer-Villa, von der ein langer beleuchteter Fußweg zum See hinunterführte und die bei allen als Leberwurstschloss bekannt war. Außer uns war noch niemand aufgekreuzt, und Jake hatte keine Ahnung, wer wir waren, auch wenn er so tat, als ob. »Na, ihr zwei, freut ihr euch schon aufs College und so? Und davor erst mal den ganzen Sommer feiern, oder?«

»Ach herrje«, sagte Ben daraufhin, der damals noch so klein war, dass er den Hals recken musste, um meinen panischen Blick aufzufangen. »Wir haben ganz vergessen, dass wir heute Abend noch auf eine andere Veranstaltung müssen. Das ist mir jetzt aber furchtbar peinlich.« Jake drückte uns jeweils ein in Zellophan verpacktes Sortiment aus Trockenfleisch und Miniwürstchen in die Hand und dankte uns höflich fürs Kommen, als wären wir gute Freunde seiner Eltern.

»Ich glaube, ich habe sogar noch irgendwo einen Rest Putendörrfleisch«, sagt Ben jetzt und greift nach meiner Hand, um sie fest zu drücken.

»Dieses Mal bleiben wir mindestens eine Viertelstunde.« Ich erwidere seinen Händedruck. Wir sind in unsere Paraderolle geschlüpft: zwei Außenseiter, die sich gegenseitig vor der angsteinflößenden Interaktion mit anderen Menschen bewahren. Wir wissen beide, dass man sich besser tapfer seinen Ängsten stellt und auf Partys mit lockeren Bekanntschaften plaudert oder sich mit einem Lächeln neben völlig Fremde setzt, aber schon in der Highschool haben wir uns mit der Gesellschaft des jeweils anderen begnügt und nicht einmal versucht, weitere Freundschaften zu schließen.

Al ist bereits leicht angeheitert und hat Schlagseite, als er auf uns zukommt. Er drückt mir einen großen Plastikbecher mit seinem berüchtigten blaugrünen Zaubertrank in die Hand, um mich mit einem lauten »Heeeey!« zu begrüßen und mich ausgiebig zu umarmen. Wir haben uns erst vor vier Monaten das letzte Mal gesehen, bei Amys und Rafaels Hochzeit im Juni, aber er umklammert mich, als wäre es Jahre her. »Happy Halloween! Wo ist denn deine Zwillingsschwester?«

Ich nehme lächelnd einen Schluck von meinem Drink und überlege, warum er noch nichts von der Neuigkeit weiß. Wenn ein Wirbelsturm über eine Kleinstadt fegt, wissen doch normalerweise alle Bewohner davon. »Was?«, frage ich und tue so, als hätte ich ihn bei dem Lärm nicht richtig verstanden. »Ach so, keine Ahnung.«

Ben zieht mich ins Wohnzimmer und beugt sich zu meinem Ohr. »Glaubst du, dass Jane auch hier auftauchen könnte?«, zischt er.

»Ich weiß es nicht. Wahrscheinlich eher nicht, aber möglich wäre es.« Ich biete ihm meinen Becher an. Der Gedanke, dass wir Jane hier über den Weg laufen könnten, ist mir natürlich auch schon gekommen.

An jenem Morgen im August schob sie ihren Stuhl zurück, stand auf und ging langsam in ihr Zimmer. Ihr Rücken war durchgedrückt, ihre Haltung würdevoll, aber es gelang ihr nicht, ein halb ersticktes Schluchzen zu unterdrücken. Ben und ich saßen schweigend und reglos da und hörten zu, wie sie Gegenstände herumschob, mit Kleiderbügeln hantierte und Reißverschlüsse auf- und zuzog. Nach ungefähr zehn Minuten marschierte sie mit zwei Koffern und einem dicken Rucksack zur Haustür hinaus. Sie drehte sich nicht um, sie brüllte nicht herum oder schrie, dass sie uns hasste. Sie ging einfach. Ein paar Tage später bekam ich eine E-Mail von ihr, in der sie uns bat, die Wohnung am folgenden Samstag zu verlassen, damit sie ihre restlichen Sachen holen konnte. Am Samstag! Es wäre der Tag ihrer Hochzeit gewesen. Die E-Mail enthielt auch eine Liste mit Dingen aus der Wohnung, die ihr gehörten – der Mixer, der Sessel mit dem herausquellenden Füllmaterial, die Kaffeemaschine –, und eine Liste mit gemeinsam gekauften Gegenständen, die sie gerne haben wollte. »Ich lasse dir einen Scheck über die Hälfte des Wertes da«, schrieb sie, förmlich wie in einem Vertrag.

Am Samstagmorgen verließen wir die Wohnung und gingen ins Rock River, unser Lieblingscafé. Nach einer Weile machte sich Ben auf den Weg in die Bibliothek, weil er die Vormittagsschicht hatte, aber ich musste an diesem Tag nicht arbeiten. Da ich nicht wusste, was ich sonst mit mir anfangen sollte, drückte ich mich noch ein bisschen im Café herum, saß in dem großen Sessel in der Nähe des Fensters, wo ich die Passanten auf der Straße beobachten konnte, und hielt Ausschau nach Jane, nach ihrem dunklen Schopf, der stets über die Menge hinausragte, nach ihren langen Beinen, mit denen sie so große, schnelle Schritte machen konnte. Ich erwartete nicht wirklich, dass sie am Café vorbeiging. Warum hätte sie durch ihr altes Viertel spazieren und riskieren sollen, den beiden Menschen über den Weg zu laufen, die sie betrogen hatten? Ich ließ mir noch einen Kaffee zum Mitnehmen geben und ging langsam den Block entlang, rückte immer näher an unser Haus heran, bis ich die Nachbargasse erreicht hatte, mich hinter der schimmligen Matratze versteckte, die immer noch an der Mauer lehnte, und auf Jane lauerte.

Ich musste nur eine Viertelstunde warten. Zuerst erkannte ich sie nicht, weil sie eine Baseballkappe trug und die Haare zu einem Pferdeschwanz gebunden hatte. Außerdem wirkte sie irgendwie kleiner als sonst. Ich schmiegte mich eng an die Häuserwand, und sie bemerkte mich nicht, während sie mit dem Schlüssel an der Haustür herumhantierte. Der blaue Dodge Intrepid ihrer Mutter wartete an der Ecke. Mrs Weston saß breitschultrig und grimmig am Steuer, und ich fühlte mich plötzlich wie eine Spionin, die schlechteste Spionin aller Zeiten, die sich ihre Mission erst vor zwanzig Minuten selbst ausgedacht hatte, mit bananengelben Shorts und rosa Turnschuhen ausstaffiert war und einen Styroporbecher mit lauwarmem Kaffee mit sich herumtrug. Eine Spionin, die zweifellos ihr Getränk verschütten und über ihre Schnürsenkel stolpern würde, wenn sie gezwungen wäre, die Flucht anzutreten.

Ich holte tief Luft. Als Jane wenig später wieder aus dem Gebäude kam, schleppte sie ihre Lampe und den Mixer mit sich. James, unser Nachbar, hielt ihr die Tür auf und erntete zum Dank ein Lächeln. Jetzt fiel mir auf, dass sie eine Hose von ihrer Mutter anhatte, die rosa Blümchenleggings, die Bonnie Weston bei unserem Shoppingausflug getragen hatte, im Juni, vor einer halben Ewigkeit. An Jane war die Leggings eher eine Caprihose.

»Mom!«, rief Jane und wies mit dem Kopf auf eine frei gewordene Parklücke direkt vor dem Haus. Dann zupfte sie am Bund ihrer Hose, ohne dabei die Lampe loszulassen. Ich drückte mich noch enger an die Wand, weil mir erst jetzt wirklich bewusst wurde, was wir getan hatten, Ben und ich. Als ich meine Freundin dort in der schlecht sitzenden Hose ihrer Mutter stehen sah, in den Händen ihre Lampe und den Mixer, verstand ich, dass wir sie unwiderruflich verändert hatten – nicht nur ihre Zukunft, sondern auch ihre Vergangenheit.

In Als Wohnzimmer drängen sich die Partygäste. »Ich glaube nicht, dass sie sich blicken lassen wird«, sage ich zu Ben. »Warum sollte sie auf eine Party gehen, auf der wir auch sein könnten?« Aber als ich mich unter all den erwachsenen Menschen in albernen Kostümen umsehe – darunter ein Löwe, eine sexy Krankenschwester, Spider Man und ein riesiger Marshmallow –, wird mir klar, dass ich keine Ahnung habe, wozu wir alle in der Lage sind.

»Willa?« Eine pummelige Hexe in einem langen schwarzen Kleid tippt mir auf die Schulter. »Hi, Willa!« Amy legt mir einen Arm um die Schulter und drückt mich kurz an sich, eine halbe, unverbindliche Umarmung. »Wir sind mit dem Baby hier!«, verkündet sie. »Nicht zu glauben, oder? *Mit dem Baby!*« Sie wirkt wie im Fieberwahn. Ihre hübschen blonden Haare sind verfilzt, ihr Gesicht ist fleckig, und sie hat dunkelviolette Schatten unter den Augen, von denen ich zunächst glaube, dass sie zur Verkleidung gehören. Erst als ich genauer hinsehe, geht mir auf, dass sie echt sind. Auf Amys Kopf sitzt ein spitzer Hut, der gefährlich zur Seite gerutscht ist, was sie offensichtlich nicht bemerkt. »Du hast nicht zufällig ein Kaugummi für mich?« Sie hält sich die Hand vor den Mund. »Ich hatte nämlich heute noch keine Zeit, mir die Zähne zu putzen.« Sie lacht und blinzelt dann heftig. »Das Baby schläft nie, nicht eine Minute! Es ist verrückt!« Für einen kurzen Moment glaube ich, dass das Baby verrückt ist, und nicke mitleidig. Wie schrecklich, wenn man unter Schmerzen ein Baby zur Welt bringt und dann feststellen muss, dass es nicht alle Tassen im Schrank hat.

Rafael erscheint hinter ihr und trägt das winzige, sabbernde Baby in einem Tragegurt vor der Brust. Als kleines Zugeständnis an Halloween hat er einen Haarreif auf dem Kopf, an dem wackelnde, wippende Fühler befestigt sind. Das Baby wippt ebenfalls und fuchtelt mit seinen Ärmchen und Beinchen. Es sieht aus wie eine Larve und passt somit gut zu dem außerirdischen Insekt, als das Rafael sich verkleidet hat.

»Wahnsinn«, sage ich zu den beiden und spähe auf das rosa angezogene Baby, das die kleine Zunge herausstreckt und mit großen braunen Augen erst an mir vorbeistarrt und dann schielt, als wäre es völlig überwältigt von dem, was es gesehen hat, und würde es nun aber vorziehen, sich selbst anzugucken. »Herzlichen Glückwunsch!«, sage ich. Amy und Rafael sehen beide aus, als wäre ihnen zum Heulen zumute.

»Sie heißt Liliana«, sagt Amy. »Nach seiner Urgroßmutter.« Sie weist mit dem Kopf auf Rafael. »Angeblich hat die auch kaum geschlafen, nur vier Stunden pro Nacht, bis zu ihrem Tod mit sechsundneunzig Jahren. Das hat mir natürlich keiner gesagt, als wir den Namen für sie ausgesucht haben.« Sie verengt die Augen zu Schlitzen und wirft erst Rafael und dann mir einen wütenden Blick zu.

Ben steht neben mir und beugt sich über Liliana. »Was für ein süßes kleines Mädchen«, sagt er, während Amy langsam zu begreifen scheint, dass dieser große, gutaussehende Mann, den sie als Janes Freund kennt, jetzt bei mir steht und meine Hand hält.

Sie legt den Kopf schief, und ihr Hexenhut rutscht ihr aufs Ohr. »Was?«, fragt sie verwirrt, bevor sie hinzufügt: »Ich meine: Ja, danke, das finden wir auch.« Dann legt sie schützend ihre Hand auf Lilianas runden, flaumigen Kopf und geht mit Rafael davon.

»Ich glaube, jetzt ist die Viertelstunde um«, sage ich. Das Gespräch mit Amy und Rafael hat mich ernüchtert und mir jeden Mut geraubt. Ben nickt.

Genau in diesem Moment geht die Tür auf, und sie schwebt herein: groß und anmutig, das Gesicht gepudert, die Lippen blutrot, die Haare weiß gesträhnt und mit Haarspray zu einer steifen Frisur fixiert. Dazu trägt Frankensteins Braut ein weißes Gewand mit Schleppe, das – kein Scherz – wie ein Hochzeitskleid aussieht.

»Nein!«, haucht Ben, während wir sie gleichzeitig erkennen. Mein Herz pocht schneller und galoppiert davon.

Jane sieht sich im Raum um, guckt an uns vorbei, lächelt schließlich und winkt einem Grüppchen in der Nähe der Küche zu, das auffällig weit von Ben und mir entfernt steht. Sie gleitet durchs Zimmer, legt eine kurze Pause bei der großen Schüssel mit Bonbons auf dem Wohnzimmertisch ein und gesellt sich dann zu ihren Bekannten (eine böse Ballerina, eine Nonne, ein van Gogh mit einem roten Farbspritzer auf Ohrhöhe und ein Glühwürmchen), wo sie sich von allen umarmen lässt. An dem Übereifer, mit dem die Gruppe Jane in ihre Mitte aufnimmt, erkenne ich, dass die Front gegen uns steht, dass die meisten Partygäste inzwischen wissen, was passiert ist. Unser Verrat hat die Runde gemacht.

Noch während Janes fürsorgliche Alliierte ihre Streitwagen in Stellung bringen, geht mir auf, dass sie mich bald ersetzen wird – wenn nicht mit einer von ihnen, dann mit einer anderen Person. Unsere Herzen sind wie Seesterne: Was verlorengeht, wächst wieder nach. Wir entwickeln uns weiter, formieren uns neu, rekonfigurieren uns. Der Mensch findet immer einen Weg, glücklich zu sein. Ich versuche zu verstehen, was Jane sagt, aber im Wohnzimmer ist es zu laut und zu voll. Ich höre nur Musik und Gelächter und hin und wieder ein aufgeregtes Kreischen.

»Sollen wir hingehen?«, fragt Ben. Ich traue meinen Ohren nicht: Er klingt, als könnte er es kaum erwarten.

»Auf keinen Fall.«

»Ich denke, uns bleibt nichts anderes übrig. Präventivschlag.«

»Und *ich* denke, dass ein Sprung aus einem Fenster im zweiten Stock vermutlich glimpflicher ausgeht.«

»Komm schon, Will. Ich verspreche auch, dass ich dich vor der vollkommen unschuldigen Frau beschütze, deren Leben wir zerstört haben.«

Ich nehme einen großen, stärkenden Schluck von meinem widerlich schmeckenden Getränk, während Ben mir die Hand auf den Rücken legt und mich auf Janes Hofstaat zuschiebt.

Vielleicht bilde ich es mir nur ein, aber es scheint plötzlich ruhiger im Raum zu werden.

»Oha!«, sagt das Glühwürmchen, das sich als Bridget McCarragher entpuppt. Von Jane weiß ich, dass sie sich zwar als Lyrikerin bezeichnet, aber nur schwülstige jambische Pentameter über ihren Exfreund verfasst, die sie zu allem Überfluss mit Emoticons durchsetzt. Jetzt stemmt Bridget die Hände in die ausgestopften grünen Plüschhüften, während die Nonne sich zu Jane beugt und ihr etwas ins Ohr flüstert. Jane schüttelt den Kopf, aber ihr Helm aus weiß gesträhnten Haaren bewegt sich nicht.

Van Gogh, alias Larry Hirsh, ein rundlicher Autor, der sich auf Lebensbeichten spezialisiert hat, legt schützend die Hand auf Janes Arm. »Könnte peinlich werden«, sagt die böse Ballerina.

Ich flehe Ben in Gedanken an, den Arm um mich zu legen, aber er tut es nicht. Allerdings hält er sich dicht neben mir, während er auf Jane zugeht. »Hey«, sagt er zu ihr, und ich hebe die Hand und winke ihr zu.

Jane schluckt und stellt sich noch aufrechter hin. In der Sekunde, bevor sie den Mund öffnet, wird mir klar, dass jeder von uns aus einem bestimmten Grund hier ist: Ben und ich, um herauszufinden, ob wir tatsächlich ihr Leben zerstört haben, Jane, um uns wissen zu lassen, dass dem nicht so ist. Und dann geht mir noch etwas auf, eine Wahrheit, die mit dieser Situation, mit der eindeutigen Antwort, die sie uns mit ihrer würdevollen Haltung, ihrem extravaganten Kostüm, ihrem unerbittlichen Blick gibt, überhaupt nichts zu tun hat. Diese Wahrheit entspringt den Tiefen meines Ichs, der Dunkelheit meines Herzens: Ich wollte nicht, dass meine beste Freundin etwas hatte, was ich nicht haben konnte. Also nahm ich es ihr weg. Einfach so.

Jane mustert uns von oben bis unten. »Ah, wie ich sehe, habt ihr euch als Menschen verkleidet«, sagt sie. »Wie raffiniert.«

Ben dreht sich weg. Ich sehe die Tränen in seinen Augen, und dieser Anblick ist so unerträglich, dass ich mich ebenfalls abwende. Ich nehme seine Hand und steuere auf die Tür zu, und während wir den langen Flur vor Als Wohnung entlangtaumeln, stößt Ben ein leises Stöhnen aus. Seine Verzweiflung ist so groß, dass sie ihn beinahe von seiner Schuld entbindet. Ich hingegen bin still, und ein eiskalter Wind weht in meinem Inneren. *Was hast du denn erwartet?*, denke ich, aber ich sage es nicht.

24

Seit August habe ich nicht mehr mit meinem Bruder gesprochen. Wir hatten auch vorher schon längere Durststrecken, aber noch keine wie diese: drei ganze Monate, in denen unser blinder Stolz verhindert hat, dass wir die an Trotz und Sinnlosigkeit nicht zu überbietende Funkstille beenden. Ich habe sogar schon angefangen, von Seth zu träumen, verschwommene, immer beunruhigendere Träume, in denen er unterschiedliche Rollen spielt. Wir schlendern zum Beispiel gemeinsam einen Strand entlang, bis er sich plötzlich in eine Möwe verwandelt und kreischend davonfliegt. Oder ich träume, dass Seth bei uns als Hausmeister arbeitet und meine verstopfte Toilette reinigt. Im bizarrsten Traum von allen sind Seth und Ben austauschbar, Sethben, Benseth. Mein dunkelhaariger Begleiter kommt mit offenen Armen über eine Wiese auf mich zugerannt, und in seinem Blick liegen Zuneigung und Sorge und ja, auch Lust … aber wer ist dieser Dunkelhaarige? Ben? Seth? Dieser letzte Albtraum hat dafür gesorgt, dass ich heute Morgen an Ben geschmiegt aufgewacht bin und den Entschluss gefasst habe, meinen Bruder anzurufen und endlich Frieden mit ihm zu schließen.

Es klingelt sieben Mal, bis er endlich abnimmt.

»Hi«, sage ich. »Ich bins. Will.«

»Will Shulman, mein alter Collegekumpel? Deine Stimme klingt irgendwie komisch. Wie gehts dir, Alter?«

»Lass den Blödsinn.«

»Ach so: Wilma MacIntyre vom Baudezernat. Sie haben das Gutachten am Montagmorgen auf dem Schreibtisch, versprochen.«

»Seth, hör auf damit.«

»Ich bin nur überrascht, das ist alles.« Seine Stimme klingt rau, als hätte ich ihn aufgeweckt. Dabei ist es fast Mittag. Offenbar hat sein Leben noch immer keine positive Wendung genommen.

»Hast du Lust, irgendwo einen Kaffee trinken zu gehen?« Mein Herz rast. Ich fühle mich, als würde ich meinen Bruder um ein Rendezvous bitten, und mache mich auf eine verletzende Zurückweisung gefasst.

Er schweigt volle fünfzehn Sekunden, genügend Zeit, um sich eine gute Ausrede auszudenken. Dann räuspert er sich. Ich höre ihn im Hintergrund herumrascheln und stelle mir vor, wie er sich aufsetzt, die schmuddelige Decke zurückschlägt und die bleichen, behaarten Beine aus dem Bett schwingt. Gleich wird er mir sagen, dass ich mich verpissen soll. Er wird mir sagen, dass er es sich in seinem armseligen Leben gemütlich gemacht hat und niemanden braucht, der ihm hilft. Was ich natürlich sowieso nicht könnte. *Äh, nein. Ich habe nicht die geringste Lust, irgendwo einen Kaffee trinken zu gehen, und schon gar nicht mit dir*, wird er in ironischem Tonfall antworten. *Aber ich danke dir unendlich für deinen Anruf.* Er räuspert sich noch einmal, und mir fällt auf, dass ich die Luft anhalte. »Nö«, sagt er, und die Enttäuschung durchbricht ihren löchrigen Damm und überschwemmt meine Brust. Ich will schon auflegen, als er hinzufügt: »Aber gegen ein Eis hätte ich nichts einzuwenden. Wie siehts bei dir aus, Lust auf ein Eis?«

Wir treffen uns im Lakeside Licks, einer Eisdiele, die genau wie Braun's Deli ein Relikt aus unserer Jugend ist. Das Eis ist nicht besonders gut hier, es hat oft Gefrierbrand und ist manchmal sogar komplett kristallisiert, hat sich in einen Stoff verwandelt, der mit Eiscreme nicht mehr das Geringste zu tun hat. Aber es gibt eine endlose Auswahl an Sorten, was für uns als Kinder der ausschlaggebende Pluspunkt war. Bis zu meinem elften Lebensjahr hieß meine Lieblingssorte »Bubblegum«, eine grellpinke, mit echten Kaugummistückchen durchsetzte Masse, bei der Erstickungsgefahr bestand. Seth entschied sich meistens für »Süße Zuckerwatte« (als ob Zuckerwatte an sich noch nicht süß genug wäre). Jetzt stupst er mich an und zeigt auf seine ehemalige Lieblingssorte, die immer noch denselben Platz in der Auslage einnimmt wie vor fünfzehn Jahren. Gut möglich, dass auch die braunen Wannen, in denen das Eis präsentiert wird, noch dieselben sind.

Wir gehen mit unserem Eis (diesmal sind es Erwachsenensorten: eine Kugel »Coffee Fudge« für mich, »Vanille-Mandel« und »Rum-Rosine« für ihn) zu einem kleinen, orangefarbenen Resopaltisch und setzen uns. Seth beugt sich über seine Waffel, reißt den Mund auf und verschlingt ein Drittel der obersten Kugel mit einem einzigen, lauten Schlürfen. Dann leckt er sich die Mundwinkel ab und weist mit dem Kinn auf mein Eis, das bereits anfängt zu schmelzen. Ein hellbrauner Tropfen rinnt seitlich an der Waffel herunter. »Ich esse deins gerne, wenn du es nicht willst«, sagt er grinsend, und ich merke plötzlich, wie sehr ich ihn vermisst habe.

»Tut mir leid, dass ich mich in letzter Zeit so rargemacht habe«, sage ich, als wäre das der Grund für unsere Funkstille gewesen: *Mann, war ich im Stress!*

Ein sehr großer Mann und eine extrem kleine Frau betreten die Eisdiele. Die Glastür fällt langsam hinter ihnen zu.

»Schon okay«, sagt Seth. »Bei mir auf der Arbeit war auch die Hölle los.« Er zwinkert mir zu, und ich interpretiere diese Geste als Hinweis auf eine baldige Versöhnung. Er wischt sich mit dem Handrücken über den Mund und leckt diesen dann ab. »Außerdem habe ich angefangen, im Internet Poker zu spielen. Da geht es um richtig viel Asche.«

Meine Alarmglocken schrillen. »Nicht dein Ernst, oder?«

»Nein.« Er saugt eine weitere halbe Kugel Eis von der Waffel und schluckt sie ohne jedes Anzeichen von Genuss hinunter. Dann sieht er mich müde und ein wenig unkonzentriert an.

»Bei mir gibt es auch Neuigkeiten«, sage ich. »Du wirst es nicht glauben.«

Er hebt eine Augenbraue und wartet.

»Ich bin jetzt mit Ben zusammen.«

Der große Mann steht an der Verkaufstheke und blickt auf den Kopf seiner winzigen Freundin hinunter. »Ich weiß doch, was ich gesehen habe«, knurrt er leise.

»Aber ich habs dir doch schon erklärt«, flüstert sie mit mädchenhafter Stimme zurück. »Er ist nur ein guter Freund.«

»Ach, fick dich doch«, entgegnet der Mann. Seine Stimme ist immer noch leise, aber sie klingt plötzlich hässlich und bedrohlich, wie eine aufziehende Gewitterwolke.

»Ich soll mich ficken?«, fragt die Freundin sanft und ohne jeden Groll, so als würde sie gerade überlegen, welche Eissorte sie nehmen soll. »Kommt gar nicht infrage. Fick *du* dich doch.«

Als die beiden sich an den Nebentisch setzen, wirft Seth ihnen einen misstrauischen Blick zu. »Was?«, fragt er unaufmerksam. »Wer ist mit Ben zusammen?«

»Jane ist ausgezogen. Im August schon. Ben und ich sind jetzt ein Paar.« Die Geschichte sprudelt nur so aus mir heraus.

Ich habe fast drei Monate darauf gewartet, sie ihm zu erzählen. Elf Wochen lang gab es nur Ben und mich und den dichten Nebel aus Schuld, der uns umgab. Ich führe das einsame Leben einer Frau, die bekommen hat, was sie wollte. »Es ist … na ja, ein paar Tage vor der Hochzeit passiert«, berichte ich, während mir das Eis die Hand hinunterläuft. »Beziehungsweise vor der geplanten Hochzeit, die dann natürlich abgesagt wurde.« Mein Herz klopft wie verrückt, während endlich alles aus mir hervorbricht: die eigenartige Mischung aus Freude und Scham, die ich empfinde, wenn ich mit Ben zusammen bin; meine neue Überzeugung, dass Scham untrennbar zur Freude dazugehört; wie schrecklich leer die Wohnung ohne Jane ist; dass ich nie geglaubt hätte, zu so etwas fähig zu sein, und wie leicht es letztendlich war, diesen Schritt zu gehen. *Wenn* mich jemand versteht, weil er die Schattenseiten von zwischenmenschlichen Beziehungen kennt und weiß, dass sich manchmal die schlechtesten Eigenschaften in einem Menschen durchsetzen, dann Seth. »Und dann haben wir es ihr gesagt. Wir haben uns an den Küchentisch gesetzt und es ihr gesagt. Es war furchtbar«, sage ich. »Für alle Beteiligten.«

Seth schweigt. Ich lehne mich zurück und betrachte die durchweichte Eiswaffel in meiner Hand. »Absolut furchtbar«, wiederhole ich und bin froh, dass ich es mir endlich von der Seele geredet habe. Zuversichtlich warte ich die Reaktion meines Bruders ab, die Unterstützung des einzigen mir bekannten Menschen, dessen Lebensweg gesäumt ist von den Trümmern der Beziehungen, die er selbst zerstört hat.

Er wippt mit seinem Stuhl nach hinten, während Fick-mich und Fick-dich beschließen, ihr Eis doch mit nach draußen zu nehmen. Die Glocke über der Tür bimmelt, als sie sie öffnen. »Ich soll mich ficken?«, flüstert die Frau. »Träum weiter!«

Seth sieht zu, wie die Tür hinter ihnen zufällt, und dreht sich dann zu mir um. »Unglaublich«, sagt er schließlich, und ich denke, dass er sich auf das streitende Pärchen bezieht, das gerade den Laden verlassen hat, und nicke. »Muss echt schwer sein für dich und Ben. Ihr Ärmsten.«

Ich blicke von meinem Eis auf und lächle ihn mit Coffee-Fudge-verschmierten Lippen hoffnungsvoll an. »Was?«

»Ach, ich meine nur. Muss schlimm für dich sein, dass du *das Leben deiner besten Freundin auf dem Gewissen hast!*« Seths Stimme ist jetzt ein abgehacktes Flüstern, er atmet schwer, keucht beinahe. »Verdammt noch mal, Willa, bei dir hört es sich so an, als wäre es höhere Gewalt gewesen! Tut mir ja so leid für dich, dass du einfach hinter Janes Rücken mit Ben geschlafen hast, dass dir das einfach so *passiert* ist!«

»Was?«, frage ich noch einmal, und das verkrampfte Lächeln in meinem Gesicht erstirbt. Mit dieser Reaktion habe ich nicht gerechnet. Ich schlucke und versuche, mich zu sammeln. »Wie kannst *du* dir ein Urteil darüber erlauben? Ausgerechnet du?« *Nora*, denke ich. *Libby. Shelly. Nina.*

Er beugt sich vor und schlägt mit der rechten Hand auf die Tischplatte, während sich seine linke Hand so fest um die Eiswaffel schließt, dass sie zerbricht. »Kannst du mir mal verraten, was das heißen soll?«

Ich lege den Kopf in den Nacken und verenge die Augen zu Schlitzen. »Du bist doch so was wie der Präsident des Fremdgehens, der König des Seitensprungs!«

Seth atmet geräuschvoll aus und entspannt sich ein wenig. »Der Vorsitzende der Frauenbetrüger?«, fragt er.

»Der … der Sultan der Affären!«

Er beäugt seine zerbrochene Waffel und blickt sich dann in der leeren Eisdiele um. »Glaub mir, Will, du hast keine Ahnung, wovon du sprichst.«

Ich stehe auf und gehe zur Theke, um Servietten zu holen. Der Eisverkäufer scheint unserem Gespräch aufmerksam gelauscht zu haben, denn er stützt die Arme auf den Glastresen und starrt mit leicht geöffnetem Mund zu unserem Tisch. Ich werfe ihm einen bösen Blick zu, bevor ich beschließe, dass es mir egal ist.

»Dann klär mich auf«, sage ich zu meinem Bruder und schlüpfe wieder auf meinen Stuhl. »Bitte.«

»Ich glaube nicht, dass ich dich über die Einzelheiten meines Privatlebens in Kenntnis setzen muss, aber ich kann dir zumindest mitteilen, dass ich Nina nicht betrogen habe. Unsere Beziehung ist nicht an einem Seitensprung zerbrochen.«

Ich wische an einem Klecks Eiscreme auf dem Tisch herum. »Oh.«

»Ja, *oh.*« Er lässt die Nackenwirbel knacken und legt den Kopf erst nach links, dann nach rechts. »Nina war schwanger.«

»Oh Gott, Seth!«

»Und ob du es glaubst oder nicht, dein Arschloch von Bruder wollte sie heiraten.« Er nimmt sich eine Serviette und wickelt sie um seine zerbrochene Waffel. »Aber sie wollte mich nicht heiraten, und das Baby wollte sie auch nicht.« Über uns surrt ein Deckenventilator, und im Hinterzimmer läuft ein Oldiesender. Elton John schallt blechern zu uns herüber: *Good-byyye yellow brick roooaaadd.* »Also ist sie, äh …«

Er blinzelt, und endlich wird mir klar, wie sehr mein Bruder in den letzten zehn Monaten gelitten haben muss, und wie sehr ihn diese Zeit verändert hat. Sein neu entdeckter Hang zu Selbsthilfebüchern und seine Fresssucht sind nicht die verzweifelten Freizeitbeschäftigungen eines Mannes, der sich in verspäteten Schuldgefühlen suhlt, und auch nicht Ausdruck einer leidenden Seele, die sich an alles klammert, was ihr Linderung verspricht, sondern Seths vergebliche, gänzlich vergebliche Versuche, gegen die Verbitterung anzukämpfen, damit sie nicht den Sieg über ihn davonträgt. »Also ist sie erst die Schwangerschaft losgeworden und dann mich«, erzählt er schulterzuckend. »Und dafür hasse ich sie.«

Es gab Zeiten, in denen ich dachte, dass ich meinen Bruder nicht liebe. Es gab Zeiten, in denen meine nie erfüllte Sehnsucht nach seiner Anerkennung und Zuneigung sich in Abneigung und erbitterte Feindseligkeit verwandelte, in denen ich dachte: *Mir doch egal, wenn ich ihn nie wiedersehe!*

Jetzt merke ich, dass meine Enttäuschung und meine Wut nur ein laues Lüftchen waren gegen den Hurrikan aus Mitgefühl und Liebe zu meinem Bruder, der in diesem Moment über mich hinwegfegt und mich atemlos zurücklässt. Der Stich, den ich in meinem Herzen spüre, ist sein Schmerz, der auf mich übergegangen ist.

»Das wusste ich nicht«, stammle ich. Meine Stimme ist belegt und halb erstickt. Ich greife nach seiner Hand, obwohl unsere unausgesprochene Vereinbarung besagt, dass Körperkontakt zwischen uns verboten ist. »Ich hasse sie auch«, sage ich, und meine Augen füllen sich mit Tränen. Seth nickt und lässt für einen Moment zu, dass meine Hand auf seiner liegt, bevor er sie wegzieht. Ich verstehe sehr gut, warum er Nina hasst, verstehe den Schmerz, den sie verursacht hat, sie, die Frau, die getan hat, was sie ihrer Meinung nach tun musste.

Ich sah den Brief, als ich gestern vom Blumenladen nach Hause kam. Ben war bei der Arbeit. Nachdem ich meine Einkaufstüte auf der Küchenablage abgestellt hatte, fiel mein Blick auf seinen Laptop, der aufgeklappt auf dem Wohnzimmertisch stand. Ich wollte mir Fotos von Seegurken im Internet ansehen *(Sind das Fische, oder ist das Gemüse?)* und fuhr, ohne zu zögern, seinen Computer hoch. Als ich das Dokument mit dem Titel »Brief an Jane – Entwurf« auf seinem Desktop entdeckte, zögerte ich sehr wohl. Dann öffnete ich es.

Liebe Jane,

wenn du das liest, hast du zumindest nicht sofort auf »Löschen« geklickt, als du meinen Namen in deinem Postfach gesehen hast. Allein dafür bin ich dir schon dankbar.

Ich weiß, dass ich nach allem, was ich getan habe, kein Recht mehr habe, das zu sagen, aber ich tue es trotzdem: Ich vermisse dich. Und es tut mir alles unfassbar leid.

Ich dachte, ich hätte dir eine Million Dinge zu sagen, aber jetzt stelle ich fest, dass ich ins Stocken gerate und nicht mehr weiterweiß. Ich habe Angst, das Falsche zu schreiben, was nun natürlich auch keine Rolle mehr spielt, das weiß ich. Keine Ahnung, wie ich dir am besten mitteile, dass ich dich nie verletzen wollte, dass es mich fertigmacht, es getan zu haben. Wenn ich irgendwie die Zeit zurückdrehen könnte, wenn ich dafür sorgen könnte, dass es auf andere Weise passiert … aber auch das spielt jetzt keine Rolle mehr, nicht wahr?

Von Amy habe ich erfahren, dass du an sämtlichen juristischen Fakultäten angenommen wurdest, für die du dich beworben hast. Das sind tolle Neuigkeiten. Mich überrascht ein bisschen, dass du dich für die Marquette entschieden hast, vor allem, da diese Uni ursprünglich gar nicht auf deiner Liste stand. Aber die Dinge ändern sich, natürlich ändern sie sich. Du bleibst also in Milwaukee, in der Nähe deiner Familie. Darüber freuen sich deine Eltern bestimmt sehr.

Schreib mir, wenn dir danach ist. Ich verstehe natürlich, wenn du es nicht tust.

Ben

Ich fuhr den Laptop herunter und schlich mich auf Zehenspitzen von ihm weg, als wäre er ein schlafendes Stinktier. Während ich langsam die Lebensmittel aus der Tüte packte – vier Päckchen Nudeln, vier Gläser Soße, ein paar Orangen, eine Zwiebel, ein Becher Erdbeerjoghurt –, wartete ich auf das Zwicken im Bauch, den Stich der Eifersucht oder Wut, der nie kam. Alles, was ich spürte, war hoffnungsvolle Erwartung: Ob wir drei irgendwann wieder Freunde werden konnten?

Ich ging davon aus, dass Ben mir von der E-Mail erzählen würde, wenn er nach Hause kam. Ich war mir sicher, dass er es tun würde.

Aber als er zur Tür hereinkam, hatte er andere Geschichten im Gepäck: von der Frau im Bus, die im Vorbeigehen nach seiner Hand gegriffen hatte; von Spencer, seinem Kollegen in der Bibliothek, der sich in der Mittagspause bekifft und dann die ganze Geburtstagstorte gegessen hatte, die für Margo, die Kinderbibliothekarin, gedacht war. »Es stand HAPPY BIRTHDAY, LIEBE MARGO drauf«, erklärt Ben. »Mit rosa Zuckerguss. Und Spence verleibt sich einfach das ganze Ding ein! Angeblich dachte er, die Torte sei für alle gewesen.« Während sich Ben eine Orange schälte, imitierte er Margos aufgebrachte Reaktion: »›Verdammt noch mal, ich werde heute zweiundsiebzig Jahre alt! Da kann man doch erwarten, dass man ein Stück von seiner eigenen Geburtstagstorte abbekommt!‹«

Ich lachte und sagte: »Ich wusste gar nicht, dass Kinderbibliothekarinnen fluchen dürfen.« Ben lächelte mich an, bevor ihm sein Laptop auf dem Wohnzimmertisch auffiel. Vorsichtig klappte er ihn zu und räumte ihn weg.

Jetzt schielt Ben über meine Schulter und kaut an einer Waffel herum. »Deine Meerjungfrau hat ja ein Businesskostüm an«, stellt er fest. »Gefällt mir. Das sieht man nicht so häufig.«

»Meerjungfrauen haben oft den Ruf, halb nackt auf Männerfang zu gehen, aber diese hier ist Führungskraft in einem großen Konzern.« Ich zeichne gerade die Vorlage für ein Wandgemälde, das wir in Janes ehemaligem Zimmer anbringen wollen, ein endgültiger, farbenfroher Exorzismus. In den letzten drei Monaten haben wir uns alle Mühe gegeben, ihre sichtbaren Spuren aus unserem Leben zu tilgen. Wir haben Möbel verrückt, die Wände gestrichen, eine neue Lampe und einen Sessel in einem billigen Secondhandladen erstanden. Einen neuen Mixer haben wir noch nicht, aber es geht auch ohne. Manche Verluste sind eben leichter zu verschmerzen als andere.

Ben sieht zu, wie ich das Handy der Meerjungfrau zeichne, das aus einer Qualle besteht, und die Aktentasche, die eigentlich eine Muschel ist. »Ich möchte nicht mit ihr tauschen«, sage ich.

»Wieso?«

»Ihrer Firma steht das Wasser bis zum Hals.«

Ben ist wie geplant in die Wohnung gezogen, allerdings in mein Zimmer und in mein Bett. Janes altes Zimmer ist leer, nur ein paar Kartons stehen darin herum. Die Tür bleibt meistens geschlossen.

»Mir gefällt ihre Muschel«, sagt er anzüglich, und als ich ihn tadelnd angucke, zeigt er mit Unschuldsmiene auf die Aktentasche. »Aber was ist das, bitte?« Er tippt mit dem Finger auf einen bedrohlichen grauen Raubfisch, der ein dickes Geldbündel zwischen den scharfen Zähnen hält und dessen Rückenflosse in der Nähe der Meerjungfrau durchs Wasser schneidet.

»Ein Kredithai«, antworte ich. Ein paar Waffelkrümel rieseln auf den Tisch und landen auf meiner Zeichnung. Ich fege sie beiseite.

»Du bist eine ziemlich eigenartige Person, Willa«, stellt Ben fest. Aus seiner Stimme ist ganz schwach ein neuer, scharfer Unterton herauszuhören, eine kaum wahrnehmbare Veränderung. Sie genügt, um mir bewusst zu machen, wie leicht unsere Liebe vom Kurs abkommen könnte. Sie tut es nicht, aber sie könnte.

»Stimmt«, gebe ich zu. »Aber man sollte immer die kreative Vision des Künstlers respektieren, auch wenn man sie nicht versteht.«

Er schweigt eine ewig erscheinende Minute.

»Was ist?«

»Ach, nichts.« Er streicht mir über die Haare, und mich durchfährt ein wohliger kleiner Schauder.

»Sag ruhig, was du denkst.«

»Ich habe mich nur gerade gefragt, wie Jane das wohl finden würde. Deine verrückte Zeichnung. Ein Wandgemälde in ihrem Zimmer.« Er beugt sich jetzt noch tiefer über mich, legt mir sein Kinn auf die Schulter. Ich spüre seinen Atem am Hals und rieche ihn: warm und süß, wie Brot. Er sieht zu, wie ich dem spitz zulaufenden Arm eines Seesterns den letzten Schliff gebe und dann die sich schlängelnden Tentakeln einer Seeanemone skizziere.

»Wenn man Freunde wie uns hat …«, sagt er.

Ich höre für einen Moment auf zu zeichnen und schmiege mich an ihn. »Ja«, sage ich.

Die Vorlage für das Wandgemälde ist noch nicht ganz fertig. Ich greife nach meinem Stift, halte über dem Papier inne und male kleine Kreise in die Luft. Ben beugt sich immer noch über mich, atmet immer noch in mein Ohr hinein.

Ich liebe dich, denke ich. *Unglaublich, wie sehr ich dich liebe.* Ich senke den Stift auf den Zeichenblock und fange an, die wulstigen Umrisse einer kleinen Garnele auszumalen, ihre langen, tastenden Fühler, ihren Stummelschwanz. Daneben zeichne ich noch eine, so wulstig und abstoßend wie möglich.

Ben richtet sich auf und will weggehen.

»Magst du etwa keine Krustentiere?«, frage ich.

»Pfui«, antwortet er und lacht, bevor er sich umdreht und das Wohnzimmer verlässt. »Wusstest du das noch gar nicht?«

Was wünschst du dir zum Geburtstag?, tippe ich.

Ein ferngesteuertes Meerschweinchen, schreibt Ben zurück.

Aber das wünschen sich momentan alle Kinder! Was, wenn ferngesteuerte Meerschweinchen ausverkauft sind?

Mir egal! Treib eins auf! Schließlich ist mein Geburtstag, und ich will unbedingt ein TRIEBGESTEUERTES MEERSCHWEINCHEN!

Ben wird in zwei Wochen siebenundzwanzig, kurz vor Thanksgiving. Nach allem, was passiert ist, kommt mir dieser Tag wahnsinnig bedeutsam vor, ein besonderes Ereignis, das wir feiern müssen, und sei es nur, weil es uns gibt.

Willst du eine Party?

Ja. Eine Party, bei der sich alle Gäste als Prinzessinnenbarbies verkleiden müssen.

Wir sitzen nebeneinander auf dem Bett und haben unsere Laptops auf dem Schoß, die Bettdecke liegt zusammengeknüllt am Fußende. Während draußen leise der Wind heult und den Zweig eines Baums gegen unser Fenster peitscht, ist drinnen das Tippen unserer Finger auf der Tastatur zu hören. Ich presse meinen Oberschenkel gegen Bens Bein. *Du kannst gerne eine Prinzessinnenparty haben*, schreibe ich. *Oder eine Barbieparty, oder eine Verkleidungsparty. Aber nicht alle drei Sachen auf einmal.* Auf seinem Computer erklingt das vertraute kleine Empfangssignal.

Er erwidert den Druck meines Oberschenkels. *Dann scheiß auf die Party. Lass uns einfach durch die Clubs ziehen und uns mit E vollpumpen!*

Au ja, bin dabei! Andererseits kennen wir keinen einzigen Club, und was E ist, weiß ich auch nicht so genau. Genauso wenig wie du.

Bens letzte Geburtstagsfeier hat einen Monat vor dem Highschooltreffen stattgefunden, an dem wir uns wiedergetroffen und versöhnt haben, einen Monat, bevor ich ihn Jane vorgestellt habe. Er hatte in einer Bar in der Innenstadt gefeiert, mit einer Gruppe von Freunden aus der Bibliothek und einem Mädchen namens Lydia, das seine aufkeimende Zuneigung nicht erwiderte, wie er an jenem Abend erfuhr. Am Ende landete er betrunken, aber allein in seiner schmuddeligen Wohnung, aß Doritos und sah sich *Starsky & Hutch* auf dem Vierten Programm an. Diese traurige Geschichte hat er uns damals beim Bowling erzählt, bei unserem ersten Ausflug zu dritt. »Gott, war das ein deprimierender Geburtstag«, sagte er, so als könnte er endlich aufatmen, weil deprimierende Geburtstage für immer hinter ihm lagen.

Er fängt an zu tippen und hält dann inne und seufzt. »Wenn ich ehrlich bin, Will, ist mir nicht wirklich nach Feiern zumute. Warum gehen wir nicht in dieses neue vegetarische Restaurant, das in der Nähe der Synagoge aufgemacht hat? Mir fällt gerade der Name nicht ein.« Er verlagert sein Gewicht auf dem Bett, ohne die Hände von der Tastatur zu nehmen.

Das Restaurant heißt Vegetable Garden.

Kohl-Rabbi?, schreibe ich.

Ha, der war gut, tippt er zurück.

Er hat mir immer noch nichts von seiner E-Mail an Jane erzählt. Hat er es sich anders überlegt? Hat er sie abgeschickt? Hat sie geantwortet? *Ich habe nichts dagegen*, würde ich ihm antworten, wenn er mir endlich davon erzählen würde. *Im Gegenteil: Ich bin froh, dass du diese E-Mail geschrieben hast.* Aber von allein kann ich ihm das nicht sagen, weil ich damit zugeben würde, dass ich herumgeschnüffelt habe. Auch wenn das genau genommen gar nicht stimmt, weil ich nicht aktiv gesucht habe, sondern regelrecht über die Datei gestolpert bin. *Nein, warte, doch nicht Kohl-Rabbi*, schreibe ich. *Es heißt Hir-se-World.*

Er räuspert sich und sieht mich an. »Nein, heißt es nicht.«

Mc Dinkel's? Ich klicke auf Enter.

»Willa.« Er drückt seinen Nasenrücken zwischen Zeigefinger und Daumen. »Es reicht jetzt mit Wortspielen. Weißt du den Namen, oder weißt du ihn nicht?«

Kein Grund, gleich einen Tofuanfall zu kriegen! Enter.

»Herrgott noch mal, Willa, hör endlich auf!«

Mein Gesicht wird heiß. Wann haben meine penetranten, aber charmanten kleinen Witze aufgehört, charmant zu sein? Mir schießen die Tränen in die Augen, weil diese Situation neu für mich ist und ich keine Ahnung habe, wie ich mit ihr umgehen soll. Ben konnte mir immer schon direkt in die Seele blicken, aber in letzter Zeit scheint ihm nicht mehr zu gefallen, was er dort sieht. Ich drehe den Kopf zur Wand und schaue dann wieder auf meinen Laptop hinunter. *Gluten-berg Bibel.*

Er gibt wieder ein genervtes Räuspern von sich und schüttelt den Kopf. »Was soll denn … das ergibt doch gar keinen Sinn!« Er klappt seinen Computer zu und stellt ihn auf den Boden neben das Bett, bevor er mir den Rücken zudreht und den Kopf aufs Kopfkissen legt. Er hat sich vor Kurzem die Haare schneiden lassen, und in seinem Nacken ist ein schmaler Streifen zarter, blasser Haut zu sehen. »Tut mir leid, Willa-Tier«, murmelt er. »Ich bin einfach hundemüde.«

»Schon okay«, antworte ich. *Ist mir soja von egal.* Ich könnte meinen Laptop ebenfalls zuklappen und mich von hinten an seinen Körper schmiegen. Ich könnte die Augen schließen und mich vom Rhythmus seines Atems einlullen lassen. Stattdessen sitze ich da und starre auf meinen Monitor.

Ben streckt sich, gibt einen Seufzer von sich und klopft sein Kissen zurecht. Kurz darauf wird sein Atem regelmäßig und tief, sein Rücken hebt und senkt sich. Erst jetzt tippe ich, wie schon hundert Mal vor diesem Abend, *Jane Weston* in die Maske der Suchmaschine und warte im Dunkeln auf das Ergebnis, ohne zu wissen, was ich mir davon erhoffe. Was es auch ist, ich weiß, dass ich es nicht finden werde.

25

Anfang November ist der Blumenladen ein trostloser Ort. Halloween mit seinen unnatürlich grellen, orangefarbenen Lilien, seinen Chrysanthemen und Korkenzieherweiden ist vorbei. Das fröhliche, geschäftige Thanksgiving-Wochenende steht erst in zwei Wochen an, und bis dahin muss ich in dem kühlen, leeren Laden die Wartezeit überbrücken. Nur hin und wieder lässt sich ein Kunde blicken, um einen langweiligen Strauß Rosen zu kaufen. Wenn der Herbst in den Winter übergeht und weit und breit nur graue Wolken zu sehen sind, werden die Leute trübsinnig und verlieren den Glauben daran, dass ein hübsches Blumengesteck sie aufheitern könnte. Sie haben sich noch nicht an die Dunkelheit des Winters gewöhnt, haben noch keine Bewältigungsstrategien entwickelt.

Jedenfalls ist das meine Theorie. Ich verbringe eindeutig zu viel Zeit hinter der Ladentheke und starre ins Leere oder denke über mein Leben nach. Da Molly zum alljährlichen Treffen ihrer Interessengemeinschaft feministischer Unternehmerinnen nach Las Vegas gereist ist, um den Kampf gegen die bis heute andauernde Geschlechterdiskriminierung in der Geschäftswelt anzutreten, habe ich ihre Schichten übernommen und vertreibe mir die Zeit, indem ich deprimierende

Schilder schreibe, die ich dann allerdings nicht aufstelle: DAS LEBEN KÖNNTE IRGENDWANN BESSER WERDEN, ABER SEHR WAHRSCHEINLICH IST DAS NICHT. SAGEN SIE *DAS* MAL MIT BLUMEN! Oder: NICHTS VERMITTELT DIE BOTSCHAFT »ICH HAB DIE NASE VOLL VON DIR, BIN ABER ZU FEIGE, SCHLUSS ZU MACHEN« BESSER ALS MARGERITEN!

Ben hat mir heute Morgen einen Abschiedskuss gegeben, bevor ich zur Arbeit ging, einen innigen Kuss an der Tür, und während er mich in den Armen hielt und ich seinen Mund auf meinem spürte und den Geschmack von Cornflakes und Zahnpasta schmeckte, durchfuhr mich ein eigenartiges Kribbeln, ein elektrischer Impuls, der nichts Gutes verhieß. »Wir sehen uns später«, sagte er leise und verharrte mit seiner Hand auf meinem Rücken, und obwohl ich wusste, dass wir uns am Abend wiedersehen würden, hatte ich noch nie so etwas Trauriges gehört.

Ich bin so auf die Erinnerung an diesen Kuss konzentriert, auf den Gedanken, dass er in gewisser Weise ein Sinnbild für alle meine unvollkommenen bisherigen Beziehungen ist, dass ich nicht im Geringsten überrascht bin, als plötzlich die Tür aufgeht und Declan auf Krücken hereingehumpelt kommt. Ich habe magische Fähigkeiten! Ich kann die Menschen, an die ich gerade denke, herbeizaubern! Um zu überprüfen, ob es auch mit Gegenständen funktioniert, schließe ich für eine Sekunde die Augen und stelle mir einen Eisbecher mit Karamellsoße vor. Dann mache ich die Augen wieder auf.

»Hallöchen«, begrüßt mich Declan. Alles an ihm erinnert mich an ein Schaf: die langen Haare, das ungepflegte, unrasierte Gesicht, der gesenkte Kopf, seine Stimme, die einerseits kleinlaut klingt und sich andererseits ihres Charmes bewusst ist.

»Selber hallöchen«, antworte ich und muss unwillkürlich lächeln.

»Ah«, sagt Declan und hebt erleichtert den Blick zur Decke. »Sie redet noch mit mir!«

»Ich dachte, du wolltest nach Dublin.«

»Ach, das.« Er zuckt mit den Schultern, so gut es mit den Krücken geht, und ich durchschaue plötzlich das Geheimnis seines Erfolgs: Es liegt in den kleinen Geschenken, die er nach allen Seiten austeilt, getarnt als Informationen, als Antworten. *Ach, das?*

Ich ziehe eine Augenbraue hoch und trommle mit den Fingern auf die Glastheke. »Bist du hier, um Blumen zu kaufen?« Ich denke daran, wie sehr Jane diese Situation gefallen hätte, wenn ich ihr davon erzählt hätte. Sie hätte sich am Tisch vorgebeugt, die Hände verschränkt und mit einem boshaften kleinen Lächeln auf dem Gesicht gelauscht. Ich frage mich – wie so oft in letzter Zeit –, ob die Dinge überhaupt passieren, wenn ich hinterher nicht Jane davon erzählen kann.

Declan kommt langsam auf mich zu, Klack-Schritt-Nachziehen, Klack-Schritt-Nachziehen. Er trägt das grüne Trinity-College-Sweatshirt, das er manchmal in meinem Schrank aufbewahrt hat. Plötzlich fließt das Blut in Strömen durch meinen Kopf oder meinen Magen oder meine Bauchspeicheldrüse. Jedenfalls rauscht irgendwo in meinem Körper ein tosender Fluss, dabei sollte Blut doch eigentlich sanft und lautlos dahinplätschern, oder etwa nicht? Declan! Wie kann es sein, dass wir in dieser Welt leben und jemanden lieben und ihn dann einfach verlassen?

Als er bei der Ladentheke ankommt, atmet er schwer und stützt sich einen Moment ab, bevor er mich ansieht. Auf seiner Stirn, die ich früher so oft berührt habe, glänzt ein dünner Schweißfilm, und mir wird klar, wie viel Mühe ihn dieser kleine Besuch kostet. »Wie du siehst, habe ich ein gebrochenes Fußgelenk«, erklärt er und zuckt wieder leicht mit den Schultern.

»Warte, ich hole dir einen Stuhl.«

»Nein, nicht nötig.« Er hebt abwehrend eine Schulter. Durch die Krücken beschränken sich alle seine Gesten auf den oberen Teil seiner Arme. »Ich muss sowieso gleich weiter.«

»Dein irischer Akzent ist stärker geworden.«

»Das ist immer so, wenn ich nervös bin.«

»Ich dachte, du wärst längst in Irland«, sage ich und lenke das Gespräch wieder auf das *Ach, das.*

Declan zögert, bevor er zugibt: »Nein, noch nicht.« Sein Blick weicht mir scheu aus, wandert erst zur Wand hinter mir und dann auf die Ladentheke hinunter. »Es ist nämlich so, dass ich … jemanden kennengelernt habe, nachdem du … nachdem wir …«

Ist er hier, um zu beichten? Ist das der Grund für seinen Besuch? Dachte er, er müsste mir die niederschmetternde Nachricht persönlich überbringen? Ich schlage die Hände vors Gesicht und tue so, als würde ich herzzerreißend schluchzen. *Buuuuhuuuu!* Dann schiele ich durch meine Finger und genieße das sprachlose Entsetzen auf seinem Gesicht, beobachte, wie es innerhalb einer knappen Minute in Erleichterung und dann in seine übliche gute Laune übergeht. »Willa!«

»Hi!«

»Ich wusste ja nicht, wie du reagieren würdest. Woher denn auch? Wir haben seither nicht mehr miteinander gesprochen!«

Ich nicke und denke an unseren Campingausflug und den überraschend stechenden Schmerz zurück, den seine Zurückweisung damals in mir ausgelöst hat. »Du hast also jemanden kennengelernt.«

»Ja. Na ja, wenn du es genau wissen willst, ist das auch schon wieder vorbei.«

»Du bist doch hoffentlich nicht hier, um …«

»Nein! Ich meine, Interesse hätte ich natürlich schon … Jetzt, wo du es sagst: Hättest du Lust?« Er zwinkert mir zu.

»Höchstens auf einen Quickie im Abstellraum«, antworte ich und stemme die Hände in die Hüften. »Ich hatte schon immer eine Schwäche für Männer mit Krücken.«

»Ach ja?«, fragt er und zwinkert noch einmal. »Aber Spaß beiseite. Eigentlich bin ich aus einem ganz anderen Grund hier.« Und dann steht er einfach volle dreißig Sekunden vor mir, bis ich schon glaube, dass ich diejenige bin, die jetzt etwas sagen muss. »Also gut«, sagt er schließlich. »Mir ist zu Ohren gekommen, dass mein Verhalten gegenüber Frauen in gewissen Situationen … dass es … dass es nicht immer, äh …« Er bläst die Backen auf und gibt dann einen langen, zischenden Seufzer von sich. »Dass ich mich manchmal nicht so ganz … ich weiß auch nicht.« Er bricht abrupt ab und sieht mich wie ein hilfloses Hundebaby aus großen Augen an.

»Wow.«

»Ich hatte einen Fahrradunfall«, fährt er fort. »Ihr Amerikaner solltet wirklich auf der linken Seite fahren, wie Gott es vorgesehen hat. Na ja, mir ist nichts weiter passiert, aber ich habe mir den Knöchel gebrochen. Und Emma – so heißt sie – wollte sich, reizend, wie sie ist, um mich kümmern, mich wieder gesund pflegen.«

»Also hast du mit ihr Schluss gemacht.«

»Ja.«

»Verständlich.«

»Sie hat mir ordentlich die Leviten gelesen, und ich glaube, mir ist so das eine oder andere klargeworden.« Ich warte, während Declan sich windet wie ein Aal. »Und dann habe ich über uns nachgedacht. Willa, hast du … warst du … wolltest *du* etwa auch mehr von mir?« Für einen kurzen Moment steht er völlig entblößt und verletzlich vor mir, mit seiner ganzen Traurigkeit und seinem Lebenshunger.

»Du meinst, ob ich gerne mehr Senf auf dem Sandwich gehabt hätte, das du mir gemacht hast?«

»Genau das meine ich.«

Ich könnte wahrscheinlich Unmengen von Geld damit verdienen, ein offizielles Regelwerk für derartige Situationen herauszubringen: Wie verhält man sich, wenn der Exfreund vor einem steht und Abbitte leisten will? Wenn ich doch nur wüsste, wie diese Regeln lauten. Mir fällt wieder ein, dass er mich schon einmal verlassen hat, weil ihm jemand anders wichtiger war, damals vor vier Jahren. Aber wenn ich ehrlich bin, hätte ich irgendwann dasselbe mit ihm getan. Ich blättere mit dem Daumen meine Pappschilder durch. BLUMEN SIND AUCH KEINE LÖSUNG. »Vielleicht wollte ich tatsächlich mehr, aber nicht zwangsläufig von dir«, sage ich und stelle überrascht fest, dass Declan verletzt aussieht. »Entschuldige, so war es nicht gemeint.«

»Nein, schon gut«, beschwichtigt er und kratzt sich mit der Schulter das Gesicht. »Ich glaube, ich weiß, was du meinst.« Ein Autoradio dröhnt von draußen herein, und eine Frau mit Kinderwagen eilt am Schaufenster vorbei. Irgendwo in der Nähe lässt ein Bus zischend die Luft ab. Überall um uns herum leben Menschen und gehen ihrem Alltag nach.

»Ach ja«, sage ich, als mir einfällt, dass auch ich Neuigkeiten habe. »Ich habe übrigens einen Neuen.« Bei Ben kommt es mir manchmal so vor, als hätte er zwölf Jahre lang hinter der Bühne auf seinen Auftritt gewartet, und jetzt ist sein großer Moment gekommen, und er spielt endlich die Hauptrolle in meinem Leben. »Na ja, nicht direkt neu«, korrigiere ich mich. »Es ist Ben. Eine lange Geschichte.«

Declan schüttelt ungläubig den Kopf. Sein Lächeln umfasst nur die Hälfte seines Munds. »Der dreiste Mistkerl!«

»Dreist?«, wiederhole ich und schiebe die Hände in die Taschen meiner Arbeitsschürze. »Ja, kann sein.« Wie so oft entschädigt mich Declans charmanter Akzent dafür, dass ich nicht ganz verstehe, was er meint.

»Dann frage ich wohl lieber nicht, wie es Jane geht«, sagt er.

Ich kann ihren Namen immer noch nicht hören, ohne den Wunsch zu verspüren, im Erdboden zu versinken. »Tja«, antworte ich. »Ich sage ja, es ist eine lange Geschichte.«

Wir stehen ein paar Minuten schweigend da und lächeln uns verlegen an. Kapitel eins meines Regelwerks: *Auf diesen Moment haben Sie lange gewartet! Er kommt kleinlaut angekrochen, weil ihm klargeworden ist, was für ein Idiot er war. Sie freuen sich darüber, allerdings nicht so sehr, wie Sie dachten.*

»Ich muss dann mal los«, sagt er schließlich. Ich nicke erleichtert. »Es war *wirklich* schön, dich zu sehen, Willa.« Er klingt so aufrichtig, dass ich fast lachen muss.

»Okay«, sage ich. »Dann mal gute Besserung.« Er sieht mich verwirrt an, und ich zeige auf seinen Knöchel.

»Ach, das«, sagt er. »Hätte schlimmer ausgehen können.« Dann humpelt er zur Tür hinaus.

Heute Morgen bin ich zu Shop 'n' Save gerannt und habe in der erstaunlicherweise gar nicht so üblen Supermarktbäckerei zwei Schokoladen-Cupcakes für Bens Geburtstag gekauft, eine sichere Investition.

Seit ich vor einer Woche Bens E-Mail an Jane entdeckt habe, ist die Lage zwischen uns angespannt, gezwungen, gekünstelt, voller unpassender Gesprächspausen und falscher Betonungen, als wären wir Mitglieder einer Schultheatergruppe und würden ein Stück von David Mamet aufführen.

Willa, hast du Milch gekauft? Ich dachte, du hättest gesagt, dass du …

Ja, Milch. Milch. Sorry, hab ich vergessen. Ich kann jetzt losgehen. Soll ich …

Nein, nein. Ist nicht, nein, schon okay. Ist nicht so dringend.

Jetzt habe ich also Milch und Cupcakes im Haus, und Bens Geschenk, eine neue Ausgabe von *Die Superstreber*, an der ich die letzten Wochen gearbeitet habe *(Das Leben nach dem College: Die Super-Loser)*. Und ich habe einen radikalen Plan. Ich werde mit ihm reden. Ich werde unsere Beziehung retten, werde uns vom drohenden Abgrund wegziehen.

Als Einleitung werde ich ihm zum Geburtstag gratulieren und dann sagen: *Ich habe übrigens die E-Mail gelesen.* Ich werde es einfach zugeben, und dann sind wir gezwungen, über alles zu reden – darüber, dass Jane in unserem Leben eine Konstante ist, dass sie trotz ihrer körperlichen Abwesenheit ständig präsent ist, ein unauslöschlicher Teil unserer Beziehung. Vielleicht wird es uns schwerfallen, offen zuzugeben, wie sehr wir sie vermissen und dass wir uns ohne sie unvollständig fühlen, aber wir werden es schaffen, weil wir uns lieben. Alles wird gut werden. Ich fahre mit dem Finger um den Rand des einen, dick glasierten Cupcakes und lecke mir den Zuckerguss vom Finger, bevor ich dasselbe mit dem anderen Cupcake mache, damit sie wieder gleich aussehen.

Als Ben von der Arbeit nach Hause kommt, stelle ich gerade zwei Teller auf den Küchentisch und probe leise flüsternd meine Ansprache. Statt mit hängenden Schultern durch die Tür zu schlurfen und mich mit dem gedämpften, melancholischen Hallo zu begrüßen, an das ich mich im Laufe der letzten Woche gewöhnt habe, strahlt er vor Freude. Sein Gesicht ist gerötet, und seine Augen glänzen. Er sieht sich im Wohnzimmer um, als sähe er es zum ersten Mal, schüttelt die

Jacke von den Schultern und hebt die Arme, um sich aus seinem blauen Pullover zu schälen. Dabei fällt mir auf, dass er endlich wieder gerade dasteht.

»Siebenundzwanzig steht dir gut«, sage ich zu ihm und vergesse vorübergehend, was ich noch vor ein paar Sekunden einstudiert habe.

Er kommt mit großen Schritten zu mir und reißt mich in seine Arme, murmelt »Hallo Wilbur« in meine Schulter. Ich bin so erleichtert, dass ich für einen Moment jemand anders werde. Ich bin die glückliche Person, die sich von Ben umarmen lässt, ein dankbarer Aufnahmebehälter für seine Liebe.

»Ich erinnere dich also an ein Schwein«, antworte ich. »Na toll.«

Er biegt mich nach hinten und sieht mich durchdringend an, bevor er mich küsst, heftig und leidenschaftlich. Mir ist nicht ganz klar, ob er es ernst meint oder scherzhaft übertreibt. Sein Gesicht fühlt sich kalt an. Er schiebt seine Hände unter mein T-Shirt und legt sie auf meinen nackten Rücken. Auch seine Hände sind eiskalt, und ich zucke zusammen und will mich instinktiv wegducken, aber dann bleibe ich stehen und fange an, das Gefühl von Bens eisigen Händen auf meiner Haut zu genießen.

»Mmm«, sagt er und gräbt sanft seine Finger in meinen Körper, hält mich fest umschlungen. Ich verliere mich völlig in seiner Umarmung und denke, dass es vielleicht doch nicht so schwierig ist, glücklich zu sein.

»Ich habe Neuigkeiten!«, verkündet er, ohne mich loszulassen. »Absolut geniale Neuigkeiten!«

»Lass mich raten: Du hast *keine* fleischzersetzenden Bakterien?«

»Nein! Der Befund lautet auf Lepra!« Er zieht die Hände unter meinem T-Shirt hervor und macht einen Schritt nach hinten, bemerkt die Cupcakes und strahlt mich an, ein breites, hungriges Grinsen. Ich atme immer noch seinen Duft ein, die rosa Seife aus der Bibliothek, unser Waschpulver, das fast leer ist, und Bens typischen würzigen Lakritzgeruch.

Ich ziehe meinen Stuhl unter dem Tisch hervor und stelle mich dahinter. »Also? Schieß los.«

»Du weißt doch, dass mir in letzter Zeit, na ja … nicht gerade Zweifel gekommen sind, was das Graduiertenkolleg angeht, aber dass ich doch irgendwie zögerlich war«, erklärt er. »Ich meine, ich will auf jeden Fall weiterstudieren und habe auch Bewerbungen geschrieben, aber als wir über den Umzug an die Ostküste … Jane und ich, meine ich …« Sein Blick wandert unruhig zur Zimmerwand hinter meinem Rücken und dann wieder zu mir zurück. »Na ja, seit damals denke ich, dass ich vielleicht eine Zeit lang etwas ganz anderes tun sollte, bevor ich mich binde, bevor der Ernst des Lebens beginnt. Irgendetwas Sinnvolles, irgendeine Arbeit, bei der ich nicht ständig das Alphabet herunterbeten muss und einen neunzehnjährigen Kiffer als engsten Kollegen habe. Verstehst du?«

Ich nicke. Natürlich verstehe ich das. Ich senke den Blick auf sein Geschenk, das ich mangels Geschenkpapier in eine braune Einkaufstüte gewickelt habe. *Die Super-Loser* ist eine Graphic Novel über Ben und mich. Auf den Zeichnungen sind wir zu sehen, wie wir in Superheldenkostümen verschiedene Alltagssituationen bewältigen: Die Super-Loser frühstücken. Die Super-Loser gehen ins Kino. Die Super-Loser werfen einen Brief ein. Die Heldentaten der Super-Loser bestehen darin, ab und zu ein Stück Müll vom Gehweg aufzuheben oder eine Spinne im Badezimmer einzufangen und sie nach draußen zu setzen. Im Vergleich zu ihren früheren Zeiten als Superstreber sind die Super-Loser genügsam geworden, haben deutlich geringere Erwartungen.

Ben setzt sich an den Tisch und berührt seinen Cupcake aus dem Supermarkt. »Für mich?«, fragt er.

»Herzlichen Glückwunsch zum Geburtstag«, sage ich leise und ermuntere ihn mit einem Lächeln, hineinzubeißen. Der Druck in meinem Körper beginnt ein wenig zu sinken.

Er nimmt einen Bissen von seinem Cupcake. Ein paar Krümel bleiben an seiner Unterlippe hängen, und er leckt sie ab. »Ich habe mich … vor ein paar Wochen habe ich mich für ein Entwicklungshilfeprogramm beworben, obwohl ich sicher war, dass sie mich nicht nehmen würden. Einfach so zum Spaß.«

Ich habe mich als Marinesoldat gemeldet! Einfach so zum Spaß.

Ich habe eine meiner Nieren verkauft! Einfach so zum Spaß.

»Obwohl ich keinerlei Erfahrungen habe, was den Bau von Häusern angeht«, fährt er fort, »haben sie mich trotzdem genommen. Und sie zahlen mir genug Geld, dass es für Essen und Unterkunft reicht. Vielleicht kann ich sogar ein bisschen herumreisen …« Er fängt meinen Blick auf und setzt sich ruckartig aufrecht hin, als hätte er einen elektrischen Schlag bekommen. Ihm scheint endlich aufgegangen zu sein, dass seine absolut genialen Neuigkeiten auch Auswirkungen auf mich haben werden. »Ich gehe nach Ecuador, Will. Falls ich zusage, meine ich. Und falls du einverstanden bist. Das Programm dauert vier Monate. Von so etwas träume ich schon seit der Highschool, das weißt du. Ich werde helfen, ein Waisenhaus in Ecuador zu bauen!«

Ein Waisenhaus! Ich sehe das Wort in Gedanken vor mir, es schwirrt in meinem Kopf herum und prallt immer wieder von meiner Schädeldecke ab, bis es jede Bedeutung verliert. Ich stehe immer noch hinter meinem Stuhl und umklammere die Lehne. »Mann, bin ich froh, dass du keine fleischzersetzenden Bakterien hast!«

Ben nimmt seinen Cupcake vom Teller. »Ich dachte, du freust dich für mich! So lang sind vier Monate nun auch wieder nicht.«

»Ich freue mich ja«, antworte ich. Folgende Dinge kann man in vier Monaten tun: Für einen Triathlon trainieren. Eine halbe Schwangerschaft durchlaufen. Für den Schulabschluss lernen. Seinen Freund verlieren, weil er ein Waisenhaus in Ecuador bauen muss.

»Du wirst sehen, ich bin schneller zurück, als du gucken kannst«, tröstet er mich und macht mit der freien Hand eine wegwischende Bewegung. »Was sind schon vier Monate? Ich komme ja wieder.«

Warum musst du das extra betonen? »Ich weiß.« Wir führen dieses Gespräch inzwischen in einer dunklen Wohnung. Es ist zwar erst Viertel vor fünf, aber die Sonne ist bereits untergegangen. »Natürlich kommst du wieder, ist doch klar!« Ich knipse die Lampe an, die unsere Wohnung in ein heimeliges, trügerisches Licht taucht.

»Ich will einfach etwas Gutes tun«, sagt er.

»Und es sind ja nur vier Monate.« Ich ziehe meinen Stuhl nach hinten und setze mich ihm gegenüber hin.

»Genau.« Er wirkt erfreut und erleichtert. Wahrscheinlich listet er in Gedanken schon auf, was er alles einpacken muss. *Seife, Shampoo, Kondome?*

»Und dann die Waisen!«, füge ich hinzu. »Die brauchen dich dringend.«

Sein Lächeln wird schwächer. »Jetzt sei nicht so.« Er greift über den Tisch nach meiner Hand, aber ich bin damit beschäftigt, meine Serviette in immer kleinere Vierecke zu falten.

»Du könntest allerdings auch hier vor Ort Gutes tun«, merke ich an. »Du weißt schon: einheimische Waisen, die ein neues Zuhause brauchen. Einen schönen Bungalow am See, zum Beispiel.«

»Ja, schon«, antwortet er und runzelt unsicher die Stirn, weil er nicht weiß, ob ich es ernst meine. Ich weiß es selbst nicht. »Aber das mit Ecuador ist eine Chance, die man nur einmal im Leben erhält!«

»Einheimische Waisen haben eine viel bessere CO_2-Bilanz vorzuweisen als deine ecuadorianische Sorte!«, protestiere ich und schüttle den Kopf, um gegen die verdammten Tränen anzukämpfen.

Ben legt die Stirn in noch tiefere Falten, und seine Verwirrung verwandelt sich in Beunruhigung. »Ich finde deine Reaktion irgendwie …« Er würde es niemals aussprechen.

»Außerdem kommen sie frischer auf den Markt.« Ich blinzle heftig. »Ohne Gentechnik und ohne Pestizide.«

Ben rutscht mit seinem Stuhl zurück und steht auf. Er kommt zu mir, um mich zu umarmen. »Tut mir leid. Tut mir echt leid. Ich hab dich wohl ein bisschen überfallen damit. Und mich selbst irgendwie auch, weil ich gar nicht damit gerechnet hatte, angenommen zu werden. Außerdem habe ich noch nicht Ja gesagt, es ist noch keine beschlossene Sache.« Er lässt mich los, bringt seinen Teller in die Küche und stellt ihn klappernd in die Spüle. »Du brauchst bestimmt ein bisschen Zeit, das Ganze zu verdauen. Vielleicht gehe ich einfach eine Runde spazieren und kaufe auf dem Rückweg Milch, dann hast du Zeit zum Nachdenken.«

»Ich habe schon Milch gekauft«, sage ich leise.

»Egal, dann hole ich einfach noch mehr Milch.« Er steht hinter mir und legt mir die Hände auf den Kopf. »Lass uns einfach … ich bin in zwanzig Minuten wieder da«, sagt er. »Okay?« Ich schweige und starre auf den Tisch – auf meinen Teller, meine Origami-Serviette, Bens noch immer unausgepacktes Geschenk, das er nicht einmal angerührt hat. »Okay?« Als ich nicht antworte, nimmt er seine Jacke und antwortet an meiner Stelle: »Okay.«

Ich bleibe allein in der Wohnung zurück und fühle mich, als wäre ich gerade aus einer Achterbahn gestiegen. Mein Körper vibriert, meine Arme und Beine zittern. Ich gehe in die Küche und spüle den ganzen Stapel Geschirr. Als ich es gerade zum Trocknen aufstelle, klingelt das Telefon. Für den Bruchteil einer Sekunde glaube ich, dass es Jane ist.

»Hey«, sagt Ben. »Ich kaufe noch ein paar andere Sachen, wenn ich schon mal hier bin.« Ich bin wie erstarrt. Diese Stimme. Dieser Mann. Es war meine Wahl: Ben, nicht Jane. »Vielleicht gehe ich auch noch zum Bioladen.« Er klingt geduldig, aber unterschwellig besorgt, als würde er versuchen, eine eingeschüchterte Katze vom Baum zu locken.

»Okay.« Dieses Mal reagiere ich wie gewünscht. »Na klar!« Ich zwinge mich, unbeschwert zu klingen, um meinen weinerlichen Zynismus und mein Klammern von vorhin wiedergutzumachen. »Lass dir Zeit!«, sage ich. »Wir sehen uns irgendwann später!«

Das Machtverhältnis zwischen uns hat sich verschoben. Wann ist das passiert? Gerade eben am Tisch? Oder schon während der letzten Monate als Paar? All die Jahre habe ich die Fäden in der Hand gehalten, sogar noch, als er mit Jane zusammen war. Und jetzt spielt Ben plötzlich seine Trümpfe aus.

Vielleicht muss es so sein, vielleicht sitzen wir beide auf einer Wippe und versuchen wie kleine Kinder, das Gleichgewicht zu halten, ohne uns festzuhalten.

Vier Monate sind wirklich nicht lange – *falls* er überhaupt geht. Er hat nicht gesagt, dass es schon feststeht, nur, dass er angenommen wurde.

Ich stehe unter der Dusche, spüle das Shampoo aus meinen Haaren und fühle mich schon ein wenig besser, als die Tür aufgeht und er den Kopf durch den hellblauen Duschvorhang steckt. »Ach, *da* bist du!«, sagt er, als ob ich mich vor ihm versteckt hätte. »Ich habe Orangen gekauft!« Ein Friedensangebot: Orangen sind unsere Lieblingsfrüchte. Ben lässt den Vorhang wieder fallen und zieht ihn eine Minute später raschelnd zur Seite, um zu mir in die Dusche zu steigen.

»Oh!«, sage ich und lächle überrascht. »Sorry, hattest *du* dich für Viertel nach sechs in die Duschliste eingetragen?« Manche Angewohnheiten erweisen sich als hartnäckig, als Überbleibsel einer Freundschaft, die etwas unzulänglich in Liebe umgewandelt wurde, und so beginnt Sex bei uns meist mit welpenhaftem Gerangel, hat unsere Lust oft einen mit Scherzen kaschierten verlegenen Beigeschmack. Wir sind eben, wer wir sind – unsere Körper sind bereitwillige Akteure eines Spiels, das unsere Gehirne miteinander spielen.

Aber nicht jetzt. Er macht einen Schritt auf mich zu, stützt sich mit dem Arm an der gekachelten Wand ab und beugt sich vor, um mich zu küssen. Das Wasser läuft ihm über den Kopf, und sein Gesicht ist nass. Heute überspielt er sein Verlangen nicht mit Witzen, ebnet ihm nicht mit albernem Gelächter den Weg. »Ich bin mir ziemlich sicher, dass ich für Dienstag eingetragen war«, sage ich, aber er bringt mich zum Schweigen. Sein Körper drängt zur Eile, sein Atem geht schnell, und seine Hände sind überall, auf meinem Gesicht, meinem Hals, meinen vom Duschgel glitschigen Schultern, meinen Hüften, meinem Bauch. Wir bestehen nur aus nassen Körpern und Lippen und Zungen. Er drückt sich an mich, seine Hände graben sich in meine Haare. Er flüstert mir etwas ins Ohr, aber es wird vom Rauschen des Wassers und den ohrenbetäubenden Gedanken übertönt, die wild durch meinen Kopf schießen. Das Wasser wird erst lauwarm und dann fast kalt, aber das macht nichts, weil die Grenzen meines Körpers flüssig geworden sind und ich mit ihm verschmelze, ganz und gar.

»Hui!«, sage ich, als ich hinterher, in ein Handtuch gewickelt, neben Ben auf dem Bett liege. »Sex unter der Dusche. Was für ein Klischee!« Ich habe erfolgreich verdrängt, was er mir an diesem Nachmittag eröffnet hat, und aale mich in der törichten postorgasmischen Gewissheit, dass alles gut wird.

»Oh ja, mein Fehler«, antwortet Ben und stupst mich leicht mit dem Ellbogen an. »Ich hab ganz vergessen, dass du Klischees nicht ausstehen kannst.«

»Langweiler.« Ich rücke näher an ihn heran. Es kribbelt auf meiner Haut.

Er legt sein Bein über mein Bein und verschränkt die Arme hinterm Kopf. »Aber ein heißer.« Er dreht mir das Gesicht zu. »Du bist also einverstanden?«

»Mit heißem Sex unter der Dusche? Klar.«

»Nein.« Er küsst mein Ohr. »Damit, dass ich vier Monate nach *Ecuador* gehe.« Er spricht das Wort mit übertrieben spanischem Akzent aus, wie um zu betonen, dass wir nur ein wenig herumalbern, nur ein heiteres kleines Gespräch führen.

Eine Hitzewelle durchströmt meinen Körper. »Nein, ich … ich dachte, wir …« Ich ziehe das Handtuch hoch, das mir von der Brust gerutscht ist. Eine Demütigung ist letztlich nichts anderes als eine körperliche Reaktion, eine Umwandlung von Molekülen, ein zitternder Impuls im limbischen System. Was habe ich denn geglaubt? Dass fünfzehn Minuten unter der Dusche eine so überwältigende und unvergessliche Erfahrung für ihn sein würden, dass er doch nicht nach Ecuador will? Dass sie unsere Schieflage wieder ins Gleichgewicht rücken und ihm bewusst machen würden, was für ein sagenhaftes Glück er doch hat, mich als Freundin zu haben? »Na ja, ich dachte, dass wir noch mal darüber reden«, beende ich meinen Satz schließlich.

»Das tun wir doch gerade«, antwortet Ben. »Wir reden darüber.«

»Du hast gesagt, dass es noch nicht beschlossene Sache ist. Was, wenn ich dich bitte, nicht zu gehen?«

Ben seufzt. »Ich weiß nicht, Willa.« Wir schweigen lange, bevor Ben schließlich sagt: »Ich will nicht, dass du mich das bittest.«

Ich greife in meine Haare, weil ich jetzt schon spüre, dass sie komisch trocknen. Ben starrt an die Decke, seine Augen sind im trüben Licht kaum zu erkennen. Sein Gesicht besitzt eine Schärfe, die mir noch nie aufgefallen ist, in den ganzen zwölf Jahren nicht, die ich ihn kenne, eine messerscharfe Klarheit in der Anordnung seiner Lippen, in der kantigen Linie seines Kiefers. Der erwachsene Ben, vollständig, vollkommen. Während ich sein neues, entschlossenes Profil betrachte, wird mir endlich klar, was dieses hartnäckige Hindernis ist, das bedrohlich zwischen uns aufragt – nicht unser schlechtes Gewissen, weil wir Jane betrogen haben, um zusammen zu sein, auch nicht die Tatsache, dass wir sie unendlich vermissen, sondern Jane selbst, ihr langer Körper, ihre dünnen Arme, ihre blasse Haut, ihre Locken, ihre kluge, liebenswerte, verträgliche Art. Jane, menschlich und warm und doch unerreichbar.

»Dann bitte ich dich nicht«, sage ich zu Ben und drehe mich zu ihm um, lege den Arm über seine feste Brust und schmiege mich an ihn, lasse zu, dass das Handtuch wegrutscht, presse meine kühle, nackte Haut an seine. Die Heizung im Zimmer geht mit einem Klirren an. Vier Monate.

Er dreht sich zu mir und rückt ebenfalls näher an mich heran. Seine Arme schlingen sich zu fest um meinen Brustkorb, er vergräbt das Gesicht in meinen feuchten Haaren. Wir liegen Oberschenkel an Oberschenkel da, Knöchel an Knöchel. Ich biege meinen Rücken nach hinten, damit mein Bauch seinen Bauch berührt. Sein Ellbogen gräbt sich in die Einbuchtung meiner Taille. Ich stoße versehentlich mit dem Knie gegen ihn. Er knurrt, aber er bewegt sich nicht.

Wir können nicht nah genug beieinander sein.

26

Seth wirft ein kleines, lieblos eingepacktes Geschenk auf meinen Küchentisch. »Also, was ist das noch mal für ein Feiertag, den du da feierst?«, fragt er. »Dieses Chanukka?«

»Tja, das ist ziemlich kompliziert.« Ich halte ein brennendes Streichholz unter die Kerzen, damit sie weich werden und besser in den Löchern des Chanukka-Leuchters halten. »Es war einmal eine Bande aufständischer Juden. So richtig fiese Macker.«

»Ach ja, die Mackerbäer. Aus der Nähe von Mackerpotamien.«

»Ja, und die lümmelten im Zweiten Tempel herum, nachdem der erste leider zwangsversteigert wurde. Tragischerweise stellte sich heraus, dass sie nicht mehr genug Öl hatten, um Pommes zu frittieren, also machten sie stattdessen Reibekuchen.«

»Und deshalb feiern wir Juden acht Nächte lang Weihnachten!«

»Und schenken uns acht Paar Socken, eins für jede Nacht!«

Seth nimmt das unförmige kleine Päckchen vom Tisch, das er mir mitgebracht hat, und wedelt damit vor meiner Nase herum. In unserer Familie war es früher Tradition, dass wir Kinder am sechsten Abend der Chanukka-Woche Socken geschenkt bekamen, ob wir wollten oder nicht. Während unsere nichtjüdischen Freunde sich über ihre neuen Videospiele oder das coole Technikspielzeug freuten, das sie zu Weihnachten bekamen, wickelten die Kinder der Jacobs-Familie Baumwollsocken aus dem Geschenkpapier. *Ein schönes Paar Socken kann man immer gebrauchen*, pflegte unsere Mutter zu sagen, wenn sie unsere enttäuschten Gesichter sah.

»Oh nein!«, sage ich. »Dabei habe ich mir die Füße abgeschnitten und sie verkauft, damit ich dir eine schöne Mütze schenken kann!«

»Und ich habe mir den Kopf abgeschnitten und ihn verkauft, um dir diese Socken zu schenken.«

»Wie tragisch!«

Ben ist vor zwei Wochen nach Ecuador aufgebrochen. Drei Tage lang lag ich in meinem Bett und quälte mich mit selbstzerstörerischen Gedanken. Ben würde nicht mehr zu mir zurückkommen, nie wieder. Ich weinte und weinte und weinte und weinte, bis meine Matratze mit einer feuchten Schicht aus benutzten Papiertaschentüchern und zusammengeknüllten Seiten aus meinem Skizzenblock bedeckt war, halbherzigen und sofort wieder verworfenen Versuchen, mich mit Zeichnen abzulenken. Am Ende des dritten Tages war ich überzeugt, keine Tränen mehr übrig zu haben, aber ich hatte mich getäuscht und weinte noch ein bisschen weiter in dieser Nacht. Mein Bauch tat mir weh, und meine Augen brannten.

Am vierten Tag kam Seth mit Schokobiskuitröllchen und Wassereis vorbei. »Willa«, verkündete er, »ich schwöre bei Gott, dass in so einer Situation nur einfache Kohlenhydrate und weißer Zucker helfen.« Er tippte mit dem Finger auf die Biskuitröllchen. »Wirst sehen, danach fühlst du dich gleich viel besser.« Er drückte mich auf einen Stuhl am Küchentisch und packte ein orangefarbenes Wassereis für mich aus. »Hier«, sagte er und hielt es mir hin. »Probier mal.«

Widerwillig berührte ich mit der Zunge die zuckersüße, eiskalte Oberfläche. Dieses köstliche Prickeln! Ich nahm Seth das Eis aus der Hand und musste ihm insgeheim recht geben: Ich fühlte mich sofort ein wenig besser. Nachdem ich auch noch ein Biskuitröllchen vertilgt hatte, war mir schlecht, aber ich war auch wieder mehr ich selbst.

Ben schreibt mir jeden Tag aus Ecuador, genau wie er es versprochen hat. Seine E-Mails stecken voller Begeisterung und Nervenkitzel. Er macht jeden Tag neue Erfahrungen und erzählt mir von seinen Mitstreitern, einem ehemaligen Priester aus Detroit mit herrlich losem Mundwerk und einer geschiedenen Frau mittleren Alters, die eine Vorliebe für Tequila entwickelt hat, von den Nebelwäldern, den heißen Quellen, den Leguanen, den Kakerlaken, die groß wie Fußbälle sind, den Moskitos, deren Stich unfruchtbar machen kann. Ich glaube, das Letzte hat er erfunden. Bens E-Mails sprühen vor Freude und Staunen, aber nicht vor Sehnsucht.

Manchmal, wenn ich nachts allein in meiner Wohnung liege, ziehe ich die Decke bis zum Kinn hoch und starre auf die dunklen Wände meines Schlafzimmers. Dann wütet mein Herz wie ein eingesperrter Psychopath in meiner Brust, und ich denke: *Ich habe alles verloren.* Manchmal drehe ich mich zur Seite und rieche an Bens Kissen oder schleiche beschämt in Janes altes Zimmer hinüber, obwohl es ohnehin niemand mitbekommt, schon gar nicht um zwei Uhr morgens. In diesen dunklen, aufreibenden, unsicheren Momenten spüre ich instinktiv, dass er nicht zurückkommt. Nicht zu mir.

»Oh Mann«, sage ich zu Seth und hole tief und zitternd Luft. »Das ist alles so scheiße.«

Seth nickt teilnahmsvoll, aber ich erwische ihn dabei, wie

er ein kleines Lächeln unterdrückt. Er kann einfach nicht anders. Vor Kurzem hat er bei einer Stadtratssitzung zum Thema Wasserqualität eine junge Frau kennengelernt, mit der er sich seit zwei Wochen regelmäßig trifft. Sie heißt Judy und arbeitet fürs Baudezernat. Die beiden unterhalten sich über kombinierte Filteranlagen und Jahrhundertüberschwemmungen und mikrobielle Kontamination. Seth hat sein Lächeln wiedergefunden, und ich habe außerdem den Eindruck, dass er mindestens zwei Kilo abgenommen hat.

Er schlüpft in die bunt gestreiften Socken mit getrennten Zehen, die ich ihm im Scherzartikelladen gekauft habe. »Darf ich dir was sagen?«, fragt er und schiebt die Hosenbeine seiner Jeans, die sauber ist und keine Löcher hat, wieder nach unten. »Für mich war Kern immer schon ein ziemlicher Blödmann.«

»Na klar.«

»Nein, ernsthaft. Er war natürlich dein bester Freund und stand auf dich und so, was einiges von seiner Blödheit erklärt, aber … ach, keine Ahnung. Bei ihm hatte ich irgendwie immer das Gefühl, dass er noch was in der Hinterhand hat. Er hatte so eine triefende Selbstgefälligkeit an sich, als würde er sich für schlauer halten als alle anderen.«

Wut flammt wie ein Streichholz in mir auf. Verfallen Seth und ich etwa wieder in schlechte Gewohnheiten und spielen unser altes Spielchen? Die Regeln sind immer dieselben: Sobald ich mich ihm gegenüber verwundbar zeige, nutzt er die Chance für einen Angriff. Was weiß er schon über Ben und mich? Was weiß er über unsere Geschichte, unsere Fehler, den langen Weg, den wir gemeinsam zurückgelegt haben? *Du bist und bleibst ein Vollidiot*, denke ich hoffnungslos.

Seth errät meine Gedanken und hebt beschwichtigend die Hand. »Hör zu, ich meinte doch nur …« Er blickt zur Decke, als könnten ihm die richtigen Worte von dort direkt in den

Mund fallen. »Na ja, die Menschen ändern sich ja auch. Kern ist also jetzt ein feiner Kerl, gut, wunderbar.« Er hält immer noch die Hand hoch, und ich starre sie schweigend an. »Aber wenn es zwischen euch beiden nicht klappen sollte, denk dran, dass er früher ein Blödmann war, okay? Das war er nämlich wirklich.«

Da ist sie zum allerersten Mal, so süß wie ein orangefarbenes Wassereis, direkt vor meiner Nase: Seths Anteilnahme. *Ich werde dir helfen. Es wird alles gut.*

Ich zünde die Chanukka-Kerzen an und probiere dann die rosafarbenen Polyestersocken an, die er mir geschenkt hat. Sie sind dünn und billig und in jedem Supermarkt erhältlich. In letzter Zeit habe ich mich oft dumm und egoistisch und eitel benommen, aber meine Eitelkeit erstreckt sich nicht auf alle Bereiche. Mit der graziösen Bewegung eines Strumpfhosenmodels hebe ich den Fuß und drehe ihn erst nach links und dann nach rechts.

Ich will *Danke* sagen, will sagen: *Louis, ich glaube, dies ist der Beginn einer wunderbaren Freundschaft.* Stattdessen starre ich auf die vier brennenden Chanukka-Kerzen, wackle mit den Zehen und sage zu meinem großen Bruder, meinem Freund: »Mom hat recht. Mit Socken kann man wirklich nichts falsch machen.«

Epilog

Früher, als wir ständig pleite waren, gingen Jane und ich immer am ersten Freitag im Monat ins Kunstmuseum, weil es da keinen Eintritt kostete. Wir verbrachten Stunden damit, durch die Dauerausstellung zu schlendern. Am besten gefiel uns die Sammlung von Daguerreotypien, dem Fotografie-Verfahren aus dem neunzehnten Jahrhundert. Die Gesichter der anonymen Modelle sahen immer so bleich und ernst aus, als hätten sie in jenem langen Moment vor der Kamera eine eisige Berührung gespürt, die kalten Finger des Todes. Und vielleicht war es ja so gewesen. Vielleicht hatten sie aber auch nur die kalten Finger eines leeren Magens oder einer vollen Blase gespürt. Welches Geheimnis verbargen ihre undurchdringlichen, starren Blicke? Genau diese Frage faszinierte uns und fesselte unsere Aufmerksamkeit.

Aber wir fanden diese frühen Fotografien nicht nur anrührend und bewegend, sondern auch eigenartig erheiternd. Manchmal bewegten wir uns von Bild zu Bild und dachten uns für jedes eine Geschichte aus, die wir uns gegenseitig ins Ohr flüsterten.

Wisst ihr, was mich echt fertigmacht? Dass ich tot sein werde, bevor der Tampon erfunden wird.

Dieser Kerl, der neben mir sitzt und mir in den Hintern kneift, ist nicht *mein Ehemann. Deshalb sehe ich so pikiert aus.*

Aus heutiger Sicht glaube ich, dass diese Gesichter uns tiefer berührten, als wir damals zugeben wollten, dass sie uns auf unangenehme Weise an unsere eigenen aufkeimenden Ängste erinnerten und die Ahnung in uns weckten, dass auch wir eines Tages ihr Schicksal teilen würden: auf eine Momentaufnahme reduziert zu werden, die uns absolut nicht repräsentiert, die nicht einmal ansatzweise wiedergibt, wer wir wirklich sind.

Manchmal nahm ich zu diesen Ausflügen meinen Skizzenblock mit und suchte mir ein Gemälde aus, das ich genauer betrachten und zeichnen wollte, während Jane durch die verschiedenen Ausstellungen streifte. Hin und wieder kam sie zu mir zurück, um mir zu erzählen, was sie gesehen hatte, und um meine Fortschritte zu begutachten.

Einmal suchte ich mir einen Degas aus und setzte mich vor ihn, um mich in seine Linienführung, seine Bewegungswinkel zu vertiefen. Ich starrte auf das Bild, bis die Farben verschwammen und die abgebildeten Personen ihre wahren Formen preiszugeben begannen. Dann fing ich völlig versunken an zu skizzieren.

Ich weiß nicht, wie lange Jane schon neben mir gesessen hatte, bevor ich sie bemerkte. Vielleicht war ich derart auf meine Zeichnung konzentriert, dass ich alles andere ausblendete, aber vielleicht war Janes Anwesenheit für mich einfach so normal geworden wie die Anwesenheit meiner linken Hand, meiner Finger, die den Kohlestift übers Papier führten, meiner Haut.

Ich hielt inne, weil meine Augen müde wurden. Es war allmählich Zeit zu gehen.

»Das ist wunderschön«, sagte sie leise.

»Ach was.« Insgeheim war ich überglücklich, wenn Jane meine Zeichnungen lobte. Damals zeigte ich sie kaum jemandem.

»Warum machst du nicht weiter?«, fragte sie.

»Ich glaube, ich habe genug für heute«, antwortete ich und drehte mich zu ihr um. Sie saß direkt neben mir, das Gesicht von der Wärme des Museums gerötet, den Arm nach oben gebeugt, um sich die Haare aus dem Gesicht zu schieben, die rechte Hand aufs Knie gelegt. Plötzlich schien uns beide eine unerklärliche Traurigkeit zu überkommen, ein eigenartiger, schwermütiger Windhauch. Am liebsten hätte ich meine Wange an ihre Schulter gelegt und geweint. Meine Finger schlossen sich um meinen Stift, um seine glatte, feste, greifbare Form. Jane senkte den Blick und sah dann wieder zu mir auf und lächelte. Der Moment war vorbei.

Später, nachdem ich mein Skizzenbuch und meine Stifte eingepackt hatte und wir unsere Jacken angezogen und das Museum verlassen hatten, um in den kühlen Herbsttag hinauszutreten, nachdem wir in den Bus gestiegen und nach Hause gefahren waren und zusammen in der Küche gestanden hatten, um uns zum Abendessen Brote zu schmieren, später, viel später, weder an jenem Tag noch in jener Nacht noch in jenem Jahr, wurde mir klar, dass der melancholische Moment im Museum nichts anderes gewesen war als die Ahnung, dass Liebe vergänglich ist. Ich verstand plötzlich, dass das Glück, jemanden zu lieben, unweigerlich von der Endlichkeit dieses Zustands überschattet wird, dass selbst etwas so makellos Schönes irgendwann zu Ende gehen kann.

Aber als mir diese Erkenntnis kam, war es bereits zu spät. Da war es schon zu Ende.

Dank

Mein herzlicher Dank für ihre Klugheit, Geduld und Freundschaft gilt Jennifer Jackson, Julie Barer, Carolyn Crooke, Annie Rajurkar, Mitch Teich, Jon Olson und Deb Rosen. Auch Sara Eagle und Andrea Robinson möchte ich dafür danken, dass sie so viel Arbeit und Mühe in dieses Buch gesteckt haben, außerdem Bridget Windau für die unermüdliche, liebevolle Kinderbetreuung. Dankbar bin ich auch meinen Eltern, Ann und Jordan Fox, die mich immer wieder inspirieren. Und schlussendlich gilt meine Liebe und tiefe Dankbarkeit meinem Mann, Andrew Kincaid, und meinen Töchtern, Molly und Tess, die dafür gesorgt haben, dass ich für ein Buch, das man eigentlich in zwei Jahren hätte schreiben können, fünf Jahre gebraucht habe. Ich liebe euch!